Anna Jeger

Das Lied der Clane

Erde und Wasser

Bibliografische Inforamtion der Deutschen Nationalbibliothek: Die Deutsche Nationalbibliothek verzeichnet diese Publikarion in der Deutschen Nationalbibliografie; detaillierte bibliografische Daten sind im Internet über http://dnd.dnd.de abrufbar.

Originalausgabe 2024
© 2024 Anna Jeger

Lektorat und Korrektorat: Rieke Conzen
Cover und Design: Nadine Goldmann
Kartendesign: Liah Jubitz

Verlag: BoD · Books on Demand GmbH,
In de Tarpen 42, 22848 Norderstedt, bod@bod.de
Druck: Libri Plureos GmbH, Friedensallee 273,
22763 Hamburg

ISBN: 978-3-7597-9692-9

Anna Jeger

Das
Lied
der
Clane

Erde und Wasser

Für
meine Schwester
und
meine Jungs

Das Clanreich

Prolog

~ Im Geheimen Tal ~

Die Dunkelheit der Nacht lag über dem kleinen Dorf, das mitten im Wald versteckt war. Nur das Zittern der Erde, das die Häuser immer wieder kurz rüttelte, hielt die Bewohner wach. Die alte Erdfrau, die an ihrer Feuerstelle saß und ihre Nadel immer wieder unruhig durch den Stoff zwischen ihren Fingern schob, schreckte bei jedem Knacken der Holzscheite auf. Durch das kleine Fenster konnte sie nichts von dem erkennen, was draußen vor sich ging. Die Erde war stark unter ihren Füßen und sie zwang ihre Gedanken, bei ihrer Handarbeit zu bleiben. Mit einem Seufzer schob sie ihre Nadel wieder hin und her. Eine Bewegung hinter dem Vorhang ließ sie erneut aufblicken. Zwei Kinder schauten sie mit ängstlichen Augen an.

Sie lächelte und winkte sie zu sich.

»Kommt her! Ihr braucht keine Angst haben. Könnt ihr auch nicht schlafen?«

Der Junge schüttelte den Kopf. »Ich habe die Erde gespürt. Sie bebt.«

Das kleine Mädchen lief zu Hanna und schmiss sich in ihre Arme. Der Junge kam langsam hinterher. Hanna sah die tiefen Falten auf der kleinen Stirn.

»Ihr braucht keine Angst haben. Raikon ist draußen und sieht nach, was die Erde uns sagen möchte.«

»Raikon kann die Erde doch gar nicht verstehen.«

Hanna strich dem Mädchen über die Haare und lächelte es an.

Der Junge blieb am Feuer stehen und sah kurz in die Flammen. »Raja hat immer Angst. Sie ist noch wie ein Baby.«

»Das stimmt nicht. Du bist selbst ein Baby.«

»Na, ihr zwei, seid jetzt lieber still. Gestritten wird hier nicht.«

Hanna zog auch den Jungen zu sich heran. Die beiden Kinder waren mit ihren weißen Haaren so auffällig wie der Mond in einer sternklaren Nacht.

»Kannst du uns eine Geschichte erzählen?« Raja kuschelte sich in Hannas Arme und sah erwartungsvoll zu der Erdfrau hinauf.

»Aber gerne. Welche möchtet ihr denn hören?«

»Erzähl uns die Geschichte von den drei Erdkindern.«

»Die kennen wir schon.« Raven ließ sich neben Hanna auf den Boden sinken und schaute bockig zurück in die Flammen. Sie reichte ihm eine Decke, die er nahm und um sich wickelte.

Raja lehnte sich auf Hannas Schoß und sah sie mit ihren großen Augen an. Zärtlich drückte die Frau das kleine Mädchen an sich und strich dem Jungen durch die Haare. Ihr waren Kinder verwehrt geblieben, was nicht selten bei den Clanen ist, seitdem der Schatten auf dem Hochthron sitzt. Doch das Schicksal hatte ihr die Kinder ihres Bruders geschickt, die für sie wie ihre eigenen waren.

Hanna begann zu erzählen. Raja hing an ihren Lippen und auch Raven lauschte gespannt.

»Das Erdreich hatte drei Fürstenkinder: zwei Jungen und ein Mädchen. Die Jungen konnten die Gefühle und Gedanken der anderen spüren und lenken. Der Jüngere konnte außerdem die Erde zum Zittern bringen. Die Schwester konnte die Kraft der Erde nehmen und mit ihr Zauber erzeugen. Die drei waren miteinander verbunden, wie es Geschwister nur sein konnten, und dass, obwohl sie so verschieden waren. Sie wurden erwachsen und mit der Zeit wurden ihre Gaben immer stärker. Der zweitgeborene Bruder wurde von der Erde zum Erdfürsten gewählt.«

»Das fand der andere bestimmt nicht so gut.« Raven legte etwas bockig seinen Kopf auf seine Knie und Hanna musste sich ein Lächeln verkneifen.

»Sei still! Hanna erzählt die Geschichte.«

»Aber ich weiß doch, wie es weitergeht.«

»Scht. Sonst kann ich nicht weitererzählen. Wo war ich stehen geblieben? Ach ja. Die Welt der Clane begann sich damals zu verändern. Der Schattenfürst säte Misstrauen zwischen den Clanen und spielte sie gegeneinander aus, sodass sie sich voneinander entfernten und der Zusammenhalt im Clanreich zerriss. Die Clane vergaßen, dass sie durch ihre Elemente eine Einheit bildeten und einander brauchten. Die drei Geschwister wollten den Frieden und das Leben mit den Clanen retten und beschlossen daher, in die Hochstadt zu reisen. Dort trafen sie die Familie des Lichtfürsten. Der Lichtclan regierte schon immer die Hochstadt und hielt das Clanreich zusammen. Der junge Erdfürst bemerkte die jüngste Prinzessin des Lichtclans und sie verliebten sich ineinander. Die Lichtprinzessin mit ihrem langen weißen Haar und ihren eisblauen Augen war so schön, dass sie im ganzen Clanreich bewundert wurde. Ganz anders als wir Frauen vom Erdclan mit unseren braunen Augen und den braunen Haaren.«

»Ich mag deine Haare. Sie sind so lustig.«

Hanna lachte auf und drückte Raja an sich, die ihre kleinen Finger durch die braunen Locken zog.

»Der ältere Erdbruder schalt den Jüngeren, denn es war riskant, eine Verbindung mit einem anderen Clan einzugehen, gerade in dieser Zeit. Die anderen Clane wären einer solchen Verbindung gegenüber misstrauisch gewesen. Es hätte zu einem Krieg kommen können. Der Lichtfürst bemerkte die Zuneigung zwischen seiner Tochter und dem jungen Erdfürsten und schickte die Besucher wieder zurück in ihre Heimat. Er wollte seine Tochter nicht an einen Mann aus dem Erdclan verlieren, denn er hatte bereits einen anderen Kandidaten für sie ausgesucht. Doch in der Nacht vor der Abreise des jungen Erdfürsten verbanden sich die beiden Liebenden miteinander und keiner konnte diese Verbindung lösen. Denn wenn ein Paar die Elemente miteinander tauscht, dann kann das nur durch sie selbst oder durch die Elemente wieder aufgelöst werden. Die Erdgeschwister reisten wieder zurück in ihr Reich, wo sie in Streit gerieten. Der ältere Bruder hatte die Liebe zwischen seinem Bruder und der Lichtprinzessin bemerkt und sorgte sich um das Wohl des Erdclans. Der Jüngere beharrte auf der Verbindung, weil sein Herz es nicht anders zuließ. Die Erdschwester versuchte, beide miteinander zu versöhnen, doch sie hörten nicht auf sie und die Einheit der drei Geschwister zerbrach. Der ältere Bruder verließ den Erdclan verärgert, weil der Jüngere nicht auf ihn hören und seinen Bund mit der Lichtprinzessin nicht lösen wollte. Er kam nie wieder zurück. Die anderen beiden waren deshalb so verzweifelt, dass die Erde mit ihnen trauerte.«

Hanna blickte betrübt in die Flammen. Ihr älterer Bruder war nie zum Erdclan zurückgekehrt. All die Jahre war kein Zeichen von ihm zu finden gewesen und sie hatte ihre Hoffnung aufgegeben, dass er jemals wieder zurückkommen würde.

»Die Lichtprinzessin floh aus der Hochstadt, weil sie die Verbindung, die ihr Vater für sie wollte, nicht eingehen konnte. Sie war schon gebunden. Als sie im Erdreich ankam, war der Erdfürst überglücklich und sie lebten fortan zusammen im Erdreich. Doch ihr Glück war nicht von Dauer, denn der Schatten fiel in das Clanreich ein und führte Krieg gegen die Clane, erst mit dem Feuerreich und dann mit dem Windreich. Der Erdfürst und seine Schwester hatten Angst um ihre Familien und den Clan und so beschlossen sie, ihr Volk und seine Gabenträger zu schützen. Die beiden Geschwister ritten auf den schnellsten Pferden, die sie hatten, in den Erdwald, der damals noch wilder und gefährlicher war als heute.«

»Meinst du, es gab hier auch Schatten?« Raja klammerte sich ängstlich an Hanna, die sie aber wieder schnell wieder beruhigte: »Nein, damals nicht.«

»Nur heute. Deswegen darfst du auch nicht allein in den Wald. Du bist noch zu klein.« Raven stieß seine Schwester an und Raja jaulte empört auf.

»Ich bin gar nicht mehr klein. Ich kann schon allein Licht machen.«

»Nun wird aber nicht gezankt. Ich soll euch doch die Geschichte erzählen.«

Die beiden Kinder grummelten sich noch kurz an und wandten dann ihre Aufmerksamkeit wieder Hanna zu.

»Der Erdfürst und seine Schwester fanden ein Tal mitten in dem Wald und dort baten sie die Erde um Schutz. Die Erde half ihnen und zusammen mit ihrem Element konnten die beiden den stärksten Schutzzauber heraufbeschwören, den es im Clanreich je gab. Kein Schatten und nichts Schlechtes kann diesen Zauber durchdringen. Fortan war die Schwester die Herrin des Geheimen Tals und ihr Bruder herrschte über den Clan in der großen Halle des Erdclans. Der Schattenfürst vernichtete den Lichtclan, ließ niemanden von ihnen am Leben und bestieg den Hochthron. Er drohte den anderen Clanen, dass sie sich ihm als neuen Hochkönig - als Schattenkönig - unterwerfen sollten. Daraufhin schickten der Erdfürst und die Lichtprinzessin ihre Kinder in das Geheime Tal, denn dort waren sie sicher.«

»Wohnen wir nur wegen dem Schatten hier?«

»Ja, Raven. Das ist der Grund, warum wir hier leben und nicht in der großen Halle der Clanstätte. Es ist dort nicht so sicher für euch wie hier bei mir im Geheimen Tal.«

Raven blickte schweigend auf seine Hände. Hanna wusste, dass der Junge lieber bei seinem Vater leben würde. Hanna versuchte, Raven aus seinen Gedanken zu holen, und kitzelte erst Raja und dann ihn, bis das Kinderlachen durch das Haus schallte.

Dann blickte Raja Hanna ernst an. »Du hast damals Raikon bekommen, richtig?«

Hanna lachte auf, verstummte aber, als ein erneutes Beben die Erde unter ihren Füßen zittern ließ. Die Kinder drückten sich an sie und schauten sie verängstigt an. Das Beben war stärker als das erste gewesen. Hanna versuchte, sich ihre Sorgen nicht anmerken zu lassen, aber ihr unruhiger Blick wanderte wie von selbst wieder zur Tür. Raikon müsste bald zurück sein.

»Ich habe damals Raikon als Mann bekommen. Wir waren uns in der Hochstadt nicht begegnet, sonst hätten wir vielleicht auch dort schon unsere Verbindung bemerkt. Er begleitete damals die Lichtprinzessin zum Erdclan.«

»Warum hast du keine Kinder?«

Hannas Blick wurde kurz leer. Dann schüttelte sie die Gedanken ab und sah wieder in die Kinderaugen, die sie aufmerksam musterten.

»Es sollte nicht sein, dass es noch mehr von euch frechen Lichtkindern im Erdclan gibt.«

Hanna kniff die Kinder sachte in die Nasen und sie lachten wieder. Hanna hatte Kinder – auch wenn sie sie nicht geboren hatte. Raja und Raven waren häufiger im Geheimen Tal bei ihrer Tante als bei ihrem Vater in der Clanstätte.

Die Tür wurde aufgestoßen und Raikon betrat das kleine Haus. Sein Blick wanderte zu den Kindern und seine Züge wurden weicher. Raven stürzte auf Raikon zu und schlang seine Arme um ihn. Raikon hob den Jungen kurz hoch und nahm ihn an die Hand, als er ihn wieder auf den Boden setzte.

»Solltet ihr nicht schlafen?«

»Die Erde ist wütend. Ich kann es spüren.«

Raikon blickte zu Raja, deren große Augen ihn ernst ansahen.

»Das stimmt. Aber es ist alles in Ordnung. Wir sind hier sicher und jetzt ab ins Bett mit euch! Sonst muss ich euch noch schnappen und in den Fluss werfen!«

Raikon wollte die beiden Kinder fangen, doch sie liefen lachend hinter den Vorhang und versteckten sich unter ihren Decken. Hanna ging langsam hinterher und spähte vorsichtig hinter den Vorhang. Die Kinder lagen eng aneinandergekuschelt und erzählten sich leise die Geschichte weiter. Hanna drehte sich mit einem Lächeln auf den Lippen um und ging zu ihrem Mann. Raikon schloss sie in die Arme und seufzte tief auf.

»Es ist eine Suche. Der Schattenkönig hat wieder den Gabensucher geschickt. Halkan legt das Clanland um die Hochebene noch in Schutt und Asche, wenn das so weitergeht. Der Hochkönig ist unersättlich. Die Gabenträger müssen hier Zuflucht finden können. Vielleicht solltest du mit Halkan reden. Die Clanstätte ist so nicht mehr zu halten. Der Erdclan sollte sich hierher zurückziehen.«

»Das wird Halkan niemals zulassen. Die Clanstätte ist unsere Heimat. Die Hochebene und die Pferde bedeuten dem Clan zu viel. Halkan wird dort niemals weggehen und Rafka allein lassen.«

»Der Hochkönig wird immer brutaler zuschlagen. Wenn Halkan nicht einsichtig wird und sich mit dem verbliebenen Erdclan hierher zurückzieht, wird er bald wieder mit seiner Frau in der Erde neben der Clanstätte vereint sein.«

Hanna legte ihren Kopf auf Raikons Brust. Der Erdclan hatte schon viele Gabensuchen überstehen müssen und es würden noch mehr kommen. Sie schloss ihre Augen und eine Träne fand den Weg über ihre Wange.

»Du kannst es nicht ändern und du brauchst dich nicht schuldig fühlen.«

»Ich weiß. Es kommt mir aber trotzdem so falsch vor. Wir hätten es verhindern müssen. Nun leben wir für immer hier, versteckt vor den anderen Clanen.«

»Ist ein Leben hier mit mir so furchtbar?«

»Du weißt, was ich meine.« Hanna sah ihn verärgert an. Raikon wusste es natürlich.

Als der Schatten das Licht verdrängte und auslöschte, waren alle Lichtträger verloren – bis auf Rafka und Raikon, die nicht in der Hochstadt lebten. Sie hätten hier in Frieden und versteckt leben können, doch der Schattenkönig hörte Gerüchte über die Lichtprinzessin, die die Hochstadt für die Erde verlassen hatte. Sein Schatten traf den Erdclan mit voller Härte. Rafka, die unglücklicherweise bei Halkan in der Clanstätte war, fiel und wurde vom Schatten verschlungen. Halkan konnte es nicht verhindern. Die beiden Lichtkinder waren bei Hanna und Raikon im Geheimen Tal. Halkan löschte mithilfe seiner Gabe die Kinder aus den Erinnerungen des Erdclans, wodurch sie unentdeckt blieben. Für den Erdclan waren die beiden nun die Kinder von Raikon und Hanna und nur wenige kannten ihre wahre Identität.

An dem Tag, als der Schatten das Licht des Erdclans nahm, entstanden viele neue Erdgräber neben der Clanstätte. Die Blumen der Hochebene wuchsen auf den Hügeln. Auf einem dieser Hügel wuchsen ausschließlich weiße Blumen. Und so ist es auch heute noch.

1

Etliche Jahre später

~ Im Erdwald ~

Das Licht fiel schräg zwischen den dichten Bäumen des Waldes hindurch. Auf dem Waldboden war es leise. Die Erde und die Moose verschluckten meine Schritte. Ich setzte meine Füße mit Bedacht und glitt zwischen den Bäumen hindurch. Hohes Gras bog sich leicht an meinen Beinen zur Seite. Der Pfeil lag schon auf der Sehne meines Bogens. Mein Atem war flach und ruhig. Weder das Rauschen der Blätter noch das Singen der Vögel hoch über mir in den Baumkronen war zu hören. Es war hier eindeutig zu friedlich. Ich lehnte mich an einem der mächtigen Bäume an und schloss die Augen.

Raikon hatte es zwar verboten, aber ich ließ meinen Geist die Umgebung abtasten. Ich spürte alles um mich herum: jedes Tier, jede Bewegung und jedes Gefühl. Die Blätter des Baumes, der sich an meinen Rücken zu schmiegen schien, zitterten. Der Herzschlag der Erde, auf den sich mein eigenes Herz eingestimmt hatte, setzte kurz aus, um dann wieder kräftiger zu pochen. Das Licht brach durch die Blätter der Baumkronen hindurch und streichelte mir über die Wange. Die Wärme ließ mich kurz vergessen, weswegen ich hier war. Ich riss die Augen auf. Da war es.

Du schummelst.

Ich fuhr herum und setzte meinen Bogen an, aber es war zu spät und mir blieb nur der Sprung zur Seite. Der Aufschlag, mit dem ich mich über meine Schulter abrollte, war nicht hart und doch verdient. Flink sprang ich wieder auf meine Beine und sah, wie ein dicker Speer gegen die Stelle am Baum schlug, an der ich gerade noch gestanden hatte. Meinen Pfeil schoss ich blind auf mein Ziel. Das Zischen erreichte es jedoch nicht und der Pfeil schlug mit einem dumpfen Geräusch auf dem Boden auf.

Aus der Richtung, in den ich ihn abgeschossen hatte, kam ein Blitz auf mich zugerast. Ich riss meine Hände hoch, zwischen ihnen entstand eine Lichtkugel. Der Blitz schlug in meine Kugel ein und sein wütendes Zucken kribbelte auf meinen Handflächen, während er sich in der Kugel entlud und erlosch. Ich ließ meine Hände sinken und die Lichtkugel verschwand ebenfalls.

»Ohne Blitze! Vergisst du deine eigenen Regeln?« Wut spannte sich über meinen Körper wie ein weites Segel.

Raven kam lachend hinter dem Dickicht hervor. Gelassen schlenderte er zu dem Baum hinüber und hob seinen Speer auf. »Wer hat denn zuerst geschummelt? Gibt es nicht auch die Regel, dass du deine Gabe nicht einsetzt?«

Ich boxte Raven in die Seite. Er war fast zwei Köpfe größer als ich. Seine schlanke Statur ließ nicht vermuten, wie kräftig er war. Seine kurzen weißen Haare standen in alle Richtungen ab und ließen ihn jünger aussehen, als er war. Raven legte seinen Arm um mich und seine braunen Augen blitzten auf. Ich versuchte, ihn wegzudrücken, doch sein Griff war zu stark und er zog mich dicht an sich heran. Sein Blick bohrte sich tief in meinen und ich spürte, wie er meinen Geist lockte und neckte.

»Irgendwann, Schwesterchen, wirst du mich besiegen. Aber der Tag ist noch nicht heute.«

Als er mich plötzlich losließ, landete ich auf dem Waldboden. Er hob die Finger an die Lippen und stieß einen lauten Pfiff aus. Ich hatte mich gerade aufgerappelt, da hielten zwischen den Bäumen zwei Pferde auf uns zu. Die beiden Hengste bremsten nicht ab und Erdbrocken und Steine wurden von ihren Hufen zur Seite geschleudert. Die unbändige Kraft, die sie in sich trugen, sprang durch meinen Körper und die Wut, die ich gerade noch wegen Raven verspürt hatte, verschwand.

Der große weiße Hengst, Sky, hielt vor Raven an und er schwang sich lässig auf seinen Rücken. Der kleinere bremste kurz vor mir ab und wirbelte seine Mähne wild um seinen kräftigen Hals. Sein Fell glänzte in den Sonnenstrahlen wie flüssiges Gold und seine Mähne sah aus wie meine eigenen Haare. Schneeweiß. Shiver. Mein Herz wurde warm, als ich meine Hand über sein Fell gleiten ließ.

»Wenn die Herrschaften so weit wären, dann würde ich gerne Raikon berichten, dass ich dich schon wieder besiegt habe.«

Schnell sprang ich an der Seite von Shiver hoch und zog mich auf seinen Rücken. »Hast du gar nicht. Du hast nicht bis zum Ende gekämpft.«

»Das muss ich auch gar nicht, denn ich bin eh schneller.«

Sky sprengte los und ich ließ Shiver hinterherspringen. Zwischen den Bäumen konnte ich mit ihm schneller vorankommen als Raven auf seinem Pferd. Die Zweige der Bäume griffen immer wieder nach uns, als wollten sie uns ermahnen, mehr Ehrfurcht vor dem Wald zu haben. Doch die Erde unter uns schlug einen schnelleren Takt an und ergab mit dem Trommeln der Pferdehufe einen neuen Rhythmus. Ich sah Raven, wie er mir von seinem Pferd aus frech zu grinste, und ich wusste, dass er auf meinem Gesicht die gleiche Freude sah, die ich bei ihm wahrnahm. Er spornte Sky an, schneller zu werden, doch so sehr sich der Hengst auch bemühte, Shiver war wendiger und konnte locker mit den großen Galoppsprüngen mithalten, die der andere Hengst vorgab. Die beiden Pferde sprangen zeitgleich aus dem Wald und galoppierten in das große grüne Tal, das sich vor uns erstreckte. Wie eine offene Insel in einem

Meer aus undurchdringbaren Bäumen. Das Geheime Tal. Unser Zuhause. Das Tal wurde durch die Sonne angestrahlt und das Licht tanzte auf dem Fluss, der sich gemächlich durch das Tal zog und aussah wie eine funkelnde Kette, die sich um die Häuser, Scheunen und die große Halle der Siedlung legte. Raven ließ sein Pferd langsamer werden und hielt an. Shiver wollte nicht anhalten und ich musste erst seinen Geist berühren, damit er ruhiger wurde und ich ihn wieder zu Raven lenken konnte. Unwillig schlug der kleine Hengst mit dem Kopf und seine Mähne wirbelte vor meinem Gesicht.

»Was hast du?«, fragte ich Raven.

»Im Dorf ist etwas anders als sonst.«

Ravens Erdgabe war nicht so stark ausgeprägt wie meine. Dafür war sein Licht bisher stärker gewesen. Meines wurde von Tag zu Tag kräftiger, sodass Raikon mir langsam nichts mehr beibringen konnte.

Mein Geist flog bei Ravens Worten schon auf das Dorf in der Talmitte zu. Er folgte dem kleinen Flusslauf, der das Tal teilte, und tastete sich zwischen den Häusern entlang. Ich spürte die vertrauten Geister der Erdmenschen, die mit uns hier wohnten. Als mein Geist den von Raikon ertastete, rief ich ihn in eine andere Richtung. Raikon war nicht erfreut darüber, wenn ich meinen Geist für Kindereien nutzte, denn obwohl er kein Erdmann war, hatte er über die Jahre ein Gespür dafür entwickelt, wenn ein anderer Geist sich an seinen legte. Mein Geist glitt weiter, unbemerkt für alle, die er berührte. Und da war die Veränderung. So vertraut, dass mir das Herz aufging.

Ich strahlte Raven an und trieb Shiver schnell an. Der kleine Hengst hatte nur darauf gewartet und stürmte dem Dorf entgegen. Raven folgte mir, doch Sky konnte uns nicht mehr einholen.

Am Dorfrand sprang ich von Shivers Rücken und rannte zwischen den Häusern entlang. Hanna hatte mir das Reiten im Dorf verboten. Ich wäre zu stürmisch für eine Erdfrau. Und was Hanna, die Herrin des Geheimen Tals, befahl, war Gesetz. Es sei denn, ich fand eine mir passendere Auslegung ihrer Gebote.

Vor mir stand eine Gruppe Erdmenschen. Ich lief auf sie zu und winkte wild. Aus der Gruppe löste sich eine junge Erdfrau. Halla. Sie lief mir entgegen. Wir fielen uns in die Arme und lachten herzlich. Sie war die Schwester für mich, die ich nicht hatte. Ich hatte nur Raven – einen Bruder, der zu viel auf mich aufpasste und immer recht hatte. Viel zu selten konnte ich mit Halla Zeit verbringen. Sie hatte Aufgaben, die sie an die Clanstätte banden und an denen ich nicht unschuldig war.

Jedes Element erwählte seinen Fürsten aufgrund der Gaben. Wir Clanmenschen waren der Entscheidung unserer Elemente ausgeliefert. Ich berührte meine linke Schläfe. Auch ich war erwählt. An meiner linken Schläfe schlummerte das Zeichen des Erdclanfürsten. Eine Aufgabe, die ich nicht haben wollte. Das Erdelement hätte Halla wählen sollen. Raven war nicht vom Erdelement gewählt worden, er gehörte auf den Hochthron. Zumindest war das laut Raikon seine Bestimmung.

»Was macht ihr hier?« Meine Stimme war abgehackt und ich schnappte mehr nach Luft, als ich wollte. Eigentlich wusste ich die Antwort schon. Es konnte nur etwas sehr Gutes verheißen, wenn Halla hier war. Oder etwas sehr Schlechtes. Mein Blick glitt über ihre Begleiter. Es waren Gabenträger. Meine Freude verschwand und Hallas Blick bestätigte mir meine Befürchtung.

»Es wurden wieder Schattenkrieger an der Erdreichgrenze gesehen. Halkan hat befohlen, dass alle Gabenträger sich ins Geheime Tal begeben, sollen.«

Die Schattenkrieger waren wieder an unserer Grenze. Es kam immer wieder vor, dass der Hochkönig eine neue Gabensuche anordnete. Seine Schattenkrieger begleiteten den Gabensucher, der die Clane heimsuchte und passende Gabenträger für den Hochkönig in die Hochstadt verschleppen ließ. Ärger stieg in mir auf. Der Hochkönig hasste den Erdclan, meinen Clan, und Halkan, den Erdfürsten. Für die Vergangenheit und dafür, wer Ravens und meine Mutter war. Es würde keine Gabenträger mehr im Erdclan geben, wenn Halkan nicht so viele davon in das Geheime Tal verbannt hätte.

Mein Blick glitt zu Raven, der hinter mir auf uns zukam. Ihm fiel es besonders schwer, hier in der Verbannung fernab von der Clanstätte zu leben. Er würde lieber an Vaters Seite stehen, aber das war zu unsicher. Nicht jedes Mal gelang es dem Erdclan, dem Gabensucher voraus zu sein und die Gabenträger in Sicherheit zu bringen.

»Aber du brauchst dir keine Sorgen machen. Dein Lieblingsgabenträger ist bei dir und beschützt dich.« Kräftige Hände umfassten mich und hoben mich hoch.

Ich musste lachen und versuchte, mich aus dem festen Griff von Haldriel zu befreien. »Lass mich runter!«

Der große Erdkrieger, der mich so mühelos auf den Arm genommen hatte, lachte mich aus braunen Augen frech an. »Auf keinen Fall. Nicht, bevor du mich küsst.«

»Das wirst du nicht erleben.« Ich wand mich in seinen Armen, doch die waren viel zu stark, als dass ich hätte entkommen können.

»Hey, musst du dich an kleinen Kindern vergreifen?«

Ravens Stimme donnerte über die Straße und Haldriel ließ mich fallen. Ich landete geschickt auf meinen Füßen und sah, wie die beiden Männer sich herzlich auf die Rücken schlugen.

An kleinen Kindern? Ich war wütend. So viel jünger als die anderen war ich nicht. Zur Wintersonnenwende würde ich meine Clanzeichen erhalten. Mit meinen zweiundzwanzig Sommern war ich kein kleines Kind mehr. Und doch waren die anderen vier Sommer älter als ich – ich war die Jüngste.

Halla stieß mich an. »Lass dich nicht ärgern.«

Dann ging sie zu Raven und boxte ihn hart in die Seite. Ihren Tadel hörte ich nicht. Halla ließ ihre braunen Locken hüpfen und Haldriel baute sich neben ihr auf. Raven sah zwischen den beiden nicht aus wie ein Erdmann. Seine Statur und seine Haare verrieten das Erbe unserer Mutter. Seine Augen hatten die gleiche kräftige braune Farbe wie die der anderen vom Erdclan. Bei mir war es anders. Unsere Lichtclanmutter hatte meine Augen aufgehellt. Wie flüssiger Honig leuchteten sie ganz anders. Meine weißen Haare taten ihr übriges. Leider konnten Raven und ich uns nicht an unsere Mutter erinnern.

»Hast du zugehört?«

Ich blinzelte. Vor mir stand Halla und sah mich fragend an.

»Kommst du mit? Wir wollen zu Hanna. Sie erwartet unseren Besuch sicherlich schon.«

Ich nickte schnell und vertrieb meine Gedanken. Als ich mich zum Gehen umwandte, bemerkte ich Raven, der mich nachdenklich musterte. Vor ihm konnte ich meinen Geist nur schwer verschließen. Unsere Gaben waren zu ähnlich. Meine Erdgabe war bisher stärker in mir. Raven konnte sich gut in andere Menschen hineinversetzen und sie motivieren, Dinge für ihn zu tun. Er konnte den ganzen Erdclan mit wenigen Worten dazu bringen, Großartiges zu erschaffen, während ich dafür nur meinen Geist aussenden brauchte und die Menschen machen ließ, was ich wollte. Ich konnte ihre Gedanken lesen, lenken und ihre Gefühle beeinflussen – immer wenn ich das wollte.

2

~ In der Clanstätte des Erdreichs ~

Halkan stand vor seiner Halle und blickte auf den Zug aus Pferden und Schattenkriegern hinab, der auf die große Halle zumarschierte. Die verbliebenen Erdkrieger und Erdmenschen, die sich um ihn versammelt hatten, blickten unsicher und ängstlich.

Halkan baute sich größer auf und spürte, wie auch sein Clanvolk an Stärke zurückgewann. Die Erinnerungen an die Gabenträger des Erdclans hatte er schon verschlossen. Eltern erinnerten sich während der Anwesenheit des Gabensuchers und der Schattenkrieger nicht an ihre Kinder. Brüder und Schwestern wussten nichts mehr von ihren begabten Geschwistern.

Der Gabensucher ritt mit seiner Begleitung zwischen den Häusern der Clanstätte hindurch. Halkan sah, wie er seinen Kopf unter seiner Kapuze ruckartig hin und her wandte und seine Nase immer wieder in die Luft streckte.

»Halkan, Clanfürst. Wie ich sehe, erwartet Ihr uns schon. Unser Kommen scheint Euch nicht zu überraschen.« Der Gabensucher lenkte sein Pferd vor den Clanfürsten und blickte auf den großen Mann herab. Anstatt seiner Augen waren nur vernähte Augenhöhlen zu sehen. Das fahle Gesicht des Gabensuchers war eingefallen und seine Knochen zeichneten sich unter der weißen Haut deutlich ab. Mit dürren Händen deutete er auf Halkan und seine Stimme hallte laut über die Clanstätte. »Ich komme im Auftrag des Hochkönigs. Es wird befohlen, dass Ihr Euren Tribut an Gabenträgern an die Hochstadt entsendet.«

»Das ist kein Tribut. Ihr verschleppt die Gabenträger meines Volkes. Kein Hochkönig kann so etwas fordern.« Die Stimme von Halkan polterte über die Clanstätte und die Erdkrieger griffen zu ihren Waffen.

»Ihr solltet Eure Krieger zurückhalten. Ich müsste sonst annehmen, dass Ihr Euch gegen den Hochkönig auflehnt.«

Halkan sah am Gabensucher vorbei und sein Blick bohrte sich in die Augen eines Kriegers. Kein Schattenkrieger, sondern ein Clankrieger, der dem Hochkönig seine Loyalität geschworen hatte. Der General des Hochkönigs.

Halkans Wut brodelte auf. Ein Clanverräter. Ein Diener des Mörders seiner Seelenpartnerin. Die Erde unter seinen Füßen begann leicht zu zittern. Die Pferde der Schattenkrieger wurden unruhig und auch das Pferd des Gabensuchers tänzelte auf der Stelle.

Der bleckte seine kaputten Zähne und lachte spöttisch auf. »Ihr könnt froh sein, dass ich keine Clanfürsten als Tribut fordern darf. Nicht mehr. Ihr wärt mir sehr willkommen. Eure Gaben sind stark.«

Der General lenkte seinen schwarzen Hengst zwischen den Gabensucher und Halkan. Sein Blick durchbohrte Halkan.

»Konntet Ihr Gabenträger aufspüren?«, fragte der General, ohne Halkan aus den Augen zu lassen.

»Ich rieche hier nichts.«

»Dann ist der Erdclan wohl abgeerntet. Die Erde scheint sich von diesem Clan abzuwenden.« Der General ließ seinen Blick über den Erdclan gleiten. Seine Augen wurden kalt und sein Blick bohrte sich wieder in die Augen des Erdfürsten. »Nehmt die Halbwüchsigen mit. Es wird sich in den nächsten Monaten zeigen, ob sie Gabenträger werden.«

Halkan öffnete seinen Mund, doch es drang kein Wort aus seiner Kehle. Die Schattenkrieger griffen nach den halbwüchsigen Kindern. Ihre Schatten verschleierten alles und jeden, der sich ihnen in den Weg stellen wollte. Halkan krachte auf seine Knie, doch der Boden unter ihm blieb stumm.

»Wir kehren wieder um.« Der General ließ seinen Hengst dicht vor Halkan wenden und drängte den Gabensucher vor sich her.

Der Erdfürst sah ihnen mit zusammengekniffenen Augen nach und keuchte auf, als die Luft wieder in seine Lungen schoss.

Einer der Schattenkrieger aus dem Trupp hielt mit seinem Pferd vor dem auf dem Boden knienden Clanfürsten und musterte ihn eingehend. Der General wandte sich um. Als er einen Befehl brüllte, ließ der Schattenkrieger den Clanfürsten im Schatten versinken und setzte mit seinem Pferd dem General nach.

Halkan durchbrach hustend den Schatten und die Erde um die Clanstätte zitterte. Die Schatten um den Erdclan lösten sich auf. Die Halbwüchsigen waren verschwunden. Halkan hörte das Wehklagen, das sich über die Erdclanstätte ausbreitete, und ließ den Kopf sinken. Er hätte auch die Kinder ins Geheime Tal schicken sollen. Alle. Nun war es zu spät.

Er öffnete seine Hand und blickte auf den kleinen Brief. Ein schwarzer Vogel war darauf zu sehen. Ein Nachtfalke.

3

~ Im Geheimen Tal ~

Die Halle im Geheimen Tal war gut gefüllt und die geflohenen Gabenträger des Erdclans saßen dicht beieinander. Das Feuer in der Mitte der Halle brannte und Funken stiegen an die Decke. Haldriel spielte Musik und Hanna sang dazu ein altes Lied.

Neben mir saß Halla, die ihren Blick durch die Halle schweifen ließ. Ich wusste, dass sie immer noch darauf wartete, ihren Seelenpartner zu finden. Sie hatte mich schon mehrmals gefragt, ob ich ihn für sie aufspüren könnte, aber dafür war meine Gabe nicht gemacht. Halla hatte mir ihr Versprechen gegeben, den Erdclan zu führen, wenn mir die Aufgabe zu früh zufallen würde. Wir hatten die Erde um ihre Zustimmung gebeten und sie wurde uns erteilt – ein Aufschub für mich und zugleich eine Bürde für Halla. Sie war in meinen Augen die geborene Clanfürstin, doch eigentlich wollte sie nur in Ruhe und Frieden im Erdreich leben. Das Erdelement hatte ihr aber eine sehr starke Gabe zugesprochen: Sie konnte den Erdboden spalten. In ihrer Kindheit hatte sie damit für viel Schaden gesorgt. Mittlerweile war sie diejenige, die die Erde für die Aussaat vorbereitete. Haldriels Gabe war da etwas plumper veranlagt: Er bewegte das Erdreich in größerem Ausmaß als seine Schwester. Mit seiner Stimme und seiner Musik konnte er auch andere bewegen. Die Frauen des Erdclans liebten seine Musik und ich war mir sicher, dass er noch vor Halla seine Partnerin finden würde.

»Soll ich dir was verraten? Halkan wird dich und Raven zur Clanstätte rufen, wenn der Gabensucher abgezogen ist. Ein neuer Pferdehändler aus der Hochstadt möchte mit uns Handel betreiben. Die Herde wird zusammengetrieben und Halkan will, dass wir Pferde aussuchen, die verkauft werden sollen. Du darfst raten, wer dabei helfen soll, sie zu reiten.«

Ich grinste sie an. »Raven sicherlich nicht.«

»Nein. Aber er soll trotzdem mitkommen. Die anderen Clane werden unruhig. Die Gabensuchen werden häufiger. Es gibt Gerüchte, dass der Hochkönig die Clane ausschöpfen will, um sie zu schwächen.«

Die Gerüchte kannte ich. Es wurde auch behauptet, dass noch irgendwo Lichtkrieger waren, die nur auf die Rückkehr eines Lichtkönigs warteten. Raven mochte dieses Gerücht. Er hasste die Vorstellung, dass wir die Letzten des Lichts waren.

»Woher weißt du das? Kamen Boten von den anderen Clanen?«

»Nein, aber unsere Erdkrieger haben vermehrt Krieger vom Wasser- und Feuerclan an den Grenzen zum Erdreich gesichtet. Sie waren alle bewaffnet.«

»Bei dem Feuerclan ist das doch nichts Neues. Wann kommt der Händler zur Clanstätte?«

»Noch vor der Erntezeit. Genaues hat Halkan nicht berichtet.«

Halla war mit ihren Gedanken schon wieder bei den anderen in der Halle. Meine kreisten um die Herde unserer Erdpferde. Der ganze Stolz unseres Clans. Die Erdpferde waren schnell und ausdauernd. Sie konnten ihre Reiter über lange Strecken tragen, ohne zu ermüden. Ich kannte die Pferde der anderen Clane. Die Windpferde waren fein und schnell, aber lange Strecken legten sie lieber langsamer zurück. Dafür waren sie auf kurzer Strecke fast nicht zu schlagen und sehr trittsicher auf unwegsamem Gelände. Die Wasserpferde waren auch trittsicher und kamen mit schlechten und nassen Bodenverhältnissen klar. Sie waren dazu noch sehr groß und hochbeinig. Die Feuerpferde waren die schnellsten. Auf kurzen Strecken kamen nur die Windpferde an die Feuerpferde heran. Aber die Feuerpferde waren auch wie ihr Element – feurig. Nicht jeder Reiter kam mit ihnen klar. Von den Schattenpferden wusste ich nicht viel, genauso wie von den Lichtpferden. Halkan hatte oft bedauert, dass er keine Lichtpferde gekauft hatte. Der Schattenkönig hatte vermutlich mit dem Lichtclan auch die Lichtpferde vernichtet. Ich hatte bisher jedenfalls keins gesehen oder auch nur davon gehört.

»So wie du aussiehst, denkst du wieder zu viel nach.«

Raikon riss mich aus meinen Gedanken und ich nickte nur.

»Dann hat Halla schon verraten, dass wir morgen zur Clanstätte aufbrechen werden?«

»Morgen schon? Ist das nicht zu früh? Was ist, wenn der Gabensucher uns entdeckt?«

»Halkan vermutet, dass eine erneute Gabensuche erst wieder zum Winter erfolgen wird. Der Gabensucher ist sicherlich schon auf dem Weg zu einem der anderen Clane. Er kommt nicht gerne mit leeren Händen zurück zu seinem Herrn. Wir sollten also vorerst in Sicherheit sein. Außerdem kann ich mir vorstellen, dass es dir wichtig ist, bei der Auswahl der Pferde dabei zu sein und mitzuentscheiden, welche verkauft werden sollen. Es wird ein neuer Pferdehändler aus der Hochstadt kommen. Nux musste sein Geschäft wohl aufgeben. Der Kurier, der die Anfrage überbrachte, wusste nichts Genaues.«

»Das hat Halla schon berichtet. Ist etwas über den neuen Händler bekannt?«

Raikon schüttelte den Kopf.

Mir gefiel die Vorstellung nicht, die Erdpferde an einen Fremden zu geben. Aber der Clan brauchte das Geld, denn der Hochkönig forderte nicht nur Gabenträger. Der Erdclan erbrachte viele Abgaben nach der Ernte, um die Versorgung der Hochstadt mitzutragen. Ich hatte kein gutes Gefühl.

4

~ In der Clanstätte des Erdreichs ~

Die Clanstätte lag auf der Hochebene des Erdreichs. Die große Halle, die auf einer Erhebung stand, war schon von Weitem zu sehen. Die Häuser und Scheunen der Erdstätte umringten die große Halle, und die breite Straße, die sich durch die Stätte zog, erschien aus der Entfernung wie ein Fluss. Die Banner des Erdreichs wehten im Wind. Ich liebte den Anblick des grünen Baumes auf dem braunen Untergrund umrahmt von goldenen Blättern. Der Erdclan war nicht umsonst stolz auf seine Stätte. Die Weite der Ebene rahmte die Halle mit einem leuchtenden Grün ein. Grün und Braun vereinten sich hier – die Clanfarben der Erde. Die Wiesen waren bereit zur Ernte und die Felder, die sich an die Clanstätte schlossen, standen voller Getreide und Gemüse. Hunger gab es im Erdreich nicht. Die Erde war unser Element und würde uns nie im Stich lassen.

Raven und Raikon ritten vor mir. Wären die anderen Gabenträger nicht dabei, würde uns niemand für Erdclanmitglieder halten. Wir ritten bis an den Rand der Clanstätte und saßen ab. Hier lagen die weiten Pferche, in denen die Reitpferde untergebracht waren. Raven und Raikon überließen es Halla und mir, ihre Pferde zu versorgen und wegzustellen. Eine kleine Herde war immer in den Pferchen zu finden. Ich sah zu, wie Shiver als heller Punkt zwischen den dunklen Erdpferden lief. Die Pferde waren unruhig. Sie spürten, dass die große Herde nicht mehr fern war. Ich ließ meine Gabe in den Erdboden sinken und spürte auch über die Entfernung hinweg schon ihre Hufschläge, die sich der Erdstätte näherten. Wir waren nicht zu spät gekommen.

Halla sah mich kurz an und lachte dann auf. Sie war genauso aufgeregt wie ich. Die große Herde zu sehen, war für uns immer ein Ereignis. Der Erdclan würde sich an der Halle versammeln. Es war Tradition, dass die Erdkrieger die Herde zur Stätte trieben und sie durch die Erdstätte laufen ließen. Die Herde würde die große Halle umspülen wie Wasser einen Felsen.

Haldriel kam auf uns zugeritten. »Ihr solltet euch beeilen. Die Pferde haben die Hochebene gleich erreicht.«

Er sprang neben uns vom Pferd und ließ es zwischen die anderen Pferde im Pferch laufen. Halla und ich warteten auf ihn. Als er die Holzstangen des Tores verschlossen hatte, liefen wir zusammen zur großen Halle. Halkan stand auf der obersten Treppenstufe und blickte starr über sein Volk, das auf die Pferde wartete. Unter ihm stand Raven, der mich strafend ansah.

Hast du schon wieder getrödelt?

Bist du schon wieder ein Scheusal?

Ein Räuspern ließ unsere Geister verstummen, Raikon drehte sich mit einem tadelnden Blick zu uns um. Er wandte sich jedoch schnell wieder ab. Woher er immer wusste, dass Raven und ich im Geiste miteinander sprachen, war mir schleierhaft. Ich spürte den Blick von Halkan auf mir und drehte mich zu ihm um. Mein Vater grinste mich breit an. Dann versteinerte sein Blick wieder und meine Aufmerksamkeit wurde von den immer lauter werdenden Hufschlägen am Rand der Clanstätte angezogen. Ich griff fest nach Ravens Arm und stellte mich auf die Zehenspitzen, um die Pferde besser sehen zu können.

Es waren Braune, Schwarze und Rotfüchse dabei. Die Herde, die an uns vorbeigaloppierte, sah aus wie fließende Erde. Ich schmeckte den Stolz, den Halkan hinter mir ausstrahlte, und fragte mich, ob ihm bewusst war, dass seine Gabe aus ihm herausstrahlte. Seine Augen leuchteten und ich war mir sicher, dass keins der anderen Clanmitglieder ihren Clanfürsten so sah, denn alle waren vom Anblick der Pferde gefesselt.

Halkan beugte sich zu mir herunter und seine tiefe Stimme flüsterte in mein Ohr. »Ich hoffe, dass du ein paar schöne Pferde aussuchen wirst.«

Ich nickte und konnte meinen Blick immer noch nicht von den Pferden lösen. Als die letzten an uns vorbeigaloppiert waren, liefen Halla und ich hinter ihnen her. Hinter der Clanstätte auf den Weiden fanden die Pferde wieder zu ihrer Ruhe zurück und wir gingen zwischen den grasenden Tieren hindurch. Das Gras kitzelte an meinen Beinen und meine Hände glitten immer wieder über das Fell der Pferde, die keine Scheu vor uns hatten, denn sie wussten, dass wir ihnen nichts Böses wollten. Die Pferde und wir waren tief mit unserem Element verbunden. Wir gehörten zusammen.

5

~ Im Palast der Hochstadt ~

Der General schritt durch den Thronsaal auf den Hochkönig zu, der auf seinem Thron saß. Die Schatten, die durch den Saal zogen, sahen wie schwarzer Nebel aus und er wusste nur zu gut, dass schon viele in diesen Nebeln verschollen waren. Der Gabensucher stand wie immer hinter dem Hochkönig und hatte sein Gesicht zu einer erwartungsvollen Fratze verzogen. Seine Finger lagen vor seiner Brust verschränkt. Der General war wütend. Die Schattenkrieger hatten nach seiner Rückkehr seine Aufmerksamkeit zu lange gefordert. Sein Stellvertreter, Skrull, hatte während seiner Abwesenheit daran gearbeitet, die Truppe gegen ihn aufzuwiegeln. Es hatte zu lang gedauert, die Krieger wieder an ihre Aufgaben zu erinnern. Er hätte seinen Bericht gerne vor dem durchtriebenen Gabensucher dem Hochkönig vorgelegt.

Der General verneigte sich tief vor dem Hochkönig und dessen Schatten fingen an, mit den Kleidern des Generals zu spielen.

»Nun, General. Griffin hat mir von Eurer erfolglosen Suche berichtet. Es enttäuscht mich. Bisher war der Erdclan eine sehr ergiebige Quelle für Gabenträger.«

»Es tut mir leid, Euch enttäuschen zu müssen. Ich verließ mich auf die Einschätzung von Griffin, der keine Gabenträger gerochen hat. Wir haben Euch die Halbwüchsigen mitgebracht. Es wird sich in den nächsten Monaten zeigen, ob sich Gabenträger unter ihnen befinden.«

Der Hochkönig schnaubte und wandte seinen Blick dem Gabensucher zu, der hinter dem Thron hervortrat. »Halbwüchsige, die wir hier durchfüttern sollen. Sobald feststeht, dass sie keine Gabe tragen, müssen sie entsorgt werden. Und Ihr – wie kann es sein, dass Ihr nichts gerochen habt? Habt Ihr Eure Gabe verloren? Dann könnt Ihr Euch gleich mit den Erdbälgern verabschieden.«

Der Gabensucher richtete seine leeren Augenhöhlen auf den General. Ein schiefes Grinsen legte seine kaputten Zähne frei. »Ich sagte, dass ich dort nichts gerochen habe. Ich habe aber nicht gesagt, dass ich sie nicht woanders im Erdreich gespürt habe. Wir waren zum falschen Zeitpunkt im Erdreich. Dem Erdfürsten scheint es gelungen zu sein, seine Gabenträger zu verstecken.«

Der General sah den Gabensucher finster an. Er wusste, dass die Gier nach Gaben sowohl den Hochkönig als auch den Gabensucher anspornte.

»Ihr werdet noch einmal in das Erdreich zurückkehren. Der Erdclan wird sich in Sicherheit wiegen und seine Gabenträger wieder zur Clanstätte holen. Ihr solltet also erfolgreicher wiederkehren können. Findet ihre Gabenträger und nehmt so viele, wie Ihr kriegen könnt! Ich brauche sie! Und dann werdet Ihr zusammen die anderen Clane aufsuchen. Es wird Euch sicher eine Freude sein, Euren eigenen Clan zu besuchen, nicht wahr, General?«

»Ja, eine Freude.« Der General verneigte sich tief und verließ den Thronsaal. Seine Schritte waren fest und der Wind seiner Gabe rauschte in seinen Ohren. Die schweren Flügel des Saals schlossen sich hinter ihm. Neben der Tür wartete ein Schattenkrieger auf den General. »Beschattet den Gabensucher. Ich muss wissen, was er vorhat.«

Der Schattenkrieger neigte kurz den Kopf und verschwand im Flur. Der General blickte sich um, bevor er den Weg zum Feuerflügel des Hochpalastes einschlug. Vor einer Tür blieb er stehen und klopfte. Ein großer Schattenkrieger öffnete die Tür und musterte ihn. Der General hasste dieses Gehabe. Nach einigen Augenblicken ließ der Schattenkrieger ihn eintreten.

»General, es freut mich, Euch zu sehen!«

»Mylady, die Freude ist auf meiner Seite.«

Der General zog die Prinzessin an seine Seite und küsste sie auf die Stirn.

Die Baracken für die Soldaten und Schattenkrieger lagen unsichtbar unter dem Hochpalast. Die Flure in den Gewölben waren dunkel. Nur wenige Fackeln brannten an den Wänden. Die Schritte des Generals waren fest und hallten von den Wänden wider. Er stieß die Tür zu seinem Geschäftszimmer so energisch auf, dass sie gegen die Wand knallte. Die Krieger, die sich schon um den Tisch versammelt hatten, zuckten zusammen. Der General beachtete sie nicht weiter. Er ging zu seinem Platz, öffnete seinen Gürtel und ließ sein Schwert schwer auf den Tisch fallen. Dann zog er seinen Stuhl zurück und setzte sich. Sein abschätzender, kalter Blick schweifte über jeden Einzelnen der Anwesenden. Er wollte gerade seine Stimme erheben, als sich ein Schattenkrieger in den Raum schob. Der General verengte seine Augen, sagte jedoch nichts. Falkon blieb nahe der Tür an der Wand stehen, seine Schatten ließen ihn fast mit der Wand verschmelzen.

»Der Hochkönig hat eine weitere Gabensuche im Erdreich befohlen. Ich werde noch einmal mit dem Gabensucher und einigen ausgewählten Männern dorthin aufbrechen. Und das schon in wenigen Tagen.«

Die Schattenkrieger tauschten Blicke, erwiderten aber nichts. Der General stand auf. Seinen Unmut konnte er nur schwer verbergen. Er ließ seinen Stuhl laut über die Steine des Bodens rutschen. Dann umrundete er langsam den Tisch, die Sitzenden blickten sich unsicher um.

»Während meiner letzten Abwesenheit hat sich hier einiges zugetragen, was nicht mit meinen Anweisungen zusammenpasste. Ich dachte, ich hätte mich klar ausgedrückt. Oder waren meine Anweisungen unverständlich?« Der General blieb hinter einem großen Schattenkrieger stehen und beugte sich dicht an dessen Ohr herunter. »Es wird sich nicht wiederholen, dass Ihr Anweisungen und Befehle missachtet oder unzuverlässig ausführt. Ist das klar?«

Die Augen des Generals wurden grau und blind. Durch den Raum zog ein leichter Windstoß, der den Umhang des Generals anhob. Der Schattenkrieger vor dem General griff sich an die Kehle und öffnete seinen Mund. Seine Naseflügel wurden weit und sein Gesicht rot. Langsam ließ der General seine grau verfärbten Augen über die anwesenden Männer wandern. Als sein Blick bei dem Schattenkrieger an der Wand hängen blieb, lichteten sich seine Augen wieder. Der General stieß ein Grollen aus und ließ schließlich von dem Krieger ab, der nach Luft japsend auf den Tisch sackte. Die Augen des Generals kehrten wieder zu ihrer blauen Farbe zurück, sahen aber finster über die anderen Krieger hinweg, die sich unter dem Blick zu winden schienen. Der General, der sich wieder zu seinem Stuhl begab, ließ ein kleines unscheinbares Lächeln über seine Lippen huschen. Auch wenn er kein Schattenkrieger war, waren seine Gaben ihm immer wieder hilfreicher, als viele seiner Untergebenen es ihm gönnten.

»Die Gabensuche startet spätestens in acht Tagen. Bis dahin werden die Soldaten und Krieger eine Extraeinheit auf dem Übungsplatz ablegen. Es wird außerdem eine

Gruppe in die Berge des Schattenreichs aufbrechen und das Lager der Gezeichneten aufsuchen. Der Hochkönig wünscht einen neuen Bericht. Der letzte schien ihm nicht gefallen zu haben.«

Der Blick des Generals legte sich auf den Schattenkrieger, dem er gerade die Luft genommen hatte. Nur zu gerne entsandte der General diesen Krieger, um ihn nicht mehr in seiner Nähe erdulden zu müssen. Er war dem General ein Dorn im Fleisch, den er am liebsten für immer los wäre. Doch er stammte aus einer angesehenen Familie von Schattenkriegern und stand bei dem Hochkönig in der Gunst. Der General hatte es nur der Tatsache zu verdanken, dass er über zwei Gaben verfügte, die zudem sehr stark ausgeprägt waren, dass er einen höheren Rang bekleidete als dieser Schattenkrieger

»Skrull, Ihr werdet dieses Mal den Ritt zum Lager anführen. Es hat sich als unklug erwiesen, dass Ihr hier als mein Stellvertreter bleibt. Der Hochkönig wird Euch zu sich rufen lassen und Euch die Koordinaten von dem Gabensucher in Euren Geist setzen lassen. So werdet Ihr den Weg zum Lager finden.«

Der Schattenkrieger neigte verächtlich den Kopf.

»Das wäre dann alles. Wegtreten!«

Die Anwesenden entfernten sich eilig aus dem Zimmer. Nur Skrull warf dem General noch einen finsteren Blick zu.

Falkon löste sich aus seinen Schatten an der Wand und setzte sich dem General gegenüber. Der strich sich über die Stirn und stützte seinen Kopf auf die Hand. Falkon versicherte sich, dass die Tür verschlossen war, und blickte dann ernst zum General.

»War das eine gute Idee, Skrull vor den anderen zu maßregeln?«

»Sicherlich nicht. Er wird seine Wut an den anderen auslassen und irgendwann wird es mich teuer zu stehen kommen. Es war aber nötig, um alle daran zu erinnern, wer hier die Befehlsgewalt hat.«

»Geht es nach Skrull, wird es nicht länger deine sein. Er wartet nur auf einen Fehler. Deine Clanzugehörigkeit hat er dieses Mal genutzt. Wir müssen vorsichtig sein. Er darf keine weitere Gelegenheit bekommen, sonst wird er dich schneller ersetzen, als es dir passt.«

Der General nickte nur schweigend. Seine Clanherkunft war schon immer ein Dorn im Auge dieses Schattenkriegers gewesen. Wind und Wasser statt Schatten. Der Hochkönig hatte ihn gewählt, weil er sich diese Gaben zunutze machen wollte. Der Schatten konnte genauso einem Mann die Luft abschnüren, wie er das vermochte, doch im Schatten war es für niemanden sichtbar. Der General stellte eine sichtbare Waffe dar, die der Hochkönig nur zu gerne einsetzte. Die anderen Krieger des Hochkönigs sahen es allerdings nicht gerne, dass ihr General nicht aus dem Schattenclan stammte.

»Wir müssen unsere Abreise organisieren. Triff die Vorkehrungen dafür und teile die Männer ein, die die Gabensuche und die Reise zu den Gezeichneten antreten sollen. Wir brauchen in beiden Truppen Männer, auf die ich mich verlassen kann.« Die Stimme des Generals klang müde.

Falkon erhob sich und verließ schweigend den Raum. Der General blieb allein zurück und versank in seinen Gedanken. Es würde noch schwierig werden mit diesem Schattenkrieger. Skrull wollte seine Position und der General würde noch mehr Härte walten lassen müssen, um seine Stellung am Hochpalast zu behalten. Die missglückte Gabensuche im Erdreich hatte es nicht einfacher für ihn gemacht. Der General musste den Hochkönig weiterhin auf seiner Seite halten können.

6

~ In der Clanstätte des Erdreichs ~

Die kleine braune Stute tänzelte unter mir und schien ihre Aufregung kaum bei sich behalten zu können. Ich sorgte dafür, dass sich mein Geist sorgsam an ihren schmiegte, wodurch sie ruhiger wurde und ihren Kopf etwas fallen ließ. Ihre Schritte wurden gleichmäßiger und ich drang tiefer in ihren Geist ein. Die Stute war lebhaft und tapfer. Sie würde ein gutes Reitpferd abgeben. Mein Geist zeigte ihr Bilder, wie sie unter mir über die Hochebene galoppierte, und schon warf sie den Kopf wieder hoch und wollte mit mir auf ihrem Rücken davonrennen. Meine Hand auf ihrem Hals ließ sie aber anhalten.

»Ruhig, meine Kleine. Du bist noch nicht so weit.«

Ich ließ sie wieder zu den anderen Pferden auf der Koppel an der Clanstätte zurückkehren und sprang von ihrem Rücken. Mein Blick glitt über die anderen Pferde, die hier eingepfercht standen und darauf warteten, geritten zu werden.

»Ich hätte mir denken können, dass ich dich nur hier finden kann.«

Ravens Stimme riss mich aus meinen Gedanken und ich ging zu ihm an den Zaun.

»Wir sollen zu Halkan kommen. Er möchte mit uns sprechen.«

»Worum könnte es gehen?«

Es kam selten vor, dass unser Vater uns zu sich beorderte. Es schien etwas Wichtiges zu sein. Raven strahlte eine Ernsthaftigkeit aus, die ich im Geheimen Tal nur selten an ihm spürte. Hier war er mehr der Sohn unseres Vaters. Ein Fürstensohn und der eigentliche Erbe des Hochthrons. Raven würde lieber hier in der Erdstätte leben, doch es war seine Bestimmung, auf dem Hochthron zu sitzen. Zumindest würden das unser Vater und Raikon begrüßen.

»Vielleicht hat er einen taffen Krieger für dich gefunden, wirst verheiratet und hörst dann endlich auf, mich zu nerven.«

»Na warte!«

Ich sprang über den Zaun des Pferches und setzte ihm nach, doch Raven war schneller als ich und so erreichte ich ihn erst kurz vor der großen Halle. Ich stieß ihm schnell meinen Arm in die Seite, sprang an ihm vorbei und betrat die große Halle als Erste. Raven grummelte hinter mir, weil er sich nicht mehr rächen konnte. Halkan und Raikon saßen am Feuer in der Mitte der Halle und hatten uns schon bemerkt.

Halkan wirkte nachdenklich und fixierte Raven mit seinen Augen, dem der Blick deutlich unangenehm war. Mein Geist spürte, wie Halkans Geist sich hinter einer Mauer versteckte. Das konnte nichts Gutes bedeuten. Raven umfasste meine Hand und drückte sie leicht.

Hat er wirklich einen Ehemann für dich gefunden?

Lass das. Es ist irgendwas Ernstes.

Raven ließ meine Hand wieder los und wir setzten uns auf die Bank, die Halkan uns zuwies. Er musterte uns kurz. Mein Blick schnellte zu Raikon hinüber, der aber unverändert in das Feuer vor sich sah.

»Ich habe eine Nachricht aus der Hochstadt erhalten. Raikon und ich haben sie schon geprüft. Ich möchte, dass du auch noch einmal in sie hineinspürst, Raja.«

Ich war etwas überrascht, nahm aber ohne Zögern das Papier, das Halkan mir entgegenreichte, an. Raikons Blick schnellte vom Feuer auf und ich spürte, wie seine Erwartung sich auf mich legte. Ihn umgab eine leichte Aufregung, die ich sonst bei ihm nur spürte, wenn er Hanna nach einer Trennung wiedersah. Das Papier in meinen Fingern wurde warm. Ich ließ meinen Geist in das Papier dringen und schloss meine Augen.

Ein schwarzer Vogel flog über mir. Er schlug heftig mit seinen Flügeln und wirbelte die Luft um mich auf. Ich spürte, wie sich eine Schicht Staub von mir löste und in die Luft gehoben wurde. Mein Licht brach aus mir heraus und ich erstrahlte in einer um mich greifenden Dunkelheit so hell auf, dass meine geschlossenen Augen brannten. Die Dunkelheit verschwand. Der schwarze Vogel landete neben mir und schloss seine Flügel um mich.

Mein Geist riss mich aus dem Papier heraus und ich keuchte schwer auf. Raven umfasste meinen Arm und sah mich prüfend an. Mein Blick lag auf Halkan, der mich nur schweigend ansah und nickte. Sein Blick löste sich von mir und wanderte zu Raikon, der ihn ebenfalls ansah. Ich wusste nicht, ob Halkan in einer Verbindung zu Raikon stehen konnte, aber die zwei schienen eine Absprache getroffen zu haben.

»Dann ist es beschlossen. Raja, du wirst in zwei Tagen zurück ins Geheime Tal reisen. Der Pferdehändler wird morgen hier eintreffen. Ich möchte, dass du deine Haare versteckst. Halla wird dir sicherlich helfen können.«

Halkan sah mich prüfend an. Ich nickte nur und ließ meine Schultern enttäuscht sinken. Meine Haare waren zu auffällig. Ich kannte es nur zur Genüge, dass ich mich verstecken musste, wenn der Erdclan besucht wurde. Wenn es nicht um die Pferde gehen würde, würde mich Halkan gar nicht in der Clanstätte verweilen lassen. Ich wünschte mir, dass ich länger hierbleiben und dass meine Zeit mit Halla noch andauern könnte. Im Geheimen Tal hatte ich niemanden außer Raven.

Halkan nahm mir das Papier aus den Händen und reichte es Raven, der es aufklappte und las.

»Raven, du wirst heute noch mit Raikon aufbrechen. Ich möchte, dass ihr die anderen Clane aufsucht. Wenn es stimmt, was auf dem Papier geschrieben steht, dann ist es an der Zeit, dass das Licht zurück zu den Clanen kommt. Ihr werdet länger unterwegs sein, als mir lieb ist. Raikon ist vorbereitet. Du brauchst nur noch dein Pferd holen. Ich werde den Erdclan bereithalten und auf das Zeichen von Raikon warten, wenn euer Vorhaben gelingt und du die Clane dazu bringen kannst, dass sie dich unterstützen.«

Raven sah Halkan lange an und nickte dann schweigend. Ich nahm ihm das Papier aus der Hand und las es selbst.

Licht tritt hervor.
Schatten weicht.
Licht eint die Clane,
wie es schon immer war.

Ich sah Raikon an und ließ meine Hand sinken. Ein schwarzer Vogel war unter der Schrift zu sehen. Ein Nachtfalke.

»Raven soll die Clane vereinen und sich gegen den Hochkönig stellen? Das kann nicht euer Ernst sein.« Meine Stimme zitterte vor Anspannung.

Raikon sah nachdenklich zu mir und seine Augen spiegelten wider, was ich spürte. Es würde eine große Anstrengung bedeuten, die Clane zu einen. Sie waren zerstritten und uneins. Keiner vertraute dem anderen. Der Verrat, den der Schattenkönig an den Clanen begangen hatte, saß noch in den Erinnerungen der Clane fest und machte sie zu Feinden statt zu Verbündeten.

»Habt ihr bedacht, was es bedeuten wird, wenn Raven sich als Lichtträger zeigt? Die Clane könnten ihn an den Hochkönig verraten. Dann wird es niemals dazu kommen, dass der Schatten vertrieben wird.«

»Raja, es wird gut gehen. Die Clane müssen wieder in ein Gleichgewicht kommen. Der Schatten muss aus der Hochstadt weichen, sonst werden die Clane untergehen.

Unser Clan wird an den Gabensuchen zugrunde gehen. Wir können nicht jedes Mal so früh reagieren und die Gabenträger in Sicherheit bringen. Dieses Mal konnten wir sie schützen, aber dafür haben wir alle Halbwüchsigen verloren. Es wird unseren Clan bald nicht mehr geben, wenn wir nicht handeln. Der Schattenkönig hat kein Interesse an einem friedlichen Miteinander, er möchte seine Macht ausbauen und seine Position halten. Die Gabensuchen werden häufiger und in den Clanen gibt es nur noch wenige Gabenträger. Der Schattenkönig hat schon so viele von ihnen genommen, dass auch die Gaben der anderen Clane bald verschwinden werden.«

Ich sah Halkan fassungslos an. Wir waren hier im Erdclan sicher. Er hatte uns immer versteckt und niemand wusste, dass es Raven und mich gab. Und nun sollte sich das ändern?

»Raven kann nicht allein mit Raikon zu den Clanen reiten. Schick bitte unsere Krieger mit. Sie müssen sich verteidigen können!«

»Das kann ich nicht machen. Raven muss es allein schaffen. Es wäre zu auffällig, wenn ich unsere Erdkrieger entsenden würde. Wenn dem Hochkönig von einem Trupp Erdkrieger in einem anderen Reich berichtet wird, wird er uns hier im Clanreich angreifen. Raven und Raikon müssen so unauffällig wie möglich reisen. Es ist bereits alles besprochen.«

»Wie soll das gehen? Du schickst zwei Lichtträger hinaus in das Clanreich. Die zwei können niemals unauffällig reisen. Sieh uns doch an! Du schickst sie in den Tod!«

Halkan wurde kalt. Ich spürte, wie er mich ausschloss und sich und seine Gedanken vor mir versteckte. Mein Blick wanderte zu Raikon, der mich nur schweigend ansah. Raven neben mir räusperte sich und mein Kopf fuhr zu ihm herum.

»Ich werde dann mal Sky fertig machen.«

Ich sah zu, wie er aufstand, und blickte ihm nach, als er die Halle verließ.

Auch Raikon stand auf und wollte ihm folgen, er verharrte noch kurz an meiner Seite. »Raven wird nicht scheitern, Raja. Es ist seine Bestimmung, den Schatten zu besiegen. Ihr beide seid die Einzigen, die das noch können. Mein Licht erlischt immer mehr. Wenn er es nicht schafft, wird das Clanreich für immer im Schatten versinken. Und das können wir nicht zulassen. Wir müssen es einfach versuchen – zum Wohle aller.«

»Woher wollt ihr das so sicher wissen? Und wenn er doch scheitert? Was wird dann aus uns?«

Ich sah fassungslos zwischen Raikon und Halkan hin und her. Raven war der bessere Kämpfer von uns beiden. Das Clanzeichen an meiner linken Schläfe juckte unter meiner Haut. Ich würde das Licht nicht in die Hochstadt zurückbringen können.

Bevor einer der Männer noch etwas sagen konnte, lief ich hinter Raven her. »Raven, warte auf mich!«

Er hielt an, bis ich zu ihm aufgeschlossen hatte. Er sah auf mich hinab und zog mich dann in seine Arme. »Du brauchst keine Angst haben, Raja. Es wird sich alles fügen. Raikon und Halkan würden es nicht zulassen, dass das Licht ganz verschwindet. Sag mir lieber, was du gespürt und gesehen hast in dem Papier.«

Ich löste mich von ihm und sah zu ihm auf. »Da war ein schwarzer Vogel. Er hat mit seinen Flügeln geschlagen und der Wind hat die Erde von mir geweht. Dann war da plötzlich sehr viel Licht, das die Dunkelheit vertrieben hat.«

Raven nickte. »Dann wissen wir ja, dass wir nicht allein gegen den Schatten kämpfen werden, der Vogel und der Wind werden uns helfen. Du wirst sehen, es wird alles so kommen, wie es uns vorherbestimmt ist. Das Gleichgewicht der Clane muss wiederhergestellt werden. Wir sind die letzten Lichtträger. Es ist unsere Pflicht, es zu versuchen.«

»Aber wenn wir scheitern, wird es kein Licht mehr geben.«

»Was bringt dir das Licht, wenn es für niemanden leuchten darf?«

Raven lächelte auf mich hinab und nahm meine Hand. Wir gingen hinüber zu den Pferden. Ich spürte, wie schwer es auch ihm fiel, den Erdclan zu verlassen. Jetzt, wo es endlich so weit zu sein schien. Es war aber noch etwas anderes in ihm, was ihn weglockte. Ich spürte eine Sehnsucht in ihm, die hier nicht befriedigt wurde, ein Band, das ihn von hier wegzog.

Raven holte seinen weißen Hengst und sattelte ihn. Raikon trat zu uns und legte Gepäck auf Ravens Pferd. Sein eigenes hielt er am Zügel. Es war bereits gesattelt und seine Gepäcktaschen hingen schon an der Seite des Braunen.

»Wenn wir es euch früher gesagt hätten, wäre es nicht einfacher geworden. Ich passe auf deinen Bruder auf. Aber du musst jetzt auf dich selbst achten, Raja. Ich weiß, dass das nicht leicht sein wird. Ich möchte nicht, dass du dich in Schwierigkeiten bringst. Reite in das Geheime Tal zurück. Hanna erwartet dich. Sie wird dich auf die Hochstadt vorbereiten. Ich verspreche dir, dass wir dem Erdclan berichten werden, wenn wir einen Clan erfolgreich verlassen haben. Du kannst dich wieder darin üben, deinen Geist über weite Entfernungen zu schicken. Raven wird dich immer spüren können. Ihr seid so eng miteinander verbunden, dass es auch über die Clangrenzen hinaus so sein wird. Halkan wird nach dir schicken, wenn der Erdclan zur Hochstadt reitet. Du kannst dann nachfolgen. Pass auf dich auf!«

Raikon zog mich an sich und hielt mich in den Armen. Ich spürte, dass er trotz seiner Worte unsicher war, ob er wirklich recht behalten würde. Ich versprach, vorsichtig zu sein.

Raven sagte nichts. Er zog mich nur an sich und küsste meine Stirn. Dann schwangen sich beide auf ihre Pferde und verließen die Clanstätte.

Ich blickte ihnen nach. Ihr Weg würde sie zuerst zum Wasserclan führen. Von allen Clanen war der Wasserclan dem Erdclan noch am freundlichsten gesinnt. Es gab seit einigen Jahren Streitigkeiten innerhalb des Wassers. Der erwählte Clanführer war vor Jahren vom Hochkönig entführt worden. Es war das einzige Mal gewesen, dass der Gabensucher einen Clanfürsten gefordert hatte. Niemand hatte in Erfahrung bringen können, was aus ihm geworden war. Durian, der den Wasserclan seitdem führte, konnte den Clan nicht zur Einheit bringen. Das Wasser mochte keine Irritationen.

Die Reiter waren schon fast in den Weiten der Hochebene verschwunden und doch konnte ich meinen Blick nicht vom Horizont abwenden, der sie gleich verschlucken würde.

Raven blickte über seine Schulter. Am Rand der Clanstätte sah er Raja nur noch schemenhaft. Ihre weißen Haare hoben sich deutlich von dem Braun und Grau der Clanstätte ab. Raven bemerkte den Seitenblick von Raikon und wandte sich wieder seinem Hengst zu, der unter ihm mit weiten Sprüngen weiterlief.

»Sie wird so lange dort stehen bleiben, bis sie uns nicht mehr sehen kann.«

Raven lachte auf. »Davon gehe ich auch aus.«

Die Hochebene des Erdreichs wurde flacher und vor ihnen erstreckten sich die weiten Weidegründe und Steppen des Erdclans. Raikon hielt sein Pferd zurück und der Braune lief langsamer. Auch Raven zügelte Sky.

»Wir sollten uns weiter westlich halten. Ich möchte ungerne zu dicht an das Gebiet der Hochstadt kommen. Wir könnten am Rand des Waldes entlangreiten. Die Bäume geben uns Schutz.«

»Willst du noch einmal in das Geheime Tal?« Raven warf Raikon einen vorsichtigen Blick zu. Er wusste, dass ihr Vorhaben gefährlich war und sie eine lange Zeit nicht zurückkehren würden. Für Hanna und Raikon war die Trennung nicht leicht.

»Nein, das würde uns nur Zeit kosten. Ich habe mich schon von Hanna verabschiedet. Und ich glaube, sie wusste, dass wir uns eine längere Zeit nicht wiedersehen werden.«

Raikon verfiel in Schweigen und die Pferde liefen ihren Weg durch das Gras der Ebene.

»Es ist nur ein Tagesritt bis zum Geheimen Tal. Wir sollten versuchen, noch ein Stück weiter am Wald entlangzukommen, bevor wir ein Nachtlager aufschlagen. Hier brauchen wir noch keine Vorsicht walten lassen. Auf dem Gebiet des Erdreichs wird uns nichts passieren, da bin ich mir sicher. Anders wird es dann im Wasserreich sein.«

Raven ließ seinen Hengst gedankenverloren dahintraben. Der Wasserclan war dem Erdclan freundlich gesinnt. Zumindest war es früher so gewesen. Der alte Wasserfürst war ein guter Freund seines Vaters gewesen. Nach seinem Tod war es ungewiss, ob der neue Wasserfürst es auch war. Zumal sie vorsichtig sein mussten, da sie nur mit einem vom Clan gewählten Clanfürsten sprechen würden. Das Element konnte ganz anders über ihr Schicksal entscheiden. Daher war es nicht sicher, ob sich der Wasserclan hinter ihn stellen würde. Erde und Wasser harmonierten aber eigentlich gut miteinander. Er dachte an Hanna und ihre Geschichten am Feuer.

Raikon holte ihn aus seinen Gedanken. Der Braune fing an zu tänzeln und Raikon ließ ihn dahintraben. Am Horizont erhob sich die Baumgrenze des Waldes – ein dunkler Streifen, der sich weit zwischen Grasland und Himmel legte. Ein Lächeln trat auf Ravens Gesicht. Der Wald war mehr sein Zuhause als die weiten Ebenen des Erdreichs.

7

~ In der Clanstätte des Erdreiches ~

Die Bäume des geheimen Waldes sangen ihr rauschendes Lied und wiegten über mir ihre mächtigen Kronen. Ich ließ mich von Shivers Rücken gleiten. Das hohe Gras zwischen den Wurzeln der Bäume kitzelte mich an den Beinen. Ich hörte nur die Stimmen des Waldes, sonst nichts. Die Vögel, die durch die kleinen Büsche flogen und emsig Futter für ihren Nachwuchs suchten, das Summen der kleinen Insekten. Die Sonnenstrahlen erwärmten den Boden und ich fühlte die Kraft des Waldes durch mich hindurchrauschen. Ich griff nach Shivers Zügeln und ging mit ihm auf einem unsichtbaren Weg zwischen den Bäumen hindurch. Seine Hufschläge hinter mir wurden vom Boden verschluckt. Nur noch wenige Schritte und wir hätten unser Ziel erreicht. Ich drehte mich zu meinem hellen Hengst um und nahm ihm sein Kopfstück ab.

»Geh und such dir etwas Gras.«

Der Hengst schnaubte kurz auf. Meine leisen Worte nahm er bereitwillig an und er suchte zwischen den Bäumen nach Gras. Ich setzte meinen Weg fort. Die kleine Lichtung vor mir öffnete den Wald und gab einen kleinen verborgenen See frei. Ein Kribbeln auf meinem Rücken verriet mir, dass der Zauber, der diese Lichtung schützte, noch arbeitete. Es wird hier niemand mit unfreundlichen Absichten eintreten können. Den Schutzzauber hatte ich selbst auf die Lichtung gelegt. Hanna hatte es mir bei der Erneuerung der Schutzzauber für das Geheime Tal gezeigt. Die Erde hatte sich mir und meiner Bitte nach einem Schutz für diese Lichtung nur zu bereitwillig geöffnet und mir ihre Kraft geschenkt. Mein Rückzugsort. Nicht einmal Halla wusste, dass es diesen See gab.

Das Sonnenlicht spiegelte sich auf der Wasseroberfläche. Am Ufer wuchsen viele Blumen und Wasserpflanzen. Das

Licht der Sonne wurde auf der Wasseroberfläche von unzähligen Seerosen unterbrochen, die dort lagen wie die Sterne am Himmel. Meine Reitkleider fielen von meinen Schultern und ich trat an den See. Das Wasser umspielte meine Zehen, als würde es mich begrüßen wollen und zu sich ziehen.

»Ich freue mich auch, hier zu sein.« Ich lächelte und ging weiter in das Wasser. Ich ließ die Kraft der Lichtung durch mich fließen und genoss die Ruhe mit geschlossenen Augen. Mein Licht trat aus mir heraus und meine Haut begann leicht zu ziehen, wie sie es immer tat, wenn ich leuchtete. Ich streckte meine Arme von mir und ließ mein Licht ausschwärmen. Das Sonnenlicht antwortete ihm und legte sich in meines hinein. Mein helles Licht, das eher dem Mond glich, wurde golden.

Ich stand knietief im Wasser. »Ins Wasser«, befahl ich meinem Licht leise und ließ den See erleuchten. Meine weißen Haare begannen zu tanzen und um mich herum wurden die Bäume laut. Wind brachte die Lichtung in Bewegung. Ich spürte um mich herum. Nichts war hier, was nicht hierhergehörte. Ich rief mein Licht zurück und drehte mich um.

Am Rand der Lichtung stand ein Reiter. Das dunkle Pferd verschmolz fast mit den Schatten, die die Bäume warfen. Mein Herz begann schneller zu schlagen. Wie konnte ein Fremder diesen Ort finden? Der Reiter lenkte sein Pferd langsam in meine Richtung. Die schwere dunkle Kapuze verbarg sein Gesicht. Ich trat langsam aus dem Wasser heraus. Mein Schwert hing an Shivers Sattel. Ich rief ihn mithilfe meiner Gabe. Der Reiter hatte mich bereits erreicht und drängte sein Pferd seitlich an mich heran. Ich wich nicht zurück. Meine Hand tastete nach dem Geist des dunklen Hengstes. Es war ein freundliches Tier und ließ mich bereitwillig in sich hinein.

»Was wollt Ihr hier?«, fragte ich angriffslustig, aber auch ein wenig unsicher. Das schwere Schwert an der Seite des Pferdes machte mich nervös. Ich hatte hier auf der Lichtung noch nie eine Waffe gebraucht, um mich zu verteidigen.

Der Reiter schwang sich vom Pferd und blieb mit dem Rücken zu mir an seinem Pferd stehen. Dann streifte er die Kapuze von seinem Kopf und drehte sich zu mir um. Ich musterte ihn und versuchte vorsichtig, mich seinem Geist zu nähern. Der Fremde hatte kurze schwarze Haare, die durch die Kapuze zerwühlt um seinen Kopf lagen. Seine Blick ruhte auf mir und ich sah in ein tiefes Blau. Mein Herz setzte einen Schlag aus und ich musste mich zwingen, nicht laut auszuatmen.

»Der Wald hat mich hierhergeführt«, antwortete der Fremde knapp. »Es scheint mir richtig zu sein, dass ich hier bin.«

Der Wald hat seine eigene Kraft. Ein altes Gesetz.

Sein Geist lag offen vor mir und ich konnte ihn spüren. Er tastete sich mir entgegen, vorsichtig und doch so vertraut, dass meine Angst verschwand. Er lächelte zu mir herunter und nestelte am Zügel seines Hengstes.

»Wer seid Ihr?«, fragte ich leise. Ich spürte eine Spannung, die sich zwischen uns aufbaute. Mein Licht zog zu ihm und ich musste mich anstrengen, es zurückzuhalten.

»Ich bin nur ein Fremder auf der Durchreise.«

»Wohin wollt Ihr? Es gibt nach dem Erdreich nicht mehr viel. Nur die See und die Wüste.«

»Ihr seid sehr neugierig. Wollt ihr mir nicht erst einmal sagen, wer Ihr seid?«

Ich wurde nervös. Der Fremde hielt meinen Blick fest.

»Warum wollt Ihr das wissen?«

»Wer seid Ihr? Von welchem Clan seid Ihr? Seid Ihr vom Erdclan?«

Der Fremde ließ die Zügel seines Pferdes los und trat noch näher an mich heran. Ich überlegte fieberhaft, wie ich antworten sollte. Nur zu sehr war mir meine Erscheinung bewusst. Die weißen Haare und die Farbe meiner Augen ließen mich als vieles erscheinen, nur nicht als die typische Erdfrau, die ich doch nach außen sein sollte.

»Wenn ich Euer Schweigen richtig deute, seid Ihr das. Ihr scheint etwas Besonderes zu sein. Und das wusste ich schon, als ich Euch gerade in dem Wasser stehen sah. Ihr seid anders als die Clanfrauen, die ich bisher getroffen habe.«

Dann griff der Fremde in meine Haare und ließ eine meiner langen Strähnen durch seine Finger gleiten. Ich ließ es geschehen und schaute ihm dabei zu. Als mein Haar wieder auf meinen Arm zurückfiel, blickte ich auf und wurde von dem Blau seiner Augen angezogen wie Motten vom Feuerschein. Er beugte sich über mich.

»Ich konnte es spüren. Was Ihr seid und wer Ihr seid«, flüsterte er nahe an meinem Ohr. Sein Atem berührte sanft meine Wange und ich musste die Augen schließen. Ich wusste nicht warum, aber ich spürte immer noch keine Gefahr. Der Fremde war mir nicht fremd. Er war seltsam vertraut.

Ich blickte wieder zu ihm auf und er hob seine Hand langsam an mein Gesicht. Meine Wange schmiegte sich in seine Hand, die nur dafür gemacht zu sein schien. Dann beugte er sich erneut zu mir herunter.

»Ich bin froh, dass der Wald Euch hergeführt hat.« Während ich das sagte, spürte ich zwischen uns ein Band, das sich immer mehr festigte, je länger er mich berührte.

»Ich würde immer wieder zu Euch finden«, hauchte der Fremde und legte sanft seine Lippen auf meine.

Ich fuhr hoch. Meine Atmung ging so schnell, als wäre ich gelaufen. Meine Augen brauchten einen Moment, um sich an die Dunkelheit um mich herum zu gewöhnen. Im Haus war alles still, nur das kleine Feuer in der Mitte spendete ein wenig Licht. Die Flammen waren schon klein geworden und die rote Glut leuchtete in der Dunkelheit. Es musste mitten in der Nacht sein. Durch die kleinen Fenster schien noch kein Sonnenlicht. Ich stützte meinen Kopf auf meine Handflächen. Noch immer war ich halb in meinem Traum gefangen. Ich spürte die Berührungen des Fremden noch heiß an meiner Wange. Auf meinen Lippen schmeckte ich ihn. Wieder war er im Traum zu mir gekommen. Seine letzten Worte hallten durch meinen Kopf. Unzählige Male hatten sie das schon getan. Es war nicht das erste Mal, dass mich der Fremde im Traum geküsst hatte. Fast tat es weh, dass ich immer an derselben Stelle des Traumes aufwachte. Ich sehnte mich danach, seine Lippen wieder zu spüren.

Neben mir drehte sich Halla zu mir um. Sie wühlte ihre Decke über ihr Gesicht. »Hast du wieder geträumt?«, fragte sie verschlafen.

»Ja. Es war wieder der Traum«, gab ich tonlos zurück. »Schlaf weiter. Ich hole mir nur schnell etwas Wasser.«

Halla murmelte etwas Unverständliches und schlief weiter. Leise schlug ich meine Decke zurück und stieg aus dem Bett. Die Kühle der Nacht legte sich um meine Beine. Winter und Frühling waren schon lange überstanden. Der Sommer auf der Hochebene war da und dennoch konnte es empfindlich kalt werden, gerade in den sternklaren Nächten. Die Nächte im Geheimen Tal waren wärmer. Die Bäume verloren ihre Blätter im Winter nicht und es gab dort keine Kälte und keinen Schnee. Als wären die Jahreszeiten durch den Zauber, der dem Wald innewohnte, durchbrochen. Hanna meinte, dass die Erde uns dort näher war. Raikon sagte immer, dass das am Wald an sich lag. Wer von beiden recht hatte, konnte ich nicht sagen. Aber ich mochte es, wenn sie sich deswegen neckten.

Ich lief leise zu den Tischen und fand eine Kanne mit Wasser. Ich goss es in einen Becher und trank gierig ein paar Schlucke. Das Wasser lief wie ein Vertrauter in mich hinein.

Die anderen Frauen schliefen fest und daher bemerkte es auch keine von ihnen, als ich kurz aus dem Haus trat und in die Nacht blickte. Die Sterne am Himmel funkelten noch und ich legte meine Hände um meinen Körper. Die Luft war eisig auf meiner Haut, die von meinem Traum noch erhitzt war.

Über den Himmel, der sich über mir erstreckte, schoss ein roter Pfeil und ich blickte ihm nach, wie er in Richtung Norden davonzischte.

»Kein gutes Zeichen«, sagte eine Stimme leise neben mir. Aus dem Schatten trat Halkan, der ebenfalls hinauf in den Himmel blickte. »Ein rotes Licht, das zur Hochstadt fliegt. Wir sollten uns darauf vorbereiten, dass etwas Schlechtes passieren wird. Konntest du auch nicht schlafen?«

Nachdenklich blickte er über die Häuser des Erdclans. Eine Antwort erwartete er nicht. Halkan hatte mich schon unzählige Male nachts entdeckt, wenn ich in der Clanstätte weilte. Immer wenn ich diesen Traum hatte. Es war, als würde ihn seine Gabe wecken und zu mir schicken.

Raikon und Raven hatten heute die Clanstätte verlassen. Das Unternehmen, das vor ihnen lag, war nicht ungefährlich und doch würde ein Gelingen endlich Frieden für die Clane bedeuten. Ich blickte noch einmal in die Richtung, in der das Licht verschwunden war.

»Glaubst du, dass Raven in Gefahr ist?«

»Das Licht flog in Richtung Hochstadt. Ich würde eher darauf setzen, dass der Hochkönig in Gefahr ist. Dein Bruder wird nicht scheitern. Er ist dazu bestimmt, das Licht wieder zurückzubringen. Er ist unsere einzige Chance.« Ich folgte seinem Blick in die Richtung, die das Licht genommen hatte. »Geh wieder in dein Bett. Ich mag es nicht, wenn du nachts hier allein herumwanderst.«

»Und Halla erst recht nicht«, lachte ich.

Dann schlüpfte ich schnell zurück in das Haus. Mein Bett war noch warm und ich fiel zurück in einen traumlosen Schlaf.

8

~ Im Lager ~

Der General schreckte aus dem Schlaf auf. Er keuchte schwer und stützte seinen Kopf auf die Hände. Er war noch in dem Traum gefangen und er spürte noch immer die Berührungen der Frau an seinem Geist und ihre Lippen auf seinen. Er hatte sie einfach küssen müssen. Jedes Mal musste er das, obwohl er wusste, dass diese Berührung ihn aus dem Traum reißen würde.

»Hattest du wieder diesen Traum?«, fragte eine Stimme neben ihm.

Falkon saß am Feuer des Lagers und blickte ihn prüfend an. Der General wusste, dass er seinem Freund nichts vormachen konnte, und nickte kurz. Seine Gedanken waren aber nicht bei Falkon. Er dachte immer noch an die Frau mit den weißen Haaren und den bernsteinfarbenen Augen.

Der Hochkönig hatte eine weitere Gabensuche im Erdreich befohlen und der Trupp musste unerwartet eher aufbrechen, als der General es geplant hatte. Der Hochkönig duldete keine Verzögerung und ihm war wieder die Aufgabe zugefallen, den Gabensucher zu begleiten. Diese absonderliche Gestalt widerte ihn an. Seine bloße Anwesenheit brachte die Gaben des Generals zum Kochen. Er hatte beobachtet, dass es Falkon nicht anders ging, allerdings hatte der Krieger seine Schatten sehr gut unter Kontrolle.

»Du solltet noch etwas ruhen. Deine Wachablösung ist erst in ein paar Stunden«, empfahl Falkon ihm.

Der General schüttelte aber nur schweigend den Kopf. Er würde nicht in den Schlaf zurückfinden. Die traumlose Leere, in die er dann hinabgleiten würde, war ihm zuwider. »Du kannst dich hinlegen. Ich halte jetzt schon Wache.«

Die beiden hielten ihre eigene Wache. Ihre Lagerstätte lag zwar inmitten der anderen Wachen, die den Gabensucher begleiteten, doch der General vertraute hier niemandem. Dem Gabensucher schon gar nicht, der keinen Schlaf benötigte und immer wieder wie ein toter Schatten durch das Lager schlich und sich hin und wieder an den gefangenen Gabenträgern verging.

Falkon legte sich unter seine Decken und der General blickte weiter in das Feuer. Die Sterne über ihm beachtete er nicht weiter. Die Flammen fraßen an dem Holz und der General wollte sich gerade erheben, um ein weiteres Scheit in die Flammen zu schmeißen, als er eine Bewegung in der Dunkelheit wahrnahm.

»Ihr riecht anders als sonst«, zischte eine leise Stimme über das Feuer.

Der General blickte auf und sah den Gabensucher auf ihn zutreten. Die hagere, große Gestalt des Suchers fand sich in unzähligen Schauermärchen, die den Kindern in der Hochstadt und in den Clanen erzählt wurden, wieder. Der dunkle Umhang versteckte den Körper des Gabensuchers und ließ nur seine knochigen, spinnenähnlichen Finger sehen. Die Kapuze war tief in sein Gesicht gezogen und verhüllte seine Augenpartie. Der General verzog angewidert den Mund und warf das Holzscheit in die Flammen. Funken stiegen in den Himmel und der Gabensucher blickte ihnen nach.

»Ihr habt einen fremden Geruch an Euch. Ich kann ihn schmecken. Genau wie Ihr. Diese Frau ist etwas Besonderes. Es wäre mir eine Freude, sie zu treffen.« Der Gabensucher lachte dreckig vor sich hin und seine Augenhöhlen schienen den General zu fixieren.

Der General blickte dem Gabensucher nur finster entgegen. Er würde seinem Gegenüber nichts weiter über die Frau preisgeben. Wer auch immer sie war, er würde sie finden und für sich behalten. Wind und Wasser drängten ihn, sie freizulassen, aber er ließ es nicht geschehen. Seine Zähne lagen so fest aufeinander, dass seine Muskeln zu schmerzen begannen.

»Nun«, lachte der Gabensucher, »wir werden ja sehen, wer von uns beiden sie als Erstes findet.«

Dann verschwand er wieder in den Schatten, die um die Feuerstelle lagen, und überließ es dem General, sich seinen Gedanken und Ängsten zu stellen.

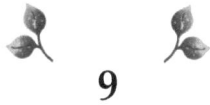

9

~ In der Clanstätte des Erdreichs ~

»Raja, hier bist du. Ich habe dich überall gesucht. Der Pferdehändler und seine Reiter erreichen die Clanstätte in wenigen Augenblicken. Die Grenzreiter geleiten sie hierher. Halkan hat mich beauftragt, deine Haare zu verstecken. Komm schnell!«

Halla zog mich mit sich und ich löste nur widerwillig meinen Blick von den Pferden, die vor mir friedlich in ihrem Pferch standen.

In der großen Halle setzte ich mich ans Feuer und Halla flocht meine Haare zu einem festen Knoten an meinem Hinterkopf. Ich spürte den Druck der kleinen Nadeln, mit denen sie die Haare zusammensteckte.

»Au, du tust mir weh.«

»Ach, halt still. Warum musst du auch so auffällig schön sein?«

»Bin ich gar nicht.« Ich verschränkte meine Arme vor der Brust und maulte leise vor mich hin.

»Hättest du lieber so langweilige braune Locken wie die, die meinen Kopf zieren?«

»Damit müsste ich mich zumindest nicht verstecken.«

Halla erwiderte nichts. Sie wusste, dass es nicht angenehm war, sich immer verstecken zu müssen. Wenn ich nicht in der Clanstätte sein durfte, sondern bei Hanna im Geheimen Tal leben musste, war Halla einsam. Aber sie hatte hier eine Aufgabe, die ihr nur wenig Zeit ließ, in das Geheime Tal zu kommen. Außerdem trug auch sie die Zeichen des Clanfürsten unter ihrer Haut. Sie musste hier sein, um mich zu vertreten.

Halla legte mir meine Kappe über den Kopf und zog sie fest. Nun konnten wir zu den Pferden gehen.

Am Zaun des Pferches standen bereits Halkan und Haldriel mit einigen fremden Männern. Hallas Bruder wirkte ungehalten und verließ die Gruppe, als wir auf sie zukamen. Sein Gesicht war wutverzerrt. Halla legte mir kurz die Hand auf den Arm und ich nickte ihr zu. Schnell lief sie hinter Haldriel her.

Ich ging weiter auf die Gruppe zu. Halkan entdeckte mich. Mein Geist wurde von einer Wolke aus Verärgerung überspült und ich wäre am liebsten umgekehrt.

»Hier haben wir unsere beste Reiterin. Sie kann Euch gerne unsere Pferde zeigen und vorreiten.«

Ich trat an Halkan heran und neigte kurz den Kopf. Vor mir stand ein dürrer, großer Mann, der seine knochigen Hände vor sich trug, als würde er jemanden im Geiste erwürgen wollen. Seine Augen waren falsch und mir wurde übel. Hinter ihn trat ein weiterer Mann unruhig von einem Fuß auf den anderen und blickte sich immer wieder um, als wäre es ihm unangenehm, hier zu sein.

»Ihr lasst ein kleines Mädchen Eure Pferde reiten? Kein Wunder, dass diese Pferde alles andere sind als das, was ich suche. Ich brauche außergewöhnliche Pferde für meine Kunden. Die Hochstadt ist keine primitive Clanstätte, in der man solche Mären zur Schau stellen kann.«

Plötzlich konnte ich sehr gut nachfühlen, warum Haldriel so wütend davongegangen war. Sicherlich nahm er gerade irgendeinen Erdhaufen auseinander. Meine Abneigung gegen diesen Pferdehändler legte sich wie ätzender Äther auf meine Zunge.

»Unsere Pferde sind keine Mären. Sie sind in einem hervorragenden Zustand und alle gut geritten. Es sind junge Tiere mit festen Sehnen und guter Fesselung. Wenn Ihr so ein guter Pferdehändler seid, wie es hier angekündigt wurde, dann würdet Ihr das sehen.«

Halkan lächelte über meine Worte, verschränkte seine Arme vor der Brust und eine Woge der Erleichterung durchflutete mich. Meine Wut konnte das aber nicht lindern.

Der Händler sah mich abschätzend an und legte den Kopf leicht schief. »Ihr gefallt mir. Wenn Eure Pferde ein ähnliches Temperament haben wie Ihr, könnte es doch noch interessant werden.«

Sein Grinsen entblößte seine gelben Zähne und ich ließ meinen Blick langsam zu meinem Vater wandern.

Du darfst ihm unsere Pferde nicht verkaufen. Wir finden einen anderen Weg, um die Abgaben für die Hochstadt zu erfüllen.

Halkan sah mich prüfend an. Aber sein Blick blieb hart. Ich würde abwarten müssen.

»Zeig dem Händler doch bitte ein paar unserer Pferde. Sicherlich wird er seine vorschnelle Meinung noch einmal überdenken, wenn er die Pferde unter dem Reiter sieht.«

Aus der Herde holte ich zwei Pferde nach vorne und stellte sie dem Pferdehändler hin. Der begutachtete sie und ließ mich jedes vorreiten. Seine Blicke lagen mehr auf mir als auf den Pferden. Die Pferde wurden in seiner Gegenwart immer unruhiger und mir fiel es auch zunehmend schwieriger, gelassen zu bleiben und sie mit meiner Gabe zu besänftigen. Ekel baute sich in mir auf und meine Abscheu wurde immer größer. Nur mit Mühe konnte ich meinen Geist abgrenzen, damit die Pferde nicht noch nervöser wurden. Ich glitt von dem Rücken der braunen Stute, die sich sogleich entfernte. Der Händler musterte die kleine Herde, die im Pferch stand. Sein Blick blieb an einem hellen Punkt hängen. Shiver war herangekommen.

Geh zurück.

Doch er warf unwillig seinen Kopf zurück und stieg. Er lief unruhig zwischen den anderen Pferden hin und her und verstand nicht, warum er nicht zu mir kommen durfte.

Der Pferdehändler reckte sich nach dem hellen Hengst und seine Augen blitzten auf. »Ich will dieses Pferd dort sehen!« Seine Finger schlangen sich gierig ineinander.

»Das ist unverkäuflich.«

»Ich biete Euch den doppelten Preis.« Der Pferdehändler fixierte mit seinem Blick immer noch den hellen Hengst. Wie ein Raubvogel, der seine Beute gesichtet hatte.

»Der Hengst ist unverkäuflich. Ich möchte meine Zucht mit ihm aufhellen.«

Ich war froh, dass Halkan den Händler zurechtwies und meine Worte noch einmal unterstrich.

»Was ist das für ein Pferd? Ein Lichtpferd? Wo habt Ihr das her?« Der Pferdehändler reagierte nicht auf Halkans Worte. Seine Augen fixierten immer noch Shiver, der immer unruhiger zwischen den anderen Pferden hin und her lief und die Herde damit in Bewegung brachte.

»Der Hengst ist hier geboren. Er ist ein Erdpferd. Und Ihr werdet ihn zu keinem Preis bekommen. Er ist unverkäuflich, denn er gehört zu mir.«

Meine Worte ließen den Pferdehändler in seiner Beobachtung innehalten. Er wandte sich zu mir um und musterte mich von oben bis unten. Ich spürte, wie seine Blicke über meinen Körper wanderten. Seine Gier galt nicht nur dem Pferd.

»Euer Pferd ist das also. Was wollt Ihr mit so einem Pferd? Wisst Ihr nicht, was es für ein Vermögen in der Hochstadt einbringen würde?« Der Pferdehändler trat auf mich zu und ich wich vor ihm zurück. Doch er setzte seinen Weg unbeirrt fort, bis ich hinter mir den Zaun des Pferches spürte. »Ihr werdet mir dieses Pferd verkaufen. Ich werde nicht ohne dieses Pferd gehen. Die anderen Gäule will ich nicht haben. Ich kann Euch aber anbieten, dass ich Euch auch gleich kaufe. Ich kann mir gut vorstellen, dass Ihr mich in die Hochstadt begleitet. Also überlegt Euch gut, was Ihr mir gleich anbietet.«

Die Augen des Pferdehändlers weiteten sich, als Halkan ihn von hinten packte und von mir wegwirbelte. Zeitgleich schoss Shiver zwischen den anderen Pferden hervor und ich schwang mich auf seinen Rücken.

»Die Verhandlungen über den Verkauf sind beendet. Ihr verlasst das Erdreich umgehend. Wir machen mit Euch keine Geschäfte.«

Halkans Worte wurden von einem Zittern der Erde begleitet. Ich konnte spüren, wie viel Anstrengung es ihn kostete, so ruhig zu bleiben. Der Pferdehändler taumelte durch den kräftigen Zug von Halkan ein paar Schritte rückwärts und stieß gegen den Kleineren, der ihn ungeschickt aufzufangen versuchte. Halkan blickte sich düster nach beiden um und der Händler winkte seine Leute zusammen.

»Ihr werdet noch bereuen, dass Ihr ein Geschäft mit mir ausgeschlagen habt. Und wer weiß … es wird vielleicht Eure letzte Chance sein, Eure Pferde zu verkaufen. Der General rückt mit einer Gruppe Schattenkrieger auf Euch und die Clanstätte zu. Wir konnten sie überholen, weil wir schneller waren. Ihr werdet sicherlich erkennen, dass es ein Fehler war, keine Geschäfte mit mir zu machen.«

Seine Augen verengten sich und ein böses Funkeln legte sich auf mich. Ich erschauderte, ließ meinen hellen Hengst wenden und galoppierte durch den Pferch. Shiver übersprang den Zaun gekonnt und streckte sich bei jedem seiner Galoppsprünge weiter und weiter. Ich wollte nur schnell weg. Shiver wieherte auf, als er unter seinen Hufen die Erde beben spürte. Halkan konnte seine Wut nicht mehr halten. Als ich außer Sichtweite war, riss ich mir meine Kappe vom Kopf. Die Nadeln lösten sich aus meinen Haaren, die gegen meinen Rücken schlugen.

Ich hielt an und blickte zurück zur Clanstätte. Der Pferdehändler und seine Reiter verließen sie in die entgegengesetzte Richtung in Richtung Hochstadt. Mein Geist war immer noch aufgewühlt und Shivers Muskeln unter mir zitterten, weil er die Anspannung in mir spiegelte. Ich holte tief Luft und schloss die Augen. Die Erdpferde waren in Sicherheit. Halkan würde keine Geschäfte mit diesem Pferdehändler machen. Es war ein Verlust für den Erdclan und ich wusste, dass es schwer werden würde, die Tribute an den Hochkönig zu zahlen, aber ich war mir sicher, dass es eine Lösung geben würde. Shiver stand mittlerweile wieder ruhig unter mir. Meine Hand glitt über sein seidiges goldenes Fell.

»So ist es wieder gut. Wir sollten zurück zur Clanstätte reiten. Sicherlich wird Halkan uns morgen schon wieder wegschicken. Komm, mein Guter.«

Ich wendete Shiver und ließ ihn langsam zurücktraben.

10

~ Im Wasserreich ~

Raikon hob die Hand und deutete Raven an, sich ruhig zu verhalten. Die Landschaft hatte sich verändert. Die weite Steppe war verschwunden. Vor ihnen lagen sanfte grüne Hügel, die von kleinen Wäldern und Seen durchzogen waren. Immer wieder funkelte ein Gewässer in Ravens Augen auf. Das Wasserreich hatte seine eigene Magie. Es war ganz anders als das Erdreich und doch konnte Raven dem Wasserreich nicht die Schönheit absprechen, die sich vor ihm erstreckte.

»Hoffen wir, dass wir vorerst unbemerkt bleiben.«

Raikon rutschte in seinem Sattel hin und her und ließ seinen Braunen schließlich wieder in einen leichten Trab fallen. Raven riss sich von der Landschaft los und sein weißer Hengst folgte Raikon.

»Halte die Augen offen. Ich bin mir sicher, dass wir es nicht bemerken werden, wenn wir entdeckt wurden.« Raikon legte seine Hand auf seinen Schwertknauf.

»Meinst du wirklich, dass das nötig ist? Ich hatte gehofft, dass wir es im Wasserclan leicht haben würden, Verbündete zu finden.«

»Leichter sicherlich, aber es ist viel passiert, seitdem der Schattenkönig auf dem Hochthron sitzt. Wir wissen nicht, wie stark die anderen Clane unter dem Schattenkönig und seinen Gabensuchen gelitten haben. Wir sollten es nicht dem Glück überlassen, ob unser Vorhaben gelingt.«

Raikon lenkte seinen Braunen an einem See vorbei. Das Licht tanzte auf dem Wasser. Raven zügelte Sky und sein Blick klebte am Wasser. Raikon ritt weiter. Der Hengst unter Raven wurde unruhig und er ließ ihm den

Zügel, damit er hinter Raikons Pferd herlaufen konnte. Der Untergrund wurde zunehmend weicher und die Pferdehufe versanken im Schlamm. Raven nahm die Zügel wieder enger und versuchte, sein Pferd sicher hinter dem anderen herzuleiten, doch auch Raikon hatte immer mehr Schwierigkeiten, seinen Braunen ruhig zu halten. Raven sprang schließlich ab. Seine Stiefel gruben sich bis über die Knöchel in den Schlamm und Sky stieg neben ihm in die Luft. Seine Vorderhufe versanken noch tiefer im Erdboden, als er wieder neben seinem Reiter landete, und Raven nahm schnell den Kopf des Hengstes und versuchte, ihn zu beruhigen. Mit einem kurzen Blick über die Schulter sah er, dass Raikon auch abgestiegen war und seinen Braunen am Zügel mit sich zog. »Wir müssen versuchen, aus diesem Matschloch zu kommen. Die Pferde könnten sich verletzen, wenn sie noch unruhiger werden.«

Er winkte Raven zu, sein Pferd hinter ihm her zu führen. Raven drehte sich um und hielt irritiert inne. Auf dem Boden vor ihm floss Wasser entlang, aber entgegen dem Gefälle. Er legte kurz den Kopf schief, weil er nicht glauben konnte, was er da sah. Das Wasser zog aus dem nahe gelegenen See zu ihnen herüber. Er wollte gerade Raikon zu sich rufen, als der Wasserstrom zunahm und ihn und Raikon mit den Pferden einschloss. Das Wasser stürzte um sie herum und zog sich in die Luft über ihren Köpfen hinweg, bis sie in einer Kuppel aus Wasser standen – abgeschnitten von der Welt, im Wasser gefangen.

»Nun, ich würde sagen, dass wir es wohl nicht geschafft haben, unbemerkt zu bleiben.« Raikon musterte das Wasser über sich.

»Das befürchte ich auch«, pflichtete Raven ihm bei.

Der Boden unter ihnen wurde wieder fester und die Pferde standen ruhig unter der über ihren Köpfen dahinrauschenden Wasserkuppel. Raven ließ die Zügel seines Pferdes los und ging langsam auf das Wasser zu. Er berührte es vorsichtig mit den Fingerspitzen. Es war nass und fest. Er konnte seine Hand nicht zur anderen Seite hindurchstrecken.

»Dachtet Ihr, dass Ihr unbemerkt durch unser Reich reiten könnt?«

Raven fuhr herum. Das Wasser hatte sich lautlos geöffnet und vor ihnen stand eine kleine, zierliche Wasserfrau. Ihre Augen funkelten tiefblau und lieferten sich mit der Farbe ihrer Rüstung einen Wettstreit. Raven ging hinüber zu seinem Pferd und nahm die Zügel wieder in die Hand.

»Das hatten wir tatsächlich gehofft. Aber wir kommen nicht mit bösen Absichten.«

»Das würde ich Euch auch nicht raten.«

Die kleine Wasserfrau sah ihn herausfordernd an und die Wasserkuppel verschwand im Boden. Das Wasser hatte eine Vielzahl von Wasserkriegern verborgen, die mit gespannten Bögen um Raikon und Raven standen. Die Pfeile zielten auf sie, während die Wasserfrau sie fixierte.

»Wir sind in Frieden gekommen«, versprach Raven. »Wir wollen eine Unterredung mit dem Wasserfürsten führen.«

»Wenn ich Euch so ansehe, dann versprecht Ihr alles andere als Frieden. Besonders wenn ich Eure Kleider und Haare betrachte.« Die Wasserfrau trat weiter auf sie zu und Raven hörte, wie sie ihr Schwert aus der Scheide zog. Das metallene Geräusch versetzte ihn in Alarmbereitschaft. Langsam hob die Frau ihr Schwert und ließ es auf ihre Schulter gleiten. »Ihr werdet verstehen, dass wir Fremden gegenüber sehr misstrauisch sind.«

Raven wollte ihr gerade zustimmen, als sie blitzschnell einen Dolch aus ihrem Ärmel nach ihm warf. Ein Blitz aus seiner Hand lenkte den Dolch ab und er landete auf dem Boden neben ihm. Raven sah ihm ungläubig nach. Es stiegen kleine Qualmwolken von ihm auf. Ein Lachen lenkte seinen Blick zurück zur Wasserfrau. Sie musste jünger als er sein. Ihr langes schwarzes Haar lag offen auf ihrem Rücken. Im Schein der Sonne bemerkte Raven, dass es einen blauen Schimmer hatte.

»Nun, Lichtträger. Ihr werdet erwartet. Folgt mir.«

Sie hob ihr Schwert und hinter einem Hügel kamen weitere Wasserkrieger hervor, die die Pferde der anderen Krieger mit sich führten. Die kleine Wasserfrau sprang auf ein Pferd, das mit seinem tiefschwarzen Fell in einem starken Kontrast zu Ravens weißem Hengst stand.

»Wollt Ihr nun mitkommen? Oder habt Ihr es Euch anders überlegt? Ich fürchte, dass wir nicht so viel Zeit haben, die Landschaft unseres schönen Reiches zu bewundern.«

»Natürlich nicht«, wandte Raikon ein.

Raven und Raikon saßen auf und Raven lenkte sein Pferd neben das der Wasserfrau. Auf ihr Handzeichen setzte sich der Zug von Reitern in Bewegung.

»Ich hatte gehofft, dass Ihr ankommt, wenn ich hier Wache halte. Wir waren uns nicht sicher, ob Ihr kommt.« Ihre Augen tasteten Raven vorsichtig ab. Raven bemerkte schnell, dass die Selbstsicherheit, die die Wasserfrau ausgestrahlt hatte, verschwand, je näher er ihr kam.

»Wie kann es sein, dass Ihr von unserer Ankunft wusstet? Habt Ihr Spione in den anderen Reichen?«

»Nun, erst einmal haben wir gehofft, dass es Euch wirklich gibt. Es waren ja nur Gerüchte und die hatte der Schattenkönig zum Versiegen gebracht. Zum anderen ist es nicht meine Aufgabe, Euch über unsere Kontakte zu unterrichten. Das müsst Ihr mit dem Clanfürsten besprechen.«

Erst jetzt bemerkte Raven, dass die Wasserfrau keine Clanzeichen auf der linken Schläfe trug. Ihr Auftreten hatte fast den Anschein, als wäre sie eine Clanfürstin.

11

~ An der Grenze zum Erdreich ~

Der Gabensucher hob die Hand und der General ließ seine Krieger anhalten. Der Sucher reckte den Kopf und der General konnte hören, wie er die Luft tief in seine Nase zog. Dann wandte er sich zu ihm um.

»Wir haben die Grenze zum Erdreich erreicht. Von hier ist es nur ein kurzer Ritt bis zur Clanstätte. Wir sollten hier auf die Nacht warten. Reiten wir weiter, würden sie uns bemerken. Ihre Schutzzauber sind stärker als bei unserem letzten Besuch.«

Der General spürte, wie Wut in ihm aufstieg. Es ärgerte ihn, dass der Gabensucher ihm vorschreiben konnte, wann sie den Angriff auf den Erdclan vornahmen. Doch er wusste auch, dass es besser war, in der Nacht zuzuschlagen.

»Absitzen! Keiner verlässt diesen Standort! Wir befinden uns an der Grenze des Erdreichs. Niemand kommt in die Nähe der Schutzzauber! Es würde den Erdclan nur vorwarnen, dass wir hier sind. Und verhaltet Euch ruhig. Keine Feuer! Die Grenzreiter dürfen uns nicht bemerken.«

Die Schattenkrieger saßen ab und der General blickte sich nach Falkon um, der seinen dunklen Hengst gerade an einen Baum band. Der schwarze Hengst des Generals trabte auf Falkon zu und der General sprang neben ihm ins Gras.

»Sei bereit, wenn die Gabenträger verladen sind. Wir dürfen diesmal keine Verluste erleiden.«

Falkon nickte kurz und nahm dem General sein Pferd ab. Dieser wandte sich um und ging auf die Grenze des

Erdreichs zu. Vor dem Schutzzauber blieb er stehen. Der Zauber schimmerte wie Wasser vor ihm in der Luft. Es kostete ihn Überwindung, ihn nicht zu berühren. Aber er wusste, dass es genau das war, was der Zauber auslösen sollte. Die Berührung würde dem Erdclan verraten, ob Freund oder Feind an seinen Grenzen wartete. Der General hob seine Hand dennoch an den Zauber und ließ einen sanften Wind dagegen wehen. Der Schutzzauber wirbelte auf und schlug Wellen, wie der General es nur vom Wasser kannte, in das man einen Stein fallen ließ. An der Stelle, wo der Wind den Zauber berührt hatte, öffnete er sich kurz.

»Interessant, nicht wahr? Was Eure Gabe mit dem Zauber der Erde tut. Der Schutzzauber sieht in Euch keinen Feind. Fast könnte man meinen, dass die Erde ein Freund von Euch ist. Und das wäre mit Eurer Wassergabe auch gar nicht so abwegig, wenn man bedenkt, wie dicht die beiden Clane einmal miteinander verbunden waren. Die Elemente ergänzen sich mehr als die anderen Elemente untereinander.«

Der General ließ erschrocken die Hand fallen und der Schutzzauber schloss sich sofort wieder. Hinter ihm stand der Gabensucher, dessen verstümmelte Augen auf den Schutzzauber gerichtet waren. Der General wusste, dass der Gabensucher den Schutzzauber nicht berühren konnte, ohne dass der Schutzzauber den Erdclan vorwarnen würde.

»Keines der Elemente ergänzt sich. Die Clane sind voneinander abgespalten.«

Der Gabensucher legte den Kopf leicht schief und musterte den General. »Eine Tatsache, die wir dem Hochkönig zu verdanken haben. Die Durchmischung der Clane führte nur zu einem Verlust der reinen Gaben. Es sind nicht alle Clanmischlinge so gelungene Gabenträger, wie Ihr es seid.« Der Gabensucher trat dicht an den General heran, der nicht zurückweichen konnte, ohne den Schutzzauber zu berühren. »Wusstet Ihr, dass der Schutzzauber des Erdreichs für jeden anders aussieht? Ich bin mir sicher, dass Euer Freund nur schwarze Schatten sieht. Und ich bezweifele sehr, dass Eure Krieger überhaupt etwas von dem Zauber erkennen. Für Euch sieht er aus wie das Wasser Eurer Heimat.«

Der Gabensucher kicherte vor sich hin und ließ den General stehen, ohne eine Antwort abzuwarten. Dieser wandte sich wieder dem Schutzzauber zu. Er wagte es jedoch nicht, ihn noch einmal zu testen. Die Gabensuche durfte nicht gefährdet werden. In wenigen Stunden würde die Sonne untergehen und er würde den Angriff auf den Erdclan befehlen.

12

~ In der Clanstätte des Wasserreichs ~

Die Clanstätte des Wasserclans war eine Stadt im Wasser und sie war ganz anders als die Clanstätte des Erdclans. Hier gab es große Gebäude und Häuser, die völlig anders erbaut waren als die Häuser um die große Halle. Die Reiter ritten über eine Brücke in die Stadt hinein. Hinter dem Tor hielten die Wasserkrieger ihre Pferde an und die kleine Wasserfrau sprang zuerst von ihrem Pferd.

»Wir lassen die Pferde hier. Sie werden hier versorgt.«

Raven tauschte mit Raikon Blicke und saß dann langsam von Sky ab. Ein Wassermann kam und nahm ihre Pferde entgegen, während die Wasserfrau ungeduldig auf sie wartete.

»Ich bin Darina, eine der Gabenträgerinnen des Wasserclans. Mein Onkel ist der Clanfürst des Wassers. Wenn Ihr mir bitte folgen wollt.«

Darina ging über den Platz weg vom Tor. Raven ließ seinen Blick schweifen. Die Häuser standen alle im Wasser. Zwischen den Hausmauern zog sich das Wasser wie in Flüssen entlang. Pferde und Wagen waren nirgends zu sehen, dafür eine Vielzahl kleiner Bote, die auf dem Wasser hin und her fuhren. Die Lichtträger folgten Darina zu einem kleinen Boot, in das sie einstieg. Der Mann an den Rudern nickte ihr zu und wartete, dass auch Raven und Raikon das Boot betraten.

Darina wies ihnen einen Platz auf der Bank im Boot zu und der Mann an den Rudern zog an. Das Boot schlängelte sich über die Wasserstraßen zwischen den Hauswänden entlang. Raven bewunderte still die hohen

Bauten und Häuser, an denen sie vorüberzogen. Sein Blick wanderte jedoch immer wieder zu Darina zurück, die wie eine Statue im Bug des Bootes stand und ihren Blick über die vorbeiziehenden Häuser gleiten ließ. Ihre Augen waren friedlich und voller Harmonie. Ihre Hand lag auf ihrem Schwertknauf. Raven fiel auf, dass ihnen die Waffen nicht abgenommen worden waren.

»Wolltet Ihr uns nicht unsere Waffen abnehmen?«

Darina blickte ihn überrascht an. Lächelnd hob sie ihre Hand, schnippte mit den Fingern und innerhalb eines Wimpernschlags stand neben dem Boot eine Wassersäule, die sich bedrohlich um sich selbst drehte.

»Meint Ihr, dass Ihr mit Euren Waffen eine Chance hättet?« Sie legte den Kopf schief und sah Raven prüfend an. Sein Grinsen reichte ihr als Antwort. Das Wasser verschwand wieder in der Wasserstraße neben dem Boot.

»Eure Gabe scheint gefährlicher zu sein, als es immer den Anschein hat.«

»Unterschätzt niemals das Wasser! Es ist lebensbringend, aber auch genauso zerstörend und tödlich.« Sie wurde ernst und schweigsam und wandte sich von den beiden Lichtträgern ab.

Raikon saß aufrecht im Boot und ließ die Wasserstadt an sich vorbeischweben. Raven versuchte immer wieder, den Blickkontakt zu Darina herzustellen, doch es gelang ihm nicht. Das Boot stieß gegen einen Anleger und Darina sprang auf die Steinstraße, die sich neben der aus Wasser befand. Vor ihnen lag ein großes Gebäude mit Säulen vor dem Eingang. Es war der großen Halle aus dem Erdreich nicht unähnlich.

Darina deutete an, dass Raikon und Raven ihr folgen sollten. Die beiden gingen hinter ihr auf den Bau zu. Die Steine der Treppe schimmerten grünlich und in einem dunklen Blau. Raven blieb kurz stehen, um die Steine zu betrachten.

»Sie waren ein Geschenk an den letzten Wasserfürsten von seiner zweiten Frau. Sie blieb nicht im Wasserreich, sondern kehrte in ihr Reich zurück. Die Steine sind das Einzige, was von ihr geblieben ist.«

Raikon bewegte unmerklich den Kopf hin und her. Raven verstand ihn. Es gab in der Geschichte des Wasserclans genauso viel Leid wie in seinem eigenen Clan. Es zu erfragen würde ihnen keine Freunde machen. Diese Geschichten mussten von allein erzählt werden.

Darina erreichte eine Tür, die von zwei Wachen sofort geöffnet wurde. Vor ihnen eröffnete sich ein riesiger Saal, der eine endlos erscheinende Anzahl von Springbrunnen enthielt. Das Wasser plätscherte überall über Steine oder fiel in kleine Becken. Die Decke des Saals war offen und doch verschlossen. Eine Schicht Wasser hielt sich zwischen dem Balkenwerk und ließ das Licht der Sonne durchscheinen. Dieses Gebäude war eines Fürsten würdig.

»Darina, es freut mich, dass Ihr da seid. Ich danke Euch, dass Ihr unsere Gäste zu mir geführt habt. Bitte gebt Darin Bescheid, dass er sich bereithalten soll.« Ein Mann von mittelgroßer Statur trat auf sie zu. Seine schwarzen Haare waren von grauen Strähnen durchzogen, auf denen eine Krone aus Wasser schwamm. »Ich bin Durian, der Fürst des Wasserclans. Kommt, setzt Euch. Ihr hattet sicherlich eine interessante Reise. Ich hatte gehofft, dass Ihr nicht gleich Darina in die Hände fallt. Sie trägt eine bemerkenswerte Wassergabe in sich und war mehr als erpicht darauf, Euch zu finden.«

»Ich danke Euch für Eure Gastfreundschaft. Ich wundere mich darüber, dass Ihr uns so freundlich aufnehmt und anscheinend mit unserer Ankunft gerechnet habt.«

Raven setzte sich dem Wasserfürsten gegenüber. Raikon folgte seinem Beispiel, hielt sich aber weiterhin zurück.

Durian lehnte sich in seinem Sessel zurück und betrachte Raven lange. »Nun, wir haben auf Eure Ankunft gehofft. Es wurde uns zugetragen, dass es im Erdreich Hoffnung auf Licht gibt. Doch weder wir noch unser Kontakt konnten uns sicher sein. Wir wussten nicht genau, dass es noch lebende Nachkommen des Lichts gibt. Es war nur eine Vermutung, als jemand herausfand, dass die letzte Lichtprinzessin nicht verstorben war, sondern sich gegen ihre Familie gestellt und sich mit dem Clanfürsten des Erdreichs verbunden hatte. Daher freue ich mich umso mehr, dass es das Licht doch noch zu geben scheint.«

»Es gibt das Licht, auch wenn es sich verborgen halten musste.«

»Das ist wohl wahr. Es sind keine guten Zeiten für die Clane angebrochen, seitdem der Schatten regiert. Ihr seid noch jung, Lichtträger, und doch wisst Ihr sicherlich darüber Bescheid, wie ich zum Clanfürsten wurde. Eine Geschichte, die sich trotz der Schatten verbreitet hat. Wir haben unsere Kontakte überall aufgebaut, wo es sicher war. Ich trachtete nie nach dem Sitz des Clanfürsten. Der Clan wählte mich, weil er es musste, und das Wasser stimmte der Wahl notgedrungen zu. Ich möchte diese Bürde aber nicht behalten. Wir wissen, dass der eigentliche Clanfürst noch lebt. Meine Zeichen werden schwächer. Ich gehe davon aus, dass meine Bürde bald von mir genommen wird. Alle Clane tragen ihre Geheimnisse und ich bin gespannt darauf, wenn Ihr mir Eure erzählt.«

Raikon betrachtete den Clanfürsten des Wassers nachdenklich und auch Raven hielt sich zurück. Es kam ihm komisch vor, dass der Wasserclan von ihm wusste und doch keinen Kontakt aufgenommen hatte. Raven betrachtete die Clanzeichen auf der Schläfe des Fürsten. Die dunklen Linien wirkten tatsächlich schwächer als die seines Vaters.

Raikon lehnte sich nach vorne. Seine Augen wurden hell und Falten traten auf seine Stirn. »Wir danken Euch für Eure Offenheit. Es beunruhigt mich, dass Ihr davon wisst. Dieses Geheimnis hat den Erdclan und die Lichtträger all die Jahre beschützt.«

»*Die* Lichtträger? Ich sehe, dass Ihr ebenfalls einer sein müsst. Doch gibt es mehr als einen Lichtträger, der einen Thronanspruch hat?«

»Ja, Ihr hört richtig. Ich habe eine Schwester, die ebenfalls die Lichtgabe in sich trägt und den Hochthron besteigen könnte. Doch ich fürchte, dass sie diese Aufgabe nicht annehmen würde.«

Durian zog die Luft scharf ein. Dann richtete er sich auf. »Das ist eine erstaunliche Nachricht.«

Hinter ihm tauchte ein Wasserkrieger auf, der sich zu dem Clanfürsten herunterbeugte und ihm etwas ins Ohr flüsterte. Der Fürst nickte leicht und der Krieger ging wieder.

»Das Festmahl ist angerichtet. Bitte kommt und nehmt es mit uns ein. Danach zeigen wir Euch Eure Räumlichkeiten. Ich werde mich morgen mit den Ältesten des Wasserclans beraten und dann werden wir weitersprechen. Doch erst einmal möchte ich Euch im Wasserreich willkommen heißen. Ihr seid meine Gäste, solange Ihr es wollt.«

Raven ließ seinen Blick zu Raikon wandern. Es hörte sich für ihn nicht danach an, als hätten sie nur einen kurzen Aufenthalt im Wasserreich zu erwarten, wie sie es gehofft hatten.

13

~ In der Clanstätte des Erdreichs ~

»Raja, verschwinde von hier!« Hallas Stimme zerschnitt den Lärm und ich wandte mich zu ihr um.

»Nein. Ich kann euch helfen!«, gab ich verzweifelt zurück.

Meinen Bogen hatte ich bereits in der Hand und die Pfeile hingen auf meinem Rücken. Meine Gabe stand so offen, dass ich es nicht schaffte, sie zu schließen. Der Erdclan war in Aufruhr. Der Lärm und die durcheinanderlaufenden Menschen brachten meine Gabe an ihre Grenze. Der äußere Schutzzauber war durchbrochen worden. Ein Feind stand vor der Clanstätte. Einen solchen Angriff hatte es zuletzt gegeben, als ich noch ein Kind war. Damals hatten die Schattenkrieger den Clan überrannt und viele getötet, auch meine Mutter – die letzte Lichtprinzessin.

»Der Schatten kommt von Norden«, rief ich Halla durch den Lärm zu.

Hallas dunkler Lockenschopf wirbelte zu mir herum und ihre braunen Augen blitzten gefährlich auf. »Wir kriegen die Verteidigung gut ohne dich hin«, schrie sie zu mir herüber. »Du musst ins Geheime Tal. Warne die anderen vor! Der Gabensucher hat die Schutzzauber hier durchbrochen. Ich habe Angst, dass er den Schutz dort auch sprengt. Du musst Hanna warnen!«

Halla stand in dem Durcheinander und blickte zu mir. Meine Gabe erfasste sie schnell und ich fühlte wieder, wie ihre Führungskraft aus ihr herausfloss. Die zukünftige Clanfürstin. Ohne das Chaos hier wäre ich ihr sicher um den Hals gefallen, aber dafür war jetzt der richtige Moment. Halla wirbelte weiter durch die Clankrieger und erteilte Befehle. Haldriel folgte ihr und ich blieb mit dem Befehl zur Flucht zurück. Ich war froh, dass die Gabenträger unseres Clans, die nicht kämpfen konnten, im Geheimen Tal geblieben waren. Nur die Krieger des Clans waren noch hier. Und die Schattenkrieger, die vor unserer Clanstätte lauerten, um uns anzugreifen.

Ich packte mein Bündel und lief zu den Pferden. Die Herde der Erdpferde war schon auf abgelegene Weiden geschickt worden. Nur noch die Reitpferde der Clankrieger waren hier. Shivers Mähne stach in der Dunkelheit zwischen den anderen Pferden hervor. Ich rief ihn leise. Zaumzeug und Sattel lagen schnell auf dem hellen Hengst, der vor Anspannung leicht unter meinen Händen zitterte. Ich ließ meinen Geist seinen Geist suchen, um ihn zu beruhigen, doch bevor er meine Ruhe wiedergeben konnte, drang Geschrei vom anderen Ende der Clanstätte zu mir herüber. Die Schattenkrieger hatten unseren Clan erreicht. Die polternde Stimme meines Vaters klang über den Kampflärm hinweg und ich sah über den Dächern die ersten Schatten in der Dämmerung aufziehen, die das Licht der Fackeln und Sterne verschluckten. Shiver wollte neben mir loslaufen, doch ich hielt ihn zurück und sprang an seiner Seite hoch. Mein Bündel schnürte ich an meinen Sattel, während Shiver in Richtung Hochebene wegwollte. Ich zügelte ihn schnell und lenkte ihn zurück zu den Häusern. Mein Bogen lag bereits in meiner Hand und ich tastete nach dem ersten Pfeil. Es ging alles so schnell, dass ich keinen klaren Gedanken fassen konnte. Ich erreichte das Ende der Clanstätte und hatte bereits die Hälfte meiner Pfeile verschossen. Meine Gabe zeigte mir die Ziele, ohne dass ich meine Opfer sehen musste.

Ich hielt Shiver an. Meine Kehle war zugeschnürt. Die schwarz gekleideten Krieger des Hochkönigs kämpften mit den erdfarbenen Clankriegern – ein ungleicher Kampf. Hallas hoher Aufschrei ließ mich herumfahren. Ich sah sie zwischen den Kriegern, ihre Augen waren aufgerissen. Haldriel fing sie auf, als sie schwankte. Ich folgte ihrem Blick und sah, wie mein Vater in sich zusammensank. In seiner Brust steckte der Speer eines Schattenkriegers. Mein Pfeil traf den Angreifer, noch bevor der Erdbrocken von Haldriel ihn zermalmen konnte. Mein Atem ging stoßweise und Tränen drohten aus meinen Augen herauszubrechen. Ich konnte den Blick von meinem Vater nicht abwenden und wollte gerade zu ihm eilen, als Halla Shivers Zügel packte.

»Flieh, du Närrin! Das ist keine Bitte!«, knurrte sie.

Dann sank sie schreiend zu Boden. Ihre Hände umfassten ihre Schläfe und sie schrie vor Schmerzen auf. Eilig ließ ich mich zu ihr auf den Boden gleiten. Halla zog ihre zitternden Hände von ihrer linken Schläfe, auf der die dunklen Zeichen des Erdclans leuchteten. Halla war die neue Clanfürstin. Meine Schläfe begann zu kribbeln, als wollten die verborgenen Zeichen mich daran erinnern, dass die Erde auf mich warten würde. Halla zog mich in ihre Arme und schluchzte auf. Mir rannen die Tränen die Wangen hinab. Ich hätte nie gedacht, dass ihr Versprechen, den Clan für mich zu führen, wahr werden würde.

»Sieh zu, dass du ins Geheime Tal kommst. Das ist ein Befehl deiner Clanfürstin«, flüsterte sie mir ins Ohr.

Neben uns knurrten die Schatten der Schattenkrieger und ich zog mich zurück auf Shivers Rücken. Haldriel sah mich finster an, ich konnte seine Sorge und seine Trauer in ihm spüren. Ich nickte ihm kurz zu, denn ich bekam kein Wort über meine Lippen. Meine Hände zogen an Shivers Zügeln und ich drängte den Hengst zurück. Unruhig warf er unter mir den Kopf hin und her und tänzelte weiter zum Rand der Clanstätte. Hinter mir hörte ich dumpfe Aufschläge und wusste, dass Haldriel mit seiner Gabe weitere Brocken aus dem Erdboden gerissen hatte, um sie auf die Schattenkrieger zu schmettern.

Shiver erreichte den Rand der Häuser und ich konnte die Weite der Hochebene vor mir spüren, als sich uns ein großer dunkler Körper in den Weg stellte. Ich zügelte Shiver mit einem Gedanken und zog zeitgleich mein Schwert. Mein Hengst stieg vorne leicht hoch und seine Mähne und meine Haare wurden zu einer hellen Flamme in der Nacht.

Mein Angreifer zog ebenfalls sein Schwert, griff aber nicht an. Sein Zögern verunsicherte mich. Sein dunkler Hengst tanzte unruhig auf der Stelle und ließ sich nur schwer zügeln. Der Reiter griff mit der Schwerthand hoch und riss sich den Helm vom Kopf.

Ich ließ mein Schwert langsam sinken. Die tiefblauen Augen sahen mich überrascht und vertraut an. Der Angreifer vor mir war der Fremde aus meinem Traum. Ein Schattenkrieger des Hochkönigs. Wie konnte das sein? Ich fühlte mit meiner Gabe nach ihm, stieß aber gegen eine kalte Mauer. Ich blickte ihn verwirrt an und meine Augen versanken wie in meinen Träumen in seinen tiefblauen Augen. Shiver drehte sich unruhig unter mir. Er wollte weg von hier, doch ich konnte ihn nicht laufen lassen.

»Ihr. Wie kann das sein?« war das Einzige, was ich sagen konnte.

Wieder spürte ich das sachte Band zwischen uns, das an der kalten Mauer vor seinem Geist hing und um Einlass bettelte. Und doch war er ein Mann des Hochkönigs. Ein Feind der Clane. Meine Verwirrung legte meinen Geist lahm. Es konnte nicht sein, er war mir so nah. Wenn ich an den Traum dachte, konnte ich seine Hand auf meinem Gesicht und seine Lippen auf meinen spüren.

»Ich wusste immer, dass ich Euch finden würde.« Obwohl er nur zu flüstern schien, klang seine vertraute Stimme laut in meinen Ohren. Ich spürte seinen Atem auf meinem Gesicht und musste schwer schlucken. In dem Moment krachte ein Erdbrocken von Haldriel neben uns auf den Boden. Der dunkle Hengst sprang zur Seite und wieherte empört auf.

»Du solltest hier verschwinden«, schimpfte Halla hinter mir und stampfe mit dem Fuß auf den Boden, der ächzend ihrem Befehl Folge leistete.

Ich konnte ihr nicht gehorchen, denn die tiefblauen Augen hielten mich gefangen. Shiver sprang zur Seite und wendete, als vor mir die Erde aufriss und einen tiefen, breiten Graben zwischen mich und den Fremden brachte. Geschockt folgten meine Augen dem Riss und erkannten, dass Halla die Clanstätte gespalten hatte. Der Erdboden brach weiter auseinander und schob die Erdkrieger und die Schattenkrieger auseinander. Ich blickte zu dem Fremden, dessen Hengst nun ruhig wie eine Statue unter ihm stand.

Der Wind brauste auf und trug Worte zu mir herüber. »Ich werde Euch finden. Das verspreche ich Euch.« Ich war mir nicht sicher, ob seine Worte ein Versprechen waren oder eine Drohung. Die Schatten der Schattenkrieger hüllten die gegenüberliegende Seite der Erdspalte langsam ein und ließen alles darin verschwinden. Ein Heulen erklang träge und unheimlich aus den schwarzen Wogen. Der Fremde hob den Arm und deutete nach Norden.

Shiver stob unter mir los und trug mich hinaus in die Nacht und über die Hochebene. Ich verlor den Fremden aus den Augen und wandte mich meinem hellen Hengst zu, der voranschoss wie ein Licht in der Dunkelheit. Er brachte mich weg von der Clanstätte. In Sicherheit. In das Geheime Tal.

14

~ In der Clanstätte des Wasserreichs ~

Raven stand am Fenster des Gemaches, das Durian ihm und Raikon zugewiesen hatte. Sein Blick fiel auf die Wasserstraße, die vor dem Fenster entlangfloss. Immer wieder passierten kleine Boote. Durian hatte sich heute noch nicht bei ihnen vorgestellt und auch Darina war nicht gekommen, um sie zu einer Besprechung zu geleiten. Raven ließ seinen Blick noch einmal über das Wasser vor sich gleiten, konnte aber keine Wachen ausmachen. Er drehte sich um und ging zu Raikon hinüber, der in einem Sessel saß und zu schlafen schien.

»Was bedrückt dich?«

»Ich wollte dich nicht wecken.«

»Das hast du nicht. Bei deiner Unruhe kann sowieso niemand schlafen.«

»Findest du es nicht auch merkwürdig, dass wir hier so offen aufgenommen wurden? Der Wasserfürst schien zu wissen, dass wir kommen.« Raven ging im Raum umher und sah sich alles genau an.

Raikon richtete sich auf und beobachtete ihn dabei. »Der Wasserclan scheint über Informationen zu verfügen, die wir im Erdreich nicht hatten. Wir sollten erst einmal abwarten und gucken, was wir noch erfahren werden. Es ist schon mal gut, dass wir nicht auf völlige Ablehnung gestoßen sind. Du solltest das als positives Zeichen werten. Wenn der Wasserclan sich uns anschließt, haben wir schon einen Clan gewonnen.«

»Aber was bringt uns ein Clan? Der Erdclan ist schwach. Durch die Übergriffe des Gabensuchers über all die Jahre hinweg sind kaum noch Erdkrieger übrig. Ich kann mit meinem eigenen Clan kaum ein Heer aufstellen und dann sollen mir die anderen Clane in einen Kampf gegen den Hochkönig folgen?«

»Du hast recht. Der Erdclan ist leider sehr schwach geworden. Das ist eine Tatsache, die uns Schwierigkeiten bereiten kann. Doch wir haben gute Krieger und starke Gabenträger.«

»Aber das wird nicht reichen.«

»Nein, das wird es nicht. Der Lichtclan hatte nie ein großes Heer. Eine kleine Heerschar, die aber eher nur dazu diente, den Lichtfürsten in der Hochstadt zu begleiten. Ich kann mir nicht vorstellen, dass Lichtkrieger den Schatten überlebt haben. Die Gabenträger des Lichts waren stark, aber kriegerisch war der Lichtclan nie. Vielleicht war das der Grund, warum der Clan unterging.«

Raven beobachtete Raikon, der sich mit der Hand über die Stirn strich. In dem Moment erschien Raikon älter, als er war. Der Verlust von so vielen geliebten Menschen, seines ganzen Clans und das versteckte Leben, das er mit Hanna geführt hatte, hatten mehr Opfer gefordert, als es Raven bewusst gewesen war. Raven kannte kein anderes Leben, nur das im Geheimen Tal. Doch das war nicht das Leben, das er sich erhoffte. Er wollte etwas anderes.

»Vielleicht ist es ratsam, vorsichtig Allianzen zu schmieden. Immerhin besteht die Möglichkeit, dass du Hochkönig wirst. Die Clane werden Interesse daran haben, sich an das herrschende Element zu binden. Vielleicht kann uns das zum Vorteil gereichen.«

Raven fuhr herum und sah Raikon erstaunt an. »Du meinst, ich soll mich mit einem anderen Clan verbinden?«

Raikon nickte nachdenklich. »Es würde uns einen Vorteil geben. Zumal wir auch noch Raja haben, die ebenfalls eine freie Hand hat.«

»Mit der sie uns richtig eine verpassen wird, wenn wir sie mit einem Clankrieger verheiraten, den wir für richtig halten.«

»Das wird wohl passieren. Aber Raja ist vernünftig. Sie wird erkennen, dass es für ein höheres Wohl ist. Nur ein Clanfürst wird für sie nicht in Frage kommen. Sie wird selbst die Zeichen irgendwann tragen, wenn sie die Wahl der Erde endlich annehmen wird und Halla aus ihrer Vereinbarung entlässt. Auch wenn sie denkt, dass Halla ihr diese Bürde abnehmen wird, bis die Erde erneut wählen wird. Wann auch immer das sein wird. Halla wird den Erdclan nicht bis dahin führen wollen. Raja wird sich ihrem Schicksal stellen müssen und den Erdclan führen, so wie es die Erde bestimmt hat.«

»Es gefällt mir nicht, dass wir für Raja Entscheidungen treffen, ohne dass sie mitbestimmen darf.«

»Das habe ich so nicht gemeint. Ich denke, dass es zu unserem Nutzen sein kann, wenn wir es in Aussicht stellen.«

Raven grinste. »In Aussicht stellen muss kein Versprechen sein.«

»Richtig. Aber wir müssen trotzdem vorsichtig sein.«

»Ich werde noch ein wenig durch die Wasserstadt gehen. Dieses Ausharren über Tage macht mich mürbe. Mal sehen, wie weit ich allein gehen darf. Bis jetzt sind mir hier keine Wachen aufgefallen.«

»Die braucht der Wasserclan hier nicht. Das Wasser ist der Wächter, der die Stadt beschützt.«

15

~ In der Clanstätte des Erdreichs ~

Der Fremde. Ich konnte nicht glauben, dass er hier war. Seine Worte klangen noch in meinen Ohren nach. Shiver trug mich durch die Nacht – weg von der Clanstätte, weg von dem Fremden. Ich hatte ihn nicht spüren können, sein Geist war verschlossen. Mein Traum konnte mir doch nicht einen Fremden schicken, der meinen Clan im Auftrag des Hochkönigs überfiel! Mein Vater, der Clanfürst, wurde ermordet und die Clanstätte zur Rettung der Clankrieger durch Hallas Gabe für immer unbewohnbar gemacht. Alles war zerstört und Shivers scharfer Galopp trieb mir Tränen in die Augen, die nur zu gerne an meinen Wangen herunterflossen. Ich ließ ihn einfach laufen. Er würde den Weg finden.

Doch der helle Hengst stoppte plötzlich, sodass ich gegen seinen Hals fiel. Er stieg leicht und weigerte sich weiterzulaufen. Ich wischte mir die Tränen aus den Augen.

»Shiver, was soll denn das? Wir müssen hier weiter«, schimpfte ich, doch Shiver reagierte nicht. Er bockte weiter und ich versuchte mich von dem zu lösen, was in der Clanstätte passiert war. Meine Gabe flackerte nur langsam in mir auf und ich versuchte, meine Umgebung abzutasten.

Ich wollte mich gerade dem Wald neben mir zuwenden, als mich etwas hart am Kopf traf. Ein Stechen und ein bitterer Gestank legten sich sofort über mich und ich wurde in eine feste Hülle aus Schweigen gepackt. Shiver war unter mir und doch nicht mehr da. Ich spürte nichts mehr. Ich war auf einen Schlag leer und schwach.

Der Boden sauste auf mich zu, als ich von Shivers Rücken rutschte und hart aufschlug. Der Schmerz, der meine Schulter durchzuckte, war kurz und bevor ich ihn richtig wahrnehmen konnte, war er auch schon wieder verschwunden.

»So sehen wir uns also wieder, meine Liebe.« Die zischende Stimme des Pferdehändlers traf mich.

Ich fühlte weder den Schock, der sich durch meine Gedanken fraß, noch das Entsetzen, als er mich packte und hochzog.

»Ihr kommt mit mir. Ich fürchte, dass Ihr mir äußerst nützlich sein werdet. Nicht nur bei den Pferden.«

Sein Lachen nahe an meinem Ohr nahm ich durch einen aufsteigenden Nebel in meinem Geist kaum wahr.

»Fangt den Hengst ein und treibt ihn zu den anderen Pferden. Wir haben, was ich wollte. Wir reiten zurück zur Hochstadt.«

Der Pferdehändler gab Befehle und seine Gehilfen gehorchten. Dann zog er mich unsanft am Arm zu einem der Pferde und warf mich auf dessen Rücken. Er selbst zog sich ungelenk hinauf und drückte dann seinen dürren, kantigen Körper in meinen Rücken.

»Wir werden eine schöne Zeit zusammen haben«, flüsterte er.

Seine Hand griff um meinen Kopf herum und legte mir einen Lappen auf Mund und Nase. Der Geruch stürzte mich in eine tiefe und leblose Dunkelheit.

Der Schatten, der sich die ganze Nacht über in der Clanstätte hielt, verlor erst in den Morgenstunden seine Dunkelheit. Halla stand neben den Trümmern. Ihre Gabe hatte die Stätte geteilt. Die große Halle gab es nicht mehr. Nur noch ihre Mauern standen mahnend neben der Erdspalte. Die Dachbalken neigten sich in die Dunkelheit des Erdbodens. Halla fuhr herum, als sie eine Bewegung in den Augenwinkeln wahrnahm.

»Ich bin es nur. Du kannst dein Schwert stecken lassen.«

Halla blickte auf ihre Hände, die ihren Schwertgriff umklammerten. Haldriel blieb neben ihr stehen. Sie lehnte ihren Kopf an ihren Bruder.

»Der Grabhügel ist errichtet, Clanfürstin.«

»Nenn mich nicht so.« Ihre Stimme war nur ein Flüstern.

Haldriel wusste, wie viel es Halla kostete. Er legte seinen Arm um sie und wartete, bis sie bereit war, den alten Clanfürsten zu verabschieden. Es waren so viele Erdmenschen in der Nacht gefallen oder verschleppt worden. Halla hatte mit ihrer Erdspalte nicht alle retten können. Ein Seufzen entfuhr ihren Lippen. Sie wusste, dass sie ein großes Erbe antrat. Ein Erbe, das an Raja fallen sollte, doch sie war nicht bereit, den Clan zu führen. Weswegen das Erdreich Raja gewählt hatte, wusste niemand, denn das Licht war stark in ihr. Noch nicht so stark wie bei Raven, doch Halla war sich sicher, dass es stärker werden würde, sobald Raja wusste, wo sie hingehörte. Außerdem war sie die Letzte des Lichtclans. Ihr Platz war in der Hochstadt und doch blieb das Erdreich bei seiner Wahl. Halla war nur eine Stellvertreterin, bis sich Raja zu ihrer Wahl bekannte. Ein Kompromiss, den alle eingegangen waren. Auch die Erde.

Halla nickte Haldriel zu und er ging neben ihr auf die Ebene vor der Clanstätte. Die Ruinen der Häuser säumten ihren Weg hinab von der großen Halle. Halla hatte das Gefühl, dass sie von den zerstörten Häusern gestraft wurde für die Taten, die hier stattgefunden hatten.

Haldriel schien ihre Gedanken zu spüren. »Die letzte Nacht ist nicht durch dein Handeln zu einer Katastrophe geworden. Schau dich um. Die, die hier noch stehen, verdanken ihr Leben deiner Gabe und dir. Du hast sie gerettet. Für die Opfer trägt der Hochkönig die Schuld und er wird sie auch begleichen.«

Halla ging an den Clanleuten vorbei, die den Überfall der Schattenkrieger überlebt hatten. Viele waren es nicht. In den Gesichtern zeichneten sich Trauer und Wut ab. Keiner sah sie mit einem Vorwurf in den Augen an. Es waren eher Dankbarkeit und Ehrfurcht. Halla rief sich in Erinnerung, dass sie als Clanfürstin den anderen ein Vorbild sein musste, straffte ihre Schultern und hob ihr Kinn leicht an. Neben ihr hörte sie, dass Haldriel zufrieden mit ihr war.

Auf der Ebene lagen viele kleine Erdhügel beieinander, auf denen die Blumen der Hochebene wuchsen – die Ruhestätten der Verstorbenen. Haldriel ließ sie vorgehen, blieb aber in ihrem Schatten. Vor einem größeren Hügel, auf dem noch keine Blumen wuchsen, blieb Halla stehen. Ihr Blick schweifte über die vielen kleineren Hügel, die alle in dieser Nacht errichtet worden waren. So viele. Sie schluckte ihre Trauer runter und gab Haldriel ein kurzes Zeichen. Der trat vor und verschloss die Hügelöffnungen mit Erdboden.

Hinter Halla entfernten sich die ersten Clanleute. Der Clan würde noch heute die Clanstätte verlassen. Für immer. Das Geheime Tal sollte die neue Clanstätte werden. Halla hatte Anweisungen gegeben. Das, was noch brauchbar war, sollte zusammengetragen werden. Es waren nur wenige Pferde geblieben. Ein großer Teil von ihnen war in der Nacht durch den Kampf verschreckt worden und geflohen. Die Clankrieger würden sie noch suchen. Aber zunächst mussten alle in Sicherheit gebracht werden.

16

~ Auf dem Weg in die Hochstadt ~

Das Pferd unter mir lief hölzern. Sein Gang schüttelte mich durch und der Griff des Pferdehändlers ließ eine namenlose Übelkeit in mir aufsteigen, die ich nicht loswerden konnte. Mein Körper hing kraftlos auf dem Pferd.

»Es dauert eine Weile, aber Ihr werdet Euch daran gewöhnen. Die Horchertinktur ist ein wunderbares Mittel, um Gefügigkeit zu erzwingen. Überragend sogar. Aber nun seht Euch Euer neues Zuhause an. Es ist wesentlich vornehmer als Eure primitive Clanstätte.«

Die Stimme an meinem Ohr jagte mir einen Schauer über den Rücken. Ich befahl meinem Körper zu kämpfen, doch es kam keine Reaktion. Horchertinktur. Raikon hatte nur wenig davon berichtet. Es waren Methoden, die der Lichtclan verabscheute. Methoden, die durch den Schattenkönig wieder in die Hochstadt gelangt sind. Ich fragte mich, ob der Gabensucher seine Opfer auch mit diesen Giften quälte. Wie in einem Rausch war die Wirklichkeit um mich herum verzerrt.

Die Reiter um den Pferdehändler teilten sich vor der Hochstadt auf. Eine Gruppe flankierte eine kleine Herde Erdpferde entlang der Stadtmauer auf ein kleines Gehöft zu. Unter den Pferden entdeckte ich eine helle Mähne. Meine Hand hob sich in die Richtung, doch mein Mund brachte keine Worte hervor.

»Oh. Der helle Hengst, Ihr habt ihn bemerkt. Ja, ich kriege immer, was ich will. Es wird nicht lange dauern, dann werde ich mit ihm eine schöne Summe Geld verdienen. Es wird Euch freuen, denn das Geld wird auch Euch dienlich sein. Ich habe nämlich noch eine Überraschung für Euch. Nun macht schon!«

Der Pferdehändler zügelte sein Pferd scharf und stieß mich zu Boden. Meine Arme fingen den Sturz ab, doch ich hatte keine Kraft, um mich wieder hochzudrücken. Eine Hand griff in meine Haare und riss mich daran hoch.

»Herr, wir sollten ihre Haare verstecken. Das Mädchen ist zu auffällig.«

»Halt den Mund! Sie wird das Haus nicht verlassen und sonst wird sie eine Kappe tragen. Sie ist nur eine Clanfrau. Die Hochstadt wird sie nicht einmal wahrnehmen.«

»Herr, weswegen wollt Ihr sie dann an Euch binden?«

»Baxter, du dummes Geschöpf! Überlass das Denken mir. Wenn sie das ist, wonach sie aussieht, dann ist es vielleicht irgendwann von großem Nutzen, dass sie an mich gebunden ist. Wo ist der Heiler?«

»Die Clane haben andere Regeln als die Hochstadt. Sie werden diese Verbindung sicherlich anzweifeln.«

»Darum ist es ja umso besser, dass wir uns in der Hochstadt befinden und nicht bei diesen Wilden, die machen, was immer sie wollen. Wir haben noch Regeln und Gesetze!« Der Pferdehändler sah sich suchend um. Seine Geduld war erschöpft und seine Stimme wurde immer aggressiver.

Weder er noch Baxter schienen mich zu beachten. Ich suchte eine Fluchtmöglichkeit, unglücklicherweise gehorchte weder mein Geist noch mein Körper mir. Aus den Schatten der Dämmerung kam ein einzelner Reiter schnell auf uns zugeritten. Er ließ sein Pferd scharf neben uns halten und schwang sich elegant aus dem Sattel.

»Wo seid Ihr so lange gewesen? Wir müssen uns beeilen, bevor die Hochstadt erwacht.« Der Heiler trat auf uns zu, griff mein Kinn und drehte meinen Kopf hin und her. Seine Fingernägel bohrten sich in meine Haut und ließen sie einreißen. Der Schmerz blieb jedoch aus. Die Augen des Heilers zogen sich zusammen. »Sorrel, alter Freund. Ihr habt Euch Euer Verderben aus dem Erdreich geholt. Sie wird einen größeren Hemmerstein brauchen, als ich gedacht habe. Wisst Ihr, welche Gaben sie in sich trägt? Weißes Haar gibt es schon seit Jahren nicht mehr in der Hochstadt. Ihr spielt ein gefährliches Spiel.«

Sorrel schüttelte mit finsterem Blick den Kopf. Es war ihm offenbar egal, was ich in mir trug.

Der Heiler legte seinen Blick wieder auf mich und seine Lippen verzogen sich zu einem schiefen Grinsen. Ich konnte nicht reagieren, als er seine Faust zum Schlag ausholte und traf. Um mich herum wurde es schwarz und still.

17

~ In der Clanstätte des Wasserreichs ~

Raven ging wie jeden Abend seit ihrer Ankunft im Wasserreich den Flur entlang, der vor seinem Gemach lag. Auch hier floss in einer eigenen Rinne ein kleiner Fluss neben ihm her. Raikon hatte recht. Das Wasser war hier überall zu finden. Die Steine des Flurs verschluckten seine Schritte. Sie waren rau, nicht glatt geschliffen wie im Hauptsaal. Von den hohen Decken schien es herabzuregnen, doch die Tropfen berührten ihn nicht.

Raven gelangte in einen Nebensaal. Die hohen Glastüren standen offen. Ein Geräusch erregte seine Aufmerksamkeit, er ging auf eine der hohen Türen zu. Draußen auf einer Terrasse, die vom Wasser einer der Wasserstraßen umspült war, stand Darina, die sich angeregt mit einem Mann unterhielt. Den dunklen Haaren und den blauen Augen nach musste es sich um einen Wassermann handeln. Raven trat einen Schritt zurück an die Wand und blieb für die beiden unbemerkt dort stehen. Er konnte ihre Stimmen deutlich hören.

»Der Nachtfalke verlangt ziemlich viel von uns. Wir sollen uns einem dahergelaufenen Clankrieger anschließen, nur weil er der Letzte eines ausgelöschten Clans ist? Weißt du, wie viele Wasserkrieger sterben werden? Sieh dir den Erdclan an! Es gibt ihn doch gar nicht mehr! Dieser Clan ist so sehr damit beschäftigt, sich zu verstecken und wegzulaufen, wie sollen wir darauf vertrauen können, dass er es nicht auch macht, wenn wir ihn brauchen?«

»Ich vertraue darauf, weil es andere auch tun. Durian vertraut ihm.«

»Das macht er nur, weil er ihm gesagt hat, dass er es tun soll. Und weil er alles tun würde, um die Bürde des Clanfürsten wieder abgeben zu können.«

»Sei vorsichtig, was du sagt, kleine Schwester. Die Clanzeichen könnten dich auch irgendwann ereilen.« Der Mann wollte sich abwenden und auf das Wasser zugehen.

»Nein. Bitte.«

Er blieb stehen und drehte sich wieder zu ihr um. Sein herausfordernder Blick ließ seine blauen Augen aufblitzen.

»Bitte geh nicht wieder zurück dorthin. Ich habe kein gutes Gefühl, wenn du in der Hochstadt bist. Was ist, wenn der Nachtfalke dich einmal nicht beschützen kann?«

»Er wird nicht zulassen, dass mir etwas passiert.«

»Darauf würde ich mich an deiner Stelle nicht verlassen. Der Nachtfalke hat ihn an die Sache gebunden. Er wird dich nicht retten können. Das weißt du.«

Der Mann trat auf Darina zu und zog sie in ihre Arme. Raven sah, dass er etwas zu ihr sagte, konnte es aber nicht verstehen. Dann drückte er sie wieder von sich weg und ging auf das Wasser zu. Mit einer kleinen Handbewegung erhob sich eine Welle, auf die er stieg und von der er sich auf die andere Seite der Wasserstraße tragen ließ. Raven beobachtete genau, wie der Mann auf der anderen Seite landete. Die Gabenträger des Wasserclans faszinierten ihn.

Wasser klatschte ihm ins Gesicht und durchnässte seine Kleider. Er zog die Luft laut ein und prustete das Wasser von seinem Gesicht. Seine Augen blinzelten und plötzlich sah er Darina vor sich stehen.

»Es ist unhöflich zu lauschen.« Ihre blauen Augen funkelten in böse an.

»Nun, es ist auch unhöflich, Gäste zu durchnässen.«

»Ihr habt es verdient.«

»Wer war das?«

Sie wandte sich kurz um, sah aber nur noch einen Schatten, der auf der anderen Seite in einem Haus verschwand. Dann musterte sie Raven, als wollte sie ergründen, ob sie ihm antworten sollte. »Das war mein Bruder.«

Raven nickte und wartete, ob sie noch etwas sagen wollte, doch Darina schwieg.

»Ich wollte mir die Stadt etwas ansehen.«

»Ich weiß.«

Raven runzelte die Stirn und sah sie skeptisch an. »Ihr wisst das?«

»Ihr seid nicht der Einzige, der lauscht. Das Wasser verrät uns alles. Kommt, ich zeige Euch die Stadt.«

Darina ging an Raven vorbei und überließ es ihm, sich ihr anzuschließen. Er schloss schnell wieder auf. Sie führte ihn durch den kleinen Saal zurück und weiter durch die große Halle. Sie wählte aber nicht die große Treppe aus, die sie bei ihrer Ankunft genommen hatten, sondern einen Seiteneingang. Die kleine gewundene Treppe führte hinunter zu einer Wasserstraße. Doch zu Ravens Verwunderung setzte sie ihren Weg auf einem kleinen Steinsteg, der neben der Wasserstraße entlangführte, fort. Der Steg wand sich um das Gebäude und Raven musste aufpassen, dass er auf dem schmalen Weg nicht das Gleichgewicht verlor. Darina verschwand vor ihm um eine Hausecke und er versuchte sich zu beeilen, um ihr zu folgen. Als er um die Ecke bog, blieb er stehen. Vor ihm erstreckte sich ein See. Die Wasserstadt endete mit der großen Halle, doch an den Seiten des Sees ragten noch weitere Häuser in das Wasser hinein. Vor ihnen lag eine weite Wasserfläche. Wasservögel ließen sich dort treiben und das Licht der letzten Sonnenstrahlen glitzerte darauf. Im Erdreich hatte er zwar schon Seen gesehen, die waren aber nicht halb so groß wie dieser hier.

»Es ist wunderschön.«

»Ja, das ist es.«

Raven ließ seinen Blick vom Wasser zu Darina wandern. Die kleine Wasserfrau neben ihm sah weiter auf das Wasser hinaus. Als sie seinen Blick bemerkte, zuckte sie zusammen und trat einen Schritt zur Seite. Raven wandte sich schnell von ihr ab. Er wollte ihr kein Unbehagen bereiten.

»Ihr seid eine interessante Gabenträgerin. Was sind Eure Gaben?«

Er spürte, dass sie ihn von der Seite musterte.

»Warum wollt Ihr das wissen?«

»Weil es mich interessiert.«

»Weil Ihr eine Frau sucht, mit der ihr Euch für ein Heer verbinden könnt?«

Seine Augen blitzten auf. Darina hatte also genau gewusst, was er mit Raikon in seinem Gemach besprochen hatte. Ihr huschte ein Lächeln über die Lippen.

»Ich muss gestehen, dass ich mir noch nie Gedanken darüber gemacht habe, mich mit einer Frau zu verbinden. Mein Vater und meine Mutter haben sich damals aus Liebe dazu entschieden, sich zu verbinden. Daher war es für mich klar, dass ich das auch so tun sollte. Die Vorstellung, eine Verbindung nur für einen kriegerischen Vorteil einzugehen, schreckt mich ab. Es muss auch anders gehen. Wenn mir die Clane nicht vertrauen und mir ihre Hilfe nicht von sich aus anbieten wollen – was für ein Hochkönig wäre ich, wenn ich mir ihre Hilfe mit einer Verbindung erkaufen würde? Das möchte ich nicht. Das Licht hat schon vor dem Schatten die Geschicke des Clanreichs gut und weise geführt – gerecht und zum Wohle aller. Das ist auch mein Ziel. Es soll wieder Frieden im Clanreich herrschen. Dieses Misstrauen und die Feindseligkeiten, die mit der Schattenherrschaft über uns alle gekommen sind, müssen ein Ende haben. Meinen Clan hat es durch die Verbindung von Erde und Licht besonders hart getroffen. Mein Vater hat sich dazu entschieden, die Gabenträger des Erdreichs und die Erben des Lichts zu verstecken. Es geht so nicht weiter und ich möchte das ändern, doch das kann ich alleine nicht. Dazu brauche ich alle Clane und ihr Bestreben, dasselbe zu wollen wie ich: Frieden im Clanreich.«

Darina blickte wieder auf das Wasser hinaus. Raven stand still neben ihr und wartete ab. Sie fuhr zu ihm herum und ihre Augen suchten seine.

»Unser Clan ist kompliziert geworden, seitdem unser eigentlich gewählter Clanfürst verschwunden ist. Durian ist nur seine Vertretung. Wenn ...« Darina überlegte. »Als sich meine Gaben zeigten, legte das Wasser seine Zeichen auf mich. Meine Gabe ist immer stärker und vielfältiger geworden, je älter ich wurde. Durian würde es nicht für gut befinden, wenn ich Euch alles offenlege, was ich kann.«

»Aber Ihr werdet es trotzdem tun?«

Sie nickte.

»Warum?«

»Weil ich Euch vertrauen möchte. Das Clanreich braucht Euch und den Frieden, den Ihr ihm bringen wollt.«

Sie drehte sich um und sah hinaus auf das Wasser. Dann grinste sie Raven von der Seite an und plötzlich hob sich das Wasser aus dem See und zog sich in einem fliegenden kleinen Bach um Raven und sie herum. Das Wasser floss höher und wieder tiefer, bis es wieder in den See zurückfiel, aus dem es gekommen war. Raven nickte ihr anerkennend zu. Dann hob Darina ihre Handflächen und eine Wasserkuppel erhob sich um sie. Raven ließ seinen Blick über die Kuppel gleiten. Sie sah aus wie die, in der er und Raikon bei ihrer Ankunft im Wasserreich festgesetzt worden waren.

»Geht hindurch.«

Raven zögerte kurz, folgte dann aber der Aufforderung. Vor der Wasserwand blieb er jedoch stehen. Seine Finger glitten über die Wasseroberfläche, die sich wie von selbst teilte, als er die Hand durch das Wasser strecken wollte. Er lachte auf und ging durch den immer größer werdenden Spalt in der Wasserkuppel hindurch nach draußen. Als er sich umwandte, schloss sich der Spalt wieder und er sah hinaus auf den See. Irritiert blickte er sich um. Die Wasserkuppel war mit Darina verschwunden. Er hob seine Hand und tastete danach. Er keuchte erstaunt auf, als seine Finger nass wurden und die Kuppel wieder vor ihm sichtbar wurde. Er versuchte angestrengt, durch das Wasser zu sehen, doch es gelang ihm nicht. Das Wasser teilte sich wieder, als er hindurchgehen wollte, und gab ihm den Blick auf Darina frei, die immer noch an derselben Stelle unter der Kuppel stand.

»Das ist beeindruckend und wunderschön.«

Darina lächelte und die Wasserkuppel verschwand.

»Kostet es Euch viel Kraft?«

Sie schüttelte den Kopf. »Es fließt einfach aus mir heraus. Ich muss mich nicht einmal sonderlich darauf konzentrieren.«

»Eure Gabe ist wirklich etwas Besonderes. Ihr könntet die Clanfürstin sein.«

»Ich kann noch mehr, doch dafür ist jetzt keine Zeit. Wir sollten zurückgehen, bevor Durian merkt, dass ich Euch herumführe.«

»Ist es Euch nicht erlaubt?«

»Es gibt Dinge, die Euch Durian besser selbst zeigen sollte. Das wird er morgen machen. Außerdem wird mein Bruder bald zurück sein und ich muss noch einiges mit ihm besprechen, bevor er wieder in die Hochstadt reitet.«

»Euer Bruder reitet in die Hochstadt? Zum Nachtfalken?«

»Ja, unter anderem.«

»Wäre es möglich, dass ich dem Nachtfalken eine Nachricht über Euren Bruder übermitteln kann?«

»Natürlich. Kommt, ich werde Euch Papier und Feder bringen lassen.«

18

~ Vor der Hochstadt ~

Sorrel ließ die kleine Clanfrau los und sie fiel durch den Schlag von Slyth wie ein Stein zu Boden. Zufrieden betrachtete der Heiler sein Werk, als er über die Bewusstlose trat.

»Hol meine Tasche!«

Sorrel boxte Baxter in die Seite, der nicht sofort reagiert hatte. Baxter lief schnell zu dem Pferd des Heilers und schleppte die Tasche heran. Der Heiler riss sie ihm aus der Hand.

»Sei vorsichtig damit, du Wurm! Da sind Dinge drin, die würden dich auf der Stelle töten.«

Slyth stellte die Tasche neben Raja ab und zog sein Messer. Er setzte zu einem kleinen Schnitt an ihrer linken Schläfe an. Das Blut perlte über die helle Haut und lief in die weißen Haare. Geschickt öffnete er die Haut mit dem Messer. Mit einer Hand holte er aus seiner Tasche einen schwarzen Stein hervor und drückte ihn unter die Haut. Mit schnellen Stichen vernähte er die Wunde. Sein Messer trennte den Faden dicht an der Haut. Unbemerkt für Sorrel schnitt Slyth eine kleine Strähne des weißen Haars ab und ließ sie in seiner Tasche verschwinden.

Der Heiler wühlte in seiner Tasche und zog eine kleine Phiole hervor. Vorsichtig ließ er die Flüssigkeit daraus auf die Haut tropfen. Es zischte auf und die Bewusstlose unter ihm zuckte leicht zusammen. Die Flüssigkeit verklebte die Haut an der Wunde, sodass keine Verletzung oder Narbe zu erkennen war. Der Hemmerstein war an seinem Platz und würde für niemanden mehr sichtbar sein. Slyth wusste nicht, welche Gabe die kleine Frau, die wie schlafend unter ihm lag, trug, aber er konnte spüren, wie der Hemmerstein sich in ihr ausbreitete und alles aufsog, was sie ihm entgegenstellte. Er nickte zufrieden.

»Ist es vollbracht?«

»Ja. Es ist alles an seinem Platz.«

»Dann zieht das Ritual durch.«

Slyth zog Raja auf die Beine, die langsam wieder zu Bewusstsein kam. Baxter packte sie von hinten und Sorrel umgriff ihre Hände. Slyth sprach schnell und legte – so wie das Clanritual es vorsah – die Clanbänder um die Handgelenke des Pferdehändlers und um die von Raja.

»Ihr müsst jetzt zustimmen.« Slyth stieß Raja an, die immer noch betäubt von den Giften schwankte. »Das zählt als Zustimmung.«

Sorrel grinste und Slyth griff in seine Tasche und holte eine Flasche heraus. Die Flüssigkeit glänzte schwarz und schwappte ölig in der Fasche. »Hier, wie bestellt. Die Horchertinktur werdet Ihr brauchen. Ihr kennt das ja. Es wird Euch bei dieser da auch helfen. Sie wird genauso ruhig und gefügig sein wie Eure Pferde. Ich schätze, dass sie sich kaum erinnern wird. Sie wird dieses Leben hier bald als normal ansehen, Ihr werdet keine Probleme mit ihr bekommen. Nehmt aber nur wenige Tropfen, sonst wird sie aus dem Dämmerzustand nie mehr erwachen.«

Sorrel riss die Flasche an sich. »Wieder auf die Pferde, wir müssen vor Sonnenaufgang in der Stadt sein!«

19

~ Im Haus des Pferdehändlers ~

Ich schreckte auf. Mein Kopf fühlte sich an, als hätte ich mit Raven und Haldriel getrunken. Meine Augen gewöhnten sich langsam an die Umgebung und das Zimmer, in dem ich auf einem Bett lag. Die Wände waren aus dunklen Brettern. Durch ein kleines Fenster drang Tageslicht herein. Ein Tisch und ein Stuhl, eine Schüssel mit Wasser – sonst nichts. Der Schwindel, der mich erfasste, zwang mich dazu, meine Augen wieder zu schließen. Wo war ich? Ich konnte mich kaum erinnern. Der Überfall auf die Clanstätte, der Fremde aus meinem Traum und Shiver, der wild unter mir davonjagte.

Der Lichtschatten des Fensters zog an den Wänden des Zimmers entlang. Mein Kopf dröhnte weiter und mein Körper wollte nicht meinen Befehlen gehorchen und aufstehen. Ich fand meine Gabe nicht. Ich konnte weder das Licht in mir finden noch meinen Geist auskundschaften lassen, wo ich war.

Die Tür wurde laut aufgestoßen. Ich wandte meinen Kopf der Bewegung zu und sah, wie er auf mich zukam. Der Pferdehändler. Verschwommen tauchten Erinnerungen in mir auf. Der dürre Mann kam auf mein Bett zu, setzte sich auf die Kante und betrachtete mich.

»Ich habe nach dem Heiler schicken lassen. Euch geht es immer noch zu schlecht. Ihr müsstet schon lange auf den Beinen sein und Euch hier nützlich machen. Hier ist kein Platz für Faulheit.«

Sein Lächeln war falsch und ich wandte mich von ihm ab. Sorrel packte jedoch mein Kinn und zog meinen Kopf wieder zu sich herum. Vergeblich versuchte ich, meine

Arme zu heben. Die Kraft fehlte mir. Im Erdreich hätte dieser Mann keine Chance gegen mich gehabt.

»Wendet Euch ja nicht von mir ab. Ich bin hier alles, was Ihr habt. Die Hochstadt wird Euch zum Verhängnis, wenn Ihr Euch nicht in Euer Schicksal einfügt und gehorsam seid.«

Seine Finger kniffen in meine Haut. Ich konnte meine Hand zu seiner führen, aber ich hatte nicht die Kraft, um seine Finger von mir zu lösen. Sorrel stieß mich weiter auf das Bett und stand auf. Sein überheblicher Blick würde ihm noch leidtun. Unbekümmert verließ er den kleinen dunklen Raum und ließ mich wieder allein zurück.

Ich musste hier weg! Vorsichtig fragte ich meine Füße, ob sie sich bewegen könnten. Die Zehen wackelten leicht. Immer wieder bewegte ich meine Füße und meine Arme. Das Leben und die Kraft mussten in meinen Körper zurückkehren, und zwar schnell. Auch wenn mein Geist verstummt war, war mir nur zu bewusst, dass ich hier wegmusste, und dazu musste ich mich wieder voll bewegen können.

20

~ In der Clanstätte des Wasserreichs ~

Es klopfte an der Tür und Raven öffnete sie. Davor stand Darina. Er war erleichtert, sie zu sehen. Es musste bedeuten, dass der Clanfürst sie sehen wollte oder dass es eine andere Ablenkung gab von der Warterei in ihrem Gemach.

»Ich soll Euch bitten, mich zu begleiten. Durian erwartet Euch.«

Raven sah sich zu Raikon um, der am Fenster stand. Raikon hatte die Aufforderung vernommen und wandte sich zum Gehen um. Raven nickte ihm zu und beide verließen das Gemach. Darina führte sie durch die Flure hindurch, bis sie die große Halle erreichten. Dort wartete Durian auf sie.

»Lichtträger, ich möchte Euch etwas zeigen. Kommt, begleitet mich. Darina wird ebenfalls mitkommen.«

Der Wasserfürst wandte sich ab und Darina ließ Raven und Raikon den Vortritt. Raven sah sich über seine Schulter zu ihr um. Ihr Gesicht war weniger abweisend als sonst und Raven musste kurz lächeln. Raikon warf ihm einen prüfenden Blick zu, bevor er sich ebenfalls kurz zu der kleinen Wasserfrau umsah.

Durian führte seine Gäste durch die große Halle und durch die großen Tore hinaus die Treppe hinunter. Vor der Treppe wartete ein Boot auf der Wasserstraße und Durian stieg ein. Raikon seufzte, ihm wäre fester Boden lieber gewesen. Raven stieg in das Boot und Raikon folgte mit Darina. Das Boot legte ab und glitt über das ruhige Wasser dahin. Raven achtete nicht darauf, wo es lang fuhr. Seine Augen erkundeten die Häuser und Bauten an der Wasserstraße. Auf den kleinen Balkonen, die an fast jedem Haus zu sehen waren, waren viele Blumen und kleine Büsche zu sehen. An einigen wuchsen rote Beeren, die denen aus dem Wald des Erdreichs nicht unähnlich sahen. Raven erstarrte, als er einen Blick wahrnahm. Der Wasserfürst musterte ihn.

»Eure Stadt ist wunderschön.«

Durian nickte ihm zu, wandte seinen Blick aber nicht von ihm ab. Raven wurde es unangenehm, dass ihn der Wasserfürst so intensiv musterte. Das Boot legte an einer steinernen Terrasse an und Raven erkannte, dass es der Ort war, zu dem Darina ihn am vergangenen Abend geführt hatte. Durian stieg aus und die anderen folgten ihm. Er ging über die Terrasse und blieb am Rand der anderen Seite stehen.

»Ich möchte Euch etwas zeigen. Es ist sehr wichtig und bedeutet uns viel. Außerdem ist es unerlässlich, dass ich mir sicher sein kann, dass Ihr über das, was Ihr nun zu sehen bekommt, Stillschweigen bewahren werdet. Es ist ein Risiko, Euch unser Wichtigstes zu zeigen. Wenn Ihr auf Eurer Reise in den Schatten geratet und man Euch zwingt zu reden, dann ist das hier verloren. Es steht sehr viel auf dem Spiel.«

Sein durchdringender Blick lag wieder auf Raven.

»Aber natürlich.« Raikon antwortete für Raven, der immer noch im bohrenden Blick des Wasserfürsten gefangen zu sein schien.

Raven nickte kurz.

»Gut. Dann hoffen wir, dass Ihr immer im Licht wandelt. Darina, darf ich dich bitten?«

Darina trat an den Rand der Terrasse und das Wasser schob sich zur Seite. Raven konnte nicht erkennen, ob Darina viel Kraft brauchte, um das Wasser zu teilen. Raikon neben ihm blieb unbeeindruckt. Immer tiefer in den See grub sich die Wasserschneise. Darina war die

Erste, die in die Schneise trat. Durian folgte ihr. Raven und Raikon warfen sich einen Blick zu, bevor sie zwischen die beiden tosenden Wasserwände traten. Durian drehte sich um und winkte sie zu sich heran. Raven und Raikon schlossen auf und hinter ihnen brach das Wasser wieder zusammen. Das Wasser rauschte neben ihnen und türmte sich zu einer hohen schimmernden und schillernden Wand auf. Raikon und Raven sahen verwundert auf die Welt, die sonst unter der Wasseroberfläche versteckt lag. Fische schwammen an ihnen vorbei und Wasserpflanzen ragten wie Bäume im Wald durch die Fluten zur Wasseroberfläche hinauf.

Darina führte die Männer immer tiefer in den See hinein und das Wasser bildete nun einen Tunnel über ihnen. Völlig unvermittelt blieb Darina stehen und machte einen Schritt zur Seite. Durian trat an ihr vorbei und vor ihm teilte sich eine Wasserwand. Raven huschte ein Lächeln über die Lippen. Darina hatte sie zu einer Wasserkuppel unter dem See geführt. Raikon ging hinter Durian her und Raven trat als Nächstes auf den Wasserspalt zu.

Als er Darina erreichte, blieb er kurz stehen. »Sehr eindrucksvoll.«

Er wartete nicht auf ihre Antwort, sondern ging hinter Raikon und Durian her in das Innere der Wasserkuppel. Dort blieb er stehen und bemerkte erst zu spät, dass ihm vor Erstaunen der Mund offen stand.

»Ja, sehr eindrucksvoll.« Darina ging grinsend an ihm vorbei und folgte Raikon und Durian.

Raven klappte den Mund wieder zu und ärgerte sich kurz über sich selbst. Doch nur einen Wimpernschlag lang, denn er konnte seinen Blick nicht von dem lösen, was vor ihm lag.

Vor ihm erstreckte sich eine Stadt unter dem Wasser. Die Häuser waren nicht weniger prunkvoll als die Häuser aus der Stadt, die er über dem Wasser schon gesehen hatte. Das gedämmte Licht, das durch das Wasser auf die unterirdische Stadt fiel, ließ die Häuser sanft schimmern. Wie Wolkensteine unter Wasser. Auf einer kleinen Anhöhe stand eine große Halle, die der über dem Wasser zum Verwechseln ähnlich sah. Zur einen Seite erstreckten sich die Häuser. Als Raven zur der anderen blickte, bemerkte er viele kleine, flache Bauten und weite Plätze. Es standen viele Bäume zwischen den Häusern und es gab kleine Gärten, die nicht nur Blumen, sondern auch Kräuter und Gemüse beherbergten. Das emsige Treiben auf den Plätzen verwirrte ihn. Es waren unzählige Menschen und Wasserkrieger hier zu sehen. Ein ganzes Heer war dort versammelt. Die Stadt unter Wasser bot ein ganz anderes Bild als die Stadt, in der sie empfangen worden waren. Der Wasserclan lebte unter dem Wasser.

Durian trat an Raven heran und deutete auf das Heer der Wasserkrieger. »Willkommen in unserem Refugium, unserem Zufluchtsort unter Wasser. Wie Ihr seht, warten wir schon länger auf Euch und auf die Gelegenheit, gegen den Schatten zu ziehen. Aber kommt, wir wollen zu den Kriegern gehen.«

»Warum? Also warum habt ihr eine zweite Stadt?«

Durian sah ihn an und Raven bemerkte, wie die Augen des Wasserfürsten trüb wurden.

»Nicht nur Euer Clan musste viele Verluste erleiden. Meine Frau wurde verschleppt, schon vor vielen Jahren, bevor der Nachtfalke aktiv wurde. Auch Darinas Eltern wurden entführt. Von ihnen wissen wir, dass sie tot sind. Viele von uns haben Gabenträger, Freunde und Familie, an den Schatten verloren. Das hier ist unser Geheimes Tal, wie Ihr es in Eurem Reich habt. Ein Versteck für unseren Clan. Der Gabensucher kann die Gabenträger durch das Wasser nicht finden.«

Ravens Blick fiel auf Darina. Der Erdclan war nicht der einzige Clan, der davonlief und sich versteckte. Sie bemerkte seinen Blick und die Röte, die ihr in die Wangen stieg, verriet, dass sie wusste, was er dachte.

Durian wandte sich ab und ging auf die Lager der Krieger zu. Die anderen folgten ihm. Raven spürte immer wieder misstrauische Blicke, aber keiner der Krieger sah ihn an, wenn er sich umwandte.

Darina trat neben ihn. »Es ist das erste Mal, dass Gäste hier sind. Normalerweise bleiben Clanfremde oben in der Stadt. Aber Durian war es wichtig, dass Ihr seht, dass der Wasserclan stark ist.«

Durian hielt vor einem Platz, auf dem die Krieger sich im Schwertkampf maßen. Die Übungen und Bewegungen flossen aus den Kriegern hervor und die Schläge der Schwerter sowie das Parieren der Angegriffenen glichen einem Tanz. Ein Offizier gab einen Befehl, die Krieger beendeten den Kampf und stellten sich in Reihe auf.

»Diese Krieger hier sind etwas Besonderes. Ich möchte sie Euch zeigen.«

Durian hob die Hand und der Offizier befahl das Ende der Übungen. Durian rief die Krieger zu sich und viele kamen auf ihn zu und setzten ihre Helme ab. Neben Raven entfuhr Raikon scharf die Luft. Die Krieger, die auf sie zukamen, waren keine Wasserkrieger. Es waren Krieger aus allen Clanen vertreten. Die roten Haare der Feuerkrieger leuchteten unter dem Wasser wie Fackeln, doch auch grauhaarige Krieger kamen auf die kleine Gruppe zu. Raven griff nach Raikons Arm, als er braunhaarige Krieger sah. Raikon ging auf die Erdkrieger zu, die sich freudig um ihn scharten. Durian nutzte die Lücke und stellte sich zu Raven.

»Woher kommen diese Krieger und warum sind sie hier bei Euch?«

Durian lächelte in sich hinein. »Das sind die gestohlenen Gabenträger. Hier in der Stadt leben auch viele Frauen und Kinder aus anderen Clanen. Der

Nachtfalke schickt sie her. Wir können sie über das Wasser des Flusses aus der Stadt holen. Es gibt mehrere Wasserkrieger, die die Gabe von Darina haben. Sie ist bei ihnen schwächer ausgeprägt, aber ausreichend, um die Gefangenen hierherzubringen, die der Nachtfalke aus dem Kerker des Schattenkönigs retten kann oder die auf dem Weg hierher offiziell versterben. Einige können auch aus den Kerkern der Hochstadt gerettet werden. Wir können diese Clanmenschen hier am effektivsten verstecken. Es wäre zu auffällig, sie zu ihren Clanen zurückzuschicken. Aber das werden wir, wenn Ihr siegreich seid und es wieder sicher im Clanreich sein wird.«

Darina trat zu ihnen. Raven hatte nicht bemerkt, dass sie sich entfernt hatte.

»Kommt. Ich würde Euch gerne noch die anderen Gabenträger vorstellen. Ihr werdet überrascht sein.« Sie lächelte Raven an, nahm ihn an der Hand und zog ihn mit sich.

Raikon beobachtete, wie sein Neffe hinter der kleinen Wasserfrau herlief.

»Hat der Lichtträger schon eine Verbindung zu einer Frau?«

Raikons Blick fiel zurück zu Durian, der die beiden ebenfalls weiter beobachtete.

»Nein. Aber ich fürchte, dass wir da auch keinen Einfluss nehmen können. Die Lichtträger haben sich in den Kopf gesetzt, dass sie nur aus Liebe die Elemente tauschen werden. Ihre Eltern waren wohl keine guten Vorbilder.«

»So wie Ihr?«

Raikon lächelte. »Ich würde mich immer wieder für meine Frau entscheiden. Genauso wie Ihr das auch tun würdet.«

Durian nickte langsam und Raikon wusste, dass der Wasserfürst auf keine Verbindung bestehen würde.

21

~ Im Erdwald ~

Der Zug des Erdclans hatte den Wald erreicht, der sich um das Geheime Tal legte. Sie kamen nur langsam voran. Die wenigen Pferde, die geblieben waren, zogen kleine Karren oder Pritschen hinter sich her. Zwei Tage hatte es gedauert, aber der Wald umfing die Reisenden jetzt wie ein grüner Mantel. Halla spürte die Erleichterung, als sie zwischen den Bäumen entlanggingen. Das Rauschen der Baumkronen über ihnen schien sie willkommen zu heißen.

Hinter sich vernahm sie leise Erschütterungen im Boden. Als sie sich umwandte, entdeckte sie Haldriel auf einem kleinen braunen Pferd, der am Zug vorbei auf sie zuritt. Das Pferd hielt neben Halla an, die die Zügel festhielt.

»Es ist uns keiner gefolgt. Die Hochebene rund um den Wald ist verlassen.«

Halla nickte erleichtert. »Dann reite voraus und gib Bescheid, dass wir kommen. Raja wartet sicherlich schon auf uns. Und lass Hanna Vorkehrungen treffen, damit alle einen Platz zum Schlafen finden. Wir sollten zur Abenddämmerung im Tal sein.«

Haldriel nickte und Halla konnte die Zügel noch schnell loslassen, bevor der Braune an ihr vorbeistob und zwischen den Bäumen verschwand.

»Kommt weiter! Wir wollen das Geheime Tal zur Abenddämmerung erreichen.«

Der Erdclan marschierte weiter und Halla spürte immer wieder, wie ein Kribbeln über ihren Rücken streifte. Die Schutzzauber, die das Geheime Tal von der Außenwelt und den restlichen Clanen versteckten, wirkten noch. Niemand, der dem Erdclan etwas Übles wollte, konnte sie passieren. Sie fragte sich, wie der Gabensucher die Schutzzauber um die Clanstätte zerstören konnte. Sie waren so alt, dass sie sich nicht mehr daran erinnern konnte, wer sie angebracht hatte. Das Zeichen an ihrer linken Schläfe juckte bei jedem Zauber, den sie durchtrat. Das Tal würde wissen, dass sein Clanfürst auf dem Weg war. Allerdings war es nicht Halkan, sondern sie – Halla.

Die alten Bäume, die ihren Weg säumten, rauschten leise in einem nicht zu spürenden Wind. Die Magie, die diesem Wald inne lag, befolgte eigene Gesetze, die so alt waren wie die Erde selbst. Vor Halla eröffnete sich der Eingang des Geheimen Tals. An den Wegrändern erhoben sich Erdwälle, die den Weg schmaler werden ließen. Hallas Herz begann zu summen und ein warmes Gefühl breitete sich in ihr aus, als vor ihr der Wächterbaum auftauchte. Wie alt der Baum war, wussten nur die Erde und der Baum selbst. Er wuchs über den Weg hinweg und seine Wurzeln griffen tief in die Erde, um sich halten zu können. Wie ein Torbogen zu einer anderen Welt stand er fest und schwebte doch hoch über ihren Köpfen.

Als der Erdclan unter dem Baum hindurchzog, rumorten die Wurzeln des Wächterbaumes und seine Blätter rauschten ein vertrautes Lied. Sie waren in Sicherheit. Hallas Schultern sanken unbemerkt nach unten. Erleichterung fand in ihrem Herzen Platz und verdrängte die Schwere, die sie seit dem Überfall in sich trug.

Die Abenddämmerung legte das Geheime Tal in ein weiches Licht, als die Bäume des Waldes lichter wurden und Halla aus dem Wald in das Tal trat. Sie hatten es endlich geschafft. Sie blickte sich um und sah in den

Gesichtern die gleiche Erleichterung, die sie selbst in sich trug. Sie hatten das Ziel erreicht, ohne dass die Schattenkrieger sie erneut angegriffen hatten.

Unten im Dorf brannten die Feuer und Halla konnte erkennen, dass sie schon entdeckt worden waren. Die Kinder, die im Tal lebten, rannten durch die Wiesen auf sie zu.

Der Zug erreichte das Dorf und viele Menschen liefen durcheinander. Die Verletzten wurden von den Pritschen gehoben und in die große Halle gebracht, um versorgt zu werden. Immer wieder hörte Halla das Aufheulen, wenn Clanmitglieder erfuhren, dass ihre Lieben bei dem Überfall auf die Clanstätte gestorben waren. Der Schmerz traf Halla jedes Mal tief in ihrem Herzen. Hanna kam auf Halla zu. Die alte Clanfrau lächelte sie mit Tränen in den Augen an und zog sie in ihre Arme.

»Willkommen im Geheimen Tal, meine Fürstin.«

Halla legte ihren Kopf auf die Schulter der Erdfrau. »Sag das nicht. Es fühlt sich falsch an. Es sind so viele gestorben. Halkan. Die Clanstätte. Ich habe sie zerstört. Ich weiß gar nicht, was ich dem Erdclan sagen soll, wie es weitergeht.«

Hanna schob sie von sich und sah sie prüfend an. »Doch, das weißt du. Hier seid ihr in Sicherheit. Von hier aus wird es weitergehen. Du wirst es schon sehen. Die Erde wird uns leiten. Ganhz gleich wie aussichtslos es bisher war, sie hat uns nie im Stich gelassen. Halkan wusste auch oft nicht weiter und hat doch das Vertrauen in unser Element nicht verloren. Hab Vertrauen.«

Halla nickte. Über Hannas Schulter hinweg sah sie Haldriel, der zu ihnen kam. Sein Blick ließ Halla fast das Blut in den Adern gefrieren.

»Was ist passiert?« Hallas Beunruhigung wandelte sich zu Angst.

»Raja ist hier nicht angekommen.«

Hannas Griff hielt Halla am Boden und sie spürten alle ein leichtes Zucken in der Erde. »Kommt erst einmal mit. Wir sollten das in Ruhe besprechen. Hier ist zu viel Tumult. Ich kann mir gut vorstellen, dass Raja Raven hinterhergeritten ist.«

Hanna ging voraus auf ihr Haus zu. Haldriel zog Halla mit sich und folgte der alten Frau. Hannas Haus lag nahe der großen Halle und sie hatte bereits ein Feuer auf der Kochstelle entzündet, das das Haus erhellte. Hanna wies stumm auf die Bank am Tisch und holte aus dem Topf, der über dem Feuer hing, zwei Schüsseln mit einer dicken Suppe. Haldriel begann zu essen, aber Halla blickte nur auf die Suppe. In ihren Gedanken ging sie alles durch. Der Angriff der Schattenkrieger war durch ihre eigenen Schatten und Hallas Erdspalte beendet worden. Raja war zum Geheimen Tal losgeritten. Die Erdspalte war für die Schattenkrieger ein unüberwindliches Hindernis gewesen. Sie hätten sie erst umreiten müssen. Shiver war schnell. Er hatte Raja sicher schon weit weg von der Clanstätte getragen.

»Wir müssen sie suchen.« Hallas Stimme war lauter, als sie gedacht hatte, doch ihre Angst um die Freundin wuchs mit jedem Herzschlag.

»Ja, natürlich. Nur wo? Wir haben hier keine Gabenträger mehr, die den Geist aussenden können. Das konnten nur Raja, Raven und Halkan. Besonders auf einem so großen Gebiet, wie wir es machen müssten.«

Halla nickte, denn Hanna hatte recht. Die Gabenträger, die dem Erdclan geblieben waren, waren Gabenträger, die ausschließlich Einfluss auf die Erde hatten. So wie sie und Haldriel.

»Raven könnte sie vielleicht finden.«

»Raven ist auf einer Mission. Es wäre nicht gut, wenn er sie abbricht. Er müsste auch schon im Wasserreich angekommen sein. Hoffen wir, dass sie zu ihm reitet.«

Halla sah Haldriel an. Er hatte leider recht. Der Weg würde lange dauern, aber es musste sein. »Wir schicken trotzdem einen Reiter hinter Raven und Raikon her. Wenn Raja ihnen gefolgt ist, müssen wir das wissen. Haben wir noch Erdleute in der Hochstadt? Es war ein Händler in der Clanstätte. Falls er etwas mit Rajas Verschwinden zu tun hat, brauchen wir jemanden, der sie in der Hochstadt finden kann.«

Haldriel sah auf. »Dieser furchtbare Kerl wird nicht wagen, seine Hand an eine Erdfrau zu legen. Das würde er nicht überleben!« Er bebte.

Halla war sich nur zu bewusst, dass ihr Bruder immer gehofft hatte, dass Raja seine Seelenpartnerin sein würde. Er hatte nie Augen für eine andere Erdfrau gehabt.

Hanna wandte sich nachdenklich um und holte einen Krug mit Wasser. »Es gibt eine Erdfamilie in der Hochstadt, aber wir haben schon lange keinen Kontakt mehr zu ihr. Sie wollte in der Hochstadt Handel betreiben. Das war, bevor das Licht fiel. Halkan hieß ihr Vorhaben damals gut. Er hoffte, dass er den Kontakt zu den Hochstadtmenschen dadurch nicht verlieren würde und wir wieder ein besseres Verhältnis zu den anderen Clanen aufbauen könnten. Ich weiß aber nicht, ob es sie noch gibt. Wir haben in den letzten Jahren immer weniger von der Hochstadt berichtet bekommen. Es ist fraglich, ob sich Clanmitglieder und besonders Gabenträger noch frei in der Stadt aufhalten können. Der Gabensucher wird sie alle dem Hochkönig ausgeliefert haben.«

»Wir müssen es trotzdem versuchen. Wenn Raja in der Hochstadt ist, dann müssen wir sie finden.« Ungeduldig rutschte Halla auf der Bank hin und her, weshalb Haldriel ihre Hand ergriff und sie zur Ruhe brachte.

»Ich werde morgen früh gleich aufbrechen und in die Hochstadt reiten. Von da aus werde ich den Wasserclan aufsuchen. Wenn wir Glück haben, ist Raven noch dort und ich kann ihn hierherholen, damit er Raja aufspürt.«

Hanna stellte das Wasser auf den Tisch und blieb kurz in ihren Gedanken versunken. Dann sah sie Halla an. »Ich denke, dass Haldriel einen guten Plan hat. Die Erdfamilie hatte früher Felder am Hochstadtfluss. Ich denke, dass du dort gucken solltest. Wenn es die Familie noch gibt, dann wirst du sie da finden.«

»Gut. Dann ist das beschlossen. Morgen reitest du los. Pack deine Bündel. Ich werde mich hier um den Erdclan kümmern. Ich lasse dich ungerne hier weg, aber einen anderen möchte ich auch nicht schicken und Raja braucht uns.«

Haldriel stand auf und verließ Hannas Hütte.

»Hanna, können wir das Geheime Tal noch weiter schützen?«

Sie berieten sich noch eine ganze Weile, wie sie den Erdclan im Geheimen Tal versorgen und unterbringen konnten.

22

~ In der Hochstadt ~

Mein Zustand verbesserte sich täglich. Ich konnte mich wieder aufrichten und meine Arme und Beine wurden stärker. Der Lichtschatten, der durch das Fenster und dann über die Wände des Zimmers glitt, ließ mich erahnen, wie die Stunden vergingen. Hin und wieder kam ein Bediensteter, stellte Wasser und Essen an mein Bett und verschwand genauso schnell, wie er gekommen war, als wäre dieses Zimmer vergiftet.

Meine Gedanken drehten sich nur darum, wie ich hier rauskam. Ich musste weg von diesem Ort, zurück zu meinem Clan. Mit Mühe konnte ich meinen Oberkörper hochstützen und saß eine Weile im Bett. Die Schritte vor meinem Zimmer ließen mich zusammenschrecken und ich legte mich schneller wieder auf mein Bett, als mein Kopf es mir dankte. Die Tür wurde aufgestoßen und Sorrel trat ein. Er blieb stehen, musterte mich und horchte dann in den Flur hinein. Als er nichts zu hören schien, schloss er die Tür und trat an mein Bett.

»Geht es Euch schon besser? Es dauert etwas zu lange, bis Ihr Euch an Euren Zustand gewöhnt habt.«

Seine Worte ließen mich aufhorchen. An welchen Zustand sollte ich mich gewöhnt haben? Unfähig zu sein, mich zu bewegen? Meine Augen blitzten auf und ich sah, wie Sorrel unzufrieden den Mund verzog. Seine Hand ergriff so plötzlich mein Kinn, dass ich ihn nicht wegstoßen konnte. Er schien fast belustigt über meine Verteidigung zu sein und lachte kurz auf.

»Das wird Euch nicht helfen.«

Seine andere Hand drückte mir ein Stück Stoff auf die Nase und wieder verschwamm es um mich herum. Meine Augen nahmen kaum noch wahr, was vor sich ging. Mein Körper lag willenlos da und doch spürte ich jede Berührung des Pferdehändlers auf meinem Körper. In mir schrie es, doch meine Stimme war gelähmt. Seine Hände waren an, sein Körper auf mir. Ich wollte mich wegdrehen, doch ich war schlaff. Meine Muskeln hörten mir nicht zu.

Es dauerte nicht lange. Ich spürte nichts. Nur die Leere in mir und um mich herum.

»Sieh mal, Vater, ein Reiter!«

Die Pflanzen glitten dem Mann durch die Hand und er richtete sich auf. Das kleine Mädchen sprang über die in Reihen stehenden Blätter und ergriff die Hand des Mannes.

Am Rand des Feldes hatte Haldriel sein Pferd zum Stehen gebracht. Der Pflanzenbestand auf dem Acker sah vielversprechend aus. An der Bodenstruktur konnte er erkennen, dass er die richtigen gefunden hatte. Mit Schwung glitt Haldriel aus dem Sattel seines Pferdes und ließ es am Rand des Feldes fressen.

Der Mann auf dem Acker hatte sich nicht bewegt. Sein feindseliger Blick verhieß nichts Gutes. Haldriel seufzte leise und fluchte innerlich. Er hatte auf schnelle Hilfe gehofft und nicht auf einen stur anmutenden Erdmann, der sich hier vor ihm aufbaute. Doch wenn er recht überlegte, war es nur typisch für einen vom Erdclan. Haldriel schmunzelte in sich hinein.

»Was wollt Ihr hier?«

Haldriel ging langsam auf den Mann und das kleine Mädchen zu. »Ich brauche Eure Hilfe. Das Erdreich braucht Eure Hilfe.«

Der Mann zog ungläubig eine Augenbraue hoch. »Das Erdreich ist weit weg. Was sollte ein einfacher Bauer aus der Hochstadt schon für Hilfe bieten können?«

Haldriel blieb einige Schritte vor dem Mann stehen und ließ einen Blick über ihn und über das Mädchen wandern. Die Kleine grinste ihn mit frechen braunen Augen an, sodass Haldriel gar nicht anders konnte, als auch zu grinsen.

»Ein einfacher Bauer seid Ihr garantiert nicht. Ihr seid mehr Erdkrieger, als Ihr mich glauben lassen wollt.«

Haldriels Blick glitt an dem Mann vor sich hinab und er konnte die Kontur eines Dolchgriffs erkennen, der verborgen im Stiefel seines Gegenübers steckte. Als Haldriel wieder aufblickte, sah der Fremde ihn prüfend an.

»Vieles hat nicht den Anschein, wie es ist.«

»Nur sollte in dieser Sache der Anschein nicht trügerisch sein. Ich muss Euch vertrauen können. Das Schicksal des Erdclans und des Clanreichs hängt davon ab, ob Ihr die Verbundenheit zu Eurem Element noch in Euch tragt und uns treu ergeben seid.« Haldriel legte seine drei mittleren Finger der linken Hand auf seine Stirn und hob seine Hand danach in den Himmel. Der Clangruß wurde von seinem Gegenüber zögernd erwidert.

Mit schnellen Blicken zu allen Seiten ging der Mann auf Haldriel zu. »Ich bin Haldran. Ich bin im Clanreich geboren, genau wie Ihr. Meine Tochter ist ein Kind der Hochstadt. Meinem Element bin ich treu geblieben. Nur ist es hier zu gefährlich geworden, das zu zeigen. Der Hochkönig und sein Gabensucher dulden nur wenige Gabenträger hier in der Stadt. Es ist besser, dass niemand weiß, dass es hier Gabenträger gibt. Was möchte das Erdreich? Wir sind hier unbeobachtet, aber nicht lange. Die Wachablösung auf den Stadtmauern findet zur

Mittagssonne statt. Dann werden die Wachen die Felder einsehen können.«

Haldran wies unmerklich mit dem Kopf in Richtung der Stadtmauer und Haldriel folgte mit seinem Blick nur flüchtig. Er überlegte, ob er dem Fremden so einfach trauen sollte. Es würde ihm nichts anderes übrig bleiben. Er hatte keine Zeit, um sich noch zu vergewissern.

»Dem Erdclan ist etwas verloren gegangen, das von höchster Wichtigkeit ist. Wenn wir hier reden können, dann sollten wir das direkt tun. Ich muss weiter zum Wasserclan.«

Haldriel musterte Haldran immer noch. Hanna war sich sicher gewesen, dass die Erdfamilie aus der Hochstadt dem Erdclan wohlgesonnen und treu war. Doch der Mann vor ihm war viel zu jung, um zu dem Mann aus Hannas Berichten zu passen. Er musste ungefähr so alt sein wie Haldriel selbst, also ein Nachkomme.

»Wenn Ihr weiter zu einem anderen Clan reist, dann könnte wirklich interessant sein, was Ihr verloren habt und was Ihr berichten könnt.«

Haldriels Augen verengten sich ungewollt und seine Hand wanderte zum Griff seines Schwertes. »Ihr habt keine Ahnung, wie wichtig. Und wir können es uns nicht erlauben, dass es in die falschen Hände gerät.«

»Die falschen Hände?«

»Die Tochter des Clanfürsten ist verschwunden. Wir befürchten, dass sie entweder ihrem Bruder zum Wasserclan gefolgt ist oder dass sie in die Hochstadt verschleppt wurde.«

Haldran blickte den Erdkrieger skeptisch an. »Der Clanfürst des Erdclans hat keine Nachkommen. Der Schatten hat seine Frau geholt.«

»Ja, der Schatten hat seine Frau geholt, seine Lichtfrau, aber nicht die beiden Kinder, die aus dieser Verbindung entstanden sind. Die Kinder wuchsen im Geheimen Tal auf, verborgen vor allen Augen der Clane.«

Haldran zog mit einem scharfen Geräusch die Luft ein. »Wenn es wahr ist, was Ihr sagt, dann …« Er hielt inne.

»… ist uns das Wertvollste verloren gegangen, das wir haben, um den Schatten zu vertreiben. Sie tragen beide das Licht in sich. Ihr Bruder ist auf dem Weg zu den anderen Clanen, um …«

»… ein Heer gegen den Hochkönig aufzustellen. Ich weiß.«

Haldriel blinzelte verwundert mit den Augen.

»Wir sind ein Teil des Untergrundes, der Widerstand gegen den Hochkönig. Der Nachtfalke hat dem Clanfürsten des Erdreichs einen Brief geschickt, mit der Bitte, das Licht endlich zu entsenden, um ein Heer aufzustellen.«

Haldriel nickte vorsichtig. Ganz vertrauen wollte er seinem Gegenüber nicht, aber er hatte keine andere Wahl. Die Informationen mussten ihm als Vertrauensbeweis ausreichen.

»Ich werde den Nachtfalken informieren und wir werden die Stadt genau im Auge behalten. Wenn Ihr zu Eurem Heerführer reitet, dann richtet ihm aus, dass der Untergrund auf ihn wartet und dass der Nachtfalke mit ihm in Kontakt treten wird. Wir warten schon so lange darauf, dass der Schatten weicht.«

»Der Erdclan hat sich in das Geheime Tal zurückgezogen. Es wird schwierig werden, jemanden dorthin zu schicken. Das Geheime Tal lässt nur die passieren, die dem Erdclan wohlgesonnen sind. Es liegen Schutzzauber auf dem Tal.«

»Ich verstehe.«

Haldriel packte den Unterarm von Haldran. »Beschützt sie mit Eurem Leben. Raja ist noch jung und wichtiger, als sie es bisher wahrhaben möchte.«

Haldran erwiderte den Griff und nickte schweigend. Haldriel wandte sich ab und stapfte zurück zu seinem Pferd.

Haldran blickte zu dem kleinen Mädchen hinunter. »Dann werden wir wohl jetzt in die Erde gehen, oder?«

Die Augen des kleinen Mädchens blitzten auf. »Ich mag unsere Felder. Können wir nicht noch etwas warten?«

Nachdenklich hob Haldran den Kopf und blickte Haldriel nach, der sein Pferd schon antrieb und im Galopp davonritt in Richtung des Wasserreichs.

»Ein wenig können wir noch warten. Aber wir sollten schon einmal anfangen, deine Sachen zu packen. Es wird sicherlich ein großartiges Abenteuer für dich werden.«

Haldran packte seine Tochter und wirbelte sie herum, bis sie lachte. Dann drückte er das Kind an sich und seine Augen wurden feucht. Die Kleine wusste nicht, was auf sie zukam. Er dagegen war mit den Schrecken, die der Schatten in die Hochstadt gebracht hatte, aufgewachsen. Sie verfolgten ihn noch immer.

23

~ In der Hochstadt ~

Die Nacht hatte sich über die Hochstadt gelegt und ließ das rege Treiben, das bei Tag die Straßen erfüllte, verschwinden. Die Gasse war nur schwach beleuchtet. Eine in dunkle Umhänge gehüllte Person lief lautlos zwischen den Häusern entlang und verschmolz hin und wieder mit den Schatten, die in die Gasse fielen. An einer Wegkreuzung blieb sie stehen und blickte sich um. Schatten wirbelten auf und die Gestalt verschwand in der Dunkelheit. Am Ende der Gasse erschienen zwei Personen, die mit schnellen und leisen Schritten über die Steine der Gasse liefen. Sie verharrten kurz und horchten in die Nacht. Dann wirbelten erneut Schatten auf und die Gasse war leer. In einem zerfallenen Gebäude tauchten die zwei Gestalten wieder auf und blickten sich um.

»Ihr seid wie immer viel zu auffällig.« Die dritte Person löste sich aus den Schatten, die die Mauerreste wie zerklüftete Zähne in das Gebäude warfen. Grazil wie eine Raubkatze schlich sie auf die anderen zu. Ihre Stimme war leise und genauso bedrohlich. »Es ist mir niemand gefolgt. Euch?«

»Nein.« Die drei in Umhänge gehüllten Gestalten standen in der Mitte des zerfallenen Gebäudes. Ihre tief heruntergezogenen Kapuzen verdeckten ihre Gesichter.

»Wir haben nur wenig Zeit. Ich habe eine Nachricht aus dem Erdreich erhalten. Meine Vermutungen haben sich bestätigt. Der Erdfürst war mit der letzten Lichtprinzessin verbunden. Es gibt Kinder aus dieser Verbindung.«

»Tragen sie auch die Gabe des Lichtes in sich?«

»Der Informant hat das zumindest so weitergegeben. Der Bote aus dem Erdreich hat von Lichtträgern gesprochen. Ein Lichtträger und eine Lichtträgerin.«

»Wenn wirklich Lichtträger unter den Nachkommen sind, würde das unser Unternehmen völlig verändern.«

»Deswegen sollten wir in Erfahrung bringen, ob es auch wirklich so ist. So unauffällig wie möglich. Der Lichtträger soll auf dem Weg zum Wasserclan sein. Er müsste dort schon angekommen sein. Wir brauchen Informationen von dort. Könnt ihr einen Boten entsenden?«

»Ich habe einen geeigneten Mann mit Verbindungen zum Wasserclan.«

»Gut. Veranlasst das! Wir sollten uns dann auf die Lichtträgerin konzentrieren. Sie soll nach dem Überfall, den es auf den Erdclan gab, verschwunden sein. Ich hoffe, dass Euch klar ist, wie wichtig es ist, dass wir sie wiederfinden. Wir brauchen sie! Seht zu, dass Ihr sie findet, bevor es jemand anderes tut!«

»Das werden wir.«

»Der Erdclan soll sich in das Geheime Tal zurückgezogen haben. Sie haben bei dem letzten Überfall auf ihre Clanstätte große Verluste erlitten. Wir können uns nicht darauf verlassen, dass er den Lichtträgern eine große Hilfe sein wird. Sie brauchen die Unterstützung der anderen Clane, um den Schatten zu verdrängen. Wenn das ihr Ziel sein sollte.«

Aus der Gasse waren Geräusche zu hören. Die Gestalten nickten sich kurz zu und verschwanden in schwarzen Schatten. Die Gasse lag verlassen da.

Falkon schloss die Tür hinter sich. Er drehte sich um und ließ seinen Blick durch den Raum wandern. Der

General blickte auf und sah ihn verwundert an. »Was wünschst du? Ich habe noch zu tun.«

»Du hattest doch Interesse an einem neuen Pferd? Ich denke, dass ich ein passendes für dich gefunden habe.«

»Ein neues Pferd? Ich habe meinen Schwarzen.« Der General widmete sich wieder den Papieren und den Aufstellungen auf seinem Tisch.

»Ein Pferd mit goldenem Fell und einer weißen Mähne, die wie Mondlicht schimmert?«

Die Augen des Generals verengten sich. Er hob den Kopf und sah Falkon prüfend an. Die Schatten um Falkon verrieten dem General, dass sein Freund sich über seine Reaktion amüsierte. Er stand langsam auf.

»Wo hast du so ein Pferd gesehen?«

»Der neue Pferdehändler hat so einen Hengst mitgebracht und will ihn verkaufen. Ich dachte mir, dass es dich interessieren könnte.«

Der General nickte, doch seine Gedanken waren schon nicht mehr in diesem Raum.

»Ich lasse unsere Pferde satteln.«

»Nein, wartet. Reite du dahin und gib bekannt, dass ich außergewöhnliche Pferde suche. Ich will wissen, welche er noch hat. Er soll eine Auswahl zusammenstellen. Geld spielt keine Rolle.«

Falkon nickte und verließ das Zimmer. Der General ließ sich schwer auf seinen Stuhl fallen. Seine Gedanken waren schon weiter. Das Pferd der Frau aus seinen Träumen. Er hatte sie bei dem Überfall auf den Erdclan gesehen. Es gab sie. Ihr Pferd war nun hier in der Hochstadt aufgetaucht. Er musste es haben. Genauso wie die Frau.

24

~ Beim Pferdehändler ~

Falkon ritt an das Tor des Pferdehändlers heran und stieß mit dem Fuß dagegen. Es dauerte nicht lange und ein schmaler Mann öffnete es. Als er Falkon erblickte, stieß er unterwürfig das Tor weiter auf. Falkon ließ seinen Hengst auf den Hof traben und hielt ihn auf der Rückseite des Hauses an. Seine Schatten brachen aus ihm heraus und wirbelten bedrohlich um ihn und sein Pferd.

Der Pferdehändler kam aus seinem Haus. Sein Gewand sah protzig aus, er nestelte seine dünnen Finger vor seiner Brust zusammen. »Wie kann ich Euch helfen?«

In Falkon stieg eine Abneigung auf, die er nur schwer verstecken konnte. Die Schatten um ihn herum zeigten deutlich, dass er nicht erfreut war, doch er machte sich keine Mühe, sie zurückzurufen. Der Pferdehändler konnte ruhig sehen, wer auf seinen Hof geritten war. Sorrel wich einen Schritt zurück und sah ängstlich auf die Schatten. Falkon ließ seinen Blick über das Gehöft des Pferdehändlers schweifen. Der dunkle Hengst unter ihm tänzelte auf der Stelle und ließ seinen Reiter durch seine Unruhe noch bedrohlicher wirken.

»Mein Herr möchte ein neues Pferd kaufen. Ich habe gehört, dass Ihr außergewöhnliche Pferde anbietet. Er möchte sie gerne begutachten.«

»Alle meine Pferde sind außergewöhnlich. Was sucht Euer Herr denn genau? Ein neues Kampfross?«

»Nein, er möchte seine eigene Zucht mit Clanpferden aufwerten. Ihr versteht das sicherlich.«

»Ja. Da kann ich Eurem Herrn etwas anbieten. Es wird aber kostspielig werden. Clanpferde sind schwer zu beschaffen, aber Ihr habt Glück, ich habe gerade eine feine Auswahl da.«

»Sehr gut. Mein Herr wird Euch heute noch aufsuchen. Bereitet alles vor.«

Falkon verließ den Hof und sein Pferd galoppierte nur zu gerne unter ihm durch die Hochstadt davon. Die Schatten zogen dem Krieger nach.

Sorrel blieb vor dem Haus stehen und verschränkte die Arme. Ein gutes Geschäft konnte er gebrauchen. Er lief in den Stall und betrachtete die Pferde, die dort in ihren Pferchen standen. Ein kleiner grauer Windhengst stand ganz hinten, noch sehr jung. Ein Glücksgriff, doch es würde noch dauern, bis er geritten werden konnte.

Sein Blick wanderte weiter zu den Erdpferden. Solide Pferde mit guten Anlagen, aber außergewöhnlich war keins von ihnen. Das war für die Erdpferde auch nicht üblich. Sorrel rieb sich das Kinn. Er hatte Falkon erkannt und wusste, wer sein Herr war. Der General würde ihm viel Geld einbringen. Und es würden Kunden folgen, die ebenfalls ein Pferd bei ihm kaufen wollten, wenn der General des Hochkönigs es tat.

»Baxter!« Sein Schrei ließ die anderen Reiter im Stall zusammenzucken.

Baxter kam in den Stall. »Zu Euren Diensten, Herr.«

»Nimm dir zwei Reiter mit und hol den hellen Erdhengst hierher. Leg ihm eine Decke über und sieh zu, dass du ordentlich Horchertinktur in ihn hineinbekommst. Ich habe einen gut zahlenden Interessenten für das Pferd. Je schneller ich ihn los bin, desto besser.«

Sorrel trat aus dem Stall und überließ Baxter seinen Anweisungen. Sein Blick glitt am Haus hinauf zu der Etage, in der Raja lag und mit der Wirkung des Hemmersteins kämpfte. Er wünschte, diese Frau wäre schwächer und würde ihre Gaben nicht weiter gegen den

Stein kämpfen lassen. Das würde vieles einfacher machen.

Sorrel beobachtete sorgenvoll den General, der auf dem Sandplatz stand und regungslos die Pferde musterte, die er ihm von seinen Reitern zeigen ließ. Falkon stand neben Sorrel, was diesen beunruhigte. Die schwarzen Schatten, die von dem Krieger ausgingen, schienen nach ihm greifen zu wollen. Sein Unbehagen stieg und er winkte Baxter zu sich heran. Leise flüsterte er Baxter Anweisungen zu, der sich dann umwandte und in den Stall ging.

Der General wandte sich zu ihnen um und gab Falkon ein Zeichen mit der Hand. Falkon blickte auf Sorrel hinab, der sich unter dem Blick zu winden schien.

»Die Pferde sind nicht das, was mein Herr sucht. Sie sind alles andere als außergewöhnlich. Wenn Ihr nicht mehr zu bieten habt, wird mein Herr woanders sicherlich bessere Pferde finden.«

»Nein, wartet. Ich habe noch ein Pferd, das Eurem Herrn gefallen könnte. Es ist allerdings bisweilen etwas widerspenstig.«

»Zweifelt Ihr an, dass der General ein guter Reiter ist?«

»Aber nein, mein Herr. Mein Bediensteter wird Euch das Pferd im Stall zeigen.« Sorrel wies auf den Stall und führte Falkon dorthin. Der General folgte ihnen.

Die Pferde, die der General bisher gesehen hatte, waren alle sehr solide. Aber der helle Hengst war nicht dabei gewesen. Er hatte noch nie an Falkon und seinen Erkundungskünsten gezweifelt. Falkon hatte ein Netzwerk aus sicheren Quellen in der Hochstadt, auf die er sich bisher immer verlassen konnte.

Der Stall von Sorrel war bescheiden und die Pferde standen in engen Pferchen. Der General ging an einer Reihe von Pferden vorbei. Aus einem Pferch blickte ihn ein kleiner Windhengst an. Das graue Tier schien nervös und schleuderte seinen Kopf wild hin und her.

»Den Wind sollte man nicht einsperren. Ich kann dich verstehen.«

Der General musterte das kleine Pferd. Es war lange her, dass er ein Windpferd gesehen hatte. Tief in ihm regte sich sein Wind. Der graue Hengst schien es zu spüren und musterte den Mann, der vor seinem Pferch stand. Die kleinen Ohren des Hengstes spielten, als würde er dem Wind des Generals lauschen, der ein Lied aus einer fernen Heimat sang.

»General.« Die Stimme von Falkon schreckte Mann und Pferd aus ihren Gedanken. Langsam löste sich der General von dem grauen Pferd, wandte sich um und ging zu Falkon, der sich neben Sorrel aufgebaut hatte.

Der Bedienstete des Pferdehändlers holte aus einem Pferch ein Pferd heraus. Es war der helle Hengst der Frau aus seinen Träumen.

Der General ging langsam auf das Pferd zu, das unwillig den Kopf hochhob. Die Augen des Hengstes wirkten tot und sein Fell war stumpf. In der Nacht des Überfalls hatte der Hengst selbst in der Dunkelheit geleuchtet. Seine helle Mähne, die wie das Mondlicht strahlte, hing nun verknotet an seinem Hals herab.

Sorrel pries den Hengst an, doch der General hörte ihm nicht zu. Sein Blick wanderte zu Falkon, der ihm kurz und fast unsichtbar zunickte.

»Ein ungewöhnliches Pferd. Wo habt Ihr es her?«

Der Pferdehändler nestelte nervös mit seinen Fingern. »Ein Glücksfund, mein Herr. Ich konnte dieses Pferd einfangen. Ein Wildpferd, nehme ich an.«

»Ein Wildpferd? Das ist selten im Clanreich. Sehr ungewöhnlich. Was wollt Ihr für diesen Hengst haben?«

»General, wenn Ihr diesen Hengst haben wollt, dann können wir gerne in meinem Geschäftszimmer über alles Weitere reden. Wenn Ihr mir folgen wollt?«

Der General nickte Falkon zu, der bei dem Pferd stehen blieb und Baxter mit seinen Schatten ängstigte.

Sorrel führte den General in sein Haus. Das Geschäftszimmer des Pferdehändlers war geräumig, aber düster, so wie das ganze Haus. Der General nahm auf einem der Stühle, die an dem Schreibtisch standen, Platz. Sorrel bereitete ein Papier vor und schob es dem General über den Tisch zu.

»Ihr werdet sehen, dass es ein fairer Preis für dieses Pferd ist. Ein außergewöhnliches Tier, wie Ihr es haben wolltet.«

Der General studierte schweigend das Papier und legte es auf den Tisch zurück. Sein Blick bohrte sich durch den Pferdehändler. Sorrel wurde unwohl und er wurde nervös. Der General schwieg weiter und Sorrel ergriff das Papier.

»Aber Ihr seid ja nun eine Persönlichkeit, der ich ein besonderes Angebot machen möchte. Was haltet Ihr von diesem Preis?«

Das Papier wanderte wieder über den Tisch und der General nahm es schweigend hin. Dann stand er auf und zog einen Beutel mit Geld aus seinem Umhang. Er legte ihn auf den Tisch, der Pferdehändler griff gierig zu.

»Ich denke, dass wir uns somit einig sind. Ich nehme das Pferd gleich mit. Wenn Ihr wieder außergewöhnliche Pferde im Angebot habt, dürft Ihr Falkon gerne darüber unterrichten.«

Sorrel nickte und drückte den Beutel mit dem Geld an sich. Der General wartete nicht auf eine weitere Antwort und verließ das Haus des Pferdehändlers. Draußen rief er Falkon zu sich, der den hellen Hengst am Strick mit aus dem Stall brachte. Die beiden saßen auf und ritten vom Hof.

»Bring den Hengst zum Landsitz. Ich denke, dass er behandelt worden ist. Danach bestimmst du ein paar unserer Männer als Wachen, die das Haus des Pferdehändlers beschatten. Tag und Nacht. Falls er die Frau hat, müssen wir sie kriegen, bevor es jemand anderes tut.«

Falkon nickte und zog den hellen Hengst hinter sich her. Der General zügelte seinen Schwarzen, der dem anderen zu gerne gefolgt wäre. Sein Blick glitt über das Haus des Pferdehändlers. So düster und unfreundlich. Dann trieb er sein Pferd an, zurück zum Hochpalast.

25

~ In der Clanstätte des Wasserreichs ~

Raven ging durch die Stadt unter dem Wasser. Darina hatte ihn und Raikon wieder zu dem geheimen Ort in der Wasserstadt gebracht. Raven war fasziniert von dem Leben unter der Wasserkuppel.

Raikon war mit Darina bei den Kriegern geblieben, doch Raven wollte mehr sehen. Er war neugierig, was er in der Stadt unter Wasser noch entdecken konnte. Sein Blick glitt immer wieder hoch zur Kuppel. Das Wasser strömte unaufhaltsam über ihn und hielt seine Form beharrlich. Es war faszinierend und bedrohlich zugleich.

»Was hast du für eine Gabe?« Eine Stimme ließ Raven zusammenzucken. Vor ihm stand ein kleiner Junge. Seine roten Haare und die Augen verrieten, dass er zum Feuerclan gehören musste. »Du siehst so anders aus. Was kannst du machen?«

Raven betrachtete den Jungen genauer. »Nun, ich zeige dir meine Gabe, wenn du mir deine zeigst.«

Der Junge sah sich vorsichtig um. Dann trat er dichter an Raven heran. »Ich kann noch nicht viel. Nur das.«

Er klatschte in die Hände und ein Funkenregen ergoss sich über seine Hände.

»Das ist sehr schön. Kann dein Feuer noch mehr?«

»Klar, sieh her.«

Der Junge hielt Raven die offenen Handflächen hin und pustete über sie. Sein Atem ließ auf seinen Handflächen kleine Flammen tanzen.

Raven klatschte lachend in die Hände. »Sehr gut! Du kannst doch schon sehr viel.«

»Nun musst du mir deine Gabe zeigen.«

Raven lächelte und ließ zwischen seinen Händen eine Lichtkugel entstehen. Der kleine Feuerträger starrte auf das Licht. Raven warf die Lichtkugel hoch und sie setzte sich wie viele kleine funkelnde Sterne an die Wasserkuppel.

»Sternenlicht. Ich habe schon so lange keine Sterne mehr gesehen.«

Der Junge konnte seine Augen kaum von den Sternen über ihm lösen. Raven hockte sich zu ihm und sah mit ihm hoch zu den Lichtern, die am Wasser tanzten.

»Ich glaub es ja nicht! Raven? Bist du das wirklich?«

Raven sprang auf und wandte sich um. Hinter ihm stand eine kleine Gruppe von Erdmenschen.

»Hetti?«

Die junge Erdfrau lief auf Raven zu und ließ sich von ihm in die Arme ziehen. Als er aufblickte, sah er, dass auch die anderen auf ihn zukamen.

»Ich hätte es wissen müssen. Die ganzen Bäume und Blumen unter Wasser konnten nur von dir kommen. Ich bin so froh, dass du hier bist und nicht …«

Die Erdfrau lachte und wischte sich schnell die Augen trocken, die sich mit Tränen füllen wollten. »Raven. Ich hätte es glauben sollen. Die Krieger berichteten, dass Lichtträger hier sein sollen, aber ich hielt es nicht für wahr. Es sind noch mehr von uns hier, Hesgrid auch.«

Raven blickte von Hetti auf und sah in die Gesichter der Erdmenschen, die sich um ihn gescharrt hatten. Er lachte auf. »Ihr seid in Sicherheit. Ich bin so froh! Raikon muss euch sehen!«

Er wies den anderen die Richtung, in der Raikon zu finden war, und die Erdmenschen liefen los.

Raven wollte ihnen folgen, doch Hetti hielt ihn am Arm fest, bevor er gehen konnte. »Raven, es haben viele nicht bis hierher geschafft.«

Er drehte sich zu ihr um. Ihre braunen Augen waren feucht.

»Ich weiß.« Ravens Stimme klang belegt und rau.

»Bitte versprich mir, dass ihre Opfer nicht umsonst waren.«

»Kein Clanleben wird umsonst genommen worden sein, Hetti. Ich werde den Schatten zurückdrängen. Und sollte ich scheitern, habt ihr immer noch Raja, die den Hochkönig mit allen Mitteln, die sie hat, finden und bekämpfen wird. Das verspreche ich dir.«

Hetti lachte auf und wischte sich über die Augen. »Das glaube ich.«

Gemeinsam gingen sie langsam hinter den anderen her. Doch schon bevor er bei der Gruppe ankam, bemerkte er den veränderten Blick von Raikon.

Darina stand neben ihm und trat unruhig von einem auf den anderen Fuß. Sie winkte ihn zu sich. »Raven! Es ist ein Bote angekommen in der Wasserstadt. Ein Bote aus dem Erdreich!«

Raven stockte der Atem. Er nickte nur kurz und verabschiedete sich von den anderen. Raikon und Durian folgten ihm. Darina teilte wieder das Wasser und diesmal liefen sie schneller als sonst durch die Wasserschneise, um zur Terrasse und zu dem dort wartenden Boot zu gelangen.

Das Boot legte an und Raven wartete nicht, bis Durian vor ihm ausstieg. Er sprang heraus und lief die Treppen zur großen Halle des Wasserclans hinauf. Als er die Hälfte schon geschafft hatte, bemerkte er, dass Darina ihm dicht gefolgt war. Er warf ihr einen Blick über die Schulter zu und registrierte ihr beunruhigtes Gesicht. Raikon und Durian kamen langsamer die Stufen hinauf.

In der Halle angekommen, ließ Raven Darina passieren. Erst hier bemerkte er, dass er gar nicht wusste, wohin er hätte gehen sollen, um den Boten aus dem Erdreich zu finden. Darina lief vor ihm durch die große Halle und leitete ihn zu dem kleinen Saal, durch den

Raven schon so oft geschlendert war. Darina trat durch die Tür und wollte Raven vorbeilassen.

Er blieb neben ihr wie angewurzelt stehen. Sein Blick fiel auf den großen Erdkrieger, der auf der Terrasse stand und die Wasserstraße beobachtete.

»Haldriel.« Ravens Stimme klang hell und erfüllte den Raum.

Der Erdkrieger wandte sich um und eilte ihm entgegen, als er ihn erkannte. »Raven, es tut mir leid. Ich wollte schneller sein!«

»Was ist passiert?«

Haldriels Blick fiel auf Darina, die an der Tür stehen geblieben war. Raikon und Durian betraten in dem Moment den kleinen Saal. Haldriel sah wieder zurück zu Raven, der sich kurz umblickte und sich dann wieder Haldriel zuwandte.

»Du kannst ruhig offen sprechen. Der Wasserclan ist unser Verbündeter.«

Er blickte sich zu Durian um, der ihn verstanden hatte und seinen Kopf kurz neigte. Darina beobachtete die kleine Geste ihres Clanfürsten genau und wandte sich dann wieder dem Erdkrieger zu, der von den beiden Lichtträgern völlig eingenommen war.

»Es hat einen weiteren Überfall auf die Clanstätte gegeben.« Haldriel stockte und blickte noch einmal zu dem Wasserfürsten und der kleinen Wasserfrau. Er schluckte schwer. Dann zog er tief die Luft ein. Seine Stimme war leise. »Bei dem Überfall gab es viele Verletzte und Tote. Wir haben aber nur wenige Gabenträger verloren, die meisten sind im Geheimen Tal geblieben.« Wieder stockte er, bevor die Worte aus ihm herausbrachen. »Halkan wurde von den Schattenkriegern des Hochkönigs getötet. Halla hat die Clanstätte zerstört, um die restlichen Erdkrieger zu retten.«

Ravens Herzschlag setzte aus. Er hatte das Erdreich vor mehr als einer Woche verlassen. Die Beratungen mit dem Wasserclan hatten sich in die Länge gezogen und nun erreichte ihn diese Nachricht. Seine Heimat war zerstört und sein Vater tot. Er blickte Haldriel an. Er konnte nicht glauben, was sein Freund ihm berichtete.

»Wir haben eine neue Clanfürstin.« Ravens Augen blitzten kurz auf. Hinter ihm trat Durian unruhig von einem Bein auf das andere. »Halla trägt die Clanzeichen. Sie hat den Erdclan in das Geheime Tal ziehen lassen.«

Raven spürte den Stich der Enttäuschung. Er hatte immer gehofft, dass Raja die Clanführung übernehmen würde, wenn es so weit war.

»Seit dem Überfall ist Raja verschwunden.«

Ungläubig sah er Haldriel an. Die Trauer und die Verzweiflung im Blick des Erdkriegers ließen Raven nach hinten taumeln. Er wankte hinüber zu einem Sessel und ließ sich schwer hineinsinken. Durian redete leise mit Darina, sie nickte und verließ dann eilig den Raum.

»Das kann nicht sein. Wo sollte sie denn sein?« Ravens Stimme klang belegt und er sah sich Hilfe suchend nach Raikon um. Seine Schwester war verschwunden. Er war immer für sie da gewesen, hatte sie immer beschützt. Dann hatte er das Erdreich verlassen, war nicht da gewesen, um auf sie achtzugeben. Sein Vater war tot, die Clanstätte zerstört. Sein eigener Clan war vernichtet worden, als er das Erdreich verlassen hatte. Er hatte sie im Stich gelassen und verraten.

Raikon trat wieder zu ihm. Die Augen des alten Lichtträgers waren feucht. Er setzte sich zu ihm und blickte stumm auf seine Hände. Raven konnte spüren, wie auch Raikon sich innerlich Vorwürfe machte. Leise Schritte ließen Raven aufschrecken. Durian gesellte sich vorsichtig dazu.

»Was ist genau passiert?«, fragte Raikon.

Haldriel ließ seinen Freund nicht aus den Augen und beantwortete die Frage, ohne ihn anzusehen. »Halla schickte Raja fort, als es losging. Es kam so plötzlich. Sie griffen an und waren überall! Es waren mehr Schattenkrieger als bei dem letzten Besuch des Gabensuchers. Raja ritt los, doch dann wurde Halkan getroffen. Sie kam zurück. Halla befahl ihr wieder zu fliehen, doch sie wurde am Rand der Clanstätte von einem Krieger gestellt, von dem General des Hochkönigs.« Neben Raikon zog Durian die Luft ein und Raven bemerkte, dass sich seine Augen kurz erschrocken weiteten. »Halla bemerkte es und wir schritten ein. Raja konnte entkommen, doch das Geheime Tal hat sie nicht erreicht. Wir haben es erst erfahren, als wir dort ankamen. Wir konnten nicht so schnell reisen wegen der Verwundeten.«

»Es ist schon gut, Haldriel.«

Raven spürte, wie sein Freund unter den Geschehnissen litt. In seinem Kopf überschlugen sich die Gedanken. Wenn Raja noch im Erdreich war, wo sollte sie sein? Das konnte nicht sein. Sie wäre zum Geheimen Tal geritten. Er fragte sich, ob es möglich war, sie zu erreichen. Er hatte noch nie versucht, ihren Geist über so weite Strecken zu finden. Es war bisher einfach noch nicht nötig gewesen, da sie immer in seiner Nähe gewesen war.

»Wir hatten am Tag vorher einen Pferdehändler aus der Hochstadt zu Gast in der Clanstätte. Von ihm kam auch der Hinweis, dass der Gabensucher wieder zurückkommen würde. Er machte sein Interesse an Raja sehr deutlich. Vielleicht hat er etwas mit ihrem Verschwinden zu tun.«

»Das will ich ihm nicht geraten haben.« Unter Ravens Händen zuckten kleine Blitze auf und Raikon legte ihm schnell eine Hand auf den Arm. Raven besann sich wieder.

»Ich bin bereits in der Hochstadt gewesen. Hanna berichtete von einer Erdfamilie, die noch vor dem Lichtfall den Erdclan verlassen hatte, um in der Hochstadt Handel zu treiben. Ich habe einen Erdkrieger gefunden, auch wenn er eher aussah wie ein Bauer. Aber er meinte, dass er Möglichkeiten hätte, Raja zu finden, wenn sie in der Hochstadt ist.«

»Wie heißt dieser Erdkrieger?«

Raven und Raikon fuhren herum. Hinter ihnen standen Darina und ein Mann. Raven erkannte ihn als denjenigen, mit dem Darina gestritten hatte. Ihr Bruder. Haldriel sah Raven fragend an und dieser nickte nur kurz.

»Er sagte, er würde Haldran heißen.«

Darinas Bruder nickte. »Dann werde ich sofort wieder zurück zur Hochstadt reisen und den Nachtfalken kontaktieren.« Er wollte sich umdrehen.

»Nein, wartet. Ich muss erst etwas prüfen.« Raven ging gedankenverloren aus dem Saal.

Raikon sah ihm besorgt nach. »Bitte wartet hier kurz. Haldriel, geh bitte mit ihm und sieh nach ihm.« Der Erdkrieger nickte und schritt hinter Raven her, der sich seiner Umgebung schon gar nicht mehr ganz bewusst zu sein schien. »Mein Neffe und meine Nichte tragen beide eine starke Lichtgabe in sich. Stärker, als sie noch in meiner Generation und bei dem letzten Lichtkönig war. Doch das Erbe ihres Vaters ist auch in ihnen. Halkan konnte die Gefühle und Gedanken anderer beeinflussen. Raja verfügt auch über diese Gabe, stärker als bei ihrem Vater. Ravens Erderbe ist schwächer. Aber die beiden haben eine spezielle Verbindung zueinander. Es war schon im Kindesalter so, dass die beiden sich verständigen konnten, ohne ein Wort zu sprechen. Er wird versuchen, sie zu spüren. Vielleicht ist es dann leichter, sie zu finden.«

26

~ Im Haus des Pferdehändlers ~

Wie viele Tage vergangen waren, wusste ich nicht. Meine Kraft kehrte allmählich zurück. Langsam, aber sie war da. Ich ging in dem kleinen Zimmer hin und her und versuchte, meine Arme kreisen zu lassen. Das Liegen hatte sie unbeweglich gemacht. Das Schloss der Tür klickte leise und ich fuhr herum. Die Schritte auf der Treppe hatte ich nicht gehört. Die Tür wurde aufgestoßen. Sorrel stand dort und sah mich kalt an.

»Ihr seid aufgestanden. Das ist gut.«

Ich spürte seinen abschätzenden Blick auf mir. Mehr konnte mein Geist nicht erfassen. Der Pferdehändler trat einen Schritt zur Seite und zog eine kleine, rundliche Frau in den Raum. Sie blieb am Tisch stehen und sah sich unsicher um.

»Das ist Catherine. Sie wird sich um Euch kümmern. Der Heiler hält das für eine gute Idee. Ich hoffe, dass sich die zusätzlichen Ausgaben, die sie verursacht, rechnen werden.« Sorrel musterte mich wieder. Dann blickte er auf Catherine hinab, die ihren Blick fest auf ihre Hände richtete. »Sie hat genaue Anweisungen, wie sie mit Euch umgehen soll und was Euch hier im Haus erlaubt ist. Wenn Ihr Euch nicht an die Anweisungen haltet, werdet Ihr das beide bereuen.«

Dann verließ Sorrel den Raum und die Tür fiel knallend ins Schloss. Ich musterte Catherine. Ihrer Erscheinung nach musste sie aus der Hochstadt sein. Einem Clan konnte ich sie nicht zuordnen.

»Möchtet Ihr etwas essen oder trinken? Ich darf Euch auch auf den Hof begleiten, wenn Ihr möchtet. Der Herr meinte, dass Ihr die Pferde reiten sollt, wenn Ihr wieder gesund seid.«

Ich wandte mich ab und blickte aus dem Fenster. Ich war nicht krank. Zumindest nicht so, wie ich es bisher kannte. Was hier auch immer mit mir gemacht wurde, es musste enden. Mein Blick fiel über meine Schulter zurück auf die rundliche Frau. »Ich möchte etwas Wasser trinken.«

Catherine ergriff den Krug, der auf dem Tisch stand, und goss das Wasser in den Becher. Ich wandte mich zu ihr um und wollte ihn nehmen, doch Catherine stieß meine Hand weg. Ihre Nasenflügel bebten, als sie den Becher an ihre Nase hob und vorsichtig an dem Wasser roch. Ihre Augen fixierten meine und sie führte den Becher an ihre Lippen. Ich konnte hören, wie sie das Wasser sachte durch ihre Lippen in ihren Mund saugte und gleich wieder von sich gab. Sie horchte in den Raum hinein und blickte sich um, als würde sie jemanden, der uns belauscht, ertappen wollen.

»Das Wasser ist schlecht. Ich hole Euch neues.«

Ihr Gesicht wurde weiß, ihre Stirn feucht. Sie verließ den Raum, bevor ich fragen konnte.

Der Krug stand jeden Morgen gefüllt auf dem Tisch. Mir war an dem Wasser nichts aufgefallen, außer dass es schal schmeckte. Aber ich erwartete von dem Wasser in der Stadt auch nicht, dass es so frisch schmeckte wie im Erdreich.

Nach einer Weile öffnete sich die Tür wieder und Catherine trat hinein. Sie sah sich an der Tür noch einmal um, horchte in den Flur und zur Treppe. Dann stellte sie einen neuen Krug auf den Tisch und goss wieder einen Becher voll, den sie mir diesmal ohne Testschluck gab. Meine Hand nahm ihn ihr ab, doch mein Misstrauen war geweckt. Ich führte ihn an meine Lippen, ohne meinen Blick von Catherine zu lösen. Ich roch hinein und trank einen kleinen Schluck. Das löste in meiner Kehle so eine

Gier aus, dass ich den ganzen Becher herunterstürzte. Catherine lächelte leicht und räumte den alten Krug vom Tisch.

»Bitte trinkt nur das Wasser, das ich Euch auf den Tisch stelle. Nehmt auch nichts von den anderen Bediensteten an. Und wenn Ihr es doch müsst, dann benetzt nur Eure Lippen, sodass es so aussieht, als würdet Ihr trinken.«

»Was war in dem Wasser? Ich fühle mich jetzt schon anders.«

»Horchertinktur. Verhaltet Euch ruhig und tut das, was Sorrel von Euch verlangt, sonst wird er misstrauisch. Ihr werdet in den nächsten Tagen noch kräftiger werden.« Ihr Blick wanderte durch den kleinen Raum. »Ihr müsst hier raus. Ich werde sehen, was ich tun kann.«

Ihre Worte waren nur ein Murmeln, doch ich konnte sie trotzdem verstehen. Catherine verließ mein Zimmer wieder.

Ich goss den Becher erneut voll und ließ das Wasser in mich fließen. Mein Körper reagierte sofort darauf und ich spürte, wie meine Kraft wieder in mich zurückkehrte. Meine Glieder erwachten zu neuem Leben. Meine Gaben regten sich jedoch nicht in mir. Die Leere, die sich in mir festgesetzt hatte, blieb und breitete sich nur noch mehr aus. Mein Herz war leer und einsam.

27

~ In der Clanstätte des Wasserreichs ~

Raven bemerkte Haldriel erst, als er hinter sich die Tür schloss. Er nickte ihm zu und Haldriel setzte sich auf einen Sessel. Der lange Ritt vom Erdreich zur Hochstadt und von dort aus hierher zum Wasserreich hatte an seinen Kräften gezehrt und er wusste, dass er Raven jetzt nicht helfen konnte, er musste erst mal abwarten.

Raven trat an das Fenster und zog seine Schuhe aus. Die Steine des Bodens umfingen seine Füße und er spürte die pochende, unbändige Kraft der Erde unter sich. Er schloss die Augen, machte seinen Geist frei und ließ ihn ziehen. Zu Raja. Er keuchte auf, als sein Geist aus seinem Körper floh und er sah, wie er über die Landschaft des Wasserreichs gezogen wurde. Er musste sie finden.

Raja, wo bist du? Hörst du mich? Antworte mir. Raja!

Seine Rufe eilten ihm voraus, doch er bekam keine Antwort. Immer weiter flog sein Geist über die flachen Hügel und glitzernden Seen. Die Landschaft änderte sich. Eine satte grüne Hochebene lag vor ihm. Das hohe Gras strich über seinen Geist. Das Erdreich. Oder etwas, was ihm ähnlich war. Raven konnte es nicht erfassen. Er spürte Wasser auf seinem Gesicht. Die Wellen eines reißenden Gewässers umspülten seinen Geist. So schnell das Wasser da gewesen war, war es auch schon wieder verschwunden. Raja antwortete nicht. Raven wusste aber, dass sein Geist zu ihr drängte. Dorthin, wo er ihren Geist spüren konnte. Doch plötzlich wurde er nach hinten geschleudert und fiel hart auf den Boden des Gemachs. Er konnte das Stöhnen nicht unterdrücken, das ihn durchfuhr, als sein Körper auf den Boden traf.

Haldriel sprang auf und stürzte sich neben ihn. Sein Kopf stach und Übelkeit stieg ihn ihm auf, die er nicht herunterschlucken konnte. Sein Geist war wie benebelt. Er konnte keinen klaren Gedanken fassen. Seine Augen nahmen die Umgebung nicht mehr wahr. Er sah alles durch einen dunklen Schleier und auf seiner Zunge breitete sich ein bitterer Geschmack aus. Sein Licht floss aus ihm heraus und er stürzte in Dunkelheit.

Von Weitem hörte Raven eine Stimme, die ihn rief. Er wandte sich um. Raja. Er konnte sie nicht mehr spüren, aber sie war da gewesen. Wieder hallte die Stimme in der Ferne. Raven wandte sich um und versuchte, auf die Stimme zuzugehen, doch die Dunkelheit ließ ihn nur schwer vorankommen. Ganz plötzlich zog ihn die Erde wieder an sich und sein Licht brach mit seiner ganzen Helligkeit über ihn herein.

»Raven, was ist passiert? Hast du sie gefunden?«

Raven blinzelte und nickte kurz. Seine Stimme versagte ihm den Dienst. Langsam rappelte er sich auf und Haldriel ging zum Tisch, um ihm ein Glas Wasser zu holen. Raven stürzte es gierig in sich hinein. Langsam kehrte wieder Klarheit in seinen Geist, doch er blieb noch auf dem Boden sitzen. Haldriel verharrte neben ihm und wartete.

28

~ Im Haus des Pferdehändlers ~

Catherine zog die Decken über meinem Bett glatt. Es war mir nicht recht, dass sie das alles für mich machen sollte, aber es war hier nun einmal ihre Aufgabe. Ich stand am Fenster und blickte auf die Hochstadt, die vor mir lag. Die Sonne ließ die Dächer der Häuser glänzen und ihr unendliches Meer umschloss den Hochpalast, der in der Ferne zu sehen war.

»Ich habe die Erlaubnis bekommen, mit Euch nach draußen zu gehen. Der Herr hat zwar Anweisungen gegeben, aber immerhin dürft Ihr das Haus verlassen, wenn Ihr das wünscht.«

»Was für Anweisungen?« Ich drehte mich zu Catherine um und sah, wie sie einen Schleier auf den Tisch legte. Was hatte ich auch erwartet? Meine weißen Haare in der Hochstadt zur Schau zu stellen, wäre ein Todesurteil für mich. Weiße Haare waren nur im Lichtclan vorgekommen. Ich blickte wieder zum Hochpalast hinüber. Mein Erbe lag vor mir und würde mich sofort vernichten, wenn es wissen würde, dass ich ihm so nahe war.

Ich setzte mich auf den Stuhl und Catherine fing an, meine Haare zu flechten. Strähne um Strähne flocht sie hoch bis an meinen Kopf heran und legte sie in engen Schlaufen zusammen. Als sie fertig war, begutachtete sie zufrieden ihre Arbeit. Ich hatte keinen Spiegel, daher tastete ich vorsichtig mit meinen Händen die Strähnen nach, die sich in Wellen um meinen Kopf zogen.

»Macht es nicht kaputt!«, schalt Catherine mich und legte schnell den Schleier über ihre Arbeit, der alles verdeckte, was einen Verdacht hätte aufkommen lassen können. Sie reichte mir noch einen Umhang und forderte mich auf, ihr zu folgen.

Der Flur vor meinem Zimmer war kalt und dunkel. Es gab nur ein kleines Fenster, durch das kaum Licht fiel. Die Holztreppe, die nach unten führte, war schmal und ich musste mich konzentrieren, um die Stufen hinabsteigen zu können. Vorsichtig schaute ich über das Geländer der Treppe nach unten. Mein Kopf drehte sich sofort und mir wurde schwindelig. Ich hielt mich fest und versuchte, wieder die Kontrolle über meinen Körper zu bekommen. Catherine drehte sich um und sah mich fragend an. Ich schüttelte nur den Kopf.

»Da, wo Ihr herkommt, gibt es wohl keine Häuser mit mehreren Etagen?«

Mein Kopf drehte sich nicht mehr. Vorsichtig setzte ich einen Fuß auf die Treppe und bemühte mich, nicht nach unten zu gucken.

»Ihr gewöhnt Euch schnell daran.« Catherine ging langsam vor mir her und blickte immer wieder über ihre Schulter. Daran gewöhnen? Ich wollte mich an gar nichts hier gewöhnen.

Das Haus von Sorrel war auch in den unteren Etagen nicht freundlicher. Ich war noch nie in einem Haus mit mehreren Etagen gewesen. Der Erdclan baute eher schlichtere und weitläufigere Häuser und Hallen. Wir hatten mehr Platz. Im Geheimen Tal gab es im Wald ein paar Häuser in den Baumkronen, in denen wir als Kinder oft waren. Raikon hatte ein Haus in einem der alten Bäume, in dem er seine Schriften hütete und alles aufschrieb, was er wichtig fand. Er hatte angefangen, eine Chronik über die Clane zu schreiben. Selbst das Haus, das in der Baumkrone thronte, war ganz anders als diese dunklen Häuser der Hochstadt.

»Es ist nicht überall so.«

144

Ich blickte erschrocken auf. Hatte Catherine meine Gedanken gelesen?

»Ich kann Euch ansehen, dass Ihr anderes gewohnt seid. Dieses Haus hier ist sehr finster. So wie sein Herr. Ihr werdet in der Hochstadt viele dunkle und finstere Häuser finden. Der Schatten des Hochkönigs bringt sie mit sich. Es war mal anders. Als das Licht noch in der Hochstadt war.«

Ihre leisen Worte drangen fast nicht durch meinen Schleier. Sie brachte mich zu einer Tür an der Rückseite des Hauses. Ich trat in das Licht der Sonne und spürte, wie die Härchen auf meiner Haut sich aufstellten. Ich breitete meine Arme aus und ließ das Licht auf mich fallen. Meine Füße unter mir suchten vergebens den Boden. Die schweren Stiefel, die ich trug, verhinderten den Kontakt. Mein Körper sog das Licht auf wie ein Schwamm das Wasser. Catherine stand hinter mir und ich spürte ihren Blick. Ich ließ meine Arme wieder an meinen Körper fallen. Den Boden hätte ich sicherlich eh nicht spüren können. So wie ich gar nichts mehr um mich herum und in mir spürte. Mein Blick fiel auf den Hof vor uns, der mit einer hohen Mauer umschlossen war. Ein großes Stallgebäude stand auf der einen Seite des Hofes, ein großer Sandplatz auf der anderen. Dort wurden Pferde geritten. Ich keuchte auf. Es waren auch Erdpferde unter ihnen. Ich erkannte die kleine braune Stute, die ich geritten hatte. Meine Füße wollten mich zu den Pferden tragen, doch eine Hand hielt mich zurück.

»Tut Euch das lieber noch nicht an. Wartet noch.«

Ich schlug Catherines Hand von meinem Arm und ging zum Übungsplatz. Die Reiter hielten ihre Pferde an und beobachteten mich misstrauisch. Die kleine Braune tänzelte unruhig unter ihrem Reiter, der sie unwirsch im Maul zog. »Lasst das sein, Ihr tut ihr weh!«

Der junge Reiter funkelte mich wütend an, ließ aber die Zügel lockerer. Meine Hand wanderte auf dem Hals der Stute entlang und sie beruhigte sich und blieb ruhig stehen.

»Ihr müsst ruhiger sein, wenn sie ruhig sein soll. Wie heißt Ihr?«

»Gerry.« Seine Antwort kam zögerlich. Sein Blick huschte zu den anderen Reitern hinüber, die unbeeindruckt ihre Arbeit wieder aufnahmen.

»Sie ist noch sehr jung. Sie kennt das Gewicht eines Reiters noch nicht lange. Versucht mehr, in Euch zu ruhen und ihre Bewegungen mitzugehen.«

Gerry nickte nur und ließ die Stute wieder losgehen. Ich blickte ihr nach und mein Herz wurde schwer. Wie viele Erdpferde hatte der Pferdehändler in die Hochstadt geschleppt? War auch Shiver unter ihnen?

»Kommt! Bevor der Herr mitbekommt, dass Ihr mit den Reitern sprecht.« Catherine zog mich am Arm weg vom Übungsplatz und ich ließ es geschehen. Mein Blick lag noch auf den Pferden. Wenigstens etwas Erfreuliches hier.

Wir stiegen die enge Treppe zurück in meine Kammer. Wieder gefangen.

»Ich habe noch etwas für Euch. Eigentlich dachte ich, dass es noch nicht an der Zeit wäre, aber es ist besser, wenn Ihr es jetzt schon nutzt.« Catherine stand in der Tür und hielt einen braunen Lappen in den Händen.

»Was ist das?«

»Das, meine Liebe, ist eine Kappe für Euch. Mit einem Schleier könnt Ihr nicht reiten. Zumindest nicht so, wie Ihr es sicherlich könnt.«

Sie hielt den Lappen hoch und faltete ihn auseinander. Meinen Unmut konnte ich nicht verstecken. Ich wollte die Pferde nicht für diesen Mann reiten. Sein ganzes Wesen widerte mich an. Dieses Haus widerte mich an. Aber die Pferde waren das Einzige, was mir hier Freude bringen konnte und wodurch ich eine Chance hatte zu fliehen.

146

29

~ In der Clanstätte des Wasserreichs ~

Als Raven und Haldriel in den kleinen Saal zurückkehrten, hatten sich Durian und Raikon um einen Tisch gestellt. Darina und ihr Bruder standen ebenfalls dort. Als sie näher kamen, konnten sie erkennen, dass auf dem Tisch eine riesige Karte des Clanreichs zu sehen war. Als die anderen sie bemerkten, wandten sie sich fragend an Raven.

»Ich bin mir nicht sicher. Sie ist nicht im Erdreich, obwohl ich es erst gedacht hatte. Es gibt dort Hochebenen wie bei uns. Aber ich bin über ein reißendes Gewässer gekommen. Zu kurz, um ein See oder ein Meer zu sein. Etwas hat mich aus der Verbindung gestoßen. Ich konnte sie spüren, mein Geist kam aber nicht zu ihr durch. Es fühlte sich komisch an. Meine Augen konnten nicht mehr richtig sehen und mein Geist konnte keinen klaren Gedanken fassen. Ich brauche noch ein Glas Wasser. Meine Zunge schmeckt so bitter.«

Darina lief los, um es zu holen. Durian und Raikon blickten erst sich und dann Raven prüfend an.

»Kannst du genauer beschreiben, wie es sich angefühlt hat?«, fragte Raikon.

»Es lässt sich schwer in Worte fassen. Es war, als wäre ich nicht mehr ich selbst. Ich war schwach. Meine Gaben waren verschwunden. Ich habe Raja gespürt und dann war sie weg. Genau wie ich. Als wäre ich da und doch nicht vollständig.«

»Wie ist der Geschmack genau?«

»Bitter und etwas ölig. So etwas habe ich noch nie gekostet. Es schmeckt nach Trostlosigkeit.«

»Das glaube ich Euch.«

Raven warf ihm einen fragenden Blick zu.

»Bei uns im Erdreich ist es verboten. Das, was du beschreibst, ist Horchertinktur. Und sicherlich auch Hemmerstein. Anscheinend ist Raja unter den Einfluss dieser Substanzen gesetzt worden.«

»Dann kann sie nur in der Hochstadt sein. Diese Substanzen finden auch bei uns keinen Einsatz. Es ist verboten. Nur der Schattenclan heißt den Einsatz dieser Mittel gut. Damals hat sich der Schattenkönig nach der Übereinkunft der Clane über diese Mittel zum Hochkönig gemacht.«

Darina kam mit dem Wasser zurück. Raven nahm ihr dankend das Glas ab und trank es aus. Der Geschmack war immer noch da, wurde aber schwächer.

»Gut. Dann wissen wir, wo wir suchen müssen. Ich werde gleich aufbrechen, um in die Hochstadt zu reiten.«

Alle blickten erstaunt auf und Raikon ergriff zornig das Wort. »Und genau das wirst du nicht tun. Du kannst nicht in die Hochstadt reiten. Der Gabensucher würde dich sofort finden. Unser Vorhaben, den Schattenkönig zu stürzen, wäre verloren.«

»Willst du mich etwa daran hindern, meine Schwester zu retten?« Raven grollte und Blitze traten aus seinen Fäusten hervor.

»Nein. Nein, das kann ich nicht.« Raikon blickte traurig zu Raven, der seine Wut und seine Verzweiflung nur schwer verbergen konnte. »Aber ich bitte dich, es nicht zu tun.«

»Ich werde deiner Bitte nicht nachkommen. Das kann ich nicht. Du musst mich schon daran hindern, hier wegzureiten.«

Raikon schüttelte betrübt den Kopf. Raven wollte sich abwenden und gehen, doch es schoss eine Wassersäule vor ihm hoch. Das tosende Wasser wirbelte um ihn herum und ließ ihn kurz verharren. Erstaunt und verärgert blickte er sich um und sah, dass Darina mit erhobenen Handflächen vor ihm stand.

»Ihr solltet Euch beruhigen. Raikon hat recht. Wenn Ihr jetzt in die Hochstadt reitet, ist alles verloren, wofür wir so lange gekämpft und gehofft haben. Das kann ich nicht zulassen.«

»Ich werde Eure Schwester für Euch finden. Für den Nachtfalken wird es die oberste Priorität sein. Da könnt Ihr Euch sicher sein. Ich kenne außerdem den Kontakt zum Untergrund besser als Ihr. Für mich ist es ungefährlich, in die Hochstadt zu gelangen und Eure Schwester zu retten. Reitet Ihr weiter zum Windclan und versucht, weitere Krieger für einen Kampf gegen den Hochkönig zu gewinnen. Ich werde Euch dorthin folgen und Euch über die Geschehnisse in der Hochstadt auf dem Laufenden halten.«

Raven musterte Darinas Bruder mit zusammengekniffenen Augen. Die Wassersäule kreiste immer noch um ihn und er wusste mit einem Blick in Darinas Augen, dass sie ihn nicht freilassen würde, wenn er nicht zustimmte. Er nickte unmerklich und Darinas Bruder wandte sich ab, ohne auf einen Befehl seines Clanfürsten zu warten. Raven bemerkte, dass Durian und Raikon sich wieder über die Karte beugten. Haldriel stellte sich dazu. Er sah noch einmal zur Tür, die ihn durch die große Halle ins Freie bringen konnte, doch das Wasser, das um ihn herumgrollte, ließ ihn nicht weg. Raven funkelte Darina an, die ihm aber nur einen belustigen Blick zuwarf.

»Meint Ihr, dass ich Euch so einfach hier rauslasse? Ihr habt Euch immer noch nicht damit abgefunden, dass Ihr eine andere Aufgabe habt, als Eure Schwester zu suchen. Wenn Ihr artig seid, dann lasse ich Euch raus.«

Die kleine Wasserfrau erinnerte Raven an Raja und er hob die Augenbrauen. »Gut. Dann verspreche ich es.«

Darina nickte und das Wasser verschwand. Raven blieb kurz stehen und überlegte, ob er schneller an der Tür sein konnte als Darina. Er könnte ihren Bruder noch einholen, wenn er sein Pferd schnell fand. Doch mit einem heftigen Schlag stand eine Wasserwand zwischen den Türzargen und auch die Tür zur Terrasse war mit Wasser versperrt.

»Denkt an etwas anderes.«

Darina ging an ihm vorbei und stellte sich zu den Männern an den Tisch. Raven wandte sich um und sein Ärger war mehr als deutlich zu sehen. Es wurde auch nicht besser, als er bemerkte, dass Haldriel sich das Lachen verkneifen musste, es nicht schaffte und laut loslachte.

»Ich mag sie.« Er deutete auf die kleine Wasserfrau, die plötzlich wieder sehr schüchtern wirkte und sich dicht neben Durian stellte.

Raven gab sich geschlagen und ging auch dazu.

»Euer Weg sollte Euch hier entlangführen. Das Windreich sollte Euer nächstes Ziel sein. Es wird einfacher werden, den Wind für Euch zu gewinnen als das Feuer.«

Durian deutete die Beziehung zwischen dem Schattenkönig und dem Feuerreich an, die sich durch die Verbindung mit der Hochkönigin, einer Feuerfrau, ergeben hatte. Durch den Tod der Feuerkönigin vor vielen Jahren war diese Verbindung jedoch geschwächt, doch das Ausmaß war unbekannt.

»Ich werde das Heer des Wasserclans hierherführen. Es gibt hier sanfte Hügel und Wasserquellen, die wir für unseren Wasserschutz brauchen. Schickt die Krieger der anderen Clane dorthin. Von hier aus werden wir die Hochstadt angreifen.« Durian deutete weiter auf die Karte und Raikon nickte zustimmend. Durian hatte alles schon so oft durchdacht. Sein Vorschlag war in alle Richtungen abgesichert und versprach die größte

Sicherheit für das Heer der vereinten Clane. Plötzlich wurde er noch ernster und fixierte Raven mit seinen Augen. »Ich möchte, dass Ihr Darina mitnehmt. Es kann von Vorteil sein, wenn Ihr Wasser mit zum Feuer nehmt.«

Raven sah die kleine Wasserkriegerin an und nickte. Durian hatte recht. Dennoch war es Raven unangenehm, dass sie sich den Gefahren ihrer Reise aussetzen sollte. Doch er schluckte seinen Widerstand hinunter, denn auch er wollte etwas fordern, von dem er sich nicht sicher war, ob Durian es ihm zugestehen würde.

»Ich habe noch eine Bitte an Euch, Durian.« Der Wasserfürst blickte auf und sah ihn erstaunt an. »Ich danke Euch erst einmal dafür, dass Ihr mich unterstützt, und für alles, was Ihr hier für mich macht. Ich hatte nicht erwartet, dass ich so schnell so viel Hilfe erhalten würde. Es liegt keine kleine Sache vor uns und wenn ich scheitere, bringt es unendlich viel Leid über unsere Clane. Mehr als sie bisher ertragen mussten. Ich bin mir nicht sicher, ob ich überhaupt verlangen kann, dass die Clane mir helfen.«

Durian sah ihn an. »Dass es Euch schwerfällt, dass Ihr Angst vor den Verlusten habt und dass Ihr Euch Gedanken macht, was sein wird, wenn Ihr scheitert, macht Euch zu dem, was wir gerne unterstützen. Ihr bringt uns Hoffnung auf ein Leben in Frieden. Ein friedliches Clanreich. Das ist das, was Ihr und auch wir wollen. Das ist das, was wir erreichen werden.« Raven nickte. Der Wasserfürst musterte ihn. »Worum wollt Ihr bitten?«

»Ich möchte Euch bitten, dass Ihr die Erdkrieger und Clanmitglieder meines Clans mit Haldriel nach Hause gehen lasst. Mein Clan ist geschwächt. Wir brauchen jeden Krieger, den wir kriegen können, und jeden Erdmenschen, der bei uns sein möchte.«

Durian nickte bedächtig. »Es wird die Erdkrieger freuen, wieder zurück in ihre Heimat zu reisen.«

Raven lächelte den Wasserfürsten an und neben ihm richtete sich Haldriel etwas mehr auf. Raven spürte, dass der Erdkrieger mit seiner Überraschung und Verwirrung kämpfte. Er würde Raven sofort auf seiner Reise begleiten, doch Raven wusste, dass er genauso gerne zurück in das Geheime Tal wollte, um das Erdreich weiter zu schützen, wie es schon immer seine Aufgabe als erster Erdkrieger gewesen war, zumal Halla, seine Schwester, nun auch seine Clanfürstin war.

»Kommt, wir werden die Erdkrieger unterrichten, dass Ihr sie nach Hause bringen werdet. Die anderen geretteten Gabenträger werden uns zum Heerlager begleiten.«

30

~ In der Hochstadt ~

Catherine ging neben mir durch die Straßen der Hochstadt. Ich konnte mir nicht ausdenken, was sie Sorrel alles erzählt hatte und wie oft sie ihn mit der Bitte, dass ich das Haus und den Hof verlassen durfte, in den Ohren gelegen hatte. Aber sie hatte es geschafft: Ich durfte kleine Spaziergänge durch die Stadt unternehmen. Jeden Tag. Ich hatte nicht mitgezählt, wie oft sie mich jetzt schon durch die Straßen der Hochstadt geführt hatte. Es war schön, draußen zu sein und das Leben zu spüren. Meine Schritte wurden mit jedem Spaziergang kräftiger. Catherine motivierte mich immer wieder aufs Neue. An einigen Tagen zog sie mich mehrmals durch die Straßen der Hochstadt. Bewegung sei gesund, murmelte die kleine, runde Frau dann vor sich hin.

Der Schleier, den sie mir jedes Mal in die Haare steckte, hüllte mich ein, sodass ich zwischen den Menschen der Hochstadt nicht auffiel. Sie drängten sich durch die Straßen und beachteten Catherine und mich nicht. Sie waren so unterschiedlich, dass eine weitere Frau mit Schleier nicht auffiel. Ich sah welche, die wie typische Clanmenschen aussahen, aber auch welche, bei denen sich die Clan- und Hochstadtmenschen vermischt haben mussten. Das bunte Leben hier hatte seinen eigenen fremden und doch anziehenden Puls.

Die Häuser säumten die Straßen und Gassen und ließen wenig Platz, um zu sehen, was an der nächsten Ecke sein würde. Ich vermisste die Weite der Hochebene im Erdreich, das endlose Grün der Wiesen, die sich unter der Weite des Himmels erstreckten. Hier gab es wenig Grün.

Catherine nahm mich am Arm und zog mich in eine Gasse. Ich ließ es geschehen. Mein Leben hier in der Hochstadt war bestimmt von anderen. Es regte sich zwar Unmut in mir, aber weder mein Geist noch mein Körper setzten sich dagegen zur Wehr. Wir gingen weiter. Die Gasse mündete in eine Straße, die breiter und heller war als die anderen. Wir gingen immer den gleichen Weg, schon seit Tagen. Die Bewegung sollte meinen Körper wieder zu Kräften bringen und mich an die Hochstadt gewöhnen.

Reiter kamen die Straße entlang, es waren Krieger des Hochkönigs. Ich drückte mich gegen eine Hauswand. Catherine stellte sich neben mich.

»Ihr braucht keine Angst haben. Die Krieger beschützen die Bewohner der Hochstadt.«

»Ich bin kein Bewohner der Hochstadt.« Meine Augen funkelten sie wütend an. Unter dem Schleier blieb aber jede meiner Regungen verborgen.

Catherine betrachtete die Reiter, die langsam an uns vorbeizogen. Mein Blick folgte den Pferden. Die Hochstadtpferde waren elegante Tiere, aber ihnen fehlte die Kraft der Clanpferde. Sie wirkten farblos. Mein Blick blieb an einem hellen Pferd hängen und mein Herz setzte aus. Shiver. Mein Pferd schritt zwischen den anderen Kriegspferden an uns vorbei. Ich drückte mich von der Hauswand weg und trat einen Schritt auf die Reiter zu. Catherine hielt mich am Arm zurück. Ich versuchte, ihre Hand loszuwerden, aber ihr Griff war fest.

»Lasst mich los.«

»Das kann ich nicht. Das wisst Ihr. Kommt!«

Ich wollte mich von ihr losreißen, als eine Stimme hinter uns erklang. »Braucht Ihr Hilfe?«

Ich blickte mein Pferd an. Der helle Hengst stand direkt vor mir. Ich zwang mich, den Fragenden anzusehen, und blickte in die blauen Augen des Fremden aus meinem Traum. Der General des Hochkönigs saß auf meinem Pferd und sah mich erwartungsvoll an.

»Ihr!«

In meinem Kopf drehte es sich. Wie kam der General an mein Pferd? Der Mann, der meinen Clan überfallen hatte! Hass stieg in mir auf und konnte nicht aus mir heraus.

»Es ist alles in Ordnung, Herr. Wir kommen gut zurecht.«

Catherine stellte sich vor mich und versuchte, mich wieder zurück zur Hauswand zu schieben. Der General schwang sich vom Pferd und sein Umhang wirbelte dabei bedrohlich um ihn.

Ich drängte mich an Catherine vorbei. »Das ist mein Pferd.« Meine Stimme war leise und ich legte Shiver meine Hand auf den Hals.

»Was habt Ihr gesagt?« Die Augen des Generals verengten sich und er trat dicht an mich heran, sodass noch nicht einmal mein Arm zwischen uns Platz gehabt hätte. Sein Geruch stieg mir in die Nase und die Erinnerung an den Wald im Geheimen Tal kam zurück.

Ich musste tief Luft holen. »Ihr habt mich verstanden. Das ist mein Pferd.«

»Wie kann das Euer Pferd sein, wenn ich es reite?«

»Ihr habt ein schwarzes.«

Sein Blick wurde abschätzig. Er legte den Kopf leicht schief und versuchte, durch den Schleier zu linsen.

»Das ist mein Pferd. Ihr müsst es zurückgeben.«

»Das werde ich bestimmt nicht tun. Ich musste es teuer bezahlen.«

»Mit dem Blut meines Clans!« Ich spie ihm meine Worte entgegen und der General schreckte zurück. Meine Wut und Abscheu fanden ihren Weg in meine Stimme und ich schmeckte, wie sie sich bitter auf meine

Zunge legten. Der General schwieg. »Das ist mein Pferd und Ihr wisst das.«

Er trat noch dichter an mich heran und griff meine Hand, die immer noch auf dem goldenen Fell des Hengstes lag. Die Wärme, die sich zwischen unseren Händen entwickelte, raubte mir fast den Atem. Die Finger des Generals legten sich um meine Finger und ich schloss meine Augen – nur für einen kleinen Moment.

Als ich sie wieder öffnete, war das Gesicht des Generals dicht vor mir. Auf dem Schleier spürte ich seinen Atem. Sein Blick glitt über meine Gestalt und blieb an einem Punkt über meiner Schulter hängen. Dann riss er meine Hand von Shivers Hals.

»Ihr sagt, dass der Hengst Euch gehört? Dabei glaube ich, dass Euch noch nicht einmal Eure eigene Freiheit gehört.« Seine Worte waren leise und bedrohlich. Er stieß meine Hand so fest von sich weg, dass ich einen Schritt rückwärts taumelte.

Catherine griff mich von hinten und zog mich mit sich die Straße entlang zurück zu der Gasse, aus der wir gekommen waren. Ich sah über meine Schulter, wie der General sich wieder auf den Rücken meines Pferdes schwang. Shiver warf unwillig den Kopf hoch und wieherte in meine Richtung. Dann schob sich die Hauswand in mein Blickfeld und mein Pferd war verschwunden. Ich zog an meiner Hand und wollte mich aus dem Griff von Catherine befreien.

»Das war sehr leichtsinnig und gefährlich! Der General ist ein Mann des Hochkönigs. Vergesst das niemals! Ihr würdet im Kerker bei dem Gabensucher enden, wenn er es veranlasst. Ich weiß nicht, was Sorrel Euch angetan hat, aber Ihr solltet auf der Hut sein.«

Ich hörte Catherine nur halb zu, denn ich wollte zurück. Bevor ich mich meiner Umgebung wieder besann, standen wir schon vor dem Haus des

Pferdehändlers. Meine Gegenwehr erlosch. Catherine führte mich ruhig über den Hof zurück in das Haus.

»Ah, das seid Ihr ja wieder. Slyth ist hier und möchte sich nach Eurem Befinden erkundigen.«

Sorrel stand vor uns. Catherines Griff um meinen Arm wurde fester, wortlos nickte sie und zog mich weiter durch die Flure und die Treppen hinauf zu meinem Zimmer.

»Macht Euch bereit.«

Sie stieß mich in mein Zimmer und schloss die Tür hinter sich. Ich wusste nicht, was ich tun sollte, und blieb einfach am Fenster stehen.

Catherine eilte leise die Treppe hinunter. Der dunkle Flur schluckte ihre rundliche Erscheinung vollkommen und sie bewegte sich lautlos bis zur Tür von Sorrels Arbeitszimmer. Sie stand einen Spalt weit auf und Catherine konnte verfolgen, was in dem Raum geschah.

»Was erhofft Ihr Euch von dieser Clanfrau, Sorrel? Sie wird Euch nur Unglück bringen.«

»Sie hat mir eine Menge guter Pferde gebracht. Der Verkauf des hellen Hengstes hat mir eine hübsche Summe Geld in meine Kasse gespült. Nicht zuletzt verdient Ihr ja auch an ihr. Außerdem ist es an der Zeit, dass ich selbst Nachkommen habe, nicht nur meine Pferde. Das Geschäft läuft gut und wenn man den Gerüchten Glauben schenken kann, dann wird der Hochkönig in Zukunft auch eine Menge Pferde brauchen. Wenn da etwas dran ist, dass er die Clane vollständig unterwerfen will. Kriegspferde sind teuer. Und ich denke, dass diese Clanfrau eine gute Grundlage für meine Nachkommen ist.«

»Sie ist aber keine Zuchtstute wie Eure Pferde vor der Hochstadt.«

»Nein, das ist sie nicht. Es scheint schwierig, Clanfrauen zum Tragen zu kriegen. Ich kann es einfach nicht.« Sorrel brach ab.

Slyth versuchte, sein höhnisches Grinsen zu verbergen. »Ihr könnt es nicht?«

»Ihr habt mich schon verstanden. Ich habe es bei anderen Frauen probiert. Bei Ihr geht es nicht. Irgendetwas ist an ihr falsch.«

Slyth lachte auf. »Liegt es an ihr oder ist es Euer Unvermögen?«

Sorrels Augen wurden schmal und er sah den Heiler verärgert an. Diesen ließ das jedoch unbeeindruckt und er kramte in seiner Tasche herum.

»Probiert das. Damit werdet Ihr hart wie Stein.«

Leise klirrend wechselte ein Fläschchen den Besitzer und Sorrel musterte die Flüssigkeit in seinem Inneren.

»Und damit werde ich die Clanfrau tragend machen können? Ist das nicht wieder so ein falscher Zauber von Euch?«

Entsetzen stieg in Catherine auf und sie hielt sich die Hand vor den Mund, um ein Keuchen zu unterbinden. Ihre Gedanken schnellten hin und her. Sie wollte zurück zu Raja, doch sie verharrte noch, um der Unterhaltung weiter zu lauschen.

»Ihr kennt Euch wirklich wenig aus. Solange die Frau einen Hemmerstein in sich trägt und Ihr sie mit Horchertinktur füttert, wird sie Euch keine Nachkommen schenken. Vielleicht ist ihr Hemmerstein auch zu schwach. Ihr solltet sie anders gefügig machen. Vielleicht klappt es dann auch wieder. Wie macht sie sich denn mit dem Hemmerstein? Gebt Ihr ihr noch die Horchertinktur?«

»Die Tinktur ist ihrem Wasser zugesetzt. Der Hemmerstein scheint zu ruhen. Ihre Gaben sind anscheinend erloschen. Sie wirkt kräftiger. Ich habe gestattet, dass sie spazieren und die Pferde reiten darf.

Das Reiten verweigert sie noch, aber ich kriege sie da schon zu. Ich habe diese kleine Erdstute, die sie für mich im Erdreich vorgeritten hat. Die Stute ist unwillig, genau wie diese Frau. Wenn sie die Stute nicht gefügig macht, werde ich sie an den Schlächter verkaufen. Ein enormer Verlust natürlich. Sie wird es verhindern wollen.«

Eine Hand packte Catherine und sie stieß einen kleinen Schrei aus.

»Lauscht Ihr etwa?«

Baxter packte Catherine und zog sie zu sich heran. Sorrel riss die Tür auf und blickte die beiden strafend an.

»Herr, ich wollte Euch Bescheid geben, dass die Herrin in ihrem Zimmer wartet. Baxter hat mich erschreckt.«

»Lass sie los, Baxter.« Sorrel funkelte seinen Bediensteten böse an und richtete seinen Blick dann wieder auf Catherine. Seine Augen bohrten sich in sie. Cathrine spürte, wie ihr Magen flau wurde, hielt seinem Blick aber stand. »Richte der Herrin aus, dass Slyth gleich zu ihr kommen wird.«

Baxter stieß Catherine von sich, die schnell und leise durch den Flur davonlief.

Die Tür zu meinem Raum wurde aufgestoßen und Catherine betrat das Zimmer. Sie keuchte, als wäre sie gerannt. Ihre Augen lagen weit geöffnet auf mir, Unbehagen stieg in mir auf.

»Ist Euch nicht gut? Seid Ihr die Treppen zu schnell heraufgerannt? Setzt Euch doch kurz.«

Catherine schloss die Tür hinter sich und schüttelte nur den Kopf. Ihre Stimme wurde durch ihre Atemzüge immer wieder unterbrochen. »Dafür ist keine Zeit. Der Heiler wird gleich zu Euch kommen, um nach Euch und Eurer Gesundheit sehen. Ich brauche einen Einfall.« Sie ging unruhig im Raum hin und her und überlegte. Leise murmelte sie vor sich hin. Dann blickte sie mich an. »Mir fällt nichts ein. Setzt Euch auf Euer Bett und redet nur, wenn Ihr gefragt werdet. Lasst Euch nicht anmerken, dass Ihr mein Wasser trinkt.«

Während sie leise auf mich einredete, ging ich zu meinem Bett. Die kleine Frau ließ mein Misstrauen wieder einmal wachsen. Weswegen machte sie sich gegen die Anweisungen ihres Herren so viele Gedanken um mich?

Auf der Treppe waren Schritte zu hören. Catherine versteinerte, blickte mich noch einmal unsicher an und nickte mir zu. Die Tür wurde geöffnet und der Heiler betrat den Raum. Catherine ließ ihren Blick auf ihre Hände sinken, die sie vor sich verschränkt hatte. Slyth musterte sie kurz. Dann suchten seine Augen nach mir und seine Lippen verzogen sich zu einem Grinsen. »Wie ich sehe, seid Ihr bei guter Gesundheit.«.

31

~ Im Windreich ~

»Wir sind jetzt an der Grenze zum Windreich.«

Darinas kurze Bemerkung ließ Raven aus seinen Gedanken aufschrecken. Er hatte es Sky überlassen, hinter dem schwarzen Pferd der Wasserfrau und hinter Raikons Pferd herzutraben. Seine Gedanken kreisten noch um Raja. Darinas Bruder müsste schon in der Hochstadt angekommen sein. Raven hoffte darauf, dass der Nachtfalke seine Schwester finden und sicher zum Erdreich zurückbringen würde. Es wäre sicherlich nicht ratsam, Raja in der Hochstadt zu lassen.

Die Landschaft um die Reiter hatte sich gewandelt. Die sanften grünen Hügel, die von Seen und kleinen Wäldern durchzogen waren, waren verschwunden. Stattdessen erstreckte sich eine weite Steppenlandschaft, ähnlich den Hochebenen im Erdreich, vor ihnen. Raven konnte nur wenige kleine Bäume ausmachen, die recht krumm gewachsen waren. In der flachen weiten Landschaft zogen große Weidetiere durch das hohe Steppengras.

»Wir sollten aufpassen. Es könnten sich Raubtiere im hohen Gras verstecken.«

Raikon blickte sich skeptisch um. Er wusste, dass der Windclan zu Zeiten des Lichts große Raubkatzen an seiner Seite hatte. Doch was inzwischen aus diesen wundersamen Tieren geworden war, wusste er nicht. Ein Geheimnis, das wie so viele andere im Schatten verloren gegangen war.

»Bleibt zusammen. Es ist für die Pferde anstrengend, durch das hohe Gras zu laufen.«

Raikon setzte sich an die Spitze und wies die anderen an, hinter ihm zu reiten. Darina ritt zwischen den beiden Männern und sah sich immer wieder um, doch alles blieb still und ruhig. Die großen Weidetiere in der Ferne zogen weiter durch das Steppenland und Raven entspannte sich wieder mehr. In der Ferne tauchte eine Bergkette auf.

»Wenn ich mich richtig erinnere, müsste die Clanstätte des Windclans am Fuße dieser Berge liegen. Wir benötigen ungefähr einen Tagesritt an der Bergkette entlang.«

Raikon deutete auf die Bergkette und Raven hoffte, dass sie den Windclan ohne Zwischenfälle erreichen würden. Die Zeit drängte. Er wollte wissen, ob seine Schwester schon gefunden worden war und ob es ihr gut ging. Darinas Bruder würde ihnen in das Windreich folgen und Nachrichten vom Nachtfalken bringen. Das Clanreich war allerdings groß, besonders wenn man es nicht abwarten konnte. Raven sah sorgenvoll zum Himmel. Es schien sich ein Unwetter zu bilden, das ihnen über die Steppe folgte.

Das hohe Gras der Steppe wurde von kargeren Gräsern abgelöst. Der Boden wurde steiniger und härter. Die Pferde waren müde und Raikon steuerte eine Gruppe kleiner Bäume an, um zu rasten. Raven ließ Sky antraben und ritt neben Raikon.

»Wir sollten weiterreiten. Vielleicht schaffen wir es, die Bergkette noch vor der Nacht zu erreichen.«

»Die Pferde sind müde und wir auch. Eine Rast wird uns nicht viel Zeit kosten und wir reiten weiter, sobald sie sich etwas erholt haben.«

Raikon musterte Raven, der unruhig im Sattel seines Pferdes hin und her rutschte und missmutig in die Ferne blickte. Seine Kiefer mahlten aufeinander. Raven musste sich eingestehen, dass eine Rast für alle gut war. Die Pferde brauchten diese Erholung noch mehr als ihre

Reiter und so blieb er still und erhob keine weiteren Einwände.

An der Baumgruppe angekommen, mussten die Reiter feststellen, dass es wenig gab, womit sie ihre kurze Rast angenehm gestalten konnten. Raikon nahm die Satteltaschen von seinem Pferd und bereitete eine kleine Mahlzeit aus Trockenfleisch und Brot vor. Ein Feuer wollten sie nicht entzünden. Raven erkundete unruhig die nähere Umgebung und Darina begann, mit einem flachen Stein ein Loch zu graben.

Als Raven wiederkam, musterte er ihre Arbeit. »Warum lasst Ihr mich das nicht machen? Der Boden ist hier so hart.«

Darina sah zu ihm hinauf. »Ihr wisst nicht, wie tief Ihr graben müsst. Ich weiß das schon. Daher ist es besser, wenn ich das allein mache.«

Raven blieb bei ihr stehen und beobachtete, wie sie immer wieder den Stein über den Erdboden zog und eine tiefe Rinne damit schuf. Immer wieder legte sie die Hand auf die Erde und zog den Stein weiter. Nach einer Weile legte sie ihn zur Seite und hielt ihre Hände über das Erdloch. Nach kurzer Zeit sprudelte das Wasser unter ihren Handflächen aus dem Boden. Sie stand zufrieden auf und holte ihr Pferd zum Trinken an das kleine Wasserloch.

32

~ In der Hochstadt ~

Die kleine braune Erdstute stand in ihrem Pferch und scharrte mit dem Vorderhuf. Sorrel stand neben mir und ich spürte, wie sein Blick sich in meinen Nacken bohrte.

»Wenn Ihr das Pferd nicht willig macht, werde ich sie dem Schlächter verkaufen müssen.«

Mein Kopf wirbelte zu Sorrel herum und meine Wut schoss aus meinen Augen heraus. Ein Lachen legte sich auf seine Lippen und er lehnte sich zu mir herunter. Sein Atem bereitete mir Übelkeit.

»Eure Wut könnt Ihr Euch sparen. Macht das Pferd gefügig, sonst mache ich es. Und Ihr wisst ja, wie gut ich das kann.«

Ich wandte mich von ihm ab. Meine Körper begann zu zittern. Es kostete mich viel Kraft, um es zu verbergen. Meine Finger umschlossen das Zaumzeug der Stute und ich ging in den Pferch. Sorrel schien zufrieden und entfernte sich aus dem Stall.

Die kleine Braune trat auf mich zu und ich spürte ihr warmes Fell unter meinen Fingern. Sie drückte ihre weichen Nüstern in meine Seite. Sie brauchte nicht gefügig gemacht werden. Sorrel versuchte, mich unter Druck zu setzen, damit ich für ihn arbeitete. Ich sollte Gewinn abwerfen. Die Stute ließ sich problemlos das Zaumzeug anlegen. Mein Blick glitt einmal durch den Stall. Keiner der Knechte oder Reiter war zu sehen. Mit einem Sprung saß ich auf dem Rücken der kleinen Stute, die unter mir den Kopf hochwarf.

»Nein, sei ruhig. Es ist alles gut. Wir werden nur ein bisschen zusammen laufen.«

Es fühlte sich fremd an, die Worte auszusprechen, die ich sonst mit meiner Gabe über meinen Geist übermittelt hätte. Die Braune beruhigte sich trotzdem und ließ sich von mir aus dem Pferch reiten. Vor dem Stall waren ein paar Reiter versammelt, die ihre Pferde durch die Hochstadt führen wollten. Das Tor stand schon offen und der Trupp setzte sich langsam in Bewegung. Baxter stand am Tor und blickte die Reiter spöttisch an. Als der letzte Reiter durch das Tor verschwunden war und Baxter sich abwandte, um zum Haus zu gehen, ließ ich die Stute langsam aus dem Stall treten und legte sie auf das Tor zu. Baxter bemerkte mich erst, als ich die Stute in den Galopp fallen ließ und durch das Tor zur Hochstadt hinausritt.

Sie ließ sich von mir geschickt durch die engen Straßen lenken. Das Gedränge der Menschen störte sie nicht. Für einen Moment fühlte ich mich frei. Doch dann hörte ich hinter mir einen schnelleren Hufschlag. Der Blick über meine Schulter zeigte mir, dass Baxter mich auf einem dunklen Wallach verfolgte. Ich trieb die kleine Stute an und ließ sie schneller durch die Straßen galoppieren. Die Menschen machten uns den Weg frei und drängten sich an die Häuser. Vor mir öffnete sich eine breitere Straße. Hier würde es schwieriger werden, vor Baxter zu fliehen. Der Wallach war schneller als meine Stute. Ich lenkte sie dennoch auf die breite Straße, eine andere Wahl hatte ich nicht. Es stellte sich jedoch als Fehler heraus, als ich in ein großes schwarzes Pferd ritt. Der Aufprall der beiden Pferde brachte meine kleine Stute zum Taumeln. Ich verlor den Halt und fiel von ihrem Rücken auf die Straße. Meine Schulter schlug hart auf die Steine auf und der Schmerz durchzuckte meinen Körper. Ich rollte mich über meinen Rücken ab und blieb liegen.

Neben mir fanden ein paar dunkle Stiefel Halt auf dem Boden und eine Hand griff nach mir. Ich blickte auf und sah durch die Sonne geblendet nichts außer dem Umriss eines Mannes.

»Seid Ihr verletzt?« Die Sorge in der Stimme klang echt. Eine Hand legte sich unter meinen Kopf, eine andere unter meinen Hals. »Tut Euch etwas weh?«

Ich schüttelte den Kopf und versuchte aufzustehen.

»Bleibt lieber liegen. Ich werde jemanden schicken, der Euch untersucht.«

»Nein.«

Mein Körper drückte sich hoch und ich setzte mich aufrecht hin. Kurz drehte es sich in meinem Kopf und ich war gezwungen, ihn mit meinen Händen zu stützen, um das Drehen zu verhindern. Als ich aufblickte, ruhten die Augen des Generals auf mir. Ich schreckte zurück und war gleichzeitig über die Besorgnis in seinen Augen erstaunt.

»Geht es Euch wirklich gut?« Seine Hand lag immer noch in meinem Nacken, während die andere meinen Arm umfasste.

»Ja, es geht.« Ich brachte keine vernünftigen Worte heraus. Der General war wieder so dicht, dass ich seinen Geruch wahrnahm. In mir regte sich ein Gefühl, das mich an meine Heimat denken ließ.

Neben mir war ein Hufschlag zu hören und ich blickte auf. Ein Schattenkrieger auf einem dunklen Pferd brachte die kleine braune Stute zurück. Er nickte mir kurz zu und sprach dann leise mit den Pferden.

Als ich meinen Blick wieder auf den General richtete, bemerkte ich, dass sich seine Hände immer noch auf mir befanden. Ich schüttelte nur leicht den Kopf und stützte mich auf. Der General ließ mich aus seinem Griff frei und stand ebenfalls auf. Er stand so dicht vor mir, dass ich meinen Atem flach hielt, um ihn nicht berühren zu müssen. Meinen Kopf musste ich in den Nacken legen, um ihn ansehen zu können. Sein Blick lag immer noch auf mir, als wollte er noch etwas sagen.

Ich trat schnell von ihm weg. Meine Stimme versagte ihren Dienst und ich konnte wieder nur meinen Kopf schütteln. Meine Lippen wurden schmal. Ich tastete blind nach der braunen Stute und wollte mich an ihr hochziehen. Meine schmerzende Schulter ließ das aber nicht zu und ich rutschte wieder herunter. Zwei kräftige Hände umfassten mein Becken und hoben mich an, sodass ich mein Bein über den Rücken der Stute schwingen konnte. Der General ließ seine Hände einen winzigen Augenblick zu lange auf mir liegen. Meine Augen tauchten wieder in seine. Sie waren so tiefblau wie das Wasser in meinem See.

Ein Reiter drängte sich an die braune Stute heran und riss mir den Zügel aus der Hand. Ich schreckte zusammen und der Blick des Generals wurde feindselig.

»Mein Herr General, ich danke Euch, dass Ihr meine Herrin gerettet habt. Die Stute ist ihr sicherlich durchgegangen.«

Baxter funkelte mich wütend an und zog die kleine Stute dichter an sein Pferd. Ich griff schnell in ihre Mähne, um nicht wieder von ihrem Rücken zu gleiten. Baxter langte zu mir herüber und rückte meine Kappe mit einem festen und groben Griff wieder zurecht. Ich kontrollierte schnell mit meinen Händen nach und fühlte, dass sich eine meiner Strähnen unter der Kappe gelöst hatte. Schnell schob ich sie wieder zurück. Aus den Augenwinkeln sah ich, dass der General mich genau beobachtete. Ich wandte mich ihm zu. Seine Augen stachen in meine und hielten meinen Blick gefangen.

»Mein Krieger, Falkon, wird Euch zu Eurer Sicherheit nach Hause geleiten.« Er deutete auf den Schattenkrieger, der die Stute zurückgebracht hatte und der sein Pferd nun zu uns lenkte.

Ich musste mich zwingen, den Kopf zu dem Krieger zu drehen. Er saß etwas missmutig auf seinem Pferd und ich konnte nicht ergründen, ob ihm sein Auftrag missfiel oder ob er immer so griesgrämig guckte.

»Ein Schattenkrieger?« Meine Stimme war leise und ich blickte den General fragend an.

»Falkon ist in der Hochstadt geboren. Hier gibt es keine Gesetze zur Namensgebung wie bei den Clanen. Die Eltern können ihren Kindern unabhängig von ihrem Element einen Namen schenken.«

Ich sah mich zu dem Schattenkrieger um, dessen Miene kurz weich wurde. Um seine Lippen erschien ein kleines Lächeln. Der General stand noch immer an meiner Stute und sah zu mir hinauf. Ich nickte ihm kaum merklich zu. Ich war mir nicht sicher, ob der Schattenkrieger eine willkommene Begleitung war, doch ich wollte auf keinen Fall allein mit Baxter durch die Straßen der Hochstadt zum Haus des Pferdehändlers zurückreiten. Der General nickte mir ebenfalls kurz zu.

Baxter wollte gerade einen Protest ausstoßen, als der General sich abwandte und sich wieder auf sein Pferd schwang. Er ließ den großen Schwarzen drehen und ritt an mir vorbei. Dabei hielt er das Pferd kurz noch einmal an. »Wie ich sehe, habt Ihr Eure Freiheit immer noch nicht wiedererlangt.«

Seine Worte waren leise und doch trafen sie mich tief. Ich konnte nichts erwidern. Der schwarze Hengst galoppierte schon die Straße in Richtung des Hochpalastes davon.

Baxter riss am Zügel der Stute und führte sie im Schritt durch die Straßen der Hochstadt zurück zum Haus des Pferdehändlers. Falkon ritt schweigend hinter uns her. Ich wagte ab und zu einen Blick über die Schulter, der mir bestätigte, dass er seinen Blick fest auf meinen Rücken geheftet hatte.

Auf dem Hof ließ Baxter mich vom Rücken der Stute rutschen. Als ich auf meinen Füßen stand, lenkte er sein Pferd an mich heran und packte mich von oben am Arm.

Er beugte sich tief zu mir herunter und seine Stimme war bedrohlich leise. »Geht ins Haus. Ihr könnt froh sein, dass der Herr nichts davon mitbekommen hat, was Ihr heute getan habt. Wenn Ihr noch einmal versucht, mich in Schwierigkeiten zu bringen, dann werdet Ihr das mehr als bereuen.«

Ich riss mich von ihm los und zog ihn dabei fast aus dem Sattel. Falkon lenkte sein Pferd zu uns. »Gibt es Schwierigkeiten, Herrin?«

Baxter zuckte bei dem Klang der Stimme des Schattenkriegers zusammen und duckte sich leicht auf seinem Pferd, als er die Schatten sah, die sich um Falkon bildeten.

»Nein, es gibt keine Schwierigkeiten. Ich danke Euch für Euer Geleit. Richtet auch Eurem Herrn meinen Dank aus.«

Falkon neigte den Kopf in meine Richtung und verließ den Hof. Ich blickte zu Baxter. »Wenn Ihr mich noch einmal anfasst, werdet Ihr das bereuen!«

»Ach ja? Was wollt Ihr schon machen? Ihr seid hier so ruhiggestellt, wie es Euer Hengst war.«

Baxters Lachen hörte ich nicht mehr. Ich lief schnell auf die Hintertür zu und stieß sie auf. Die Dunkelheit des Hauses war fast tröstlich. Ich lief durch die Flure und eilte die Treppen hinauf. In meinem Zimmer ließ ich die Tür hinter mir laut ins Schloss fallen. Das Fenster zur Straße war meine Zuflucht. Ich hielt mich an seinem Rahmen fest und versuchte, meinen Atem und mein Herz zu beruhigen. Ich riss mir die Kappe vom Kopf, die mich immer mehr zu erdrücken schien. Meine weißen Haare fielen wie ein Vorhang an meinem Kopf herab. Mein Blick wanderte zur Straße. Dort unten sah ich den Schattenkrieger stehen, der mich beobachtete. Ich sprang schnell zurück in den Schatten meines Zimmers. Hoffentlich hat er meine Haare nicht gesehen.

33

~ Vor dem Wolkengebirge ~

Raikon saß an den Baum gelehnt und beobachtete den Himmel. Die schweren Sturmwolken, die sich in der Ferne auftürmten, versprachen nichts Gutes. »Wir sollten weiterziehen. Am Gebirge werden wir leichter einen Unterschlupf finden.«

Raven sah seinen Onkel an und nickte. Darina war bei den Pferden geblieben, doch auch sie hatte keine Einwände. Die dunklen Wolken verdüsterten die Stimmung und so saßen sie auf. Raikon ließ sein Pferd in einen zügigen Trab wechseln und die anderen folgten ihm.

Es begann mit einem lauen Lüftchen, das die Haare von Darina immer wieder um ihren Kopf tanzen ließ. Die Mähnen der Pferde wallten wie die Wellen auf einem See. Die Reiter bemerkten zu spät, dass der Wind immer stärker wurde und anfing, an ihren Umhängen zu ziehen. Die Pferde senkten die Köpfe tief, um sich vor dem Wind zu schützen.

»Die Pferde schaffen es nicht, gegen den Wind zu laufen. Wir müssen langsamer werden.« Raven rief gegen den Wind an, der um ihn herum heulte.

Raikon musste einsehen, dass es diesmal Raven war, der recht hatte. Er zügelte sein Pferd und lenkte es dicht neben die anderen.

Darina zog sich ihre Kapuze dicht über ihr Gesicht. »Die Sicht wird immer schlechter.«

Raven sprang vom Pferd und griff in die Zügel des weißen Hengstes, um ihn zu führen. Raikon saß ebenfalls ab und zog sein Pferd hinter sich her. Mit den Kapuzen über den Köpfen schoben sich die Männer gegen den Wind. Darina hatte sich auf ihr Pferd gelegt. Alle hofften, dass es nicht schlimmer werden würde. Der Wind tat ihnen diesen Gefallen aber nicht, immer stärker stürmte er um sie herum.

Raven blickte sich zu Darina um, sein Blick blieb an den schwarzen Sturmwolken hängen, die nun fast über ihnen standen. »Das ist kein normaler Sturm. Die Wolken sind gegen den Wind hierhergezogen. Der Wind bläst aber vom Gebirge her den Sturmwolken entgegen.«

»Dachtest du, dass der Windclan uns so einfach willkommen heißt?«

Nein, das hatte er nicht angenommen. Der Wind riss an ihren Kleidern und sie mussten sich gegen ihn legen, um voranzukommen. Die Sturmwolken verdüsterten den Himmel und es wurde so dunkel, als wäre die Nacht schon herangebrochen. Raven ließ eine kleine Lichtkugel erscheinen und drückte sie vor sich, damit sie wenigstens sehen konnten, was vor ihnen auf dem Boden war. Das Gebirge konnte nicht mehr weit sein. Der Boden wurde felsiger und immer wieder tauchten große Steine aus der Dunkelheit auf.

»Halt!« Darina rutschte von ihrem Pferd. »Wartet! Ich habe eine Idee. Ich weiß aber nicht, ob es klappt. Gebt mir Eure Wasserschläuche!«

Raven überlegte nicht lange, band seinen Schlauch los und gab ihn ihr. »Wenn es schiefgeht, haben wir kein Wasser mehr.«

»Wir werden neues finden, aber so kommen wir nicht weiter.« Raikon brüllte gegen den Sturm und den Wind an.

Darina nahm auch seinen Schlauch entgegen und Raven hielt ihr Pferd. Sie ließ das Wasser nach und nach in ihre Hände laufen. Es blieb bei ihr, obwohl der Sturm sie immer wieder hin und her taumeln ließ. Sie hob ihre Hände und das Wasser wurde vom Wind erfasst und weggezogen, aber nur dem Anschein nach. Die Wasserkriegerin hatte ihr Element fest im Griff. Ihre Anstrengung war in ihrem Gesicht nur zu deutlich zu erkennen. Raven konnte ihr aber nur hilflos dabei zusehen. Seine Lichtkugel flackerte immer wieder, mehr Licht gab er ihnen jedoch nicht, weil er nicht nur Freunde anlocken würde, wenn sein Licht diesen Sturm überstrahlte. Darina gelang es, eine kleine Wasserkuppel über sie zu ziehen. Als das Wasser den Boden berührte, sackte sie zusammen. Ihre Hände blieben verkrampft auf das Wasser gerichtet.

Die Stille, die plötzlich herrschte, war fast verwirrend und Raven blinzelte gegen die Ruhe an. »Wie lange kannst du die Wasserkuppel aufrechterhalten?«

»Das kommt darauf an, wie stark der Sturm noch wird, und ich darf nicht einschlafen.«

Raven musterte die Wasserfläche, die sich immer wieder neu eindrückte und wieder von Darina in Form gebracht wurde. Es wurde noch dunkler um sie herum. Der Sturm schluckte das Licht, das die Sturmwolken bisher noch nicht verdeckt hatten. Dass weder Raikon noch Raven Darina dabei helfen konnten, die Wasserkuppel stabil zu halten, passte den beiden Männern nicht. Raven sah nach den Pferden und sprach leise mit ihnen. Raikon ging dichter an die Wasserkuppel heran, um zu prüfen, was draußen vor sich ging. Als er nichts erkennen konnte, ging er resigniert zu den Pferden und Raven hinüber.

Raven wurde unruhig. Es gefiel ihm nicht, dass Darina so kämpfen musste, um die Wasserkuppel halten zu können. Sie drohte immer wieder eingedrückt zu werden, doch Darina hielt weiterhin dagegen. Das Heulen des Sturms wurde so laut, dass das Wasser es nicht mehr von ihnen abhalten konnte. Darina sackte auf ihre Knie. Raven wollte zu ihr eilen, doch Raikon hielt ihn zurück. Er deutet auf die Wasserkuppel. Es war hell geworden. Die Dunkelheit der Sturmwolken war verschwunden. Trotzdem drückte der Wind unaufhaltsam gegen das Wasser.

»Ich kann die Kuppel nicht mehr halten. Es tut mir leid.«

Bevor Raven zu Darina gehen konnte, stürzte das Wasser auf sie ein. Raven schnappte nach Luft, als es ihn unvorbereitet traf. Er riss die Hände vors Gesicht, aber er war bereits völlig durchnässt. Als kein Wasser mehr nachkam, richtete er sich auf. Um sie herum standen Krieger in grauen Rüstungen. Der Wind wehte hinter ihnen entlang und nahm ihm die Sicht auf die Steppe. Eine Clanfrau trat auf sie zu. Ihre grauen Haare hatte sie zu einem festen Knoten in ihrem Nacken gebunden. Sie musterte Darina, Raikon und Raven genau.

»Beeindruckend, wie Ihr unserem Sturm getrotzt habt. Aber unserem Wind könnt Ihr nichts anhaben.«

Raikon ging zu Darina und half ihr auf. »Das war auch nicht unser Plan.«

»Nicht? Nun, dann müsst Ihr mich aufklären, was Ihr hier wollt. Wo habt Ihr den Gabensucher verborgen?«

Raven runzelte die Stirn. »Warum sollten wir den Gabensucher bei uns haben?«

»Wenn ich das richtig sehe, gehört Ihr nicht demselben Clan an. Der Schattenkönig ist der Einzige, der Krieger aus unterschiedlichen Clanen befehligt.« Die Windkriegerin zog ihr Schwert und deutete damit auf die Waffen, die Raven und Darina bei sich trugen.

»Wir haben nichts mit dem Hochkönig zu tun und handeln auch nicht in seinem Auftrag.«

Die Windkriegerin trat auf Raven zu und ihre Augen verengten sich. Bevor er reagieren konnte, lag ihre Schwertspitze an seiner Kehle. »Ich traue Euch nicht. Ihr seid anders als die Clankrieger, die ich bisher getroffen habe, und der Hochkönig ist bekannt dafür, dass er die Gabenträger zu missgestalteten Kriegern verstümmelt.«

Sie erhöhte den Druck auf seine Kehle und trat einen Schritt auf ihn zu. Der Wind hinter den Kriegern heulte auf.

»Darf ich Euch etwas zeigen?«

Ihr Blick schnellte herum und sie musterte Raikon. Das Schwert ruhte weiter auf Ravens Kehle, als sie Raikon zunickte.

»Wir haben einen Brief aus der Hochstadt erhalten von einem Mann, der sich Nachtfalke nennt. Er hat uns aufgefordert, dass wir zu den Clanen reiten und Hilfe erbitten.«

Die Kriegerin drückte auf das Schwert und Raven spürte, wie sich die Schwertspitze in seine Haut bohrte. »Das klingt für mich nach einer Falle. Was für eine Hilfe sollt Ihr erbitten?«

Darina trat an Ravens Seite. »Keine Falle. Wir brauchen Hilfe, um den Schatten zu stürzen und dem Licht wieder auf den Hochthron zu verhelfen, wo es hingehört.«

»Wer seid Ihr, dass Ihr so sprecht? Ihr seht mir danach aus, als wärt Ihr eine Wasserkriegerin.«

Darina wollte sich wieder hinter Raven schieben, doch die Windkriegerin fixierte sie mit den Augen und Darina verharrte. »Ich bin Darina vom Wasserclan. Das hier sind Raikon und Raven vom Erdclan.«

»Ha! Erdkrieger sehen ganz anders aus. Willst du mich für dumm verkaufen, Wasserfrau?«

»Nein, das möchte sie nicht.« Raven packte das Schwert an der Schneide und drückte es von seinem Hals weg. Er spürte, wie die Schwertschneide sich in seine Handfläche grub, als Antwort ließ er einen kleinen Lichtfilm in seiner Handfläche entstehen, der sich um das Schwert legte. »Das ist Raikon, mein Onkel. Er hat meine Mutter damals zum Erdclan begleitet, wo sie sich mit meinem Vater verbunden hat. Sie war die letzte Lichtprinzessin. Ihr habt die Geschichte bestimmt gehört.

Ich bin der letzte männliche Nachkomme des Lichtclans.«

Die Windkriegerin trat einen Schritt zurück und ließ Raven nicht aus den Augen. Ihr Blick funkelte und das Grau blitzte hervor. »Einer vom Lichtclan. Ein Ammenmärchen, damit die kleinen Kinder gut einschlafen.« Ihr Lachen hallte gegen den Wind.

»Wohl kaum.« Raven ließ einen Blitz gegen ihr Schwert fahren und schlug es ihr damit aus der Hand. Die Windkrieger waren sofort kampfbereit und richteten ihre Bögen und Schwerter auf den Lichtträger. Raven hob die Hände hoch und trat einen Schritt zurück.

Die Windkriegerin hob ihr Schwert auf und richtete es wieder auf ihn. »Ihr kommt mit uns mit. Alle sofort aufsitzen! Aber Ihr seid zu nass für den Ritt in die Berge. Haltet still.«

Plötzlich umwehte sie ein warmer Wind. Er zog Darina an den Haaren und schlug gegen ihre Umhänge. Die Kleidung auf Ravens Haut trocknete langsam.

Er lächelte. »Wie praktisch, danke dafür.«

Doch sie funkelte ihn nur aus ihren grauen Augen an. Der Wind um sie herum ebbte ab. Die Steppe und das Gebirge lagen friedlich vor ihnen. Raven deutete Raikon und Darina an, dass sie sich zu ihren Pferden begeben sollten. Die Windkrieger holten ihre Pferde und saßen eher auf ihren Rücken, als Raven es überhaupt registrieren konnte. Ein großer grauer Hengst trabte heran und blieb vor der Windkriegerin stehen. Raven musterte das Pferd interessiert. Es hatte einen derben Kopf und kleine Ohren, doch seine Erscheinung war beeindruckend. Das graue Fell schimmerte silbern und die Mähne war lang und reichte dem Pferd bis fast an die Brust. Wortlos gab die Windkriegerin den Befehl zum Abrücken, als Raven als Letzter sein Pferd erklommen hatte.

Die Windkrieger formierten sich um die Eindringlinge und der Zug setzte sich in einem flotten Trab in Bewegung. Das Gebirge war schneller erreicht, als Raven es gedacht hatte. Sie ritten nun hintereinander auf schmalen Gebirgswegen. Die Pferde mussten ihre Hufe vorsichtig setzen, weil immer wieder Geröll auf dem Weg lag.

Raven musterte die Windkriegerin, die vor ihm ritt. Sie bemerkte seinen Blick und drehte sich im Sattel zu ihm um. »Haltet Eure Pferde ruhig. Die Wege sind nicht umsonst so gemacht, dass es schwer ist, ihnen zu folgen.«

»Werdet Ihr oft von dem Gabensucher überfallen?«

»Nicht mehr, seitdem wir unseren Clansitz in die Wolkenstadt verlegt haben. Unsere Windmauern und Stürme konnte er bisher immer zerschlagen. Die Unannehmlichkeiten, die der Ritt durch das Wolkengebirge mit sich bringt, sind ihm zuwider.«

»Gibt es denn nur diesen einen Weg zur Wolkenstadt?«

»Nein, aber den anderen Weg kennt nur der Clanfürst und da der Gabensucher sich bisher nicht für unseren Fürsten interessiert hat, hoffen wir, dass uns nicht ein ähnliches Schicksal ereilt, wie es den Wasserclan getroffen hat.«

Ihr Blick fiel dabei auf Darina, die hinter Raven ritt. Er konnte erkennen, wie die Kriegerin ihren Mund entschuldigend verzog. Es war nur eine flüchtige Geste, dann drehte die Windkriegerin ihm wieder den Rücken zu.

Die Gruppe ritt immer weiter in das Gebirge hinein. Die Bäume wurden lichter und die Felsen immer feindseliger. Raven versuchte sich den Weg einzuprägen, doch für ihn sahen alle Felsen gleich aus und er musste sich eingestehen, dass er ohne die Führung der Windkrieger in der endlos erscheinenden Abfolge von Felsformationen verloren wäre. Die Reiter vor ihnen zügelten ihre Pferde und Raven erkannte, dass sie eine kleine Ebene erreicht hatten, die nicht größer als eine kleine Lichtung zwischen den Felsen war. Die Windkrieger saßen von ihren Pferden ab und eilten auseinander. Raven ließ sich langsam von Sky gleiten und konnte dabei das emsige Treiben der Windkrieger nicht aus den Augen lassen. Ein Krieger trat auf ihn zu und nahm ihm sein Pferd ab. Raven nickte nur kurz. Innerhalb kurzer Zeit waren die Pferde zwischen den Felsen versteckt und Futter für sie verteilt. Es brannten kleine Lagerfeuer rund um die Lichtung und es wurden nahe der Felswand Lager zum Schlafen errichtet. Um die Lichtung herum erhob sich wieder eine Windwand, wie sie auch schon in der Steppe um sie herum geweht war. Diesmal war es zum Schutz. Raven musste an Darinas Wasserkuppel denken. Die Clane waren sich ähnlich, ob sie es wollten oder nicht.

»Diese Lichtung hier nutzen wir häufig, wenn wir von der Steppe aus zur Wolkenstadt unterwegs sind. Sie ist gut zu verteidigen und wir haben hier alles, was wir für eine Nacht brauchen.«

Raven drehte sich um und musterte die Windkriegerin. Danach blickte er wieder auf das Lager.

»Kommt, ich weise Euch ein Lager zu.«

Die Windkriegerin ging voran und Darina und Raikon folgten ihr. Raven ließ seinen Blick noch einmal über das Lager schweifen. Dahinter erstreckten sich die Berge und er konnte nichts ausmachen, was ihn an eine Stadt erinnerte. Um ihn herum gab es nichts anderes als die schroffen Berge, durch die der Wind heulte.

An der Felswand wies die Windkriegerin ihnen ein Feuer zu. Raikon stellte ihre Satteltaschen neben das Feuer und kramte in einer herum.

»Wenn Ihr noch etwas benötigt, gebt Bescheid. Ein paar Windkrieger gehen noch auf die Jagd. Es gibt hier in den Bergen nicht viel, aber vielleicht haben sie Glück und wir können noch etwas Warmes essen.«

»Das ist großzügig, aber wir haben Proviant dabei. Bis zur Wolkenstadt sollte es noch reichen.«

»Wie Ihr wollt. Aber Ihr seid unsere ...« Die Windkriegerin stockte.

»Gefangenen?« Raven funkelte sie an, sie hielt seinem Blick jedoch stand.

»Gäste.« Ihre Stimme klang scharf und sie drehte sich um, ohne noch ein weiteres Wort zu sagen, und ging zu einem der anderen Feuer.

Raven sah ihr nach und ließ sich dann auf einer Decke nieder, die Raikon hingelegt hatte. Er beobachtete die Windkrieger, die an ihren Feuern saßen. Sein Blick blieb immer wieder an der Windkriegerin hängen. Auf ihrer Rüstung entdeckte Raven auffällige Zeichen, die ihm vorher noch nicht aufgefallen waren. Die Windkrieger trugen ähnliche Zeichen. Raven wandte den Blick schnell ab, als er bemerkte, dass auch die Windkriegerin ihn beobachtete.

»Ich fürchte, die Windkrieger trauen uns nicht. Wir sollten versuchen, sie nicht zu sehr zu reizen. Es ist gut, dass sie uns gefunden haben. Ich fürchte, dass unser Ritt durch das Wolkengebirge länger gedauert hätte. Nun kommen wir mit ihrer Hilfe schneller voran.«

Raikon stocherte mit einem Stock im Feuer herum. Darina hatte sich unter ihre Decke gelegt und schlief schon. Die Anstrengung, die sie aufbringen musste, um die Wasserkuppel gegen den Sturm zu halten, hatte sie mehr Kraft gekostet, als sie zugegeben hatte.

»Ja, das stimmt.«

Raven griff ebenfalls nach einem Stock und stocherte gedankenverloren in der Glut. Es war Glück gewesen, dass die Windkrieger sie gefunden hatten. Dank der Führung würden sie nun wesentlich schneller zum Windclan gelangen. Diesmal würde er mehr darauf drängen müssen, dass der Clan sich ihm anschloss. Er konnte nicht riskieren, noch mehr Zeit zu verlieren. Darinas Bruder würde ihnen zum Windclan folgen, wenn er neue Informationen aus der Hochstadt hatte

»Ihr habt gesagt, Ihr hättet einen Brief erhalten, in dem Ihr aufgefordert wurdet, Euch Hilfe bei den Clanen zu holen. Dürfte ich den Brief sehen?« Die Windkriegerin stand plötzlich neben Raven und sah von oben auf ihn hinab.

»Ich würde diesen Brief nur ungern in Euren Händen wissen. Er ist das Einzige, was ich vom Nachtfalken habe. Aber ich lege ihn gerne Eurem Clanfürsten vor.«

Ihre Augen wurden dunkelgrau und in der Ferne heulte der Wind auf, als er um die Felsen und Berggipfel schoss. Die Kriegerin beugte sich zu Raven hinunter. »Wer sagt denn, dass ich Euch zum Clanfürsten bringen werde? Vielleicht lassen wir Euch auch einfach den nächsten Abhang hinunterwehen.«

»Das werdet Ihr nicht. Ihr wisst, dass ich zu wertvoll bin, sowohl als Verbündeter als auch als Gefangener.«

»Dumm scheint Ihr nicht zu sein.« Sie drehte sich um und ging wieder.

»Nicht unbedingt das, was ich damit meinte, dass wir uns mit den Windkriegern gut stellen sollten.« Raikon schnaubte kurz auf, funkelte Raven an und legte sich unter seine Decke.

34

~ In der Hochstadt ~

Der General ging unruhig im Stall hin und her. Sein Pferd stand in seinem Pferch und kaute ruhig auf seinem Futter. Immer wieder ließ der General seinen Blick über den Platz und den Weg gleiten, der vor dem Hochpalast zu den Ställen führte. Sein Schattenkrieger war noch nicht zu sehen. Die Ungeduld nagte an ihm und er ertappte sich beiläufig, dass er seine Handschuhe zwischen den Händen fast zerknetete.

Aus der Ferne war endlich ein Reiter zu erkennen. Der General trat aus dem Stall heraus und wollte ihm entgegengehen, doch einer seiner Krieger trat ihm in den Weg. Der Schattenkrieger grüßte und neigte den Kopf. Der General blickte ihn finster an. Es passte ihm überhaupt nicht, jetzt aufgehalten zu werden, schon gar nicht von Skrull.

»Herr, ich wollte Meldung geben. Die Truppe für die Reise zum Lager ist nun endlich bereit.«

»Ich hatte angenommen, dass Ihr schon vor Tagen aufgebrochen seid. Wie kann es sein, dass sich die Abreise so verzögert hat?«

»Ein Sonderauftrag des Hochkönigs.« Skrull grinste den General schief an.

Der ließ sein Gegenüber aber die Verstimmung nicht merken. Ein Sonderauftrag des Hochkönigs? Er musste herausfinden, was das zu bedeuten hatte und um was es dabei ging.

»Gut, dann brecht unverzüglich auf. Ihr werdet auf direktem Wege zum Lager reiten und wieder zurück.

Habt Ihr die Lage Eures Ziels vom Gabensucher erhalten?«

Skrull nickte und grüßte zum Abschied. Der General blickte dem Schattenkrieger nach. Irgendetwas stimmte mit ihm nicht. Nach seiner Rückkehr sollte er sich darum kümmern. Jetzt war aber erst mal etwas anderes wichtiger. Seine Aufmerksamkeit wandte sich wieder dem Reiter zu, der auf ihn zuritt. Falkon hielt seinen dunklen Hengst neben ihm an, ließ sich vom Pferd gleiten und sah Skrull hinterher.

»Ich fürchte, dass dieser Schattenkrieger uns noch großen Ärger machen wird.«

»Das befürchte ich auch. Nach seiner Rückkehr wirst du ihn beschatten lassen. Und jetzt in seiner Abwesenheit müssen wir herausbekommen, was er im Schilde führt.«

Falkon nickte. Sein Blick war immer noch auf den Rücken des sich entfernenden Schattenkriegers geheftet. Leichte Schatten wirbelten um Falkon auf. Auch ihm war Skrulls Art zuwider.

»Was kannst du berichten?«

»Nun, wir haben tatsächlich gefunden, was wir gesucht haben. Aber es wird nicht leicht werden, sie dort hinauszubekommen, ohne Aufsehen zu erregen. Was sagt Eure Kontaktperson?«

»Meine Kontaktperson vermutet einen Hemmerstein, der ihre Gaben betäuben soll. Der Pferdehändler ist auch bekannt für den Einsatz von Horchertinktur. Außerdem steht er im Kontakt mit dem zwielichtigen Heiler Slyth. Ich kann mir gut vorstellen, dass sie von den beiden mit diesen Substanzen gefügig gemacht wurde. Allerdings glaube ich nicht, dass sie im Moment noch unter dem Einfluss der Horchertinktur steht. Sie ist dafür zu eigensinnig.«

Falkon konnte sich ein Grinsen nicht verkneifen, fuhr jedoch gleich mit seinem Bericht fort, da sich die Miene des Generals kurz verfinsterte. »Dass der Pferdehändler nicht mit sauberen Mitteln arbeitet, ist mittlerweile bekannt in der Hochstadt. Er steht nicht sonderlich hoch im Ansehen der Hochstädter. Wenn er nicht immer wieder so außergewöhnliche Pferde in die Stadt bringen würde, wäre sein Geschäft hier schon gescheitert. Es wundert mich daher nicht, dass er versucht, eine Clanfrau ruhigzustellen. Ich werde das Haus weiter beschatten lassen.«

»Ja, ich will sofort unterrichtet werden, wenn sich etwas Ungewöhnliches im Haus tut. Unsere Männer sollen Tag und Nacht wissen, was da vor sich geht. Ich habe bereits einen Plan, wie wir der Frau habhaft werden können. Schickt nach Darin, ich habe einen Auftrag für ihn.«

Der General nickte Falkon noch kurz zu und wandte sich um, ohne auf eine Antwort zu warten. Seine Schritte hallten fest über den Hof. Er schlug den Weg zu seinem Arbeitszimmer ein. Die Wachen vor der Tür grüßten, als er die Tür aufstieß.

Kurz nachdem er das Zimmer betreten hatte, blieb er stehen. Die Tür schlug hinter ihm schwer ins Schloss. Der Gabensucher saß an seinem Tisch und blickte ihn mit seinen verschlossenen Augen an.

»Was macht Ihr in meinen Räumen?«

»Ich hatte einen Traum, den wollte ich Euch berichten. Wollt Ihr ihn hören?« Seine Finger umfassten die Tischkante, er zog sich aus dem Stuhl und lehnte sich über den Tisch. Der General spürte, wie sich Unbehagen auf seine Schultern legte. Schüttelfrost erfasste seinen Körper. »Ihr wehrt Euch. Immer noch. Nach so vielen gemeinsamen Erlebnissen. Ihr wisst doch, dass ich eh siegreich über Euch sein werde. Es ist Euer Schicksal, mir zu unterliegen. Ich habe es Euch schon vorausgesagt. Daher sollte Euch interessieren, was ich dieses Mal gesehen habe.«

Der Gabensucher trat um den Tisch herum und ging auf den General zu. Seine Hände fanden zueinander und seine Finger spielten ein seltsames Lied aufeinander.

»Ich werde Euch sicherlich nicht davon abhalten, dass Ihr mir berichtet, was Ihr geträumt habt.«

»Das wohl nicht. Ich sah sie auch. Sie, die so hell wie das Licht selbst zu sein scheint. Sie wird Euch nicht retten können. Der Schatten wird Euch holen und gefangen nehmen. Allerdings wird sie mich retten.«

Der Gabensucher lachte auf, doch sein Gelächter verstummte schnell wieder. Der General hatte ihn am Hals gepackt und drückte ihm langsam die Kehle zu. »Wenn der Schatten mich gefangen nimmt, dann spielt es keine Rolle, ob sie Euch rettet. Ich werde Euch mit mir reißen.«

Der General drückte den Gabensucher rücklings auf den Tisch. Ein Krächzen entfuhr ihm und er legte seine Hände auf den Arm des Generals. Der lockerte seinen Griff unmerklich.

»Ihr könnt mir nichts anhaben und das wisst Ihr. Ich gebe Euch aber mein Versprechen, dass ich die Lichtträgerin nicht innerhalb dieser Stadt erlegen werde. Das Schicksal sieht etwas anderes vor.«

Der General zog den Gabensucher zu sich heran. Seine Augen wurden schiefergrau, der Wind brauste in dem Zimmer auf und wirbelte das Papier vom Tisch. »Ihr werdet die Lichtträgerin niemals kriegen, dafür werde ich sorgen.«

Er stieß den Gabensucher zur Tür. Dessen Beine gaben jedoch nach, er stolperte durch den Raum und stürzte auf seine Knie. Kichernd kniete er vor der Tür. Mühsam rappelte er sich wieder auf und lachte den General aus. Mit einem Schnippen seiner knochigen Finger verschwand der Wind.

»Ihr liebt diese Frau. Das macht alles noch interessanter. Es wird mir ein Vergnügen sein, Euer beider Untergang zu sein.«

Der General zog scharf die Luft ein, doch bevor er etwas erwidern konnte, war der Gabensucher verschwunden. Zornig über sich selbst sammelte der General die Papiere auf, die sein Wind durch das Zimmer gewirbelt hatte. Danach ließ er sich schwer auf seinen Stuhl fallen. Der Gabensucher hatte wieder einmal mit ihm gespielt und er war sich sicher, dass es nicht das letzte Mal gewesen war. Was auch immer er vorhatte, bisher hatte sich alles bewahrheitet, was er gesagt hatte.

Die Tür wurde geöffnet und Falkon trat in den Raum. Er verharrte kurz und schien den Raum zu mustern. Anschließend schloss er die Tür schnell hinter sich und trat an den Tisch heran. »Wie ich sehe, habe ich einen großen Spaß verpasst.«

Sein schiefes Grinsen ließ den General nur wütend funkeln. »Der Gabensucher hat mir einen Besuch abgestattet. Wir müssen auf der Hut sein. Er weiß von der Frau.«

Falkons Augen wurden schmal und er musterte den General, der in seinen Gedanken versank und um sich herum für einen kurzen Augenblick nichts wahrzunehmen schien. Falkon trat einen Schritt auf den Tisch zu. Der General riss sich von seinen Gedanken los, griff nach einem Papier und schrieb eilig eine Nachricht darauf.

»Du wirst zum Pferdehändler reiten und seine Frau als Reiterin fordern. Der helle Hengst ist nicht so gut, wie ich erwartet habe. Droh ihm, denk dir irgendwas aus. Er soll Angst haben! Im Anschluss bringst du die Frau zu meinem Landgut. Ich werde folgen. Dort werden wir sehen, was sie wirklich ist.«

Falkon nahm die Nachricht entgegen und verließ schweigend das Zimmer. Der General ließ sich zurück an die Lehne sinken und dachte über die Worte des Gabensuchers nach. Gelogen hatte dieser noch nie. War alles ein Spiel für ihn? Die Gabenträger, die er genommen und im Kerker aufgesucht hatte, waren nur für seinen Zeitvertreib. Der General konnte nicht glauben, dass der Hochkönig seinen Gabensucher wirklich unter Kontrolle hatte. Er musste vorsichtig sein.

35

~ Vor der Wolkenstadt ~

»Bleibt zusammen! Wir erreichen gleich die Wolkenstadt.«

Ravens Blick fuhr hoch und er musterte die Windkriegerin, die vor ihm ritt. Es war tatsächlich sehr schnell gegangen. Die Windkrieger hatten sie zügig durch das Wolkengebirge geleitet. Raikon hatte recht gehabt. Allein hätten sie Tage gebraucht. Die Windkrieger waren sehr ruhig geworden. Raven konnte den Weg vor ihnen nicht erkennen, die anderen Reiter verdeckten ihn. Doch das, was er vor seinem Pferd als Weg sah, wäre ihm ohne Hilfe wahrscheinlich nicht aufgefallen. Er fragte sich, wie Darinas Bruder ihnen nur hierher folgen sollte. Vor ihm verschwanden die Reiter plötzlich hinter einem Felsvorsprung. Raven hielt sein Pferd an.

»Es ist ein versteckter Höhleneingang. Dahinter liegt die Wolkenstadt.«

Er nickte und ließ sein Pferd wieder antreten. Der Felsvorsprung gab einen engen Spalt frei, durch den gerade so die Pferde und Reiter hindurchpassten. Ein Engpass, der sehr gut zu verteidigen war. Der Windclan hatte eine hervorragende Wahl für die Lage seines Clansitzes getroffen. Raven ritt in die Dunkelheit der Höhle hinein. Die Reiter vor ihm waren kaum noch zu erkennen.

»Wärt Ihr so freundlich, Lichtträger? Dann brauchen wir keine Feuer entzünden.«

Raven nickte und ließ mehrere Lichtkugeln aus seinen Handflächen aufsteigen, die über den Reitern hängen blieben und sie auf ihrem Ritt durch die Höhle begleiteten. Der Klang der Hufe auf dem Höhlenboden veränderte sich. Raven beugte sich über die Schulter von Sky. Der Boden unter ihnen schimmerte in verschiedenen Grautönen und warf den Lichtschein mit einem Glänzen zurück. Raven konnte erkennen, dass die Steine des Bodens ihn spiegelten.

»Das ist Wolkenstein. Vielleicht habt Ihr davon schon gehört?« Raven schüttelte den Kopf. »Teile des Hochpalastes waren aus Wolkenstein errichtet. Aber das war damals, es ist schon lange her. Wer weiß, was der Schattenkönig aus dem Palast gemacht hat.«

Raven sah sich nach Raikon um, der ebenfalls wie gebannt den Boden betrachtete. »Das stimmt. Der Windclan hat viel zum Bau des Hochpalastes beigetragen. Ich hoffe, dass der Palast seinen früheren Glanz noch hat.«

Raven ließ den Blick weiter durch die Höhle schweifen. Neben ihnen tauchte ein dickes Holzgeländer auf, das die Reiter auf ihrem Weg von einem tiefen Abgrund trennte. Raven richtete sich etwas auf, um erkennen zu können, was dort unten war.

»Abbruch von Wolkenstein. Das hier ist eine alte Miene. Lasst Eure Lichtkugeln ruhig heller leuchten.«

Raven nickte und seine Lichtkugeln ließen die Höhle erstrahlen. Erst mit dem helleren Licht sah er, wie groß und mächtig diese Höhle war. An der Decke funkelten viele Sterne auf.

»Wolkentränen.« Darina beobachtete fasziniert die Decke. »So nennt man sie auch. In den restlichen Clanreichen sind sie als Hellersteine bekannt. Der Lichtclan hatte früher ein großes Interesse an diesen Steinen. Sie verstärken die Gaben eines Gabenträgers, können Licht aufnehmen und strahlen dann wie das Licht selbst.«

»Sie sind wunderschön.«

Die Windkriegerin lächelte ihm zu und Raven sah sie überrascht an. Es war das erste Mal, dass sie gelacht hatte. Vielleicht war sie doch nicht so furchtbar unfreundlich, wie er gedacht hatte.

Vor ihnen wurde es heller und Raven ließ seine Lichtkugeln wieder schwächer leuchten. Die ersten Reiter verließen die Höhle. Das Tageslicht blendete Raven und er musste die Hand vor die Augen legen, bis sie sich an die Sonnenstrahlen gewöhnt hatten. Vor ihnen erhob sich ein neuer Berggipfel, an den sich eine Vielzahl von Häusern und Bauten schmiegte. Das Tal davor wurde von einem reißenden Fluss durchschnitten. Die Reiter vor Raven ließen ihre Pferde in einen Galopp fallen und ritten schnell den Berg hinunter auf eine Brücke zu, die über den Fluss führte. Von der anderen Seite war der Klang von Hörnern zu hören, die ihre Ankunft meldeten. Die letzten Sonnenstrahlen, die in das Tal und auf den Berg fielen, ließen die Häuser mit ihren Säulen hellgrau und weiß aufleuchten. An der Bergmitte war ein Plateau zu erkennen, auf dem eine große Halle stand – die Halle des Clanfürsten. Ihre hohen Säulen und die steinernen Wolken am Giebel des Daches ließen sie majestätisch wirken.

Die Reiter ritten auf den Straßen zwischen den Häusern hindurch. Die Windclanmenschen winkten ihnen zu, gingen dann weiter ihrer Arbeit nach. Vor der Halle hielten die Reiter und saßen ab. Raven tat es ihnen nach und sah sich kurz nach Darina und Raikon um. Sie standen ebenfalls neben ihren Pferden.

»Eure Pferde werden versorgt. Bitte gebt mir nun den Brief, damit ich ihn prüfen kann, bevor Ihr vor den Clanfürsten tretet.«

Raikon zog das Schreiben des Nachtfalken aus der Tasche und überreichte es der Kriegerin. Raven war darüber nicht sehr erfreut, sagte aber nichts, weil er keine

Verzögerung riskieren wollte. Die Windkriegerin faltete das Schreiben auseinander und dann wieder zusammen.

»Kommt. Folgt mir bitte.«

Ihre knappe Anweisung überraschte Raven und sie folgten der Windkriegerin zwischen den hohen Säulen hindurch in das Innere der Halle. Dort setzten sich die Säulen fort und bildeten einen langen Weg hin zu einem großen Sessel, der erhöht am Ende der Halle stand. Zwischen den Säulen brannten in Hochschalen kleine Feuer, die die Halle erhellten. Raven erkannte im Licht des Feuers, dass die Halle des Windfürsten ebenfalls aus Wolkenstein errichtet worden war.

Die Windkriegerin knöpfte ihren Umhang ab und nahm ihn über den Arm. Raven sah sich immer noch in der Halle um. An den Wänden standen Windkrieger, versteckt und doch jederzeit bereit für eine Verteidigung. Als sie vor dem Thron des Clanfürsten ankamen, bemerkte Raven, dass er leer war. Er suchte den Blick von Raikon, der ihm aber mit einer kleinen Kopfbewegung andeutete, wieder nach vorne zu schauen. Die Windkriegerin stieg die wenigen Stufen zu dem Sessel hinauf und ließ ihren Umhang auf dessen Lehne fallen. Kurz verharrte sie, dann drehte sie sich um und setzte sich.

»Nun, Raven, Lichtträger, Ihr wollt also um etwas bitten?« Ihre Stimme klang belustigt und herrschaftlich zugleich.

Raven trat von einem Fuß auf den anderen und sah sich noch einmal zu Raikon um, der nur schwer sein Grinsen verstecken konnte.

»Ihr seid die Clanfürstin?«

Ihr Lachen machte es Raven nicht leichter, sein Unbehagen zu verstecken. Die Windfürstin hob ihre Hand und rieb sich über die linke Schläfe, wodurch die Clanzeichen erschienen, die sie als Clanfürstin zeichneten.

»Mein Name ist Vega und ich bin die Fürstin des Windclans. Es ist sicherer für mich, die Zeichen zu verstecken, wenn ich draußen unterwegs bin. Außerdem gibt es Situationen, in denen ich lieber persönlich gucke, wer oder was in mein Reich eindringt. Und nun? Ihr wolltet etwas erbitten.« Sie musterte Raven und hob dann auffordernd die Augenbrauen.

»Ja, Ihr habt recht. Ich bin hergekommen, um etwas zu erbitten.«

Sie nickte ihm zu und bohrte ihren Blick weiter in ihn hinein.

»Ich brauche die Hilfe des Windclans, um den Hochkönig zu stürzen und die Herrschaft des Schattens zu beenden.«

»Ihr wollt also auf den Hochthron zurückkehren, wie es Eure Gabe zu Eurem Geburtsrecht macht?«

»Das habe ich nicht gesagt. Es ist mir klar, dass ich ein Anrecht auf den Hochthron habe, doch ich möchte, dass das Licht nur auf dem Thron sitzt, wenn die anderen Clane es wollen.«

»Wenn sie es nicht wollen, stürzt Ihr das Land in einen neuen Krieg.«

»Ich will nicht leugnen, dass ich dazu erzogen wurde, zu herrschen. Doch ich habe noch eine Schwester, die ebenfalls Lichtträgerin ist. Sie könnte den Thron auch besteigen.«

»Doch das wollt Ihr nicht?«

»Ich will, dass die Clane in Frieden leben können, dass es keine Jagd mehr auf Gabenträger gibt, dass sich die Clane wieder erinnern, zu welcher Größe sie fähig sind, und dass sie sich einander zuwenden. Das ist mein Ziel.«

»Ihr wollt sehr viel und doch ist es weise gesprochen.« Vega stand auf und ging die Stufen wieder zu Raven hinab. »Euer Brief.«

Raven nahm das Schreiben in die Hand und sein Blick glitt wie zufällig über die Schrift darauf. »Das ist nicht mein Schreiben.«

»Nein, ist es nicht. Es ist meins. Der Nachtfalke hat mir auch eins zukommen lassen. Ihr seht also, dass Ihr erwartet wurdet. Kommt, wir ziehen uns in einen kleinen Saal zurück. Es ist zwar unmöglich, hier zu lauschen, aber ich möchte es trotzdem nicht riskieren.«

36

~ In der Hochstadt ~

Falkon ließ sich vom Pferd gleiten, ging um das Pferd und klopfte an die Tür des Hauses. Nachdenklich musterte er das Gebäude und trat einen Schritt zurück, um besser sehen zu können. Er zuckte leicht zusammen, als die Tür aufgerissen wurde. Vor ihm stand Baxter, erbärmlich wie immer, und musterte ihn skeptisch. Falkons Schatten züngelten wie Flammen um ihn auf. Er konnte seine Abneigung gegen den Gehilfen des Pferdehändlers nur schwer verbergen. Dieser bemitleidenswerte Kerl war trotz seines Auftretens gerissen und durchtrieben. Baxter war Falkon und seinen Schatten schon öfters aufgefallen und nie in guter Erinnerung geblieben.

»Eine Nachricht meines Herren an den Pferdehändler Sorrel. Es ist von größter Dringlichkeit.«

Falkon hielt dem Gehilfen das Papier entgegen, der es nur zögerlich annahm. Baxter taxierte den Schattenkrieger vor sich durch zusammengekniffene Augen. »Was will der General von meinem Herrn? Wir haben keine besonderen Pferde mehr in unseren Stallungen.«

Falkon wurde ungeduldig. »Mein Herr erwartet eine Antwort.«

»Mein Herr ist gerade beschäftigt«, gab Baxter grimmig zurück. Die Tür zwischen ihm und dem Schattenkrieger machte ihn mutig.

»Dann warte ich.«

»Das braucht Ihr nicht.«

Falkons Augen verschmälerten sich zu einer dünnen Linie und die Schatten stoben von ihm weg.

Baxter schloss geräuschvoll die Tür und ließ den Schattenkrieger davor stehen. Falkon trat zurück zu seinem Pferd. Seine Zähne knirschten aufeinander. Er würde nur zu gerne den Pferdehändler und seinen Gehilfen aus dem Haus zerren, am besten aus der Stadt hinaus. Die beiden boten Stoff für Ärger und den konnten weder der General noch Falkon gebrauchen.

Im Inneren des Hauses eilte Baxter mit dem Schreiben des Generals in der Hand durch die Flure zum Geschäftszimmer des Pferdehändlers. Sorrel saß an seinem Tisch und schrieb eifrig in seinen Unterlagen. Als Baxter die Tür aufstieß, erschrak er und kippte das kleine Tintenfässchen um.

»Du elender ... Das ist deine Schuld! Sieh zu, dass du das bereinigst, sonst ergeht es dir ähnlich wie der Tinte.«

»Herr, entschuldigt! Lasst mich einmal ...« Baxter tupfte die Tinte mit seinem Hemdsärmel und verteilte sie noch großflächiger.

»Hör auf damit, du machst es nur noch schlimmer! Was willst du hier? Ich hatte Anweisung gegeben, dass mich niemand zu stören hat.«

»Ja, Herr, doch draußen wartet ein Bote. Ein Schattenkrieger. Er bringt dieses Schreiben des Generals. Es ist dringend.«

Baxter legte das Schreiben auf den Tisch und trat schnell einige Schritte zurück. Sorrel funkelte seinen Gehilfen düster über den Tisch hinweg an und griff nach dem Papier. Er riss es auf und seine Augen flogen eilig über die Worte.

»Geh und richte dem Boten aus, dass ich dem Gesuch des Generals nicht nachgehen kann. Meine Frau verlässt das Haus nicht.«

Baxter verneigte sich kurz und eilte aus dem Raum. Auf dem Flur verharrte er kurz. Die Ablehnung würde von dem Schattenkrieger vor der Tür sicherlich nicht wohlwollend aufgenommen werden. Für einen kurzen Augenblick überlegte Baxter, vor wem er mehr Angst haben sollte – vor seinem Herrn oder vor dem Schattenkrieger des Generals?

Mit kleinen Schritten ging er durch die Flure bis zur Tür des Hauses. Er öffnete sie nur einen kleinen Spalt weit und sah den Schattenkrieger an der Wand lehnen.

»Mein Herr lehnt das Gesuch des Generals leider ab. Die Herrin verlässt das Haus nicht.«

Bevor eine Antwort kommen konnte, knallte Baxter die Tür wieder zu und schob innen den Riegel vor.

Falkons Schatten griffen nach der Tür und tasteten nach einer Öffnung, doch er hielt sich im Zaum. Es würde zu viel Aufsehen erregen, wenn ein Schattenkrieger des Generals einen dem Anschein nach friedlichen Hochstadtbürger aus seinem Haus zerren würde.

»Na, das wird interessant werden«, murmelte er, als er auf sein Pferd stieg und es vor dem Haus des Pferdehändlers wendete.

»In ein paar Tagen findet ein großer Markt hier in der Hochstadt statt. Habt Ihr davon gehört?«

Ich hob meinen Kopf und sah zu Catherine hinüber, die vergnügt mit irgendwelchen Bändern an einem Stück Stoff beschäftigt war. Handarbeit habe ich schon immer gehasst und ich war froh, dass es Hanna ähnlich erging und sie mich nie dazu gezwungen hatte. Im Erdreich gab es viele Frauen, die überaus geschickt mit Nadel und Faden waren oder wunderbare Stoffe spinnen konnten. Als Halla und ich jünger waren, hatte uns eine junge Clanfrau, Hetti, mal gezeigt, wie sie ihre Erdgabe nutzen konnte und aus Leinenwolle feine Stoffe entstehen ließ.

Nur eine von Hettis wundervollen Gaben. Allerdings konnten weder Halla noch ich unsere Erdgabe dazu nutzen, sich in solchen Dingen zu bewähren. Ich zuckte leicht zusammen, als mich Catherines fragender Blick aus meinen Gedanken holte.

»Nein, das ist mir nicht bekannt. Woher auch? So lange bin ich ja noch nicht hier und in diesem Haus seid Ihr annährend die Einzige, die mit mir spricht.«

Catherine hielt in ihrem Tun inne und blickte mich mit zusammengekniffenen Augen an. Ich sah ihr an, dass sie gerne widersprochen hätte, allerdings wusste sie, dass ich in der Sache recht hatte. Die anderen Bediensteten des Pferdehändlers redeten nicht viel und schon gar nicht mit mir. Außer Baxter. Und bei ihm war ich eher froh, wenn er mich nicht wahrnahm.

Catherine versuchte die Spannung, die sich zwischen uns aufgebaut hatte, wieder zu mildern. »Der Markt findet jedes Jahr für die Clane statt. Er wurde von der Prinzessin ins Leben gerufen, um die Clane wieder in die Hochstadt einzuladen.«

»Mein Clan wurde nicht eingeladen. Davon hätte ich sicherlich etwas erfahren.«

Catherine tat es ab und beschäftigte sich wieder mit den Bändern auf ihrem Schoß. »Wie auch immer. Es gibt dort so viele Dinge zu sehen. Die Händler bieten ihre besten Waren an und es gibt Sachen zu kaufen, die es sonst nicht gibt. Die Menschen sind fröhlich und alle feiern ausgelassen. Es ist ein herrliches, buntes Treiben. Wir werden auf jeden Fall eine Menge Spaß haben.«

»Werden wir das?«

»Oh ja. Der Pferdehändler wird einige seiner Pferde auf dem Markt verkaufen wollen und wir werden auch hingehen. Es wird Euch sicherlich gefallen. Die Stadt ist dann bunt und erscheint anders als sonst.«

Ich schnaubte und wickelte weiter die Bänder auf, die Catherine mir in den Schoß gelegt hatte. Die hellen

Blautöne der Bänder erinnerten mich an das Wasser von Flüssen und Quellen, die ich im Erdreich gesehen hatte. Sie erinnerten mich an den See auf meiner Lichtung, an das Wasser, das mich aufnahm und mein Licht so golden schimmern ließ. Sie erinnerten mich an das tiefe Blau, das ich in den Augen meines Fremden gesehen hatte. In den Augen des Generals. Das Lächeln auf meinen Lippen erstarb, als ich an ihn dachte. Es war doch eigenartig, dass der Fremde und der General zwar eine Person waren und doch so unterschiedliche Gefühle in mir wachriefen. Ich zuckte leicht zusammen, als Catherine meinen Arm berührte.

»Die Farben würden wunderbar in Euren Haaren aussehen. Wenn Ihr wollt, flechte ich sie Euch hinein.«

Ich zuckte mit den Achseln und ließ die Bänder auf den Tisch fallen. »Das braucht Ihr nicht. Es sieht hier eh keiner.«

Catherine ließ sich wieder nachdenklich auf ihren Stuhl sinken. Ihren Blick auf mir konnte ich nur zu deutlich spüren. Ich vermied es, sie anzusehen. Mein Blick lag auf den Bändern. Nur ungern gestand ich mir ein, dass sie sicherlich recht hatte. Im Erdreich trug ich nie blaue Bänder in den Haaren. Nur braune und grüne – die Farben meines Clans. An eine andere Farbe hatte ich nie gedacht.

»Ihr habt recht. Aber irgendwann wird es wieder anders sein. Dann flechte ich Euch gerne die Haare so, dass Ihr die Bänder tragen könnt.«

Irgendwann. Ich nickte nur und dachte an Raven und sein Vorhaben. Wenn es ihm gelingen würde, ein Heer aufzustellen und die Hochstadt zu erobern, dann würde ich gerettet werden. Raven würde mir helfen können. Oder Raikon. Er wusste immer, was zu tun war, selbst wenn er Hanna dafür fragen musste. Mein Herz schmerzte. Nur zu bewusst wurde mir, dass mir mein Zuhause unsagbar fehlte.

37

~ In der Wolkenstadt ~

Vega führte sie in einen Raum, der sich hinter der großen Halle befand. Die Fenster gingen bis zum Boden und die langen, leichten Vorhänge bewegten sich in einem Wind, den Raven nicht spüren konnte.

»Setzt Euch.« Vega deutete zu einer Sitzgruppe hin, ging selbst weiter und holte einen Krug und Gläser von einem Tisch am Fenster. »Wie stellt Ihr Euch einen Krieg gegen den Hochkönig vor? Ich habe bisher nur wenig über sein Gabenträgerheer erfahren, der Nachtfalke hält sich bedeckt. Es könnte für die Clane nicht gut ausgehen, wenn der Hochkönig seine Gabenträger auf uns loslässt.«

»Was meint Ihr mit dem Gabenträgerheer?« Raven sah sie fragend an.

»Ihr wisst doch, dass der Hochkönig seit dem Lichtfall Gabenträger verschleppt. Er formt aus diesen Gabenträgern willenlose Krieger. Ich habe sie selbst gesehen. Unsere Stadt vor dem Wolkengebirge wurde von dem Gabensucher überfallen. Er hatte Windträger dabei, die unsere Schutzschilde und unseren Wind auf seinen Befehl hin zerschlugen. Deswegen ist der Windclan hierher geflohen.«

Raven nickte ernst und wandte sich dann an Darina. »Würdet Ihr bitte?«

Darina sah ihn überrascht an und nickte dann stumm. Raven bemerkte wieder einmal, dass es der kleinen Wasserfrau in manchen Situationen an Selbstbewusstsein fehlte. Ihre Gabe war aber sehr stark. Er fragte sich, ob sie irgendwann die Clanfürstin des Wasserreichs werden würde. Die entsprechende Stellung am Wasserhof hatte sie bereits.

»Der Hochkönig hat kein Heer aus Gabenträgern. Sicherlich hat er eine Vielzahl an Schattenkriegern um sich, die alle einen Schatten in sich tragen, doch in seinem Heer ist der Anteil an Gabenträgern, die er verschleppt hat, gering im Vergleich dazu. Wir haben die Information vom Nachtfalken erhalten, dass viele der Gabenträger die Experimente, die der Hochkönig mit ihnen macht, nicht überleben.« Sie wurde still. Die aufgerissenen Augen von Vega, in denen das Grau zu wirbeln schien, verunsicherten Darina. Sie blickte kurz zu Raven, der ihr zunickte. »Der Nachtfalke konnte in den letzten Jahren einen Widerstand im Untergrund der Hochstadt aufbauen. Darüber gelang es ihm, viele Gabenträger aus dem Kerker des Hochkönigs verschwinden zu lassen. Natürlich wird verkündet, dass die Gabenträger im Kerker versterben. Es wäre sonst zu auffällig. Auch gibt es unter den Männern, die den Gabensucher begleiten, Mitglieder des Untergrunds. Die Gabenträger, die den Transport zur Hochstadt wegen der Grausamkeiten, die ihnen auf dem Weg dorthin widerfahren, angeblich nicht überleben, überleben sehr wohl. Sie werden vom Widerstand zu uns in den Wasserclan gebracht. Wir verstecken sie und das schon seit Jahren. Viel zu lange, aber eine Rückkehr zu ihren Clanen wäre zu gefährlich.«

Vega stand auf und ging zum Fenster, wo sie regungslos verharrte. Darina rutschte auf ihrem Stuhl hin und her. Plötzlich wandte sich Vega um. »Wie kommt es, dass der Nachtfalke den Wasserclan erwählt hat?«

»Es gibt da einen Mann in den Reihen des Hochkönigs – meinen Cousin.«

Vega nickte und musterte Darina eingehend. »Bitte entschuldigt mich. Ich möchte gerne in Ruhe nachdenken, bevor ich vor den Rat des Windes trete. Vor der Tür wird Euch ein Windträger zu Euren Gemächern bringen, die Euch hier zur Verfügung stehen, solange Ihr bleiben wollt.«

Darina und Raikon standen auf und gingen hinüber zur Tür, doch Raven blieb noch. Als Vega bemerkte, dass er zögerte, sah sie ihn fragend an.

»Ich bitte Euch, mir und dem Nachtfalken zu helfen. Es ist nicht viel Zeit. Ich werde so schnell wie möglich ein Heer brauchen. Meine Schwester ist verschleppt worden, sie befindet sich in der Hochstadt. Wenn der Hochkönig ihrer habhaft wird, ist sie verloren und unsere Chancen, das Licht wieder auf den Thron zu setzen, sinken. Stirbt sie, stirbt auch das Licht.«

Vega nickte nur und wandte sich dann wieder dem Fenster zu. Raven seufzte und verließ mit den anderen den Raum.

38

~ Im Hochpalast ~

Die Tür zum Geschäftszimmer des Generals stand offen. Falkon trat ein und ließ seinen Blick durch den Raum schweifen. Der General saß an seinem Tisch und schrieb. Ein kurzer Blick deutete Falkon, dass er die Tür schließen und sich setzen sollte.

»Der Pferdehändler weigert sich also?«

»Das war doch zu erwarten, oder nicht?«

Der Stift flog auf das Papier und der General ließ sich tief in seinen Stuhl sinken. »Natürlich war das zu erwarten.«

»Noch etwas anderes. Skrull ist noch nicht aufgebrochen. Dafür ist er mit einer Handvoll Männer aus der Stadt geritten. Meine Leute konnten nicht herausfinden, worum es ging. Ich habe aber zwei Schattenkrieger hinterhergeschickt.«

»Das ist gut. Ich traue ihm nicht. Er hat schon zu oft gegen mich gearbeitet. Gib mir Bescheid, sobald deine Männer zurück sind.«

»Was ist mit dem Pferdehändler?«

»Ich werde ein neues Schreiben aufsetzen. Such bitte nach Kunden von ihm, die gegen ihn aussagen würden, dass er mit Horchertinktur arbeitet. Damit sollten wir ihn so weit unter Druck setzen können, dass er zustimmen wird.«

Der General lehnte sich auf seinem Stuhl zurück und schien seinen Gedanken nachzuhängen. Falkon verharrte und beobachtete seinen Freund. Der General hatte ihn vor vielen Jahren in einer Gruppe von Gabenträgern, die in der Hochstadt abgeerntet worden waren, gefunden. Er hatte über viele Jahre auf der Straße gelebt. Schattenkrieger hatten nie hoch im Ansehen der Hochstadtmenschen gestanden. Es verwunderte Falkon nicht, dass die Krieger des Hochkönigs aus Schattenkriegern rekrutiert wurden. Doch anders als Falkon waren diese Schattenkrieger aus dem Schattenreich hierhergekommen. Falkons Mutter war eine derjenigen gewesen, die unfreiwillig aus dem Schattenreich in die Hochstadt gekommen waren. Sie hatte damals nicht gewusst, dass sie ein Kind unter dem Herzen trug. Zunächst sollte sie als Schattenträgerin der Hochkönigin dienen, doch für ein Kind war im Hochpalast kein Platz und so verlor Falkons Mutter ihre Stellung am Hofe. Es brauchte nicht lange, bis Mutter und Kind auf der Straße lebten. Obwohl seine Mutter daran zugrunde ging, konnte Falkon diesem Teil seines Lebens keinen Groll entgegenbringen. Er hatte ihn zu dem gemacht, was er heute war: ein Mann, den man leicht unterschätzte, mit unzähligen Kontakten und Waffen, die mehr als tödlich waren.

Falkon räusperte sich und riss den General vor sich aus seinen Gedanken. »Für den Markt ist alles so weit vorbereitet. Gibt es noch Wünsche der Prinzessin, die wir berücksichtigen müssen?«

»Nein, es bleibt alles beim Plan. Sie wird den Markt eröffnen. Matheo wird bei ihr sein. Da brauchen wir nur die normale Anzahl an Männern am Podium. Der Hochkönig wird wie immer nicht anwesend sein. Daher sollte es keine weiteren zusätzlichen Planänderungen geben.«

»Hoffen wir, dass es so bleibt.«

39

~ In der Wolkenstadt ~

Das Haus, das Raven und den anderen zugewiesen worden war, war hell und luftig. Auch hier lag der Zauber des Windes auf den Fenstern. Die Vorhänge wehten hin und her, doch der Wind blies niemals in das Haus hinein. Raven wartete am Fenster. Vega hatte sie, so wie Durian es getan hatte, warten lassen. Der zweite Tag war angebrochen, ohne dass er zu den Besprechungen dazu gebeten wurde.

Raikon saß in einem Sessel und las in einem Buch. Raven war der Anblick vertraut. Der Erdclan war rau und wild. Auf Bücher legte dort niemand viel Wert. Anders war es im Lichtclan gewesen. Der Lichtclan galt als gebildet und belesen. Es hatte vor dem Lichtfall viele Gelehrte und Heiler im Lichtclan gegeben, die weit über die Hochstadt hinaus bekannt waren. Raikon hatte oft von den großen Bibliotheken der Hochstadt berichtet und Raven hatte nie glauben können, dass es Räume gab, in denen so viele Bücher standen, dass die hohen Regale bis unter die Decke reichten. Im Erdreich gab es Chroniken, die von den Clanfürsten geführt wurden. Halkan hatte diese Aufgabe nur zu gerne an Raikon übertragen. So wuchs die Anzahl von Büchern im Erdreich enorm an, seitdem Raikon dort lebte. Im Geheimen Tal gab es ein Baumhaus, das Raikon nur für seine Bücher und Schriften bauen ließ. Durch seine Aufzeichnungen war auch ersichtlich, wer im Erdreich welche Gabe trug und welche Gabenträger der Erdclan an den Schatten verloren hatte.

Raikon bemerkte Ravens Blick. »Der Erdclan ist nicht unbedingt für seine umfangreichen Bibliotheken berühmt.«

Raven lachte leise vor sich hin. Nein, das war er sicherlich nicht. Der Erdclan hatte eine hervorragende Pferdezucht und den besten Erfolg auf den Äckern, doch Lesen und Schreiben waren definitiv keine beliebten Beschäftigungen im Erdclan. Raven konnte verstehen, dass Raikon jedes Buch durchblätterte, das er bei den anderen Clanen in die Hände bekam.

Er konnte nur mutmaßen, was Raikon zu dieser Reise notieren würde. Er würde es später nachlesen. Wenn alles überstanden war. Wenn sein Vorhaben gelingen würde. Es musste gelingen. So viel hing davon ab.

Es klopfte an der Tür und Raven ging mit hastigen Schritten auf sie zu. Davor stand ein Windkrieger.

»Die Wasserkriegerin darf sich zu der Windfürstin begeben. Sie hat eine Audienz erhalten.«

»Was?« Raven sah den Krieger verständnislos an, doch Darina war schon an ihm vorbeigeschlüpft.

»Ich nehme die Audienz sehr gerne an.«

Der Windkrieger nickte ihr kurz zu und stierte dann noch einmal angriffslustig zu Raven hinüber, bevor er vor Darina davonging. Raven wollte noch etwas hinter ihr herrufen, doch sie gab ihm mit einem Blick über die Schulter zu verstehen, dass er es lieber lassen sollte. Er schlug ungehalten die Tür zu. Raikon musterte ihn und Raven bemerkte die leicht hochgezogene Augenbraue.

»Das Warten macht mich noch wahnsinnig.«

»Ja, das sieht man. Nimm dir doch ein Buch. Es stehen hier interessante Werke zur Geschichte des Windclans. Vielleicht sollten wir Halla davon überzeugen, dass es auch gut wäre, die Geschichte des Erdclans besser zu dokumentieren. Ich könnte mir vorstellen, dass es auch im Erdreich eine große Bibliothek geben könnte, wenn die Erdfürstin das veranlassen würde. Es lohnt sich, über den Ackerbau und die Pflanzen zu schreiben, die es bei uns im Erdreich gibt.«

»Das ist jetzt nicht unbedingt das, worum ich mir Gedanken mache.«

»Vertrau doch einfach mal. Die Windfürstin war sehr bewegt darüber, was sie von Darina erfahren hat. Und du wirst noch sehen, dass es mehr als gut war, dass sie mit uns gereist ist.«

»Worauf willst du hinaus?«

»Es sind nur Vermutungen. Aber sie versteckt etwas vor uns. Ihre Gabe ist sehr stark. Und alles hat sie uns noch nicht gezeigt. Durian hat Andeutungen gemacht. Und vielleicht kann sie Vega überzeugen, sich uns anzuschließen.«

»Sollte sie das nicht schon deswegen, weil sie die Herrschaft des Schattens auch zutiefst verabscheut?«

»Das tut sie sicherlich. Aber hast du dich umgesehen? Und ihr zugehört? Ich glaube nicht, dass der Windclan über so viele Krieger verfügt wie der Wasserclan. Der Wasserclan arbeitet seit Jahren darauf hin, dass es eine Möglichkeit geben könnte, den Hochkönig zu stürzen. Der Windclan dagegen hatte anscheinend nicht diesen intensiven Kontakt mit dem Nachtfalken. Sie haben sich lieber versteckt, als sich zu rüsten. Hoffen wir, dass ich falschliege und sie in irgendeinem abgelegenen Tal noch ein Heer aus Windkriegern versteckt halten.«

Raven trat wieder ans Fenster und blickte hinaus. Die Straßen der Wolkenstadt waren in der Tat leerer als die in der Wasserstadt unter dem See. Windkrieger konnte er zwar überall erkennen, doch es waren nicht viele. Das Tal war weise gewählt worden. Es ließ sich mit wenigen Männern lange verteidigen und sicherlich gab es in den Felsen hier am Berghang noch den ein oder anderen Geheimgang, der eine Fluchtmöglichkeit bot. Ravens Blick wanderte über die Häuser vor ihm. Die hellen Dächer und die weißen Steine, aus denen die Häuser gebaut waren, ließen die Wolkenstadt hell erstrahlen. Sie schienen die Farben der Wolken zu spiegeln. An den Berghängen verschmolzen die Häuser mit dem steinigen Untergrund. Es gab in der Stadt kaum Bäume oder Gärten. Die Versorgung der Menschen hier musste um einiges schwieriger sein als in der Windfestung, die es vor dem Gebirge gegeben hatte.

Es war in der Zeit nach dem Lichtfall vieles verloren gegangen und vieles hatte sich dramatisch für die Clane verändert. Raven konnte sich nicht vorstellen, dass die Clane sich weigern würden, ihm zu folgen. Der Schatten musste verdrängt werden. Das Licht, sein Licht musste wieder für den Frieden im Clanreich sorgen. Seine Gedanken schweiften ab und er zuckte zusammen, als erneut die Tür aufging und Darina wieder im Raum stand.

»Es ist ein Bote aus der Hochstadt angekommen.«

»So schnell?« Raven sah sie erstaunt an und ging dann auf sie zu. Darina reichte ihm eine Nachricht. Er nahm sie schnell und wandte sich zum Lesen ab. Seine Augen flogen über die Zeilen und seine Hände zitterten leicht. »Raja ist in der Hochstadt. Shiver wurde gefunden und sie wird beschattet. Anscheinend wird sie gefangen gehalten von einem Hochstadtbewohner. Der Nachtfalke schreibt, dass er vorsichtig sein muss, weil sie gerade keine weitere Aufmerksamkeit gebrauchen können.«

Raven drehte sich wieder herum. Vega stand plötzlich hinter Darina und nickte nur kurz. Seine Erleichterung versuchte er zu verbergen, doch die beiden Frauen konnte er nicht so leicht täuschen.

»Ist der Bote noch hier? Er soll dem Nachtfalken eine Botschaft von mir überbringen.«

Darina wurde rot und nickte. Raven war zu sehr mit seinen Gedanken beschäftigt und so hielt er nur kurz inne, um Darina zu mustern, entschied sich aber dann, ihrer Reaktion keine Bedeutung zuzuschreiben.

»Ich werde den Boten in den kleinen Saal geleiten lassen, in dem wir uns gerade besprochen haben, Darina. Dann kann er Eure Nachricht gleich überbringen, wenn Ihr fertig seid. Bitte sei so gut und führe den Lichtträger dorthin, wenn er seine Nachricht verfasst hat.«

Vega verließ den Raum. Raven ging zu Raikon hinüber und setzte sich an den Tisch, auf dem Papier und Stift lagen. Hastig fing er an zu schreiben. Als er fertig war, überflog er seine Zeilen noch einmal. Die Informationen, die in dem Brief steckten, durften nicht zu offensichtlich sein.

Raven sprang wieder auf und trat zu Darina. »Wie schnell wird der Bote wieder in der Hochstadt sein?«

»Er wird sofort aufbrechen, wenn er Eure Nachricht hat. Wenn Ihr wollt, können wir sie ihm gleich bringen.«

Raven faltete das Papier im Gehen zusammen und versiegelte es mit einem kleinen Blitz. Darina stieß die Tür auf und beide gingen davon. Raikon saß immer noch in seinem Sessel und blickte ihnen nur kopfschüttelnd nach. Dann hob er wieder das Buch vor seine Nase und las weiter.

Raven ging so schnell, dass Darina neben ihm laufen musste. Mehrere Male musste sie ihn in eine andere Richtung ziehen. Sie erreichten den kleinen Saal schnell. Darina strahlte kurz auf, als sie in den Raum kam und der Bote sich zu ihnen umwandte. Raven jedoch war etwas verwundert.

»Es ist erstaunlich, wie schnell Ihr den Weg hierher gefunden habt. Ihr seid ein guter Bote. Wollt Ihr mir Euren Namen immer noch nicht verraten?«

»Nein, lieber nicht. Je weniger wissen, wer ich bin, desto sicherer sind wir alle. Der Nachtfalke und der Widerstand haben gerade sehr damit zu kämpfen, unentdeckt zu bleiben. Der Hochkönig ist unzufrieden, weil es immer weniger Gabenträger gibt, die den Kerker überleben oder überhaupt in der Hochstadt ankommen.

Der Gabensucher sitzt dem Widerstand im Nacken. Und die Sache mit Eurer Schwester macht es nicht gerade leichter. Daher entschuldigt bitte. Ich kenne die Wege in alle Reiche. Auch wenn mich meine Wege eher in das Wasserreich und in das Wolkengebirge geführt haben.«

Der Bote sah zu Darina und es lag eine Zärtlichkeit in seinem Blick, die Raven nicht entging und die er nur zu gut kannte. Es war Geschwisterliebe. Hinter Raven waren leise Schritte zu hören und der Bote wandte seine Aufmerksamkeit von seiner Schwester ab. Raven zog die Luft ein, als er bemerkte, wie sich die Augen des Boten weiteten, und er drehte seinen Kopf, um dem Blick des Boten zu folgen. Vega war unbemerkt in den Raum getreten. Ihr Blick war fest auf den Boten geheftet. Sie nickte kurz und die Spannung, die zwischen den beiden spürbar gewesen war, verflog so schnell, wie sie gekommen war. Raven ahnte, dass sie sich etwas bedeuteten.

»Wahrscheinlich habt Ihr recht. Nur fällt es mir schwer, Euch zu vertrauen, wenn Ihr es auch nicht tut.«

Die Windfürstin machte Anstalten, sich vor Raven aufzubauen, doch sie sackte wieder in sich zusammen, als Darina ihr einen Seitenblick zuwarf.

»Wir vertrauen Euch, Raven. Der Wasserfürst hat Euch bereits seine Hilfe und sein Heer zugesagt. Wir haben Euch den Schatz im See gezeigt und ich bin davon überzeugt, dass die Windfürstin Euch ebenfalls folgen wird. Nicht wahr, Cousine?«

Vega lachte auf und legte ihren Arm um die kleine Wasserfrau. »Nur Cousinen im Geiste, aber wir haben tatsächlich Verbindungen zueinander, wie wir vorhin festgestellt haben. Das dürfte auch der Grund dafür sein, dass Durian Darina hierhergeschickt hat. Ich fürchte, dass der Wasserfürst die Verbindung vermutet hat, bevor ich sie erkannt habe. Darina hat recht. Auch wenn es mir schwerfällt, meine Krieger in einen Krieg zu schicken, scheint es nun an der Zeit zu sein. Es wäre mir lieber gewesen, wenn es einer der Windfürsten getan hätte, die vor mir regiert haben. Doch anscheinend ist es an unserer Generation, das Clanreich von dem Schatten zu befreien. Solange es ein Licht gibt, sollten wir es nutzen.«

Raven ließ seinen Blick von einer zur anderen wandern und sah dann Darinas Bruder wieder an. »Nun, ich habe eine Botschaft an den Nachtfalken. Nur erscheint sie jetzt nicht mehr vollständig.« Raven reichte dem Boten seinen Brief.

»Das macht nichts. Meine Botschaft ist dagegen vollständig. Wenn Ihr jetzt noch aufbrecht, werdet Ihr rechtzeitig an der Grenze zum Feuerland sein, wenn die Lichtträger dort ankommen.« Vega reichte dem Boten ebenfalls ein gefaltetes Papier.

Darinas Bruder nahm die Botschaften an sich und verneigte sich. »Pass auf dich auf, kleine Schwester.«

Darina nickte und Raven konnte sehen, dass ihre Augen feucht wurden. Er konnte verstehen, dass sie sich um ihn sorgte. Als Bote zwischen den Clanen und dem Nachtfalken ging er ein großes Risiko ein. Wenn er gefasst werden würde, würde er wegen Hochverrats zum Tode verurteilt werden. Genauso wie der Erdclan ausgelöscht werden würde, wenn dem Hochkönig bekannt werden würde, dass zwei Lichtträger dort aufgewachsen waren. Er wollte nicht daran denken und lenkte seinen Blick wieder auf Vega. Sie sah ihn freundlich an.

»Kommt, wir haben einiges zu besprechen. Darina, wenn du möchtest, kannst du uns Gesellschaft leisten.«

»Ich würde lieber wieder in mein Zimmer zurückkehren.«

Vega nickte und entließ sie. Raven folgte Vega, als sie ihm eine Richtung wies. Er war erstaunt, als sie ihn in ihr privates Gemach führte.

»Wie schon gesagt: Der Wind kann Worte auch zu Ohren führen, die sie nicht hören sollen.«

Sie setzte sich und überließ die Sitzplatzwahl Raven. Er wählte den Sessel ihr gegenüber.

»Seid Ihr mit Darinas Bruder vertraut?«

»Früher war er häufig Gast in dieser Halle. In der letzten Zeit ist er jedoch nicht mehr oft hier gewesen, falls es das ist, was Euch interessiert.«

»Nein, eigentlich tut es das nicht.«

»Er ist wichtig für den Widerstand und die Clane. Der Nachtfalke hat nicht viele Männer, denen er vollkommen vertraut. Und gerade Botschaften mit solchem Inhalt sind sehr gefährlich. Ihr solltet immer so schreiben, dass es im schlimmsten Fall nicht zu durchsichtig ist. Der Nachtfalke wird Euch auch so verstehen. Sicherlich habt Ihr an seiner Schreibweise auch schon bemerkt, dass er nicht viel direkt anspricht.«

Raven nickte. Das war ihm aufgefallen.

»Nun lasst uns noch einmal über eine mögliche Hilfe vom Windclan reden. Der Windclan wird Euch und Euer Vorhaben unterstützen. Über den Umfang muss mein Clan noch entscheiden. Aber sagt mir, wie wollt Ihr den Clanen entgegenkommen oder was bietet Ihr im Austausch für unser Blut?«

Ravens Körper spannte sich an und er bemerkte den berechnenden Blick der Windfürstin. Er hatte nichts zu bieten und er war sich nicht sicher, worauf sie hinauswollte. Es bedeutete ein großes Risiko für sie und ihren Clan, wenn sie sich ihm anschließen sollte. Das Gleiche galt für den Wasserfürsten, doch er war durch Beweggründe, die Raven noch nicht ganz erschließen konnte, trotzdem bereit, ihm zu folgen.

»Nach was trachtet es Euch? Wollt Ihr Hochkönigin werden?«

Vega lachte auf und warf ihren Kopf in den Nacken. Das verwirrte ihn. Ihr Lachen verhallte schneller, als es den Raum durchfluten konnte. Ihre ernsten Augen musterten Raven genau und er spürte, wie sich die Haare in seinem Nacken aufstellten. Ihre grauen Augen waren so kalt wie der Wind, den sie herbeirufen konnten. Geschmeidig wie eine Raubkatze stand die Windfürstin auf und trat dicht an ihn heran. Sie beugte sich tief zu ihm herunter und stützte ihre Hände auf seinen Beinen ab.

»Was würdet Ihr davon halten?«

Vegas Stimme war leise und doch war sich Raven sicher, dass der bedrohliche Unterton, den er in ihr vernahm, beabsichtigt war. Er fühlte sich wie eine Maus, die in die Falle der Katze geraten war.

»Ihr seid eine sehr schöne und mächtige Frau. Jeder Mann kann sich glücklich schätzen, wenn Ihr ihn erwählt …«

»Aber Ihr tut das nicht?«

Die Windfürstin baute sich vor ihm auf und blickte kalt auf ihn hinab. Ihre Augen blitzten auf, als würden sie ihn auffordern, den Kampf mit ihr einzugehen. Ravens Augen funkelten, er nahm die Herausforderung an. Ruckartig stand er auf. Seine Erscheinung zwang die Windfürstin, ihren Kopf in den Nacken zu legen und zu ihm aufzublicken.

»Nein, ich fürchte, das tue ich nicht. Meine Schwester und ich haben eine Abmachung. Mein Vater ist nicht mehr da, um dagegenzusprechen, und die neue Fürstin des Erdclans würde sich den Zorn ihrer besten Freundin zuziehen, wenn sie gegen diese Vereinbarung sprechen würde. Der Erdclan hat auch keinen Rat, der über uns verfügen könnte. Meine Schwester und ich sind uns einig, dass wir eine Verbindung nur aus Liebe eingehen würden. Ich bitte um Entschuldigung, aber ich würde nur anders handeln, wenn es der letzte Ausweg wäre. Ich würde auch meine Schwester nicht dazu überreden, geschweige denn zwingen.«

»Ihr würdet also auf einen Clan an Eurer Seite verzichten, wenn dieser eine Verbindung mit dem Licht verlangen würde als Gegenleistung für die Treue zu Euch und Eurem Krieg? Ihr wollt Euch nicht für das Blut, das Ihr von den Clanen fordert, verkaufen?«

Vegas Augen verengten sich. Raven schluckte. Er brauchte alle Clane an seiner Seite. Er wusste nicht, wie gut das Heer des Hochkönigs aufgestellt war, und er konnte den Schattenclan nicht um Hilfe bitten. Der würde sich nicht gegen den Hochkönig stellen, der selbst Clanfürst des Schattens gewesen war, bevor er das Licht verdrängte.

»Ihr stellt schwierige Fragen. Ich hoffe, dass ich niemals in diese Situation kommen muss, mich oder meine Schwester für die Chance auf Frieden zu verkaufen. Aber ich würde lieber mich an eine Frau binden, die ich nicht liebe, als sie an einen Mann, den sie nicht liebt.«

Vega ließ ihren Blick nachdenklich durch den Raum schweifen. Sie trat einige Schritte zurück und wandte sich dem Fenster zu.

»Ich wurde vor ein paar Jahren vom Wind zur Clanfürstin erwählt. Mir war zwar klar, dass mein Wind sehr stark war, doch ich hatte es mir nie erträumt, dass der Wind mich wählen würde. Als die Zeichen auf meiner Schläfe auftauchten, war ich nicht in der Wolkenstadt. Ich hatte damals einen Gefährten. Wir wollten die Verbindung miteinander eingehen. Als er die Clanzeichen auf meiner Schläfe sah, wandte er sich von mir ab. Seitdem haben mich viele bedrängt, eine Verbindung einzugehen. Ich möchte das aber nicht wahllos oder herzlos tun. Zum Herrschen braucht man niemanden, der nur der Macht wegen bei einem ist. Ihr werdet sicherlich in die Situation kommen, in der man es von Euch fordern wird. Darina hat angedeutet, dass

Durian sich darüber freuen würde, und ich fürchte, dass Ihr den Feuerclan nicht anders gewinnen werdet.«

»Es tut mir für Euch leid, dass sich Euer Gefährte abgewandt hat. Es ist sicherlich nicht leicht, die Bürde für einen Clan allein zu tragen.«

Vega drehte sich zu ihm um und ihre Augen blitzten herausfordernd. »Kein Clanfürst ist jemals allein. Aber ich nehme Euch beim Wort und werde darauf achten, dass Ihr es haltet und weder Euch noch Eure Schwester für die Macht verkaufen werdet, die Ihr zu erlangen hofft. Der Rat des Windes hat meinem Gesuch, Euch zu helfen, den Schatten zu vertreiben, zwar nur widerwillig zugestimmt, aber ich denke, dass es die richtige Entscheidung war. Ihr werdet ein weitaus besserer Hochkönig werden, als es Euer Großvater gewesen ist, wenn ich Euren Worten Glauben schenken darf. Der Windclan wird neben dem Wasserclan stehen und Euch helfen, den Schatten zu bannen und das Licht wieder auf den Hochthron zu setzen. Doch ich warne Euch: Nehmt Euch in Acht und verspielt das Vertrauen nicht, das wir in Euch setzen. Das Licht ist schon so lange verschwunden, dass viele an Euch zweifeln, besonders der Feuerclan. Es wird Euch dort kaum gelingen, Verbündete zu finden. Der Schattenkönig hat immer noch großen Einfluss auf den Feuerclan, auch wenn seine Frau schon seit Jahren tot ist und der Feuerclan in sich zerstritten ist. Viele wissen, dass der Hochkönig sein Zutun am Tod seiner Frau nicht verbergen kann. Es ist nur die Furcht, die sie abhält, ihn anzuklagen.«

Der Feuerclan. Vor dem nächsten Ziel seiner Reise graute es Raven. Der Wasser- und der Windclan hatten sich ihm angeschlossen, doch der Feuerclan würde nicht leicht zu gewinnen sein. Wie der Clan mittlerweile zum Hochkönig stand, wusste keiner. Dass er schon immer kriegerischer war, als die übrigen Clane es je waren, stand außer Frage. Es lag in der Natur des Feuers.

»Wir werden es sehen, wenn wir da sind. Ich nehme auch an, dass ich es dort nicht leicht haben werde.«

»Vielleicht habt Ihr Glück. Darinas Bruder berichtete, dass sich der Feuerclan aufgrund der Fürstenfolge erneut zerstritten hat. Der Neffe des Feuerfürsten hat die Clanzeichen erhalten. Viele glauben allerdings, dass der Feuerfürst das Feuer beeinflusst hat, um die Wahl auf seinen Neffen zu lenken. Die Familie ist machtbesessen und sie werden es nicht zulassen, dass ihr Clan unter einer anderen Feuerfamilie geführt wird. Es gibt auch immer mehr Stimmen, die Rache am Hochkönig fordern. Das sind zwar nur Gerüchte, weil der Kontakt zum Feuerclan angespannt ist, aber vielleicht könnt Ihr dieses Wissen zu Eurem Vorteil nutzen.«

Raven musterte die Windfürstin von der Seite. Vega schien wieder in ihren Gedanken versunken zu sein. Ihr Blick lag in der Ferne, die irgendwo zwischen den Bergen zu warten schien. Raven überließ sie ihren Gedanken und wandte sich ab. Nachdenklich ließ er sich auf einem der Sessel nieder und wartete darauf, dass sich die Windfürstin ihm wieder zuwandte.

Vega riss sich von ihren Gedanken los und drehte sich abrupt zu ihm um. »Wir sollten besprechen, wie und wann Ihr Eure Reise zum Feuerreich antretet. Ihr solltet nicht mehr viel Zeit verstreichen lassen.«

Ravens Augen funkelten die Windfürstin an. »Daran trage ich wenig Schuld. Immerhin wart Ihr es, die mich warten ließ.«

Vega grinste angriffslustig zurück. »Wie hätte es denn ausgesehen, wenn ich Euch meine Hilfe und meinen Clan sofort vor die Füße gelegt hätte? Außerdem bin auch ich hier an Regeln und Gesetze gebunden. Der Rat des Windes ist etwas, was ich erschaffen habe. Ich möchte mich jederzeit an meinen Clan wenden und mich auf seinen Rat verlassen können. Dafür muss ich ihm aber auch die Zeit geben, mich beraten zu können.«

Raven lachte auf. »Der Erdclan handhabt das ähnlich, nur mit mehr Bier und Musik.«

Vega riss ungläubig die Augen auf und starrte den Lichtträger entgeistert an, der aber über ihre Reaktion nur lachen konnte.

»Ihr solltet den Erdclan mal besuchen. Ich glaube, dass Euch vieles befremdlich vorkommen wird, aber für schnelle und gute Entscheidungen brauchen wir nur wenige Stunden, manchmal sogar nur wenige Augenblicke.«

40

~ Im Haus des Pferdehändlers ~

Die Regentropfen schlugen gegen die kleine Fensterscheibe und liefen an ihr herunter wie kleine Flüsse, die es zum Meer zog. Mit meiner Fingerspitze fuhr ich gedankenverloren ihre Bahnen nach. Der Regen war so plötzlich gekommen. Auf der Ebene um die Clanstätte hatte ich ihn immer frühzeitig sehen können. Im Geheimen Tal hatten es die Bäume immer früh genug gesungen, sodass ich einen Unterschlupf finden konnte. Hier war es so leise, dass ich meinen Herzschlag hören konnte, der einsam in meiner Brust pochte und vergebens auf Antwort wartete.

Die Dunkelheit hatte sich über die Hochstadt gelegt und im Haus war es ruhig geworden. Sorrel war mit einigen seiner Männer zu den Ställen außerhalb der Stadt geritten. Die Vorbereitungen für den Pferdeverkauf waren sehr wichtig für ihn. Ich war fast dankbar, weil es so schien, als hätten mich alle vergessen.

Die Tropfen an der Scheibe trommelten ihr Lied vor sich hin. Ich musste wieder an das Erdreich denken. Bei einem Sommerregen wie diesem waren wir immer draußen gewesen, um im Regen zu laufen. So lange, bis wir bis auf die Knochen nass waren, und noch viel länger. Ein Lächeln huschte mir über das Gesicht.

Ich stand leise auf und nahm meinen Umhang. Sorgsam legte ich ihn um mich und ging zur Tür. Das Haus schlief. Die Dunkelheit lag trostlos wie immer in diesen Gängen. Niemand hielt sich hier gerne auf. Die Angestellten von Sorrel, die nicht mit zu den Ställen mussten, waren schon längst bei ihren Familien.

Catherine schlief sicherlich auch. Leise lief ich die Stufen hinunter und durch den Flur bis zur Hintertür. Erst als ich meine Hand zitternd auf die Klinke legte, kam mir der Gedanke, dass sie verschlossen sein könnte. Ich stand wie erstarrt vor der Tür und kämpfte gegen die Enttäuschung an, die meine Befürchtung in mir auslöste. Ein Ruck ging durch meinen Körper. Ich wollte hinaus in den Regen, das Wasser auf meiner Haut spüren. Schnell schluckte ich die aufsteigenden Tränen herunter und drückte die Klinke nach unten. Die Tür öffnete sich mit einem leisen Klicken. Ich zog überrascht die kalte, feuchte Luft ein und trat nach draußen. Der Hof lag dunkel und verlassen vor mir. Nur der Regen war zu hören. Ohne mich noch einmal umzusehen, ging ich auf den Hof in den Regen hinein. Die Tropfen schlugen auf meine Hände und ich ließ den Umhang von meinen Schultern rutschen. Die Kälte des Regens verschlug mir fast den Atem. Er war viel kälter, als ich gedacht hatte, und doch war ich überrascht von dem Gefühl, das die Tropfen auf meiner Haut auslösten. Der Regen war stark und innerhalb weniger Atemzüge waren meine Kleider durchnässt. Ich konnte mich nicht wegbewegen. Das Wasser des Regens hielt mich völlig gefangen und ich genoss es, wie es auf meiner Haut an mir herunterlief. Es spülte mich sauber von allem, was sich hier an mich geheftet hatte.

Es war wie in einem Traum und ich schloss meine Augen, um ihn festzuhalten. Um mich herum erhoben sich die Bäume aus meinem Wald. Ich spürte die Erde unter meinen Füßen und hörte, wie die Bäume den Regen besangen. Die Tropfen auf meiner Haut wurden warm und angenehm. Ich spürte, wie sich etwas in mir regte. Etwas, das ich fast vergessen hatte. Die Luft roch anders – frisch und rein.

Ich streckte meine Arme weit von mir und ließ den Regen meine Hände umfassen. Die Tropfen liefen über meine Finger und spielten mit ihnen. Ich riss meine Augen auf und sah, wie die Tropfen, die auf meinen Armen landeten, einen kleinen Lichtschimmer auf meiner Haut zeichneten. Ich zog überrascht die Luft ein, als sich meine Tränen unter den Regen mischten. Eine winzige Antwort meiner Gabe, die auf das Wasser um mich herum reagierte. Meine Haare und die nassen Kleider klebten an mir. Hände wie aus Wasser griffen in meine und ich verschränkte wie selbstverständlich meine Finger mit ihren. Die Wärme, die sich hinter mir ausbreitete, zog meinen Körper an wie das Licht eine Motte. Ich ließ mich zurückfallen und landete an einem festen, warmen Körper hinter mir. Mein Herz wusste, gegen wen ich mich lehnte, und mein Kopf legte sich wie von selbst an ihn. Es fühlte sich an, als wäre ich wieder zu Hause. Ich traute mich nicht, mich umzudrehen oder etwas zu sagen. Die Hände, die mich nun griffen, umfingen meinen Körper und hielten mich fest. Durch den Regen hindurch spürte ich den Atem auf meiner Haut. Nun war es tatsächlich wie in meinem Traum und ich hatte Angst davor, was als Nächstes passieren würde. Zu oft war ich aufgewacht und der Traum war zerrissen. Meine Brust hob und senkte sich schneller und ich spürte, wie mein Herzschlag anfing zu rasen. Ich konnte nicht ausmachen, wie lange wir so dastanden. Der Regen fiel weiter auf uns herab und keiner wagte auch nur die kleinste Bewegung. Doch es konnte nicht so sein und ich musste mich zwingen. Es kostete mich mehr Kraft, als ich dachte, um die Hände loszulassen, von denen ich wusste, wem sie gehörten. Und ich wusste, wer er wirklich war. Nicht der Mann aus meinen Träumen, sondern jemand, aus dem Albträume entstanden. Und jemand, der mein verräterisches Herz schneller zum Schlagen brachte, als es meinem Kopf lieb war.

»Ich sollte wieder reingehen.«

»Ja, das solltet Ihr.«

Etwas in mir zerriss, als ich die Stimme hörte. Seine Hände ließen mich los und ich stand allein im Regen. Tränen rannen meine Wangen herab und lieferten sich mit den Regentropfen ein Wettrennen. Ich unterdrückte ein Schluchzen, als er meinen nassen Umhang auf meine Schultern legte. So langsam wie möglich drehte ich mich um. Noch langsamer hob ich den Kopf. Die tiefblauen Augen des Generals schauten auf mich herab. Seine Kleidung war durchnässt und von seinen Haaren tropfte der Regen.

»Was macht Ihr hier?«

»Das weiß ich nicht. Das Wasser hat mich hierhergebracht. Ich konnte nicht anders. Ich war schon hier, bevor mir bewusst wurde, wohin mich meine Füße trugen.« Seine Stimme zitterte und die Feuchtigkeit des Regens verdampfte auf seinem Körper.

Ich hob zögerlich die Hand und legte sie ihm auf die Brust. Nur um zu spüren, ob es echt war. Ob er echt war. Und er war es. Ich riss meine Hand wieder weg. In seinen Augen tauchte ein Schmerz auf, den ich auch in mir spürte.

»Als wärt Ihr nicht der, der Ihr seid.«

Bevor er etwas sagen konnte, lief ich zurück zum Haus. Diesmal war es mir gleichgültig, ob ich leise war. Ich stieß die Tür auf und rannte hinein, durch den Flur und die enge Treppe hinauf in mein Zimmer. Meinen Umhang ließ ich achtlos fallen und ich sackte hinter der Tür zusammen. Die Nässe des Regens wurde hier im Haus unerträglich kalt und ich begann am ganzen Körper zu zittern.

Ich zuckte zusammen und sprang auf, als die Zimmertür aufging. Im schwachen Kerzenschein stand Catherine vor mir.

»Ich dachte, ich hätte etwas gehört.« Sie trat auf mich zu. »Kind, ist Euch etwas passiert? Ihr seid ja ganz nass!«

Sie hob meinen nassen Umhang auf und stellte die Kerze auf den Tisch. »Wart Ihr bei dem Wetter etwa draußen?«

Ich nickte nur. Catherine murmelte etwas vor sich hin und zog mir die nasse Kleidung aus. Ich nahm gar nicht richtig wahr, was sie tat. Ich fand mich in trockenen Kleidern in meinem Bett liegend wieder.

»Wir können froh sein, dass der Herr nicht hier war.« Sie setzte sich auf meine Bettkante und betrachtete mich kurz. »Wisst Ihr, ich kann es verstehen. Als kleines Mädchen bin ich bei so einem Regen auch gerne draußen herumgerannt. Der Regen ist magisch, wenn er so fällt wie heute. Am besten erzählen wir niemandem, was heute Nacht passiert ist.«

Ich nickte nur und war tief in mir drin beruhigt, dass sie nicht wusste, was draußen geschehen war. Ich spürte immer noch die Regentropfen auf meiner Haut, das Schimmern des Lichtes darin und das Kribbeln, das nicht nur der Regen und das Licht ausgelöst hatten, sondern auch der Mann, den ich mehr als alles hier fürchten und hassen sollte.

41

~ In der Hochstadt ~

Das Treiben in den Straßen der Hochstadt war emsig. Vom Regen in der letzten Nacht schien niemand etwas bemerkt zu haben. Alle bereiteten sich auf den großen Markttag vor. Der Bäcker, an dem Catherine mit mir auf unseren täglichen Spaziergängen immer vorbeiging, hatte seine Auslage erweitert und der Duft nach frisch Gebackenem wehte die ganze Straße hinunter.

»Wenn Ihr wollt, können wir heute eine andere Strecke gehen. Auf dem Marktplatz werden die Stände aufgebaut. Vielleicht ist das etwas, was Euch interessiert?«

»Ja, gerne.«

Es interessierte mich zwar nicht, aber jede Abwechslung war willkommen. Und eine längere Strecke versprach eine längere Zeit außerhalb des Hauses. Catherine ging vergnügt wie immer neben mir her und plapperte über die Stadt und den bevorstehenden Markt. Sie freute sich, dass ich die Prinzessin sehen würde. Auch wenn es nur von weiter weg wäre, so wäre es doch etwas Besonderes. Ich lächelte ihr zu, um sie in ihrer Euphorie nicht zu enttäuschen.

Die Stadt wirkte für mich an jeder Ecke identisch. Ich versuchte mir Punkte zu merken, um mich orientieren zu können, doch die Häuser sahen alle gleich aus. Catherine bewunderte immer wieder einige Gebäude und erzählte, wer in den Häusern lebte. Angesehene Hochstadtbewohner, Clanmenschen, die vor vielen Jahren in die Hochstadt gekommen waren, um hier Handel zu treiben oder zu Wohlstand zu kommen.

Das Leben hier hatte vielleicht mehr zu bieten. Die Stoffe, aus denen mein Kleid war, waren um einiges feiner als die, die wir im Erdreich hatten, doch war ich mit meinen Kleidern immer zufrieden gewesen. Sie waren praktischer. Die Reitkleidung, die mir der Pferdehändler zur Verfügung gestellt hatte, war ganz anders, die Beine waren weiter geschnitten. Die engen Hosen, in denen wir beim Erdclan ritten, waren eindeutig besser. Aber hier schien das keinen zu stören.

Als sich vor uns die Häuserreihen öffneten und einen großen Platz freigaben, war ich kurz erstaunt. Hier standen schon viele kleine Stände und Holzhäuser, in denen die Händler ihre Waren anbieten würden. Catherine ließ meinen Arm los und ging zwischen den Ständen hindurch. Die Händler präsentierten ihre Waren noch nicht, daher konnten wir in Ruhe gucken. Es waren nur wenige Stadtmenschen unterwegs.

Catherine schien ein Ziel zu haben. Sie sah sich nach mir um und winkte mich zu sich heran. »Trödelt nicht, sonst muss ich noch annehmen, dass Ihr mir verloren gehen wollt. Ihr würdet nicht weit kommen. Das wisst Ihr ja.«

Ihr Lachen ließ mich ihren Unterton vergessen, aber sie hatte leider recht. Ich musste mir die Stadt besser merken. Ich sah mich kurz um. Oberhalb des Marktes erhob sich der Hochpalast. Mir war gar nicht bewusst gewesen, dass wir ihm so nahe gekommen waren. Die kleine Anhöhe um den Palast war umgeben von Bäumen und Sträuchern. Der Duft von unzähligen Blumen wehte zu mir herüber und ich war wieder einmal enttäuscht und gleichzeitig froh, dass mich der Schleier umhüllte und keiner sah, wie meine Augen sich beim Anblick der Bäume sehnsüchtig weiteten.

Catherine ließ mir keine Zeit. Sie hatte meinen Arm wieder umfasst und zog mich mit sich. An einem kleinen, fast unscheinbaren Stand blieb sie stehen. In der Auslage standen Körbe mit vielen verschiedenen Gemüse- und Obstsorten. Ein kleines Mädchen saß auf einer Kiste hinter der Auslage und lachte Catherine freudig an.

»Hier könnt Ihr das beste Gemüse und Obst der Stadt kaufen«, flüsterte sie mir ins Ohr. Ich nickte ihr zu.

»Ihr habt Glück. Anders als die übrigen Händler dürfen wir heute schon verkaufen. Was darf ich Euch anbieten?«

Das Mädchen strahlte mich an und ich zuckte kurz zusammen. Ihre braunen Augen sahen so vertraut aus. Erdclan-Augen. Ich war mir sicher. Ich konnte mich davon nicht lösen und sie sahen mich immer erwartungsvoller an. Fast kam es mir so vor, als versuchte sie mich durch den Schleier zu erkennen.

»Nun, meine Herrin kann sich nicht recht entscheiden. Aber ich schon. Wir hätten gerne von den Beeren und den Äpfeln.«

»Ich würde Euch von diesen Beeren abraten und Euch lieber diese hier empfehlen.« Die tiefe Stimme ließ mich zusammenzucken. Neben mir stand plötzlich ein Mann, der mit ebenso braunen Augen zu uns hinunterblickte.

Catherine lachte neben mir. »Nein, nein, die nehmen wir nicht. Ihr versucht mir jedes Mal, Eure Waldbeeren zu verkaufen, und sie sind immer sauer.«

»Diese sind nicht sauer.«

Ich sah auf die Schale hinunter, die der Erdmann in seinen großen Händen hielt. Hände, die von den Feldern und der Arbeit dort gezeichnet waren. Hier gab es Erdmenschen – meine Augen wurden feucht.

»Ich hätte sie gerne.«

»Dann sollt Ihr sie auch bekommen.« Seine große Hand umfasste meine und er stellte die Schale auf meine Handfläche.

»Nun gut, dann nehmen wir sie. Aber beschwert Euch nicht, wenn sie sauer sind.«

Ich schüttelte den Kopf und der Schleier schlug in kleinen Wellen um mich herum.

»Kommt gerne wieder. Am Markttag werden wir besonders schöne Früchte anbieten.«

»Das machen wir und wir nehmen Euch beim Wort.«

Catherine zog mich weiter und ich blickte noch einmal kurz über meine Schulter. Der Mann und das Mädchen beobachteten uns.

»Das waren Erdmenschen.«

»Ja, der beste Bauer, den die Hochstadt zu bieten hat. Bei ihm werdet Ihr die köstlichsten Früchte bekommen. Merkt es Euch. Leider meiden viele Hochstadtmenschen seinen Stand. Warum auch immer, aber Erdmenschen haben es hier schwer in der Hochstadt. Aber nun kommt! Wir wollen uns einen Platz suchen und unsere Beeren essen.«

Catherine hatte bald eine geeignete Bank gefunden und ließ sich nieder. Ich setzte mich neben sie und sah dem Treiben auf dem Marktplatz zu. Viele Stände wurden noch aufgebaut. An einigen wurden bunte Fahnen und Wimpel angebracht. Vor uns bildeten die Stände einen freien Platz, an dessen Ende ein Podium aufgebaut wurde. Catherine naschte ihre Beeren und deutete mir an, auch welche zu kosten, doch ich verzichtete.

Hufgetrappel ließ mich aufhorchen. Am Podium tauchten Reiter auf, unter ihnen der General und sein Schattenkrieger. Ich hielt unbemerkt die Luft an. Für den Schleier war ich nun noch dankbarer, als ich es schon vor wenigen Augenblicken gewesen war.

»Ist Euch nicht gut?« Catherine hatte meine Anspannung bemerkt.

»Doch, doch.«

»Sind die Beeren sauer? Ich habe Euch ja gewarnt. Wenn Ihr mögt, können wir auch wieder zurückgehen.«

Zurück in das Gefängnis, das dieses Haus für mich war. Bevor ich antworten konnte, schob sich eine dunkle Gestalt in mein Blickfeld.

»Wie ich sehe, amüsiert Ihr Euch.« Der Pferdehändler baute sich vor uns auf.

Catherine kam mir mit einer Antwort zuvor. »Ich habe mir mit der Herrin den Markt angesehen. Sicherlich wollt Ihr ihr auch zeigen, wo Ihr Eure Pferde anbieten werdet?«

Der Pferdehändler verzog grimmig das Gesicht.

»Ich würde lieber wieder zurückgehen.«

Ich wollte nicht in seiner Nähe bleiben. Als ich mich erhob, legte sich ein Schatten über uns. Ein Schattenkrieger hatte sich zu uns gesellt.

»Ich wünsche einen guten Tag! Sorrel, wir sollten uns über Euren Stand unterhalten. Die Nachbarstände haben sich beschwert. Sicherlich seid Ihr gewillt, mir zu folgen, damit wir die Streitereien beilegen können. Und andere Angelegenheiten können wir auch gleich noch besprechen.«

Der Schattenkrieger zwinkerte mir zu, packte Sorrel am Arm und zog ihn mit sich. Als die beiden Männer aus meiner Sicht verschwunden waren, bemerkte ich den Blick des Generals auf mir. Er nickte kurz in unsere Richtung. Ich packte Catherine und zog sie mit mir zum Ausgang des Marktes.

»Skrull und seine Männer sind zurückgekehrt.«

Der General wandte sich von dem kleinen hellen Hengst ab, den er in seinem Pferch im Stall gesattelt hatte. Falkon stand vor dem Pferch und seine Schatten wanden sich bedrohlich um ihn herum. Sein Blick war nicht freundlicher als die Erscheinung, die er bot.

»Und das ist noch nicht alles. Darin wurde festgenommen. Sie haben ihn auf dem Weg zurück zur Hochstadt abgefangen. Er trug Briefe bei sich, die mit dem Symbol des Nachtfalken versehen waren.«

»Verdammt, so ein Narr! Der Widerstand!«

Der General löste den Sattel vom Rücken des Pferdes und warf ihn in eine Ecke des Pferches. Mit schnellen Schritten war er bei Falkon, der die oberste Latte des Pferches hinter ihm schloss.

»Ist bekannt, was in den Briefen stand?«

»Die Briefe wurden bereits dem Gabensucher übergeben. Darin ist im Kerker und der Gabensucher ist schon bei ihm. Mir wurde der Zugang verweigert. Und dir soll ich ausrichten, dass du dich fernzuhalten hast, da du eine Verbindung zu Darin hast.«

»Verdammt! Bring dem Gabensucher die Nachricht, dass er mich in meinen Geschäftsräumen aufsuchen soll.«

»Wenn es ihm beliebt.«

»Dann hat es ihm zu belieben!«

Die Windböe, die Falkon traf, ließ ihn einen Schritt nach hinten weichen, während der General mit festen Schritten den Stall verließ. Falkon wartete kurz und hörte noch, wie draußen mehrere Gegenstände durch die Luft gewirbelt wurden, dann zog er einen kleinen Stift und Zettel aus der Umhangstasche und schrieb schnell ein paar Zeilen auf das Papier. Sorgsam steckte er alles wieder in seine Tasche zurück und folgte dem General in Richtung des Hochpalastes. Anders als der General schlug Falkon wieder den Weg zum Kerker ein. Die Flure in den unteren Etagen des Hochpalastes wurden immer dunkler und Falkons Schatten stoben von ihm weg und zogen sich in alle Ecken und Winkel, die er passierte. Vor den hohen Flügeltüren des Kerkers standen Schattenkrieger mit roten Wimpeln auf den Schultern.

Die Kennzeichnung war neu und Falkon würde dem noch nachgehen.

»Herr, Euch wird der Zutritt zum Kerker verwehrt. Die Anweisung kommt vom Hochkönig.«

»Ich danke für die Information. Ich habe eine Nachricht für den Gabensucher.« Falkon hielt dem Krieger das Papier hin. »Ich werde wohl erwarten dürfen, dass Ihr die Nachricht sofort überbringt, oder ist das auch untersagt worden?«

»Nein, das nicht.«

»Also?«

Der Krieger wandte sich mit fragendem Blick an den anderen Krieger und schlüpfte dann durch die Tür in den Kerker.

»Keine Sorge. Ich werde hier warten, bis die Wache wieder da ist. Wir wollen ja nicht, dass der General hier auftaucht und es Ärger gibt.«

Falkon grinste den Krieger schief an, lehnte sich gegen die Wand neben der Tür und beobachtete, wie seine Anwesenheit dem Schattenkrieger immer unangenehmer wurde. Es dauert lange, bis der andere Krieger wieder auftauchte. Irritiert erkannte dieser, dass Falkon immer noch vor der Kerkertür wartete.

»Ich habe Eure Nachricht überbracht. Der Gabensucher hat sie wahrgenommen.«

»Ich danke Euch.«

Der General wanderte durch sein Geschäftszimmer. Immer wieder stieß er Papier von seinem Tisch, das durch die Luft wirbelte. Falkon hatte dem Gabensucher die Bitte um ein Treffen vorlegen lassen. So ungerne er es sich eingestand, doch der Gabensucher war der Einzige, den er in dieser Sache um Hilfe bitten konnte. Falkon hatte sich wieder aufgemacht, um seine Schattenkrieger auszuschicken. Er brauchte alle Informationen, die er bekommen konnte. Der Hochkönig misstraute ihm und das war wieder ein Beweis dafür, dass er vorsichtig sein musste, wenn er seine Stellung am Hochpalast nicht verlieren wollte. Oder gar sein Leben.

»Wenn ich Euch sehe, wie Ihr hier so rastlos umherwandert, erfreut es mein Herz beinahe.«

Der General fuhr herum. Der Gabensucher stand im Raum, reglos wie eine Säule, sein Blick brannte auf der Haut des Generals. Fast hätte der General ihn gefragt, wie er in den Raum gekommen war, doch er verkniff es sich. Es würde dem Gabensucher nur noch mehr Freude bereiten und das wollte der General nicht zulassen. Sein Anliegen würde ihn bereits über alle Maße erfreuen und das war dem General schon zuwider.

»Wollt Ihr nur weiter starren und meine Zeit vergeuden oder wollt Ihr nun endlich fragen, was ich schon weiß?«

Der General blinzelte und war sich plötzlich bewusst, dass der Gabensucher recht hatte. »Wenn Ihr wisst, was ich fragen will, warum sagt Ihr es mir dann nicht einfach?«

Der Gabensucher lachte auf. »Ihr wollt wissen, was mit Darin ist, was ich weiß und was der Hochkönig weiß. Seid Euch sicher, dass ich Euch gerne berichten werde, was Ihr wissen wollt. Aber es kostet Euch etwas, das sollte Euch klar sein.«

Der General zog scharf die Luft ein und schloss kurz die Augen. Natürlich war ihm klar gewesen, dass der Gabensucher einen Preis hatte. Insgeheim hatte er aber trotzdem gehofft, dass er die Informationen auf einfachere Art bekommen würde. Der Gabensucher war schlau und gerissen. Er forderte immer das, was seinem Gegenüber den größten Schmerz und Verlust bedeutete.

»Ihr habt doch sicherlich schon genommen, was Ihr wolltet.«

Der Gabensucher lachte leise auf und hob eine Hand. Auf der Handfläche erschien eine kleine Wassersäule, die in einer Wasserfontäne mündete. Das Wasser plätscherte fröhlich über die Handfläche des Gabensuchers, berührte aber den Boden nicht, sondern verschwand einfach. Dem General wurde übel, doch er zwang sich, ruhig zu bleiben. Was das bedeutete, war ihm nur zu bewusst. Seine tiefen und bebenden Atemzüge verrieten dem Gabensucher mehr, als der General wollte.

»Ja, da habt Ihr recht. Aber nun zu meinem Preis. Ich sage Euch, was Ihr wissen wollt, und im Gegenzug dafür zeigt Ihr mir sie.«

Die Augen des Generals verengten sich. Er hatte damit gerechnet, dass der Gabensucher genau das fordern würde. »Ihr hattet ein Versprechen gegeben.«

»Und an dieses Versprechen halte ich mich.«

»Warum ist sie Euch so wichtig?«

»Warum ist Euch Darin so wichtig, dass Ihr mich um Hilfe bittet, wo doch offensichtlich ist, dass Ihr mich über alles hasst. Dafür, dass ich Euch Euer Leben genommen habe, Euren Clan.«

Der Gabensucher kam langsam auf den General zu und hielt ihm die Hände entgegen. Der General wich einen Schritt zurück, doch der Tisch hinter ihm begrenzte seine Flucht.

»Zeigt sie mir, dann werde ich Euch alles sagen, was Ihr wissen wollt.«

»Euer Versprechen hat Bestand und Ihr werdet sie nicht verraten?«

»Törichter Wicht! Ich habe Euch bereits gesagt, dass sie an mein Schicksal gebunden ist. Weswegen sollte ich sie verraten? Dieses Schicksal kann niemand verändern, nicht der Schattenkönig und auch Ihr nicht. Wobei ich mir nicht mehr sicher bin, ob Ihr Euer Schicksal erfüllen werdet. Und nun gebt mir, was ich verlange, sonst werde ich in den Kerker zurückkehren und Ihr werdet nichts erfahren.« Der Gabensucher schnellte nach vorne und packte die Hände des Generals. »Lasst mich ein!«

Die säuselnde Stimme des Gabensuchers fraß sich durch den Kopf des Generals, dessen Geist sich zur Wehr setzte, doch der Gabensucher zerschlug die innere Abwehr und drang in seinen Geist ein.

Der General sah Raja vor sich, wie sie auf den Pflastersteinen der Straße lag. Der Klang der Hufe ihrer fliehenden Stute donnerte durch seine Ohren. Er sah seine Hände, die nach ihr griffen, und fühlte sie auf seiner Haut. Die helle Strähne, die unter der Kappe hervorlugte. Das Bild änderte sich. Die kleine verschleierte Frau, die an dem hellen Hengst stand und ihm all ihren Hass und ihre Verzweiflung entgegenspie. Das Bedürfnis, sie zu beschützen, stieg in dem General auf. Und doch konnte er nichts machen. Das Bild veränderte sich wieder. Raja auf dem hellen Hengst vor ihm auf dem Schlachtfeld an der Clanstätte des Erdreichs. Ihre Haare wehten wie eine helle Fahne im Wind und hoben sich gegen die Nacht und die Schatten ab wie ein Leuchtfeuer. Ihre Augen funkelten und der General wurde still. Wie gefangen von dem Anblick, den sie damals geboten hatte, schlug das Herz des Generals ruhiger und die Welt um ihn versank in Vergessenheit.

Einen Wimpernschlag später knallte der General rückwärts gegen seinen Tisch und sank zu Boden. Sein Kopf dröhnte und er zog sich mühsam an der Platte wieder hoch. Vor ihm stand der Gabensucher und hatte seine Hände an seine Brust gelegt, die sich unter schwerem Atem hob und senkte. Er stammelte undeutliche Worte in sich hinein. Sein vernarbter Blick war abwesend. Nur langsam wurde sich der Gabensucher wieder bewusster, wo er war, und seine vernähten Augen bohrten sich in den General.

»Ihr habt mir einen großen Dienst erwiesen. Nun stellt Eure Fragen oder soll ich Euch beantworten, was Ihr wissen wollt?«

»Wenn Ihr meine Fragen eh kennt, warum antwortet Ihr nicht gleich und erspart mir Eure Anwesenheit hier noch länger?«

»Darin ist nicht zu retten für Euch. Der Hochkönig hat ihn bereits verurteilt. Seine Gabe habe ich schon genommen, wie Ihr gesehen habt. In den Briefen war keine Information enthalten, die den Hochkönig zum Nachtfalken führen würde. Es war belangloses Geschwafel von Clanmenschen, die keinen Wert haben.«

»Aber diese Information habt Ihr von Darin gestohlen?«

»Diese Information habe ich. Aber Ihr habt nichts, was Ihr mir dafür bieten könntet.«

Der Gabensucher wandte sich vom General ab, der sich weiter am Tisch festhielt.

»Aber keine Sorge. Der Hochkönig kann mir auch nichts bieten für diese Information und solange er nicht auf die Idee kommt, es mir zu befehlen, werde ich diese Information aufbewahren. Ihr werdet also selbst nach dem Nachtfalken suchen müssen.«

Das Lachen des Gabensuchers erfüllte den Raum und dann war er wieder einmal verschwunden, ohne dass der General wusste, wie es ihm gelungen war.

Die letzten Kräfte in den Beinen des Generals ließen nach. Er ließ sich am Tisch heruntergleiten und blieb davor sitzen. Darin war nicht zu retten. Da war der Gabensucher deutlich gewesen. Die Wassergabe hatte er bereits an den Gabensucher eingebüßt. Einem Gabenträger, dem seine Gabe entrissen worden war, war nicht mehr zu helfen. Der General erinnerte sich noch gut, wie er selbst unter dem Einfluss von Hemmerstein gestanden hatte und seine Gaben nicht mehr hatte spüren können. Die Leere in ihm hatte ihn fast wahnsinnig werden lassen und es war für ihn nur schwer zu ertragen gewesen. Seine Gaben waren jedoch nur unterdrückt worden. Es war unvorstellbar, wie es sich anfühlen musste, sie entrissen zu bekommen. Er hatte es an unzähligen Opfern des Gabensuchers im Kerker schon sehen können. Die Gabenträger mussten fixiert werden, weil sie sich sonst selbst verletzen und vielleicht sogar daran sterben würden. Er hatte versagt, weil er Darin nicht helfen konnte. Es war zu spät und zu allem Überfluss hatte der General das Gefühl, dass er die Frau aus seinen Träumen verraten hatte. An den Gabensucher, der ein überaus großes Interesse an der Frau hatte.

42

~ Im Haus des Pferdehändlers ~

Die Tür zu meinem Raum öffnete sich leise und Catherine streckte den Kopf hinein. »Ihr liegt ja noch im Bett. Steht auf! Heute ist der Markttag. Wir müssen Euch zurechtmachen. Der Herr und seine Männer sind schon auf dem Markt. Wir sind ungestört.« Damit schob sie die Tür ganz auf und trat in den Raum. Über ihrem Arm hing ein Kleid aus hellgrünen und braunen Stoffen. »Seht mal. Das habe ich für Euch nähen lassen. Darin seht Ihr sicherlich wunderschön aus.«

Sicherlich. Das Kleid war schön, doch wofür sollte ich hier schön aussehen? Für die Menschen in der Stadt? Sie würden mich unter dem Schleier nicht wahrnehmen. Catherine bemerkte mein Zögern.

»Gefällt Euch das Kleid nicht? Es muss doch etwas geben, was Euch hier Freude bereiten kann.«

»Die Pferde.«

Meine knappe Antwort brachte Catherine zum Schweigen. Sie wusste, dass selbst die Pferde mir hier kaum Freude brachten. Shiver war weg und auch die kleine braune Stute durfte ich nicht mehr reiten. Ich stand am Tisch und blickte auf das Kleid hinunter, während Catherine meine Unterkleider schnürte. Als sie damit fertig war, hob sie das Kleid über meinen Kopf und der Stoff fiel wie ein sanfter Regen über meinen Körper und landete in sanften Wellen um meine Knöchel. Das Kleid wäre im Erdreich einem Hochzeitskleid gleichgekommen. Ich war mir nicht sicher, ob Catherine das wusste. Sie summte vor sich hin, zog mich weiter auf den Stuhl und begann, meine Haare zu kämmen und zu flechten. Wie fast immer glitten ihre Finger gekonnt durch meine Haare und die geflochtenen Zöpfe steckten wieder fest um meinen Kopf. Ich brauchte nicht in den Spiegel zu sehen, um zu wissen, dass mein Kopf wieder von einer Vielzahl von Wellen umgeben war. Zum Schluss steckte sie den Schleier auf meinem Kopf fest und verdeckte ihr Kunstwerk damit wieder. Für alle.

»Nun schaut nicht so trübselig drein. Ich kann es sogar unter Eurem Schleier sehen. Ihr seid wunderschön und ich wünschte, dass Ihr Euch zeigen könntet und nicht hinter diesem Schleier verstecken müsstet.«

»Aber es geht nun einmal nicht anders. Zu Hause bräuchte ich das nicht.«

»Da seid Ihr aber leider nun einmal nicht.« Catherine ergriff meine Hand und drückte sie kurz. »Und nun kommt. Wir wollen uns vom Treiben auf dem Markt ablenken lassen. Die Sonne scheint heute warm und freundlich auf die Hochstadt. Es wird bestimmt ein schöner Tag werden. Auf jeden Fall schöner, als hier in diesem Haus eingesperrt zu sein.«

Ich lief hinter Catherine her, die die Treppen hinabeilte und erst vor der Hintertür stehen blieb. »Wir gehen hier hinaus.«

Das Licht der Sonne war grell, doch durch den Schleier wurden die Strahlen abgemildert. Catherine musste zunächst die Augen zusammenkneifen, doch dann marschierte sie mit mir am Arm auf die Straße hinaus. Es waren bereits einige Menschen unterwegs.

»Ich habe gehört, dass der Markt dieses Jahr besonders prächtig werden soll. Ob wir einen Blick auf das Kleid der Prinzessin erhaschen können, bevor sie in ihrem Pavillon verschwindet?«

Ich ging schweigend neben Catherine her. Das Kleid der Prinzessin oder die der anderen Würdenträger der Stadt interessierten mich nicht. Je näher wir dem

Marktplatz kamen, desto voller wurden die Straßen und Gassen. Die Menschen drängten sich zwischen den Häusern entlang und ihr Lachen hallte von den Hauswänden wider.

Als wir den Markt erreichten, nahm mich Catherine kurz zur Seite. »Bitte versprecht, nicht davonzulaufen. Euer Ritt auf der braunen Stute hat uns allen sehr viel Ärger gemacht. Es ist eh aussichtslos, aus dieser Stadt zu kommen, wenn Euch keiner hilft.«

»Dann helft Ihr mir doch.«

Catherine zog mich in ihre Arme und hielt mich fest. »Kind, das würde ich gerne, aber das kann ich nicht. Aber ich verspreche, dass ich Euch helfen werde, wenn es so weit ist. Und nun kommt, wir wollen uns eine schöne Zeit machen und nicht an das denken, was uns das Herz schwer werden lässt.«

Catherines Hände lagen auf meinen Armen und sie blickte erwartungsvoll durch meinen Schleier. Sie konnte nicht erkennen, dass ich den Tränen nahe war. Ich nickte zustimmend und auf ihrem Gesicht erschien ein Lächeln.

»Ich habe Stände gefunden, die Euch gefallen werden.«

Sie zog mich zwischen den Menschen hindurch und achtete nicht auf die Stände mit den bunten Tüchern und Stoffen und anderen Kostbarkeiten, die hier zum Kauf angeboten wurden. An einer Gabelung blieb sie stehen und sah sich kurz um.

»Geht diesen Weg hier hinauf, aber nicht weiter. Dahinter sind die Pferche mit den Tieren, da würdet Ihr nur auf Sorrel treffen. Wenn Ihr fertig seid, kommt wieder hierher. Ich werde in der Zwischenzeit etwas zu essen für uns kaufen. Worauf habt Ihr Lust? Wollt Ihr wieder Beeren oder lieber ein Gebäck?«

»Die Beeren waren gut, aber ich würde gerne selbst welche aussuchen.«

»In Ordnung, dann kaufe ich uns Gebäck und wir gehen gemeinsam zu dem Erdbauern.«

Ich lächelte sie unter meinem Schleier an und obwohl ich wusste, dass sie es nicht sehen konnte, lächelte sie zurück. Dann drehte sie sich um und ging an den Ständen vorbei davon. Für einen Moment blieb ich unschlüssig stehen und ging dann doch, wie Catherine mir empfohlen hatte, die Stände entlang.

Sie hatte nicht zu viel versprochen. In den Auslagen lagen Lederteile, Zaumzeug und Riemen für Sättel. Das Leder roch neu und glänzte vor Fett, das die Händler aufgebracht hatten. Eine Vielzahl von Maulstücken funkelte in der Sonne. Ich war mir sicher, dass Raven hier das ein oder andere Stück erworben hätte. Die Lederarbeit sah hochwertig und gut aus.

Einen Stand weiter lagen Bögen aus – kleine Reiterbögen und Langbögen, kurze Bögen für die Jagd im Unterholz. Die Federkiene der Pfeile kitzelten unter meinen Handflächen. Die Händler beachteten mich nicht weiter. Eine Frau aus der Hochstadt würde keine Waffen kaufen. Fast wunderte es mich, dass der Hochkönig den Kauf von Waffen auf diesem Markt erlaubte, auf dem doch die Prinzessin anwesend sein sollte.

Mein Blick wanderte zum nächsten Stand, in dessen Auslage viele Dolche und Kurzschwerter lagen. Der Mann hinter dem Stand musterte mich skeptisch. Seine roten Augen und das flammend rote Haar, das er zu einem wirren Knoten zusammengebunden hatte, verrieten seine Feuer-Herkunft. Halkan hatte ein Feuerschwert besessen. Er hatte auf die Schmiedekunst des Feuerclans große Stücke gehalten. Gedankenverloren ließ ich meine Hände über die Schneiden der Schwerter gleiten. Der Stahl unter meinen Fingern kribbelte, als wollte er mich zu einem Kampf verleiten. In meinem Geist hob mein Körper das Gewicht des Schwertes an und wirbelte es um mich herum. Jeder Zug und jeder

Schlag, den das Schwert ausüben konnte, fühlte ich in meinen Muskeln.

»Ich habe gesagt, dass dieser Dolch hier was für eine Frau wie Euch wäre.«

Der Händler riss mich aus meinen Gedanken und ich zuckte zurück, als ich bemerkte, wie dicht er einen Dolch vor meinen Schleier hielt. Ich stieß hinter mir gegen einen wartenden Kunden und trat schnell wieder einen Schritt nach vorne. Doch der Händler beugte sich immer noch über seine Auslage und seine roten Augen funkelten mich gefährlich und gleichzeitig belustigt an.

»Ich denke, dass die Herrin keinen Dolch dieser Art benötigt. Die Schwerter würden besser zu ihr passen.«

»Wenn Ihr das sagt, mein Herr.« Der Händler wich zurück und wandte seine Aufmerksamkeit schnell einem anderen Kunden zu.

Ich drehte mich langsam um und sah die Gestalt des Generals vor mir. Ich musste meinen Kopf wieder in den Nacken legen, um in sein Gesicht gucken zu können. Ich zuckte leicht zurück. Seine Augen, die sonst tiefblau waren und mich immer wieder magisch anzogen, waren heute grau und ausdruckslos.

»Ich danke Euch.«

Er nickte mir kurz zu und wollte einen Schritt an mir vorbei machen. Ich nahm meinen Mut zusammen und ließ meine Überwindung siegen. »Geht es Euch nicht gut?«

Der General verharrte in seiner Bewegung und sah verwundert auf mich hinab. Erst jetzt bemerkte ich, dass meine Hand auf seinem Arm lag, und ich zog sie schnell weg. Der General wandte sich mir zu und sein Blick tastete prüfend meinen Schleier ab.

»Wie kommt Ihr darauf, dass es mir nicht gut gehen würde?«

Ich konnte es nicht wirklich ausmachen. »Es fühlt sich so an und Eure Augen sind anders als sonst.« Der

General musterte mich weiter und mir wurde sein Blick unangenehm. »Es tut mir leid. Ich wollte Euch nicht zu nahe treten.«

Ich wollte mich abwenden und wieder zurückgehen, wo Catherine mich allein gelassen hatte, doch der General hielt mich am Arm zurück. »Nein, Ihr braucht Euch nicht entschuldigen. Es tut mir leid. Es ist heute kein guter Tag und ich hatte nicht damit gerechnet, Euch hier zu sehen.« Er deutete auf die Stände um uns herum.

»Wo hättet Ihr mich denn lieber getroffen? Bei den Stoffen und Garnen?«

Ein leises Schnaufen entfuhr mir und der General schmunzelte. In seinen Augen schimmerte kurz das Blaue auf und ich musste unter dem Schleier lächeln.

»Nein, wahrlich nicht. Ihr seid hier schon ganz richtig.«

Er blickte auf mich hinab, als wollte er noch etwas sagen, doch das tat er nicht. Ich sah mich um und entdeckte in der Ferne Catherine. »Ich muss weiter.«

»Wenn Ihr möchtet, begleite ich Euch ein Stück.«

Meine Augen huschten kurz in alle Richtungen und da ich niemanden entdeckte, der mich kannte, nickte ich zustimmend.

»Aber wolltet Ihr an dem Stand nicht etwas erwerben?«

»Das kann warten. Es ist nicht so wichtig. Ich brauche nur ein neues Heft für einen Dolch.«

Wieder schwiegen wir, als wir zwischen den Menschen hindurchgingen. Keiner beachtete uns. Auch den General schien heute keiner zu bemerken. Außer Catherine, die mich immer mehr anstrahlte, je näher wir ihr kamen.

Der General ergriff meine Hand, ging aber weiter, als wäre nichts gewesen. Seine leise Stimme drang trotz des Schleiers an mein Ohr. »Es freut mich, dass wir uns getroffen haben.« Dann ließ er meine Hand los und es blieb ein Kribbeln auf meiner Haut zurück.

»Mein Herr.« Catherines Begrüßung für den General riss mich aus meinen Gedanken. Er verbeugte sich freundlich vor Catherine.

»Meine Dame. Ich habe Eure Herrin gefunden.«

»Das freut mich. Wir wollten zum Erdbauern und ein paar Köstlichkeiten kaufen. Möchtet Ihr uns begleiten?«

Mein Erstaunen über Catherines freies Reden und ihre Aufforderung blieb dank des Schleiers unbemerkt. Auch meinen stillen Einwand übersah Catherine, obwohl ich mir sicher war, dass sie ihn spüren musste.

Der General neben mir schenkte Catherine ein kurzes Lächeln, dann neigte er dankend den Kopf, wobei sein Arm leicht den meinen streifte. »Entschuldigt mich bitte, aber ich habe hier heute leider noch Dinge zu erledigen.«

Dann beugte er sich zu Catherine hinunter und flüsterte ihr etwas ins Ohr. Ihre Augen weiteten sich und sie sah den General mit aufgerissenen Augen an. Ohne ihren Blick abzuwenden, griff sie nach meiner Hand und zog mich mit sich. Zeit für eine Verabschiedung blieb nicht. Ich sah mich über die Schulter noch einmal nach dem General um, der in der Menge stehen geblieben war und uns mit seinen Augen folgte, die wieder grau geworden waren.

»Catherine, was ist denn los? Wo willst du hin?«

Sie hörte mir nicht zu. Sie zog mich durch die dichter werdende Menge weiter, bis wir vor dem Stand des Erdbauern ankamen. Dort ließ sie mich los und trat selbst hinter den Stand. Das kleine Mädchen kam zu mir heraus und strahlte mich an.

»Möchtest du Beeren? Ich schenke sie dir.«

»Das ist lieb, aber ich bin sicher, dass sie Catherine auch bezahlen wird.«

»Ach, die hat gerade andere Probleme. Sie redet mit meinem Vater. Iss doch welche.«

»Nein, mein Schleier ist im Weg. Das geht nicht.«

»Seid Ihr so schön, dass Ihr einen Schleier braucht?«

Ich lachte auf und das kleine Mädchen lachte mit.

In dem Moment wurde ich von hinten angerempelt. Eine Menschenmenge schob sich plötzlich zwischen den Gassen entlang und riss mich mit sich. Die Menschen waren aufgeregt und redeten durcheinander. Sie drängten sich so dicht, dass ich mich nicht zwischen ihnen befreien konnte. Aus der Ferne hörte ich noch das kleine Mädchen rufen, doch dann verschwand der Stand aus meinem Sichtfeld.

»Geht weiter, Frau. Sonst verpassen wir es noch.«

»Lasst mich los, ich will nicht mit!«

Die Menschen schoben mich gnadenlos immer weiter, bis es nicht mehr ging. Wir standen auf dem kleinen, freien Platz in der Mitte des Marktplatzes, ganz in der Nähe des Podiums. Die Prinzessin winkte der Menge zu und nahm auf einem Sessel unter einem Pavillon Platz. Ihre Miene war wie versteinert und ihre Schatten tanzten um sie herum. Auf der einen Seite des Podiums tauchten plötzlich Schattenkrieger auf. Mir stockte der Atem und ich wollte weg, doch die Menschen standen so dicht aneinandergedrängt, dass ich nicht wegkam. Zwischen den Schattenkriegern wurden Männer auf das Podium geschliffen und an Holzpfosten gebunden.

»Was wird das?« Meine Stimme war leise und zittrig.

»Eine Hinrichtung. Hast du so was noch nicht miterlebt? Das sind Verräter. Sie haben sich gegen den Hochkönig gestellt. Sie verdienen den Tod!«

Mein Entsetzen schnürte mir die Kehle zu. Mein Bruder war auch ein Verräter. Würde ihm und damit auch mir das gleiche Schicksal zuteilwerden, wenn sein Plan scheiterte? Auf dem Podium war wieder Bewegung. Es traten zwei weitere Krieger vor. Ein riesiger Schattenkrieger baute sich am Rand des Podiums auf und rief die Menge an. Was er sagte, konnte ich nicht verstehen. Meine Aufmerksamkeit galt dem Mann dahinter. Der General stand mit versteinerter Miene und grauen Augen dahinter und blickte starr in die Menge. Genauso starr, wie ich ihn ansah.

Ich zuckte zusammen, als er sich zu der Prinzessin umdrehte. Mein Blick folgte seinem, doch ich konnte keine Regung im Gesicht der Prinzessin ausmachen. Der General lenkte seinen Blick auf den Schattenkrieger, der ihn mit einem hämischen Grinsen taxierte, und nickte ihm kurz zu. Der Schattenkrieger rief in die Menge und die Menge grölte zurück. Es flogen verfaulte Essensreste auf die Gefangenen, die zwischen den Pfosten hingen. Mein Blick flog eilig über die Verurteilten. Bei einem blieb er hängen. Er sah fast teilnahmslos zur Menge, als wäre er betäubt. Mein Herz blieb fast stehen. Die Augen – sie waren genauso tiefblau wie die des Generals. Ich suchte wieder nach dem General und bemerkte, dass er mich mit seinen grauen Augen anstarrte. Seine Kiefer waren aufeinandergepresst.

»Lang lebe das Licht!«

Ich fuhr mit dem Kopf herum und sah, wie sich der Gefangene mit den blauen Augen zwischen den Holzpfosten aufbäumte, bevor ihn schwarze Schatten umschlossen und die Menge verstummte. Als die Schatten sich verflüchtigten, hingen die Gefangenen leblos zwischen den Holzpfosten.

»Schade, dass sie diesen Abschaum mit Schatten hingerichtet haben. Man sieht dann immer nichts. Der General hätte es mit seinem Wind machen sollen.«

Ich wandte mich entsetzt um. Der Mann, der hinter mir stand, blickte gefühllos zum Podium. Übelkeit stieg in mir auf und der Schleier nahm mir plötzlich die Luft zum Atmen. Mit zitternden Händen hielt ich den Schleier etwas von meinem Gesicht weg, doch gegen die Übelkeit half das wenig. Ich konnte mich nicht zurückhalten und erbrach mich vor die Füße des Mannes, der neben mir stand.

»Was soll das, Weib?! Verschwinde hier!«

Angewidert traten die Menschen von mir weg. Ich nutzte die Möglichkeit und floh zwischen den Menschen hindurch. Weg, nur weg von dem Podium und dem, was ich gerade dort gesehen hatte. Stolpernd kam ich durch die Menge vorwärts, bis mich zwei Hände packten.

»Ganz ruhig. Kommt hierher.« Vor mir stand der Schattenkrieger, der mich nach meinem Sturz zurück zum Pferdehändler geleitet hatte. »Ihr braucht keine Angst haben. Erinnert Ihr Euch noch an mich? Ich bin es, Falkon.«

Ich nickte nur kurz.

»Ihr hättet das nicht sehen sollen. So vornehm die Hochstadt immer zu sein scheint, was das angeht, sind die Clane der Hochstadt um Längen voraus.«

Wieder konnte ich nur nicken. Bei uns im Erdreich gab es keine Hinrichtungen. Auch wenn dem Erdclan nachgesagt wurde, dass er eher rau und wild als vornehm und kultiviert war. Aber so kaltblütig war er nicht.

Falkon ließ meinen Arm los und winkte jemandem. Kurze Zeit später stand Catherine neben uns.

»Oh, da seid Ihr ja! Ich hatte solche Angst um Euch! Die Menge hat Euch mitgerissen und wir konnten Euch nicht finden. Seid Ihr verletzt?«

Ich schüttelte den Kopf. Catherine ließ von mir ab und redete leise mit Falkon. Mein Blick wanderte von den beiden weg. Falkon hatte mich an den Rand des Platzes geschoben. Ein beruhigender Geruch stieg mir in die Nase und ich entdeckte, dass Pferde in unserer Nähe standen. Hinter dem Schattenkrieger und Catherine an einer Hauswand standen die Pferde der Schattenkrieger. Shivers helle Mähne stach zwischen ihnen hervor. Mein Pferd war hier! Ich blickte wie gebannt zu ihm. Er stand zwischen den anderen Pferden und sah völlig entspannt aus.

Sein Ohrenspiel verriet mir, dass sich ihm jemand näherte. Er hob den Kopf und ich hörte sein Gebrummel trotz der Entfernung genau. Es war die Begrüßung, die er mir früher zugewiehert hatte. Nur tat er es jetzt für jemand anderen. Der General schob sich zwischen die Pferde. Mit Entsetzen stellte ich fest, dass mein heller Hengst sich ganz vertraut von ihm anfassen ließ. Der General umfasste Shivers Kopf und sprach leise mit ihm. Dann legte er seine Stirn an die Stirn des Pferdes und schloss die Augen. Ich konnte meinen Blick nicht abwenden. Die Unterhaltung von Falkon und Catherine bekam ich nur nebenbei mit.

»Er war sein Cousin. Wie geht es ihm?«

In dem Moment fuhr der Kopf des Generals zu uns herum und seine Augen brannten sich in meine. Der Gefangene war der Cousin des Generals gewesen? Ich löste meinen Blick von ihm und drehte mich zu Catherine um.

»Was hast du gesagt?«

»Nichts, Kind. Kommt, wir sollten hier verschwinden. Der Markt ist nicht, wie er sein sollte.«

»Macht das. Ich kümmere mich um ihn.«

Ich wollte etwas einwenden, doch Falkon schob mich zu Catherine, die mich mit eisernem Griff hinter sich herzog. Meine Gedanken überschlugen sich und ich versuchte immer wieder, einen Blick zurückzuwerfen, doch die Menschen, Catherines Ziehen an meinem Arm und die holprigen Steine der Straße verhinderten es. Der Gefangene war sein Cousin gewesen. Warum hatte er ihn nicht gerettet? Wie konnte er nur so grausam sein und einen Verwandten sterben lassen? Er hatte dabei zugesehen und nichts unternommen!

Catherine sagte auf dem ganzen Rückweg kein Wort. Sie verlangsamte ihr Tempo auch nicht, als die Straßen leerer wurden. Erst als wir das Haus erreichten, blieb sie kurz stehen. Ihre Stimme war leise und fast nicht zu hören. »Ich hätte es wissen müssen. Seine Augen waren grau. Wir hätten viel eher gehen sollen.« Dann schwieg sie kurz, bevor sie mich in das Haus zog. »Kommt, wir befreien Euch jetzt erst einmal von diesem Kleid.«

Der General knallte die Tür seines Geschäftsraums zu. Diesen Tag würde er gerne vergessen. Der Markttag war dieses Jahr ganz anders geworden, als er noch vor ein paar Tagen geplant hatte. Die Hinrichtung der vermeintlichen Verräter hatte nicht nur ihm den Tag verdorben. Die Prinzessin war kurz nach den Hinrichtungen zurück in ihre Gemächer geflohen.

Ihre üblichen Aufgaben, wie die Wahl des schönsten Standes und des erfolgreichsten Händlers des Marktes, hatte sie nicht wahrgenommen. Diese lächerlichen Tätigkeiten hatte sie ihm übertragen. Bei den geehrten Händlern kam keine rechte Feierlaune bei der Verleihung der Preise auf, was nicht nur an ihm gelegen hatte. Der Markt hatte nach der Hinrichtung einige Besucher verloren.

Auch Raja. Es hatte ihn gefreut, als er sie so zufällig getroffen hatte. Er hatte immerzu an sie denken müssen und sich insgeheim gewünscht, sie wiederzusehen. Dennoch hatte er gewusst, wie sich der Markt verändern würde. Dass er sie bei der Hinrichtung in der Menge gesehen hatte, war ihm wenig gelegen gekommen. Es würde ihre Meinung über ihn nur festigen.

Er setzte sich an den Tisch und zog ein Blatt Papier hervor. Mit schnellem Schwung schrieb er ein paar Zeilen und faltete das Papier wieder zusammen. Dann erhob er sich und verließ das Zimmer. Seine Schritte hallten den Flur entlang. Auf dem Hof traf ihn das helle

Sonnenlicht völlig unvorbereitet. Fast wünschte er, dass er selbst über Schatten verfügte, die ihn seiner Stimmung nach in Dunkelheit hüllten. Im Stall wurde er fündig. Falkon stand bei seinem Pferd und zog die Gurte fest.

»Ich habe mir schon gedacht, dass es Aufträge gibt.«

»Erledige das für mich und sorge dafür, dass alles reibungslos läuft. Sieh zu, dass nur unsere Männer auf den Posten sind. Ich will keine weiteren Zwischenfälle von irgendwelchen Sondermissionen, die einige hier nur zu gerne vornehmen.«

43

~ Auf dem Weg in das Feuerreich ~

Raven zog seinen braunen Mantel dichter um sich. Der Wind wehte hier stärker und sein Pferd tänzelte unruhig unter ihm. Immer wieder lösten sich Steine unter den Hufen und rollten über die Kante des Weges. Weder Raikon noch Raven bemerkten die Steine und ihr Poltern, mit dem sie in der Tiefe verschwanden. Der Wind heulte immer lauter und verschluckte alle Geräusche um die Reiter herum.

Der Weg, den die Windfürstin den Lichtträgern genannt hatte, führte sie tief durch das Wolkengebirge bis an die Grenze zum Feuerreich. Die Berge wechselten immer mehr ihre Formen. Raven runzelte die Stirn und blickte immer wieder unter seiner Kapuze hervor. Raikon bemerkte die Unruhe, die in seinem Neffen wuchs.

»Wir sind bald an der Grenze zum Feuerreich.«

Raven drehte sich zu seinem Begleiter um und nickte ihm nur kurz zu. Er war fast froh, dass sie allein aufgebrochen waren. Weder die Wasserkriegerin noch die Windfürstin hatten darauf bestanden, sie zu begleiten. Die Windfürstin hatte ein angespanntes Verhältnis zum Feuerclan angedeutet und Darina wollte zurück, um dem Wasserclan dabei zu helfen, das Heer in Bewegung zu bringen.

Die hellen, hohen und zerklüfteten Felsformationen, die das Wolkengebirge ausmachten, veränderten immer mehr die Form. Das Land wurde flacher und immer wieder ragten einzelne Hügel und Berge aus der Landschaft. Die Steine und der Boden wurden dunkler und die Erde unter den Hufen der Pferde war fast schwarz. Der Wind hatte sich verändert. Auf Ravens Haut fühlte er nicht mehr die vertraute Magie des Windclans. Es war eher eine Wärme, die von dem Land ausging und die Luft auszutrocknen schien. Der weiße Hengst unter Raven hustete immer wieder auf und auch Raikon schien die Luft im Feuerland nicht zu bekommen, da er immer wieder zu röcheln begann.

»Wir sollten eine Rast einlegen.« Raven ließ sich von Sky rutschen. Seine Füße landeten zu seiner Überraschung weich auf dem schwarzen Boden. Er ließ seine Hand darüber gleiten. »Der Boden ist ganz weich.«

Raikon landete neben ihm. »Der Boden des Feuerreichs besteht teilweise aus Asche. Die Hügel und Berge sind Vulkane. Viele davon schlafen. In den alten Zeiten waren einige davon aktiv und haben das Land immer wieder mit flüssigem Gestein überspült. Jetzt, wo die meisten das nicht mehr tun, erblüht das Land zu neuem Leben. Hier in den Randgebieten ist es nicht so zu sehen, doch je näher wir der Feuerstadt kommen, desto fruchtbarer werden die Felder. Die schwarze Erde nährt den Feuerclan mit neuem Wohlstand.«

Raven ließ die schwarze Erde durch seine Hände rieseln. Wie kleine schwarze Schneeflocken fiel sie zurück zum Boden. »Ein seltsames Reich.«

»Das kannst du laut sagen, aber vielleicht auch nicht zu laut. Wir sollten versuchen, noch eine Zeit unbemerkt zu bleiben. Ich bin mir sicher, dass wir noch schnell genug entdeckt werden, und ich bin mir nicht sicher, ob das Gutes mit sich bringen wird.«

Raikon ging an Raven vorbei und führte sein Pferd weiter auf dem Weg, der sie weiter in das Feuerreich brachte. Raven zupfte sanft am Zügel und führte seinen Hengst hinter Raikon her. Der Boden verschluckte den Hufschlag der Pferde und ließ sie fast lautlos weiterreisen.

Raven ließ Raikon weiter nicht aus den Augen. Die Reise schien ihren Tribut von dem alten Lichtträger zu fordern. Er wies sein Pferd an, schneller zu werden, und lief neben Raikon her.

»Hast du dir überlegt, wie du den Feuerclan dazu bewegen willst, dich zu unterstützen? Ich fürchte, dass der Wasserclan und auch der Windclan dir nur zu bereitwillig ihre Hilfe zugesagt haben. Die Windfürstin ist jung und scheint nicht zu wissen, wie es unter der Herrschaft des Lichtes war. Sie kennt nur die Dunkelheit und möchte ihren Clan davor beschützen. Sie ist sehr stark und wird alles tun, um den Schatten von sich und ihrem Clan fernzuhalten. Außerdem scheint sie irgendeine Verbindung zum Wasserclan zu haben und der hat auch ein Geheimnis. Der Wasserfürst ist schwach und möchte die Bürde, die er trägt, nicht. Die junge Wasserkriegerin wäre eine bessere Fürstin.«

Raven sagte nichts. Er ging weiter schweigend neben Raikon her. Seine Gedanken kreisten immer wieder um das, was er auf seiner Reise erlebt hatte. Und um Raja, die immer noch irgendwo verschleppt war. Der Feuerclan würde eine schwierige Mission werden. Er hatte immer noch keine Idee, wie er es anstellen sollte, ihn für sich zu gewinnen. Weder Darina noch Vega konnten ihm für dieses Unterfangen nützliche Ratschläge mit auf den Weg geben.

»Dort vorne sollten wir für die Nacht rasten. Die Felsen dort bieten einigermaßen Schutz vor der Witterung und wir können es vielleicht wagen, ein Feuer zu machen.«

Raikon blickte Raven ungläubig an. »Du willst im Feuerreich ein Feuer entzünden?«

»Willst du im Feuerreich in der Nacht erfrieren?«

Raikon lachte auf. »Du musst zugeben, dass beides eine gewisse Ironie mit sich bringt.«

Die Lichtträger lachten, sattelten ihre Pferde ab und versorgten sie für die Nacht. Raven ging und suchte Holz für ein Feuer zusammen. Es überraschte ihn, dass er in der kargen schwarzen Landschaft tatsächlich welches fand.

Raikon hatte es sich in einem Felsvorsprung gemütlich gemacht und döste. Die trockene Luft erschwerte ihm das Atmen. Er zuckte hoch, als Raven mit dem Holz wiederkam, entspannte sich schnell wieder und sah zu, wie Raven ein Lagerfeuer errichtete.

Die beiden Lichtträger blieben still am Feuer sitzen und hingen ihren Gedanken nach. Das Feuer loderte schüchtern vor sich hin und brachte etwas Wärme. Die Nacht legte sich schwarz und kalt auf das Feuerreich und Raven zog seinen Umhang dichter um sich. Die Pferde standen still und horchten immer wieder auf. Raikon schlief ein. Raven starrte in die Dunkelheit. Irgendwann erblickte er am Himmel Sterne, die hier viel unscheinbarer leuchteten als im Erdreich.

Das Feuer zuckte kurz auf und schnellte dann aus seiner Lagerstätte. Raven sprang auf und Raikon zuckte aus seinem Schlaf hoch. Das Feuer schnellte um sie herum und schloss sie ein. Raven versuchte, durch die Flammen zu kommen. Sky schrie auf der anderen Seite der Flammen auf. Raven warf seinen Umhang von seinen Schultern und wollte zum Sprung durch die Flammen ansetzen.

»Warte!« Raikon riss ihn zurück und hielt ihn am Arm. Raven wollte sich erbost zu Raikon umdrehen, doch er hielt in der Bewegung inne.

Durch das Feuer trat ein hochgewachsener Mann. Die Flammen tanzten auf ihm, sprangen an ihm hinauf. »Es ist unvorsichtig, im Feuerreich ein Feuer zu entzünden. Das ist unser Element und Ihr seid nicht dazu berechtigt, es hier zu nutzen. Nur weil Ihr Euch anmaßt, es in Euren

Reichen zu missbrauchen, ist es Euch hier noch lange nicht gestattet.«

Der Feuermann hob seinen Arm und auf seiner Hand tanzten Feuerzungen, sie schmiegten sich an seine Handfläche.

»Wir wollten niemandem etwas Böses. Wir sind in freundlicher Absicht hier.«

Der Feuermann lachte auf und trat aus den Flammen heraus. Seine roten Augen und die roten Haare ließen ihn nur zu deutlich als Feuermann erkennen. »Das glaube ich Euch nicht.«

Feuerzungen schossen von ihm weg und schlugen sich um Raven und Raikon. Raven hob seine Hände und versuchte, sein Licht auf die Feuerzungen zu werfen, doch es wurde vom Feuer aufgezehrt. Ein Schrei von Raikon ließ Raven herumfahren und er sah, wie der Lichtträger in sich zusammensackte und von dem Feuer umschlossen wurde. Noch bevor er sich zu seinem Begleiter umdrehen konnte, schlugen die Feuerzungen auch auf ihn ein und zwangen ihn zu Boden.

Raven kämpfte gegen die Wucht des Feuers an und versuchte sich hochzudrücken. Durch die Flammen sah Raven, wie der Feuermann sich über ihm aufbaute. Er registrierte in den zusammengekniffenen Augen des Feuermanns blanken Hass. Bevor Raven etwas erwidern konnte, überrollte ihn eine neue Feuerwelle und um ihn herum wurde alles dunkel.

44

~ Im Haus des Pferdehändlers ~

Catherine öffnete vorsichtig meine Tür. Ihr Blick huschte über mich hinweg. Sie schloss die Tür leise hinter sich. Ich musterte sie skeptisch.

»Es ist ein Bote unten. Der Herr redet noch mit ihm. Ich habe gehört, worum es geht.«

»Ihr habt gelauscht.«

Sie funkelte mich an. »Vielleicht. Aber dafür können wir uns jetzt vorbereiten.«

Ich richtete mich auf meinem Stuhl auf. Ihr Verhalten beunruhigte mich.

»Ihr sollt ein Pferd reiten. Es gibt wohl Probleme mit dem Tier. Es könnte gefährlich sein. Der Bote will Euch mitnehmen.«

»Was für ein Bote ist es?«

»Ein Schattenkrieger. Ich konnte nicht erkennen, wer es war.«

»Könnte es Falkon sein? Hast du mitbekommen, wohin ich soll?«

»Ich habe den Schattenkrieger nicht gesehen. Und wo Ihr hingebracht werden sollt, habe ich auch nicht mitbekommen.«

»Was hatte er für ein Pferd?«

Catherine sah mich verständnislos an. »Ein normales Pferd. Der Reiter war schon auf dem Hof. Ich konnte es nicht genau erkennen. Außerdem konnte ich mich nicht so lange aufhalten.« Sie schüttelte den Kopf. »Baxter schleicht jetzt öfters hinter mir her. Er hat mich schon mal beim Lauschen erwischt.«

Sie schaute auf ihre Hände und ich musste lachen. Catherine sah mich überrascht an.

»Ich hätte Euch nicht zugetraut, dass Ihr lauscht und Euch erwischen lasst.«

»Hört auf zu lachen. Ich tat es für Euch. Überlegt Euch lieber, wie Ihr verhindern könnt, dass Ihr mit dem Schattenkrieger mitreiten müsst. Ich gehe wieder runter. Sicherlich soll ich Euch gleich zu den Herren führen.«

Catherine verließ das Zimmer und ich blieb allein zurück. Ein Schattenkrieger sollte mich holen. Wenn es der Hochkönig veranlasst hätte, wäre dann nicht eine ganze Einheit gekommen? Oder wollte er kein Aufsehen erregen? Ich ging langsam zum Fenster. An die Wand gedrückt schaute ich vorsichtig hinaus. Auf der Straße war nichts Ungewöhnliches zu sehen. Die Menschen der Hochstadt eilten auf der Straße dahin, ohne aufeinander zu achten. Ohne auf mich zu achten. Wieso auch? Es wusste eh keiner, dass ich hier war oder dass es mich überhaupt gab.

Ich hörte Schritte auf der Treppe und setzte mich schnell an meinen Tisch. Die Hände legte ich in meinen Schoß, dann wartete ich. Nur noch wenige Schritte trennten meinen Besuch von meiner Tür. Mein Herz schlug mir bis in den Hals, doch nach außen blieb ich ruhig.

Die Tür wurde aufgestoßen und Sorrel trat ein. Sein finsterer Blick ruhte auf mir und ich spürte, wie sich ein Kloß in meinem Hals bildete. Er schloss die Tür leise und trat an meinen Tisch. Auf seine Hände gestützt beugte er sich tief über die Tischplatte zu mir herunter.

»Ich weiß nicht, was Ihr angestellt habt, aber Ihr erregt für meinen Geschmack zu viel Aufsehen.«

Der Pferdehändler stieß sich vom Tisch ab und ging durch das Zimmer. Am Fenster blieb er stehen. Ich hielt meinen Blick auf meine Hände gerichtet, aber mein Herz trommelte in meiner Brust. Sorrel drehte sich langsam um und beobachtete mich wie eine Katze, die eine Maus ansieht, kurz bevor sie zuschlägt.

»Unten ist ein Schattenkrieger. Er hat einen Befehl des Generals dabei. Ihr sollt seinen Hengst, den er bei mir gekauft hat, reiten. Das Biest macht wohl Schwierigkeiten. Ich habe gesagt, dass Ihr das Pferd hier reiten könnt.« Sorrel trat näher an mich heran. »Der Schattenkrieger hat den klaren Befehl, Euch zu dem Hengst zu bringen, damit Ihr ihn dort reitet. Mir wird keine andere Wahl gelassen, als Euch mitgehen zu lassen. Der General meint, dass er seine Macht gegen mich ausspielen könnte. Das würde mich ein Vermögen kosten.« Sorrel kam noch näher an mich heran. Ich drehte mich von ihm weg, doch er packte mein Kinn und zwang mich, ihn wieder anzusehen. Sein Gesicht war dicht vor meinem, sodass sich sein fahler Atem auf meine Haut legte. »Ihr werdet mit dem Schattenkrieger reiten. Baxter wird Euch begleiten, da es mir verwehrt wurde. Er wird Euch keinen Moment aus den Augen lassen. Seid Euch sicher, dass ich erfahren werde, wenn Ihr Ärger macht oder zu fliehen versucht. Ich befehle Euch, wieder hierher zurückzukehren. Habt Ihr verstanden?« Er stieß meinen Kopf von sich und griff in meine Haare. »Und wenn Euch Euer Leben lieb ist, dann seht zu, dass niemand Eure Haare zu sehen bekommt.«

Seine Finger rissen an meinen Haaren und ich griff nach seiner Hand, um den Schmerz zu verhindern, doch ich war zu langsam. Sorrel wandte sich von mir ab und verließ den Raum.

Ich sollte zu dem General. In den Hochpalast. Das konnte nicht sein. Es musste einen Weg geben, um dem zu entkommen. Ich musste auf dem Weg dorthin fliehen. Das war die einzige Möglichkeit.

Ich sprang auf, als Catherine zur Tür hereintrat. Sie lächelte sanft und deutete mir an, dass ich mich setzen sollte. Sie nahm einen Kamm und fing wortlos an, meine Haare zu kämmen. Dann flochten ihre geschickten Hände meine Haare wieder zu vielen Zöpfen, die sie wie immer in Wellen um meinen Kopf legte. Zum Schluss nahm sie meine Kappe und legte sie fest an meinen Kopf. Mit einem Band befestigte sie sie unter meinem Kinn. Als sie fertig war, betrachtete sie mich zufrieden. Anschließend gab sie mir ein Bündel Kleider, die sie mitgebracht hatte: eine weite Hose, die fast aussah wie ein Kleid, ein Hemd und einen Umhang.

»Zieht das an. Das wird es für Euch einfacher machen.«

»Catherine, ich kann nicht weg von hier. Der Hochpalast ist zu gefährlich.«

»Oh, aber Ihr werdet zum Landgut des Generals gebracht. Da wird es keine Wachen geben, zumindest nicht so viele.« Kurz grinste mich die kleine Frau an und zwinkerte mir zu. »Und Baxter ist auch bei Euch. Der Herr hat befohlen, dass er Euch Tag und Nacht beschützen soll, wobei er wohl eher bewachen gemeint hat.«

Catherine verdrehte die Augen und ich schreckte zurück. Tag und Nacht? Die Vorstellung, mit Baxter in einem Raum zu schlafen, ließ mich erschaudern.

»So wie es der Anstand erlaubt. Ihr braucht keine Angst haben. Es wird Euch dort nichts passieren.« Catherine musste die Abscheu in meinen Augen gesehen haben. »Und nun beeilt Euch! Umso schneller seid Ihr hier weg.«

Ich nickte stumm und stand auf. Catherine verließ vor mir das Zimmer und ich ging hinter ihr her. An der Hintertür ließ sie mich ins Freie treten und blieb selbst im Haus. Von Sorrel war nichts zu sehen. Baxter kam aus dem Stall und führte zwei Pferde auf mich zu: seinen Wallach und eine kleine, plumpe Stute. Er sah meinen Blick, der über die Stute glitt, und grinste.

»Eure kleine Braune ist weg. Verkauft. Sie hat Euch nicht gutgetan.«

Ich zog scharf die Luft ein. Die kleine braune Stute war ein Erdpferd gewesen, ein Stück meiner Heimat. Und nun war sie weg. Sorrel hatte gedroht, sie dem Schlächter zu verkaufen. Mein Herz krampfte zusammen. Ich durfte mir nichts anmerken lassen. Baxter schubste mich zu der Stute.

»Und denkt an mein Versprechen. Wenn Ihr mir Ärger macht, werdet Ihr das bitter bereuen.« Seine Stimme so dicht hinter mir zu hören, bereitete mir mehr Unbehagen, als auf die plumpe Stute zu steigen.

Kaum saß ich oben, wurden mir die Zügel von Baxter aus der Hand gerissen. »Die werdet Ihr nicht brauchen. Die Stute ist eh nicht schnell genug, um vor mir fliehen zu können. Aber trotzdem werde ich es darauf nicht ankommen lassen.«

Baxter stieg ebenfalls auf und zog die Stute hinter sich vom Hof. Vor dem Tor stand ein dunkler Hengst, auf dem der Schattenkrieger saß und auf uns wartete. Ich erkannte ihn sofort wieder. Falkon. Es beruhigte mich, ihn zu sehen, und eine kleine Hoffnung regte sich in mir, dass dieser Auftrag vielleicht doch nicht so unangenehm werden könnte.

Falkon nickte Baxter kurz zu und trieb seinen Hengst an. Der trabte vor uns her und führte uns durch die Straßen und Gassen der Hochstadt, die voller Menschen waren. Händler, die ihre Waren anboten, riefen ihre Kunden zu sich heran. Von dem Markt war keine Spur mehr zu erkennen. Die Menschen machten weiter, als wäre nie etwas gewesen. Vor den Schenken standen Männer, die den Frauen, die vorübergingen, Einladungen aussprachen. Reiter kamen uns entgegen und beachteten uns nicht weiter. Hin und wieder erblickte ich Menschen, die irgendwann einmal zu einem Clan gehört haben könnten, aber keiner sah zu mir auf. Der Schattenkrieger an der Spitze schien alle Blicke abzuwenden. Keiner schaute noch einmal zu uns, wenn die Menschen Falkon erkannt hatten.

Vor uns baute sich das Stadttor auf. Die Mauer war höher als die Bäume im Wald des Geheimen Tals und trennte die Hochstadt von den Clanen ab. Im unteren Bereich war sie aus hellen Steinen errichtet, wie sie auch von meinem Clan im Erdreich verbaut wurden. In den Geschichten des Erdclans wurde oft berichtet, dass große Gabenträger aus dem Erdreich die Hochstadt für den Lichtclan mit errichtet hatten, doch das lag so viele Generationen zurück, dass es nur noch Mythen waren.

Im oberen Bereich der Mauer waren die Steine dunkler. Der Schattenkönig hatte die Mauer verstärken und erhöhen lassen. Ihr Schatten legte sich nun auf weite Bereiche innerhalb der Hochstadt.

Als wir das Tor erreichten, gab Falkon ein Zeichen und ließ seinen Hengst in einen leichten Galopp fallen. Baxter zog meine Stute hinter sich her, die Mühe hatte, das Tempo zu halten. Ich fragte mich, wo Sorrel dieses arme Geschöpf nur aufgetrieben hatte. Falkon bemerkte die Lahmheit meines Pferdes und bremste seinen Hengst wieder. Die Pferde trabten nun langsamer und der dunkle Hengst des Schattenkriegers warf seinen Kopf hoch und biss unruhig auf seinem Maulstück. Sein Reiter konnte seinen Ärger nicht wesentlich besser verstecken.

»Wenn wir nicht etwas schneller vorankommen, werden wir das Landgut des Generals erst zur Abenddämmerung erreichen.«

Seine Stimme klang gereizt und ich konnte mir vorstellen, dass er einen anderen Plan gehabt hatte. Aber er sollte recht behalten. Die Stute unter mir bestimmte mit ihren kurzen, dicken Beinen und ihrem langsamen Schritt das Tempo des Ritts. Die Straße schlängelte sich am Hochstadtfluss entlang und bog dann zwischen den Feldern ab. Ich nahm die Umgebung kaum wahr. Meine

Gedanken kreisten um das Pferd, das ich reiten sollte. Es konnte nur mein heller Hengst sein.

Vor uns tauchten Mauern auf, die ein weites Areal eingrenzten. Ich konnte von meiner Stute aus nicht das Ende der Mauer erkennen. Wenn der General ein solches Landgut besaß, schien er sehr vermögend zu sein. Auf dem Areal tauchte ein Landhaus auf. Es unterschied sich nur in der Höhe von den Stadthäusern und es schien weitläufiger zu sein. Die Weiden vor dem Haus waren mit festen Zäunen begrenzt. Es standen viele Pferde darauf. Ich reckte meinen Kopf, doch ein helles Pferd konnte ich nicht erkennen. Mein Blick fiel nach vorne und ich bemerkte, dass Falkon mich beobachtet hatte. Ich ließ mich tiefer auf meine Stute sinken, konnte aber trotzdem das schiefe Grinsen erkennen, das er mir noch zuwarf. Baxter bemerkte es ebenfalls und drehte sich wütend zu mir um. Er zog der Stute mit den Zügeln im Maul, sodass sie den Kopf schüttelte und verärgert wieherte.

»Benehmt Euch!« Seine Stimme zischte leise und sein Blick fuhr sofort wieder zu Falkon, als hätte er Angst, dass der Schattenkrieger mitbekommen könnte, was er zu mir sagte.

Falkon hielt seinen Hengst vor dem Haus an. Sofort kamen Knechte, um uns die Pferde abzunehmen. Der Schattenkrieger ließ sich aus dem Sattel gleiten und deutete an, dass wir ebenfalls absteigen sollten.

Ich blickte den Pferden nach, die in den Stall geführt wurden. Baxter griff mich am Arm, ließ seine Hand jedoch sofort wieder von meinem Arm sinken, als er Falkons Schatten bemerkte.

Falkon trat auf mich zu. »Ich darf Euch ein Zimmer im Haus anbieten. Der General ist noch geschäftlich in der Hochstadt. Er wird erst später zurückkehren. Bitte folgt mir.«

Er ging voraus in das Haupthaus und ich folgte ihm. Baxter beachtete ich nicht weiter, wusste aber, dass er hinter mir ging. Seine schlurfenden Schritte waren nicht zu überhören. Er wäre so ein leichtes Opfer. Ich dachte an Raven und wie schwer es war, ihn im Wald des Geheimen Tals aufzuspüren, daran, wie Raikon uns gelehrt hatte, uns völlig lautlos durch den Wald zu bewegen.

Das Haus war geräumig und offen. Durch große Fenster fiel das letzte Licht der untergehenden Sonne und färbte die Böden rot. Die Steine schienen das Licht aufzusaugen. Durch die Fenster hatte ich einen Blick auf die weiten Weiden und Wiesen. Kleine Baumgruppen standen zwischen sanften Hügeln.

»Es sind zurzeit keine anderen Gäste hier, deswegen ist kaum Personal zugegen. Ich denke, dass Ihr diesen Umstand entschuldigen werdet.« Falkon deutete an, dass ich ihm folgen sollte. Wir gingen durch einen Flur, der zu mehreren Zimmern zu führen schien. »Hier findet Ihr das Geschäftszimmer des Generals. Ihr solltet es lieber nicht betreten. Die privaten Gemächer des Generals befinden sich am anderen Ende des Hauses. Ihr braucht also keine Bedenken haben, dass Ihr ihn stören werdet.«

»Danke, das habe ich auch nicht vor.«

Falkon sah mich überrascht an und ging weiter. Vor einer Tür blieb er stehen. »Hier findet Ihr ein Zimmer, in dem Ihr Euch aufhalten könnt, wenn Ihr nicht reitet. Es bietet Euch Ablenkung.«

Ich nahm es zur Kenntnis und Falkon ging weiter.

»Und hier ist Euer Gemach.« Falkon öffnete die Tür und ließ mich eintreten. »Ihr findet hier alles, was Ihr benötigt. Die Bediensteten haben ein Abendmahl für Euch auf dem Zimmer anrichten lassen. Wenn Ihr etwas benötigt, müsst Ihr nur die Klingel benutzen.« Falkon wies auf die kleine Klingel, die an der Wand angebracht war. Baxter schob sich an ihm vorbei und wollte das

Zimmer ebenfalls betreten, doch Falkon packte ihn am Arm und zog ihn zurück. »Das ist das Zimmer der Herrin. Ihr habt ein eigenes.«

Seine Stimme und die Schatten, die um ihn auftauchten, ließen Baxter zurückzucken. Der Gehilfe des Pferdehändlers nahm jedoch seinen Mut zusammen und bot dem Schattenkrieger die Stirn.

»Ich habe andere Anweisungen von meinem Herren erhalten.«

»Ich sehe Euren Herren hier nirgends. Ihr? Hier hat mein Herr das Sagen. Wenn Ihr mit seinen Anweisungen unzufrieden seid, dann könnt Ihr Euch gerne an ihn wenden, wenn er hier ist.«

Falkon nickte mir noch einmal kurz zu und zog Baxter mit sich aus meinem Gemach. Die Tür fiel leise ins Schloss und ließ mich in dem großen, geräumigen Gemach allein zurück. Ich musste leise lachen und war Falkon fast dankbar, weil er verhindert hatte, dass Baxter in mein Zimmer vordringen konnte. Mein Blick wanderte durch den Raum. Er war viel kostspieliger eingerichtet als die Räume in Sorrels Haus. Es lagen Teppiche auf dem Boden, ein großes Bett stand in der Mitte des Raumes und vor den hohen Fenstern befanden sich Sessel und ein Tisch, auf dem eine Mahlzeit angerichtet war. Obwohl das Gemüse, Fleisch und Brot appetitlich aussahen, verspürte ich dennoch keinen Hunger. Ich ging durch den Raum und betrachtete alles sehr genau. Meine Finger strichen über das Bett und die Decken. Ich hatte selbst zu Hause im Erdreich nicht solche weichen Decken. Draußen versank die Sonne hinter den Hügeln, die das Landgut einbetteten. Das Feuer in dem Kamin erhellte den Raum und auf dem Tisch brannten Kerzen.

Ich legte meinen Umhang auf den Sessel und mein Bündel daneben. Meine Reitkleidung ließ ich von meinen Beinen gleiten. Ich setzte mich auf das Bett, das unter mir leicht nachgab. Keine harte Strohmatratze wie bei Sorrel.

Ich ließ mich rückwärts auf die Kissen fallen und zog die Decke über meinen Kopf. Mein Körper war die Anstrengung eines langen Ritts nicht mehr gewöhnt. Wie schnell ich meine Fähigkeiten in der Hochstadt eingebüßt hatte! Nun forderten meine Muskeln Erholung und ich schlief ein.

45

~ Im Feuerreich ~

Raven zuckte hoch. Sein Kopf schmerzte und kurz drehte es sich um ihn herum so stark, dass er mit der Hand Halt suchte und eine glatte, kalte Steinwand fand. Verwundert suchten seine Augen die Umgebung ab. Es war dunkel, die kleine Flamme an der Höhlendecke brachte nur wenig Licht.

»Wo sind wir? Wie lange war ich bewusstlos?« Raven versuchte aufzustehen, doch seine Beine gaben unter ihm nach.

»Bleib ruhig sitzen und sei leiser.« Raikon kam von der anderen Höhlenseite zu ihm herüber und setzte sich neben ihn.

Raven sah sich weiter um. Die kleine Höhle, in der sie eingesperrt waren, schien zu einem Höhlensystem zu gehören. Vor einer Felsspalte, die der Eingang war, war eine Eisentür mit dem Gestein verschmolzen. Was dahinter lag, war nicht zu erkennen.

»Wir sollten abwarten, bis sich klärt, warum wir hier festgehalten werden. Ich denke, dass wir mit dem Feuerclan einen schlechten Start hatten.«

»Das nennst du einen schlechten Start? Das soll wohl ein Witz sein. Dieser Feuerkrieger hat uns fast abgefackelt.«

»Du übertreibst. Nicht einmal unsere Kleidung hat eine Spur des Feuers abbekommen. Dieser Krieger wusste genau, was er tut.«

Raven musterte den Lichtträger neben sich, sagte ihm jedoch nicht, dass er ihm recht geben musste. Ihre Kleidung und ihre Haut waren völlig unversehrt. Raven lehnte seinen Kopf an den Felsen hinter sich. Die Kühle des Steins überraschte ihn und ließ ihn kurz durchatmen.

Raikon stand auf, ging wieder zur anderen Seite der Höhle und ließ sich auf dem Felsvorsprung nieder, auf dem er gesessen hatte, als Raven zu sich kam. Raven nickte ihm kurz zu. Raikon hatte sich weise platziert. So hatten sie den Eingang von beiden Seiten im Blick. Raven überblickte noch einmal die Gegebenheiten der Höhle. Die Eisentür war so schmal, dass nur ein Krieger hindurchkommen konnte – ein Vorteil für die Eingesperrten.

»Genau das solltest du lassen, wenn dir ein Leben lieb ist, Abschaum.«

Raven zuckte zusammen. Hinter den Eisenstäben der Tür erschien die Silhouette eines Feuerkriegers. Sein Lachen hallte von den Höhlenwänden wider. Raven setzte sich auf. Raikon blickte finster zur Tür. Anscheinend hatte er einen ähnlichen Plan gehabt.

»Maßt Euch nicht die Behauptung an, dass Ihr wisst, was ich denke.«

»Ihr seid nicht der erste Clankrieger, der hier drinnen schmoren wird, bis sich der Clanfürst entscheidet, was mit Euch passieren soll. Und da Ihr Fremde zu sein scheint, werdet Ihr nicht wissen, wie wir im Clanreich mit Fremden umgehen.«

»Wie kommt Ihr darauf, dass wir Fremde im Clanreich sind?«

»Ihr seid weder typisch für einen der Clane, die hier leben, noch wisst Ihr, dass man nicht einfach in das Feuerreich eindringt.«

»Wir sind Freunde und möchten mit Eurem Clanfürsten sprechen.«

»Ihr seid weder Freunde, noch könnt Ihr hier Wünsche äußern. Ihr solltet froh sein, wenn Ihr Eurer Wege ziehen dürft, was ich stark bezweifele.«

Das Feuer an der Höhlendecke flackerte kurz auf. Der Krieger warf einen Beutel in die Höhle. Seine Schritte waren diesmal deutlich zu hören. Raven stand auf und ging zur Tür. Er umfasste die Gitterstäbe, um in den Gang dahinter zu sehen, und zuckte sofort zurück. Ein stechender Schmerz durchzog seine Hände. Er ließ die Stäbe los und trat einen Schritt zurück. Seine Handflächen zierten rote Striemen, dort wo die Haut von den Stäben verbrannt worden war.

Raikon stand plötzlich hinter ihm. »Das ist wohl eine Ausbruchssicherung. Von Weitem sieht das Eisen der Tür völlig kalt aus.«

Raven knurrte etwas Unverständliches vor sich hin und schüttelte die Hände. Wütend auf sich selbst und auf den Feuerkrieger ging er zurück zu seinem Platz an der Felswand.

»Wir werden wohl warten müssen, bis der Feuerfürst sich bereit erklärt, sich mit uns zu treffen.« Raikon verharrte noch an der Tür und spähte in den Gang dahinter.

»Ich habe keine Zeit zu warten. Raja braucht uns und der Hochkönig kann jeden Tag hinter unser Vorhaben kommen. Was er den Clanen dann antun wird, möchte ich mir nicht ausmalen.«

Der junge Lichtträger sackte auf dem Felsvorsprung in sich zusammen und vergrub sein Gesicht in seinen Händen. Er wusste, in welcher Gefahr besonders der Erdclan war. Eine Gefahr, die über all die Jahre nicht kleiner geworden war, sondern immer größer, je älter Raja und Raven wurden.

»Es wird dir trotzdem nichts anderes übrig bleiben. Spätestens wenn die Windfürstin dich nicht im Lager sieht, wird sie sicherlich nach dir suchen. Und es wird dieser Ort hier sein, an dem sie zuerst suchen wird. Die anderen Clane haben ein gesundes Misstrauen gegenüber dem Feuerclan. Das sollte uns Hoffnung geben.«

Raven schnaubte und ließ sich auf seinem Lager nieder.

46

~ In der Hochstadt ~

Der General schloss die Tür zu seinem Geschäftszimmer und ging mit festen Schritten den Flur hinab. Seine Gedanken kreisten um die Frau, die Falkon auf sein Landgut bringen sollte. Er hatte ihm entsprechende Anweisungen erteilt, denn er selbst konnte nur für ein paar Tage auf seinem Landgut verweilen. Der Hochkönig war nicht zufrieden gewesen, als er ihn über die Notwendigkeit seiner Abreise unterrichtet hatte. Der Gabensucher war nicht anwesend gewesen. Die Lüge, dass er seine Pferdezucht inspizieren musste, da er einige geeignete Pferde für die Krieger des Hochkönigs bereitstellen wollte, hatte der Hochkönig nur wegen der Aussicht auf Kriegspferde akzeptiert.

»Wenn ich Euch nicht kennen würde, würde ich annehmen, dass Ihr vor irgendetwas weglauft.«

Der General fuhr herum. Hinter ihm stand die Prinzessin mit ihrem Schattenkrieger. Matheo war wie immer übellaunig und blickte ihn finster an.

»Eure Hoheit. Es freut mich, dass ich Euch noch vor meiner Abreise sehe.«

Die Prinzessin schritt langsam auf ihn zu, ihre Augen verengten sich. Der General war wieder einmal überrascht, wie schön sie war. Ihr langes schwarzes Haar lag wie ein dunkler Schleier über ihrem Rücken bis zu ihren Hüften. Der dunkelrote Stoff ihres Kleides passte perfekt zu ihren Augen, die gefährlich und verführerisch aufleuchteten, als sie seinen Blick bemerkte.

»Lügner. Ihr wärt davongeritten und hättet Euch nicht einmal verabschiedet.«

Der General wusste, dass sie recht hatte. Er war auf direktem Weg zum Stall gewesen. Der Zeitverlust, den sie ihm bescherte, schmerzte ihn, dennoch schenkte er ihr ein Lächeln und zog sie zu sich heran. Seine Lippen streiften ihre Wange und aus den Augenwinkeln sah er, wie sich Matheo leicht versteifte.

»Ihr kennt mich einfach zu gut.«

Die Prinzessin zog seinen Kopf dichter an sich heran und flüsterte in sein Ohr. Dem General trat eine leichte Röte auf die Wangen und er blickte auf die Prinzessin, die ihn von sich drückte. Mit schwingenden Hüften ging sie zurück zu ihrem Schattenkrieger. Der General sah ihr noch kurz nach und setzte dann seinen Weg zum Stall fort.

Dragon stand in seinem Pferch und wartete auf seinen Reiter. Mit schnellen Handgriffen sattelte der General seinen dunklen Hengst, denn auf einen Knecht wollte er nicht warten. Das Pferd tänzelte neben seinem Reiter aus dem Stall. Kaum saß der General in seinem Sattel, galoppierte es auch schon den Weg zur Hochstadt hinunter. Der schwarze Hengst brauchte sein Tempo nicht drosseln, die Menschen ließen den Reiter passieren und machten ihm ausreichend Platz. Der Wind trug ihn schneller aus der Stadt, als er es für möglich erdachte. Auf der Straße, die zu seinem Landgut führte, ließ der General seinem Hengst die freie Wahl über das Tempo und der Schwarze zog an. Erst an den Mauern des Landgutes wurde er wieder langsamer. Dort hielt der General den Hengst an und ließ seine Hand über das schweißnasse Fell des Pferdehalses gleiten.

»Man könnte meinen, dass du es eiliger hattest als ich.«

Langsam schritt der Hengst durch das Tor des Landgutes. Auf den Weiden standen nur noch wenige Pferde. Die Knechte hatten einen Teil des Pferdebestandes schon in die Stallungen geholt. Der

General hatte Falkon angewiesen, die meisten Bediensteten zu beurlauben und wegzuschicken. Auf dem Landgut waren nicht viele verblieben. Dem General war es lieber, wenn es nur wenige gab, die etwas von der Anwesenheit der Clanfrau mitbekamen.

Vor dem Stall hielt der General seinen Hengst an und saß ab. Der Stall war groß und luftig. Die Pferde standen in ihren Pferchen und fraßen ruhig ihr Futter. Im hinteren Stallteil war noch ein freier Pferch. Der General ließ Dragon hineingehen und nahm ihm den Sattel und das Zaumzeug ab. Beides hing er auf eine Halterung, dann sah er nach, ob der Hengst ausreichend Futter hatte.

Zufrieden schritt der General auf das Landhaus zu, vor dessen Tür schon Falkon stand und auf ihn wartete.

47

~ Im Feuerreich ~

Die Eisentür klickte leise und schreckte Raven aus seinem Schlaf auf. Obwohl jemand die Felsenzelle betrat, blieb er ruhig liegen und wartete ab. Unter seinen Handflächen kribbelte es. Sein Licht wartete nur darauf, dass er es losließ. Die Eisentür schloss sich genauso leise, wie sie sich geöffnet hatte. Derjenige, der die kleine Höhle betreten hatte, blieb an der Tür stehen. Raven überlegte, ob sich ein Angriff lohnen würde.

»Ihr seid also die Fremden, die das Clanreich besuchen und sich so unbeholfen in das Feuerreich geschlichen haben.«

Raven setzte sich langsam auf. Seine Handflächen knisterten gefährlich vor sich hin, sodass er sie schnell hinter seinem Rücken versteckte. Raikon blieb auf seinem Felsvorsprung sitzen. Der Fremde stand in der Mitte der Höhle. Eine Kapuze verhüllte sein Gesicht, der Umhang verdeckte seinen Körper. Der lange dunkle Stoff hing schwer an seinen Beinen herab.

»Wer seid Ihr?«

Der Fremde drehte seinen Kopf zu Raikon. »Die Frage ist: Wer seid Ihr? Alles andere ist hier unbedeutend.«

»Das sehen wir anders. Wir sind Abgesandte des Erdclans.«

Der Fremde wandte sich um zu Raven und ging langsam auf ihn zu. »Abgesandte des Erdclans? Und das soll ich Euch glauben? Ihr habt weder die Erscheinung der Erdkrieger noch die Fähigkeiten. Sonst wäre es ein Leichtes für Euch gewesen, die Erde und die Felsen Eures Verlieses zu durchbrechen.«

Raven taxierte den Fremden, während Raikon unruhig wurde. Er sah von dem Fremden zu Raven hinüber. Der erwiderte seinen Blick und registrierte Raikons unmerkliches Kopfschütteln.

»Dachte ich mir.« Der Fremde beobachtete Raven weiter.

»Wir sind Abgesandte des Erdclans. Wir müssen mit dem Feuerfürsten sprechen. Es ist äußerst wichtig.«

»Der Feuerfürst wird Euch nicht empfangen. Wenn Ihr etwas zu sagen habt, dann müsst Ihr das wohl mir mitteilen.«

Raven starrte Raikon an, der sich wieder setzte und schwieg.

»Gut. Dann werdet Ihr hierbleiben, bis ich mir überlegt habe, was mit Euch passieren soll.«

Der Fremde ging zur Tür und verschwand. Raven lehnte sich zurück und schloss die Augen.

»Es ist gut, dass du nicht gezeigt hast, wer wir wirklich sind. Es ist besser, wenn wir hier erst einmal keinem vertrauen.«

»Das wird uns aber nicht hier herausbringen.«

»Nein, sicherlich nicht. Aber wie der Fremde schon gesagt hat: Wenn wir das Erdelement in uns hätten, hätten wir hier schon herauskommen können.«

»Was nicht unbedingt diplomatisch gewesen wäre.«

Raikon lachte auf. »Da hast du recht. Was ist also dein Plan?«

»Wir warten ab, auch wenn es mir schwerfällt. Aber wir müssen herausfinden, wer uns hier festgesetzt hat und ob die Möglichkeit besteht, dass unser Anliegen hier Gehör findet.«

»Du wirst immer mehr der, der du sein musst.«

Raven lachte auf. »Wir werden sehen, wohin das hier führt.«

48

~ Auf dem Landgut ~

Die Kerzen auf meinem Tisch waren erloschen und im Kamin war nur noch wenig Glut zu erkennen. Ich schreckte im Bett hoch. Hatte ich ein Geräusch gehört? Meine Füße waren schnell auf dem Boden. Die Steine fühlten sich glatt und warm an. Ich ging zum Kamin und legte ein Stück Holz nach. Die Flammen griffen auf das Holz über und erhellten das Zimmer.

Leise ging ich zur Tür und lauschte nach draußen. Auf dem Flur war es still und ich wagte es, die Tür einen Spalt weit zu öffnen. Das Haus lag verschlafen da. Ich fragte mich, wie weit die Nacht schon fortgeschritten war. Es dauerte nur einen Wimpernschlag, bis ich den Entschluss gefasst hatte, mein Zimmer zu verlassen. Im Flur war der schwache Schein von Kerzen zu erkennen. Ich ging ihn entlang. Der ausladende Raum vor der Eingangstür lag verlassen und ruhig vor mir. Es brannten ein paar Kerzen und im Kamin ein Feuer. Ohne die Flammen wäre er mir gar nicht aufgefallen. Ich trat an den Tisch, auf dem eine Schale mit Obst stand. Mein Magen rumorte leise, weil ich mittlerweile doch Hunger bekommen hatte. Daher griff ich nach ein paar Trauben und aß sie. Meine Finger glitten über die Tischplatte und ich blieb vor dem Feuer stehen. Die Wärme aus dem Kamin legte sich auf meinen Körper und ich bemerkte erst jetzt, wie kalt es im Haus geworden war. Ein Geräusch ließ mich herumfahren, aber niemand war zu sehen. Ich schlich wieder in den Flur zurück, der zu meinem Gemach führte. Eine der ersten Türen auf dem Flur stand ein Stück offen und Licht fiel durch den Spalt in den sonst dunklen Flur. Auf meinem Weg hin zum Kamin war mir das nicht aufgefallen. Das Licht zog mich magisch an und ich trat vorsichtig an die Tür heran und schaute durch den Spalt hinein. Auf der Zimmerseite, die ich einsehen konnte, brannte ebenfalls ein Kamin. Davor stand ein Mann. Die hohe Gestalt wurde von dem Feuer umspielt und warf einen Schatten in den Raum. Das Hemd des Mannes war tief aufgeknöpft und in seiner Hand hielt er einen Becher.

»Dann ist also alles nach Plan gelaufen?«

Der Mann drehte sich um und ich konnte im Schein des Feuers das Gesicht des Generals erkennen. Seine Züge wurden von den Flammen erhellt. Es schien eine weitere Person im Raum zu sein.

»Ja. Der Pferdehändler hat allerdings einen Bediensteten zu ihrer Sicherheit mitgeschickt. Ich fürchte, du hast mit deinen ausschweifenden Feiern etwas über die Stränge geschlagen. In der Hochstadt wird nur zu gerne darüber geredet, was für einen wilden und anzüglichen Lebensstil du hier führst.«

Falkon lachte auf. Ich lauschte weiter wie gebannt. Der General lachte ebenfalls, wenn auch verhaltener, und setzte den Becher an seine Lippen.

»Deine gut geschürten Gerüchte über mich haben mehr als ihren Zweck erfüllt, wenn die Hochstadtbewohner so über mich denken. Dann sollten wir dem Bediensteten etwas bieten, das seine Erwartungen erfüllen wird. Bitte sorg dafür, dass diese Person mir nicht in die Quere kommt.«

»Ich habe schon alles veranlasst.«

»Das ist gut. Danke.«

»Wenn du nichts mehr hast, würde ich mich dann zurückziehen.«

»Tu das, Falkon. Es liegen ein paar wichtige Tage vor uns. Hoffen wir, dass alles so läuft, wie wir es brauchen.«

Mein Herz setzte aus. Die Schritte von Falkon kamen auf die Tür zu. Ich wollte mich gerade abwenden, als die Augen des Generals mich im Lichtschein des Türspalts erblickten. Mein Gemach lag zu weit entfernt, der Raum an der Eingangstür war näher. Ich entschied mich dafür, mich dort zu verstecken. Meine Füße trugen mich lautlos zu den Sesseln und dem Tisch mit dem Obst.

»Raja?«

Ich fuhr herum. Der General stand hinter mir. Das Licht, das der Kamin auf ihn warf, war ausreichend, um seine Gestalt zu erkennen. Sein Hemd stand offen und ließ einen Blick auf seine muskulöse Brust frei. Seine tiefblauen Augen lagen ruhig und abwartend auf mir. Woher kannte er meinen Namen? Ich konnte mich nicht erinnern, dass mich hier oder in der Hochstadt jemand danach gefragt hatte.

Als ich nicht antwortete, ließ der General seinen Blick über mich wandern. Es irritierte mich und ich sah selbst an mir herunter. Ich trat einen Schritt zurück. Meine Hände zerrten an dem Saum meines Hemds, doch es gab nicht nach. Ich trug nur dieses Hemd, meine Unterkleider und die Kappe. Ohne nachzudenken, war ich so losgegangen, wie ich aus dem Bett gesprungen war. Der General grinste belustigt und wandte seinen Blick von meinen Beinen ab.

»Das ist nicht lustig.« Meine Stimme war so leise, dass er sie vermutlich kaum hören konnte.

»Konntet Ihr nicht schlafen? Oder möchtet Ihr noch etwas essen?«

Der General kam langsam auf mich zu und ich wich vor ihm zurück, bis ich an die Wand stieß. Innerlich fluchte ich. Was hatte ich mir nur dabei gedacht? Wenn der General hier ausschweifende Feiern abhielt und einen anrüchigen Lebensstil führte, dann war es sicherlich dumm, mein Gemach zu verlassen.

Er trat so nahe an mich heran, dass ich meinen Kopf in den Nacken legen musste, um ihn anzusehen. Seine Augen gruben sich in meine. Für einen Moment konnte ich den Wald um uns herum und das Wasser an meinen Beinen spüren. Mein Herz schlug in meiner Brust so laut, dass ich es in meinen Ohren hören konnte. Langsam hob er die Hand und griff eine Haarsträhne, die sich unter der Kappe gelöst hatte. Die Strähne glitt ihm durch die Finger und ich sah ihr dabei zu. Blitzschnell griff der General nach dem Band, das die Kappe unter meinem Kinn auf meinem Kopf hielt. Sie fiel zu Boden. Die Augen des Generals blitzten kurz auf, als er meine Haare betrachtete und bemerkte, dass sie in Wellen um meinen Kopf lagen. Ich drückte mich fester gegen die Wand hinter mir, als würde sie mir eine Fluchtmöglichkeit bieten.

»Habt Ihr Angst vor mir?«

»Nein, ich habe keine Angst. Ich weiß, dass ich Euch besiegen könnte, wenn ich es wollte.«

Seine Mundwinkel zuckten belustigt und er neigte sich zu mir herunter. Seine Arme legten sich neben mich an die Wand und rahmten mich ein. Er erschwerte mir eine Flucht.

»Das denke ich weniger.«

»Ihr habt mich auch noch nicht kämpfen sehen. Ich hätte Euch in der Clanstätte erschlagen sollen, dann wäre uns viel Leid erspart geblieben.«

Der General drückte sich ein Stück von mir weg, seine Augen wurden eng und kalt. »Ich musste einen Befehl ausführen.«

»Ihr habt einen friedlichen Clan überfallen. Es sind viele gestorben in dieser Nacht.«

»Das war nicht meine Absicht. Mir wurde aufgetragen, nach Gabenträgern zu suchen.«

»Mit den Waffen und Schatten Eurer Krieger?«

Der General schwieg kurz.

»Es war ein Befehl. Mir blieb keine Wahl.«

»Hattet Ihr auch keine Wahl, als Ihr die Halbwüchsigen meines Clans entführt habt?«

»Ich musste dem Hochkönig etwas liefern. Ihr versteht das nicht.«

»Was gibt es da nicht zu verstehen? Habt Ihr Euch gedacht, dass sie besser als gar nichts sind? Sie sind noch Kinder. Es ist noch nicht einmal sicher, dass sie überhaupt eine Gabe tragen.«

»Das wird sich in den nächsten Monaten zeigen.«

Ich keuchte auf, schüttelte fassungslos den Kopf und drehte ihn zur Seite. Der General umfasste mein Kinn und drehte meinen Kopf wieder zu sich herum.

»Ihr seid ein Monster.« Meine Stimme war leise und mein Herz schlug immer wilder. Ich konnte meinen Blick nicht von seinen Augen lösen, die mich nun enttäuscht ansahen.

Langsam beugte sich der General wieder über mich. Seine Lippen öffneten sich kurz, als wollte er etwas sagen. Doch er schloss sie wieder. Mein Blick lag nun auf seinen Lippen und ich musste schlucken. Wieder öffneten sie sich.

»Ihr seht in mir ein Monster?«

Ich schloss meine Augen, um die Reaktion, die meine Worte in ihm ausgelöst hatten, nicht in seinen Augen sehen zu müssen. Er war der Fremde aus meinem Traum. Meine Haut kribbelte unter seiner Berührung und ich sehnte mich mehr nach ihm, als ich mir eingestehen wollte. Das Band zwischen uns zog uns zusammen, ob ich es wollte oder nicht. Ich schlug meine Augen wieder auf und sah direkt in seine.

»Was sollte ich sonst in Euch sehen?«

Der General drückte sich von der Wand ab und ging hinüber zum Feuer. Dort blieb er stehen. Sein Rücken war mir zugewandt, sein Blick galt den Flammen. Mein Herz raste immer noch. Tief in mir regte sich das

Bedürfnis, ihn zu berühren. Ich wollte seinen Blick noch einmal auf mir spüren – wie in meinen Träumen. Ich wollte seine Nähe, seine Lippen noch einmal so nahe bei mir haben. Und doch durfte ich nicht vergessen, was er war und was er getan hatte.

»Ihr solltet schlafen gehen. Morgen könnt Ihr mein Pferd reiten.«

Seine Worte klangen hart und schnitten tief in mein Herz. Ich sollte sein Pferd reiten. Meinen hellen Hengst. Shiver.

Schnell bückte ich mich, hob die Kappe auf und lief los, ohne darauf zu achten, ob meine Füße laut auf dem Boden widerhallten. Ich schaute noch einmal zurück. Der General hatte sich umgewandt und sah mir nach. Sein Blick ließ mich erschaudern. Ich konnte nicht ausmachen, was in ihm lag, doch seinen Schmerz erkannte ich.

Die Tür zu meinem Gemach ließ ich laut ins Schloss fallen, dann warf ich mich aufs Bett. Ich wusste nicht, woher die Tränen kamen, die mein Kissen benetzten, doch ich spürte denselben Schmerz wie den, den ich in den Augen des Generals gesehen hatte.

49

~ Im Feuerreich ~

Die Verliestür knallte hart gegen die Felswand. Raven sprang von seinem Lager auf, als die Flammen der Beleuchtung hell aufflackerten. Ein Feuerkrieger betrat den Raum und grinste die Gefangenen frech an. Seine roten Haare und die roten Augen leuchteten kurz auf. Raven erkannte den Fremden, der sie in ihrem Lager angegriffen hatte, wieder. Kleine Flammen züngelten an den Händen des Feuerkriegers.

»Ihr seid also immer noch hier. Es scheint mir, als würde Euch der Feuerfürst nicht gern in seinem Reich willkommen heißen.«

Raikon stand auf. »Wir werden empfangen. Es ist nur eine Frage der Zeit.«

Der Fremde wandte sich zu Raikon um und sein Grinsen wurde breiter. »So viel Zeit habt Ihr nicht mehr. Da habe ich doch recht, oder nicht?«

Ravens Hände knisterten auf, doch der Fremde warf Raikon schon seine Flammen entgegen. Raikon riss die Hände hoch, als die Hitze der Flammen auf ihn zuraste, und schloss die Augen, doch die Flammen kamen nicht bei ihm an. Der Fremde taumelte kurz zurück, als sie auf einem Schild aus Licht abprallten und erloschen. Raven keuchte von der Wucht, die auf sein Licht prallte, das er vor Raikon geschleudert hatte.

Der Fremde sackte kurz zusammen, stemmte sich jedoch schnell wieder hoch. Sein Lachen ließ die Höhle erzittern. Raven sprang vor Raikon.

»Und es war so schwer zu sagen, wer Ihr seid, dass Ihr lieber mein Feuer spüren wolltet, als Euch zu erkennen zu geben?«

»Ihr erscheint nicht gerade vertrauenswürdig. Es ist bekannt, dass der Feuerclan dem Schattenkönig auf dem Hochthron folgt.«

»Ihr maßt Euch an, entscheiden zu können, auf welcher Seite der Feuerclan steht?« Der Fremde verengte seine Augen und seine Stimme grollte.

Raven baute sich auf und sein Licht zog in kleinen Blitzen die Arme hinauf. »Der Feuerclan war schon immer wankelmütig und schlägt sich nur auf die Seite, die ihm am meisten Nutzen bringt.«

»Welchen Nutzen bringt uns das Licht? Soweit ich das sehe, gibt es nur zwei Lichtträger. Und ob das Licht überhaupt jemals wieder auf dem Hochthron sitzt, ist mehr als fraglich.«

»Das Licht gehört auf den Hochthron. Er wurde meinem Clan mit Gewalt und Tod entrissen.«

»Das Licht hat uns hier nicht geholfen. Euer Clan war schon immer nur damit beschäftigt, in der Hochstadt zu strahlen. Hier im Feuerreich hat es kein Licht gegeben, das für uns gebrannt hätte. Da war immer nur unser eigenes Feuer und unser eigener Clan. Warum sollte der Feuerclan sich nun auf die Seite des Lichts stellen?«

»Weil Ihr sonst im Schatten untergehen werdet, so wie alle anderen Clane auch. Der Schatten hat sich bereits gegen Euren Clan gestellt oder könnt Ihr sagen, was mit der Hochkönigin, einer Tochter Eures Clans, passiert ist?«

Der Feuerkrieger keuchte auf. »Seid vorsichtig, wie Ihr von Fara sprecht. Sie war die Schwester des Feuerfürsten.« Er richtete sich auf und wandte sich ab.

»Wo wollt Ihr hin? Ihr könnt uns nicht länger hier festhalten.«

»Das liegt nicht in Eurer Entscheidungsgewalt.«

Der Fremde stürzte durch die Tür, die er lachend hinter sich zuschlug. Raven rannte auf die Tür zu, blieb aber davor stehen. An seinen Händen zuckten Blitze. Der Fremde lehnte sich an den Felsen nahe der Tür.

»Schlau, dass Ihr die Tür meidet. Ihr habt bestimmt schon Bekanntschaft mit der Hitze des Feuers gemacht.«

Raven wollte etwas erwidern, doch in dem Moment knallte die Fackel an der Höhlendecke und erlosch mit einem Zischen.

»Das braucht Ihr ja nicht.«

Raven starrte an die Decke und dann zu Raikon, der zwischen seinen Händen eine kleine Lichtkugel formte. Als Raven sich wieder zu dem Fremden umwandte, war dieser schon hinter einem Felsvorsprung, um den der schmale Weg durch die Höhle führte, verschwunden.

»Verdammt!« Raven trat mit Wucht gegen die Gittertür, die ihn verspottete, in dem sie noch nicht einmal erzitterte. In seinem Ärger zuckten die Blitze seine Arme hinauf. Ein Blick auf Raikon verriet ihm, dass der alte Lichtträger zwischen Belustigung und Verärgerung hin- und hergerissen war.

»Ich verstehe nicht ganz, was an dieser Situation komisch sein soll.«

Raikon lachte los. »Oh, da missverstehst du mich. Die Situation ist ganz und gar nicht komisch. Aber der Fremde, der uns hier festhält und der dich so wunderbar dazu gebracht hat, zu zeigen, was du bist, kann kein einfacher Feuerkrieger sein.«

Die Blitze verstummten langsam, wie bei einem abziehenden Gewitter, und Raven ließ sich frustriert auf dem Lager nieder. Er fragte nicht nach den Vermutungen, die Raikon hatte, denn er wusste, dass er es eh gleich hören würde.

Raikon trat zu ihm heran. »Der Fremde ist auch der, der uns in unserem Lager überrascht hat. Dort waren seine Flammen kalt und vorhin waren sie heiß. Es gibt nur eine Familie im Feuerclan, die die Temperatur ihres Feuers steuern kann. Die Familie des Feuerfürsten ist dafür bekannt. Sie können auch wahre Flammeninfernos erzeugen. Zumindest war es früher so.«

»Und was lässt dich nun über die Tatsache lachen, dass wir hier eingeschlossen sitzen?«

»Wir wurden getestet. Ich gehe davon aus, dass wir hier nicht mehr lange festgehalten werden. Der Fremde, wie auch immer er zu der Fürstenfamilie gehört, wird dem Feuerfürsten berichten, wer wir sind, und entweder wird er uns empfangen oder nicht.«

»›Oder nicht‹ ist keine Option.«

»Für uns sicherlich nicht. Aber das müssen wir wohl abwarten.«

Raikon ließ die Lichtkugel, die er in den Händen hielt, an die Höhlendecke steigen und setzte sich wieder auf die Steine, die sein Lager bildeten.

50

~ Auf dem Landgut ~

Ich schreckte aus meinem Bett auf. Die Tür zu meinem Gemach wurde aufgestoßen und Baxter betrat den Raum. »Zieht Euch an und steht auf. Ihr seid hier nicht zum Faulenzen.«

Provokativ blieb er im Raum stehen und sah mich herausfordernd an. Ich zog meine Decke höher. »Raus hier!«

»Was habt Ihr gesagt?«

»Ihr sollt das Gemach verlassen, hat die Herrin gesagt.«

Baxter zuckte zusammen, als Falkon den Raum betrat. Er neigte kurz den Kopf in meine Richtung und zog dann Baxter aus dem Raum, der wild protestierte. Als die Tür zugezogen wurde, sprang ich schnell aus dem Bett und zog meine Reitkleidung an. Ich warf mir den Umhang über die Schultern und kontrollierte noch einmal den Sitz meiner Kappe. Die Haare hatten sich in der Nacht etwas gelöst und ich stopfte sie so gut wie möglich unter die Kappe.

Ich öffnete langsam die Tür. Davor stand Falkon wie ein Fels, seine Schatten wirbelten um ihn herum. Als er mich bemerkte, verschwanden sie und er lächelte mich an.

»Guten Morgen! Entschuldigt bitte das Eindringen Eures Bediensteten. Ich war nicht schnell genug, um ihn abzufangen.«

»Ich habe keine Bediensteten.«

Falkon neigte nur kurz den Kopf und wies mir an, ihm zu folgen. Er führte mich in einen hellen Raum, der durch die Morgensonne in ein mildes Licht getaucht wurde. In der Mitte stand ein großer Tisch, auf dem ein Frühstück angerichtet war. Ich sah ihn fragend an.

»Der General hat veranlasst, dass wir gemeinsam essen. Wenn das nicht Euren Wünschen entspricht, kann ich Euer Frühstück auch in Euer Gemach bringen lassen.«

Ich blickte mich suchend um, fand aber Baxter nirgends.

»Euer Bediensteter wird bei unseren Bediensteten essen.«

Falkon lächelte mich schief an und wies mir einen Stuhl zu. Ich setzte mich und überblickte den Tisch. Es war mehr darauf zu finden, als ich jemals hätte essen können. Falkon setzte sich auf den Stuhl mir gegenüber. Ich ließ meinen Blick über das angerichtete Essen schweifen. Es gab verschiedene Brote und Käse, Trockenfleisch, Gemüse und Obst. Seltsam anmutende Breie und gebratene Eier. Ich wählte Obst und Brot. Als ich nach dem Tee greifen wollte, wurde die Tür aufgestoßen und der General betrat den Raum. Er nickte uns kurz zu und setzte sich auf den Stuhl am Kopf des Tisches. Schweigend begann er zu essen, während er Papiere durchsah, die er unter seinem Arm mitgebracht hatte. Falkon sah ihn herausfordernd an, doch der General versuchte, seinen Schattenkrieger zu ignorieren. Ich aß mein Obst und suchte nach einer Fluchtmöglichkeit.

»Wie ich sehe, sind hier alle in überaus guter Stimmung, da wird es mir ein Vergnügen sein, mich zu entschuldigen. Ich werde im Stall erwartet.«

Falkon sprang auf und schickte sich an, den Raum zu verlassen. Ich wollte ihm folgen, doch er hob die Hände und ich ließ mich wieder auf meinen Stuhl sinken. Ein Blick zum General verriet mir, dass er mich über seine

Papiere hinweg beobachtet hatte. Ich schob meinen Teller von mir weg und blickte starr auf den Tisch.

»Seid Ihr schon fertig mit Eurem Frühstück?«

Ich blickte den General an. »Ja.«

Er nickte und aß weiter. Ich fühlte mich allein mit ihm in dem Raum unwohl. Ich stand auf und wollte gehen, als der General ebenfalls aufsprang. Die Papiere lagen auf seinem Teller verteilt. Seine heftige Reaktion verwirrte mich.

»Ich werde schon in den Stall gehen und nach dem Pferd sehen.«

Der General neigte den Kopf und entließ mich. Schnell lief ich zur Tür und trat hinaus auf den Flur. Die Tür zog ich hinter mir ins Schloss und ich blieb kurz an sie gelehnt stehen. Mein Atem ging schnell und mir fehlte der Halt zur Erde, um meine Gefühle klarer ordnen zu können. Ich stieß mich ab und ging hinaus in den Stall, denn hier konnte ich eh nichts ausrichten.

In der großen und luftigen Scheune, die als Stallung diente, fand ich Falkon, der mir den Weg zu Shivers Pferch zeigte. Der helle Hengst schien mich zu erkennen. Er drehte sich zu mir und stieß seine Nüstern in meinen Arm, doch dann wich er zurück und warf den Kopf hoch. Ich trat zu ihm in den Pferch, um ihm wieder näher zu sein.

»Sei ruhig, mein Schöner. Ich weiß auch nicht, warum ich dich nicht spüren kann. Ich fühle mich taub und leer.«

Meine Hände strichen über das helle Fell am Hals des Pferdes. Langsam wurde der Hengst ruhiger und fing an, sein Futter zu fressen.

Vor dem Pferch räusperte sich Falkon. Er legte mir Zaumzeug und einen Sattel auf die oberste Latte. Der Hengst spannte sich an und tänzelte in die andere Ecke. Mir gefiel sein Verhalten nicht. Shiver kannte Zaumzeug und Sattel. Weswegen wurde er so nervös?

»Der Hengst lässt sich nicht gut satteln und zäumen. Wir haben unsere Mühe damit. Ist er erst einmal fertig, ist er wieder ruhig. Der General kommt noch am besten mit ihm klar. Die Stallknechte lässt er erst gar nicht an sich heran.«

Mein Blick wanderte zwischen dem Schattenkrieger und dem Hengst hin und her. In der Hochstadt war Shiver auch gesattelt gewesen. Ich nahm den Sattel und wollte ihn auf den Rücken des Pferdes legen, aber Shiver sprang zur Seite und ließ mich nicht an sich heran.

»Er war bei mir nie so.«

Ich hörte, wie Falkon sich leise entfernte. Langsam und bedächtig legte ich den Sattel wieder zurück und nahm das Zaumzeug von der Holzlatte. Es brachte die gleiche Reaktion des Pferdes. Leise redete ich mit Shiver und ließ das Leder langsam über sein Fell streichen. Der Hengst beruhigte sich und ich konnte ihm die Zügel überstreifen. Von der Stallgasse erklang ein Lachen.

»Na, will der blöde Gaul nicht, wie Ihr wollt?«

Baxter stand vor dem Pferch. Er hatte die Arme in die Seiten gestemmt und lachte mich aus. Der Hengst neben mir stieg hoch und stieß mich zur Seite. Das Zaumzeug fiel zu Boden und der Hengst versteckte sich in der hintersten Ecke. Ich stand auf und stürzte aus dem Pferch auf Baxter zu.

»Was habt Ihr mit meinem Pferd gemacht?«

Baxter holte aus und schlug mir mit der flachen Hand ins Gesicht. »Das, was wir mit Ungehorsamen immer machen.«

Ich hielt meine Wange und wollte gerade ansetzen, um ihn gezielter anzugreifen, als mich eine Hand von hinten festhielt.

»Ich denke, dass wir jetzt genug Aufregung hier verbreitet haben.«

Der General zog mich zu sich heran. Seine Augen waren dunkelgrau verfärbt, er sah aus wie am Markttag.

Seine Hand umschloss meinen Arm und sein Griff zitterte leicht.

Falkon trat hinter Baxter. Die Schatten wirbelten um ihn herum, er packte Baxter am Arm und zog ihn nach draußen. »Kommt, ich habe da etwas für Euch. Es ist doch viel zu ermüdend, dabei zuzusehen, wie die Herrin das Pferd reitet.«

Als die beiden den Stall verlassen hatten, beruhigte sich die Atmung des Generals langsam und sein Griff wurde lockerer. Es schmerzte dennoch und ich versuchte, mich seinem Griff zu entwinden. Als er meine Bewegung bemerkte, ließ er meinen Arm ruckartig los.

»Entschuldigt. Bitte fahrt mit Eurer Arbeit fort.«

Der General drehte sich um und verließ den Stall. Ich blickte ihm nach und wartete ab, bis ich allein war, erst dann trat ich zurück in Shivers Pferch und hob das Zaumzeug auf. Der Hengst kam aus seiner Ecke heraus und stieß mich wieder auffordernd an. Ich legte meine Hand auf seinen Kopf, wie ich es früher immer getan hatte, und verharrte so einige Augenblicke. Schließlich legte ich mir das Zaumzeug über die Schulter und schwang mich ohne Sattel auf seinen Rücken. Unter mir erwachte das Pferd zum neuen Leben und schien vor Energie zu wachsen. Ich legte mich auf seinen Hals und roch den Duft seines Fells. Meine Finger griffen in die helle Mähne und ich schloss meine Augen, um die Tränen aufzuhalten. Ich stützte mich wieder hoch.

»Los, trag mich aus diesem Stall!«

Shiver schlug mit dem Kopf, trat auf meine Bitte hin aus dem Pferch und trug mich auf den Übungsplatz, der sich neben dem Stall erstreckte. Ich spürte, wie der Rücken des Pferdes unter mir arbeitete, und ich führte es mit meinen Schenkeln über den Platz. Langsam zogen wir unsere Kreise. Nach einer Weile ließ ich den Hengst antraben. Auch hier gab es keine Probleme. Willig folgte er mir in den Galopp. Ich ließ ihn die Richtung wechseln und stoppen, umkehren und wieder losgaloppieren. Alle Manöver, die er für einen Kampf von mir gelernt hatte, konnte das Pferd problemlos. Ich legte den Hengst in die Mitte des Platzes und hielt ihn an. Das Zaumzeug ließ ich langsam von meiner Schulter gleiten. Der Hengst wurde nervös und wieherte leise auf. Er kaute und ließ den Kopf sinken.

»Willst du es nicht wenigstens mal probieren?«

Die Mähne flog wild vor mir auf, als Shiver seinen Kopf schüttelte. Ich lachte auf. Der Hengst schien zu spüren, dass er die Trense nicht nehmen musste, wenn er sie nicht wollte. Er begann mit den Vorderhufen zu scharren.

»Nein, tu das nicht. Hörst du? Du sollte das sein lassen.«

Ich lachte und hielt mich an der Mähne fest. Meine Hand klatschte auf meinen Schenkel, doch Shiver ließ sich nicht davon beeindrucken. Er sank unter mir in den Sand und ich sprang von seinem Rücken. Der Hengst rollte sich genüsslich im Sand, sprang dann wieder auf und bockte vor mir davon. Ich ließ das Zaumzeug fallen und pfiff ihn wieder heran. Shiver stoppte seinen Lauf und wirbelte zu mir herum. Seine Galoppsprünge auf mich zu wurden immer größer und der Hengst streckte seine Beine weit vor. Er flog auf mich zu und ich griff in seine Mähne und ließ mich mitziehen. Ein Sprung und ich saß wieder auf seinem Rücken. Ich ließ den Hengst nach einigen Sprüngen stoppen.

Mein Blick fiel auf einen Mann, der an den Zaun des Übungsplatzes gelehnt stand und uns beobachtete. Meine Augen verengten sich. Der General musterte mich auf dem Pferd und betrat dann den Platz. Er ging langsam auf uns zu und Shiver spitzte die Ohren. Er schien keine Bedrohung zu spüren. Der General strich dem Hengst über die Nüstern und ging dann zu mir herum. Er musterte mich und nickte dann kurz.

»Nicht ganz das, was ich erwartet habe.«

Damit ging er wieder vom Platz und ließ mich auf dem Pferd zurück. Ich blickte ihm nach und ließ mich vom Pferderücken gleiten. Das Zaumzeug hob ich auf und trug es in den Stall zurück. Shiver folgte mir zufrieden schnaubend.

Im Haus war es erfreulich kühl. Erst hier bemerkte ich, wie viel Kraft die Sonne hatte. Auf dem Übungsplatz war mir die Wärme völlig entgangen.

Falkon kam mir entgegen. »Euer Bediensteter wird Euch nicht mehr bei der Arbeit stören. Er ist beschäftigt.«

Ich sah ihn erschrocken an. Falkon wirkte irritiert und zog fragend die Augenbrauen zusammen. Dann lachte er auf.

»Nein, Ihr braucht keine Angst haben. Auch wenn es verlockend wäre, aber ihm geht es gut. Er kümmert sich um den Wein des Generals. Aber ich danke Euch, dass Ihr davon ausgeht, ich hätte eine andere Lösung für das Problem mit Eurem Bediensteten gewählt.«

Sein Grinsen war ansteckend und ich fühlte mich erleichtert, weil Baxter mir vorerst erspart blieb.

»Ich habe keine Bediensteten.«

»Wenn Ihr möchtet, kann ich Euch den Weg zum Teich zeigen. Falls Ihr schwimmen wollt.«

»Nein danke, ich werde mich kurz ausruhen und dann noch einmal mit dem Pferd arbeiten.«

»Wie Ihr wünscht. Ich habe Euch eine Mahlzeit auf Euer Gemach bringen lassen.«

Falkon drehte sich um und ließ mich allein. Ich ging in mein Zimmer und legte meine Reitkleidung ab. Das Essen auf dem Tisch sah gut aus und ich aß mehr von dem gebratenen Gemüse, als ich eigentlich wollte. Danach legte ich mich auf das Bett und zog die Decke über mich. Die Gemütlichkeit nahm mich wieder in ihren Bann und ich döste vor mich hin.

51

~ Im Feuerreich ~

»Raven, wach auf!«

Raikon stieß Raven an, der sofort hellwach war.

»Was ist?«

»Leise!«

Raven lauschte und hörte die eiligen Schritte, die im Höhlengang vor der Eisentür hallten. Er stand langsam auf. Raikon holte seine Lichtkugel zu sich und ließ sie zwischen seinen Händen verschwinden. Durch die Eisentür fiel ein kleiner Lichtschein, der immer heller wurde. Dann erschienen davor zwei Gestalten. Die Tür öffnete sich auf eine Handbewegung der einen Person und die Fackel an der Höhlendecke flammte wieder auf. Der Fremde zog seinen Umhang vom Kopf und warf Raven einen herausfordernden Blick zu.

»Ihr seid diesmal lauter als sonst.«

»Wir haben auch nur wenig Zeit.« Der Fremde warf Raven und auch Raikon ein Bündel Kleidung zu. »Zieht das über. Ihr seid zu auffällig.«

Raikon räusperte sich kurz, bevor Raven zu sprechen beginnen konnte, und deutete auf die Sachen. Raven gab nach und behielt seine Worte für sich. Die beiden Lichtträger zogen sich die weiten Umhänge und Hosen schnell über ihre Reitkleider. Raven grummelte vor sich hin, was dem Feuerkrieger nicht zu entgegen schien.

»Wollt Ihr uns nicht sagen, wofür wir diesen Aufwand hier betreiben?«

»Das werdet Ihr noch früh genug erfahren und nun kommt. Auch wenn wir keine Beobachter haben, sollten wir dennoch schnell aufbrechen. Ich möchte nicht noch mehr Zeit verlieren.«

»Dann helft Ihr uns?«

Der Fremde sah Raven prüfend an. »Wer hier wem hilft, wird sich noch zeigen.«

Er deutete an, dass die Lichtträger ihm folgen sollten. Der andere hatte sich schon aus dem Verlies hinausbegeben. Der Fremde ging voran und Raven folgte ihm. Raikon blieb dicht hinter Raven, der instinktiv an seine Seite griff, um sein Schwert zu ziehen, jedoch die Hand gleich wieder sinken ließ.

»Kommt, beeilt Euch!« Der Fremde lief vor den Lichtträgern her. Der schmale Gang durch die Felsenhöhle schien kein Ende zu nehmen. Raven stieß oft gegen die Steinwände und versuchte sich den Schmerz, den der Aufprall jedes Mal verursachte, nicht anmerken zu lassen.

»Wartet kurz!« Der Fremde hielt so unvermittelt an, dass Raven nur mit Mühe hinter ihm zum Stehen kam. Raikon prallte trotzdem gegen Raven, der die Wucht des Zusammenstoßes aber abfangen konnte. Der Fremde ging vor.

Raven drehte sich zu Raikon um. »Was meinst du, was er vorhat?«

»Wahrscheinlich etwas weniger Gefährliches als das, was Euch bei anderen Feuerträgern passieren würde.«

Raven fuhr herum. Der Fremde stand wieder vor ihnen.

»Und nun kommt.«

Die Lichtträger folgten ihm vor die Höhle. Davor standen vier Pferde und warteten. Der andere Feuerkrieger saß bereits auf einem und hielt die anderen an den Zügeln. Der Fremde sprang auf ein Pferd, das selbst im Dunkeln einen roten Schimmer im Fell trug. Raikon griff nach den Zügeln, aber Raven verharrte. Vor ihm stand Sky, doch statt des strahlend weißen Fells war das Pferd von einer stumpfen schwarzen Farbe überzogen.

»Was habt Ihr mit ihm gemacht?«

Der Feuerkrieger schob seine Kapuze weg und Raven zog erstaunt die Luft zwischen den Zähnen durch. Der zweite Feuerkrieger war eindeutig eine Kriegerin, die ihre roten Haare zu einem aufwendigen Zopf geflochten hatte.

»Ich musste ihn etwas unauffälliger machen. Es ist nur Asche mit Wasser und lässt sich ausbürsten. Aber passt auf, dass Ihr ihn nicht so oft anfasst, sonst ist seine Tarnung dahin.«

Der Fremde neben Raven lachte auf. »Ihr müsst zugeben, dass meine Schwester sehr einfallsreich sein kann. Und nun steigt auf! Haltet Eure Kapuzen und Umhänge dicht um Euch. Wir sollten nicht riskieren, dass Ihr erkannt werdet. Der Lichthengst unter Euch strahlt schon allein zu auffällig. Da brauchen wir nicht noch Eure hellen Haare.«

»Wo reiten wir hin? Zum Feuerfürsten?«

Die Feuerpferde fielen jedoch schon in einen flotten Galopp und die Lichtträger mussten den Feuerkriegern notgedrungen folgen. Ravens Hengst schloss schnell zu dem Feuerpferd auf.

»Ich würde gerne wissen, ob es Euer Lichthengst mit meinem Feuerhengst aufnehmen kann. Aber ich fürchte, dass es nicht der richtige Zeitpunkt ist.«

»Er ist ein Erdhengst und wurde nur weiß geboren.«

Der Feuerkrieger sah Raven erstaunt an.

»Wohin reiten wir?«

»Zu einer kleinen Feuerfestung im Norden, in Richtung des Windreichs. Es ist besser für Euch, wenn Ihr nicht so weit in das Feuerreich vordringt. Wir haben nicht nur den Schatten in der Hochstadt, der uns Ärger macht.«

Der Feuerkrieger trieb sein Pferd an und ließ die anderen es ihm nachtun. Die vier Pferde peitschten durch die Nacht. Wie lange und wohin sie ritten, konnte Raven nicht ausmachen. Die Nacht war schwarz und nur die beiden Feuerkrieger schienen einen Weg in der Dunkelheit sehen zu können. In der Ferne grollte es immer wieder und ein Leuchten wie von roten Blitzen erhellte die Dunkelheit.

»Dorthin reiten wir. Dort liegt Firehall, der Sitz meiner Familie.«

Raven nickte dem Fremden zu und sah sich kurz zu Raikon um, der ein Stück hinter ihnen ritt. Raven zügelte sein Pferd und ließ sich zu ihm zurückfallen.

»Der Feuerclan lebt anders als die anderen Clane. Die Familien haben ihre eigenen Stammsitze. Wir sollten dort nur auf Mitglieder einer Familie treffen, was zum Vorteil sein kann.«

»Oder zum Nachteil, weil sich keine andere Feuerfamilie uns anschließen könnte.«

Der Fremde wandte sich um. »Treibt Eure Pferde an! Wir sind gleich da.«

In der Nacht wurde vor ihnen ein Fluss aus Feuer sichtbar, der sich aus einem Felsen fraß. Die Feuerkrieger trieben ihre Pferde darauf zu und die Lichtträger ritten hinter ihnen her. Hinter dem Lavastrom erhob sich ein kleiner Hügel, auf der eine Ansammlung von Steinhäusern stand. In der Mitte der Siedlung befand sich eine kleine Halle, die von Feuern hell erleuchtet war. Der Feuerkrieger hielt sein Pferd am Rande des Feuerstroms an und hob die Hände, um den Feuerstrom zu teilen. Raven blieb hinter dem Feuerkrieger und Raikon tat es ihm gleich. Das Feuer im Flussbett zischte ihnen entgegen und die Erdpferde schnaubten erschrocken auf. Raven musste die Zügel seines Pferdes kürzer nehmen, um es zu halten. Das Feuer vor ihnen erhob sich aus seiner Bahn und schlug auseinander. Die beiden

Feuerkrieger lenkten ihre Pferde in das Flussbett und ritten auf die Siedlung zu. Raven musste seinen Hengst energisch antreiben. Der Erdhengst witterte das Feuer und wieherte ängstlich auf.

»Eure Pferde scheinen wenig mit Feuer zu tun zu haben«, spottete der Feuerkrieger, als die beiden Lichtträger die andere Seite erreichten.

»Kommt, ich zeige Euch die Ställe.« Die Feuerkriegerin drängte ihr Pferd vor das des anderen Feuerkriegers und trieb es in die Siedlung hinein.

Raven ließ seinen Hengst antraben und folgte ihr. Die Straßen waren dunkel und nur in wenigen Häusern brannten kleine Feuer. Die Wachen, an denen sie vorbeikamen, nickten der Feuerkriegerin nur kurz zu und beachteten die anderen Reiter nicht. Vor einer kleinen Scheune hielt die Kriegerin an und schwang sich aus dem Sattel. Raven ließ seinen Blick noch einmal über die Umgebung wandern, bevor er vom Pferd stieg. Der andere Feuerkrieger war ihnen nicht zum Stall gefolgt.

Raikon saß neben Raven ab und trat dichter an ihn heran. »Wir sollten vorsichtig sein. Firehall ist nicht gerade für seine Gastfreundschaft bekannt.«

»Das trifft wohl auf den ganzen Feuerclan zu.«

Raikon schmunzelte und führte sein Pferd hinter der Feuerkriegerin her, die ihres durch das große Tor in den Stall führte. Ein Stallknecht kam auf sie zu und nahm ihnen die Pferde ab.

»Eure Pferde sind hier gut versorgt. Das ist der Stall meiner Familie.« Sie blieb vor Raven stehen und betrachtete ihn. Als der Knecht mit den Pferden in einem Pferch verschwunden war, blickte sie sich noch einmal um. »Mein Bruder ist direkt zur Halle geritten. Er wird nach dem Feuerfürsten schicken lassen. Bis er eintrifft, seid Ihr unsere Gäste. Ich möchte Euch gerne Eure Unterkunft zeigen für die Zeit, in der Ihr hier verweilen werdet.«

»Wir haben keine Zeit zum Verweilen. Ich würde gerne schnell zurück zu meinem Clan.«

Die Feuerkriegerin musterte Raven abfällig. »Kommt, wir sollten hier nicht zu lange herumstehen.«

Sie schritt voran und leitete die beiden Lichtträger zwischen zwei Gebäuden hindurch zu einem großen Haus. Vor der Eingangstür standen Wachen. Keiner verzog eine Miene, als die Feuerkriegerin und die Lichtträger das Haus betraten.

»Hier lang!«

Die Feuerkriegerin eilte einen Flur entlang. Die Kerzen, die an den Wänden hingen, dämmten ihr Licht. Vor einer Tür blieb sie stehen. Sie sah sich noch einmal um, bevor sie die Tür öffnete und die beiden Männer in den Raum wies. Das Schloss der Tür klickte leise. Im Kamin entfachte sofort ein Feuer, das den Raum in ein dämmriges Licht hüllte.

Die Feuerkriegerin legte ihren Umhang ab. Ihre roten Augen und die langen roten Haare zeigten ihre Herkunft nur zu deutlich. Sie musterte die Männer wieder eingehend und lauschte dann noch einmal in die Stille des Hauses.

»Mein Name ist Farrina. Mein Bruder, Farrel, ist der Nachfolger des Feuerclans.«

»Es freut mich, Euch kennenzulernen. Mein Name ist Raikon und das ist Raven vom Erdclan.«

»Ihr seht nicht aus wie Männer des Erdclans. Seid Ihr wirklich das, was wir annehmen?«

»Ja, wahrscheinlich. Meine Mutter war eine Lichtprinzessin. Sie hatte sich mit dem Erdfürsten verbunden. Nach dem Sturz des Lichtes durch den Hochkönig wurden meine Schwester und ich im Geheimen Tal versteckt. Daher konnten wir überleben, was viele andere nicht geschafft haben.«

»Ihr habt eine Schwester?« Farrinas Augen weiteten sich kurz.

»Ja.«

»Seid vorsichtig mit solchen Informationen, gerade dem Feuerfürsten gegenüber. Seine Clanzeichen verschwinden langsam. Im Volk werden Gerüchte laut, dass auch seine Feuergabe schwindet. Feuer erlischt und flammt woanders wieder auf. Die Clanzeichen meines Bruders lassen sich bald nicht mehr verstecken und er wird den Fürsten ablösen müssen.« Farrina ging zur Tür und lauschte erneut. »Der Feuerfürst bangt darum, seine Macht abgeben zu müssen. Farrel wird sie sich gewaltsam nehmen müssen, wenn seine Zeichen vollständig zu sehen sind. Bis dahin versucht unser Fürst, seine Macht auszubauen und meinen Bruder kleinzuhalten. Er hat eine Verbindung zum Schattenclan arrangiert. Er hofft, dass sein Einfluss dadurch nicht völlig verschwindet. Diese Vereinbarung darf aber nicht erfüllt werden. Egal, was der Feuerfürst oder mein Bruder Euch zusichern – ich möchte Euch begleiten, wenn Ihr den Feuerclan verlasst.«

Raven sah die Feuerkriegerin erstaunt an. »Bei der Verbindung geht es um Euch? Ihr sollt Euch mit einem Schattenkrieger verbinden?«

»Ja. Mein Bruder hat auch Bedenken. Besonders jetzt, wo Ihr hier aufgetaucht seid. Wenn der Hochkönig fällt, wird es Probleme mit dem Schattenclan geben. Unsere Clangrenzen sind jetzt schon nicht mehr sicher vor Übergriffen durch den Schattenclan. Der Hochkönig ist immer noch der Fürst des Schattenclans. Das wissen die wenigsten. Wir vermuten, dass er den Schatten mit einem Zauber an sich gebunden hat. Im Schattenreich gibt es eine Stellvertreterin, doch sie hat keine Entscheidungsmacht im Schattenclan. Sie dient nur dazu, vor den anderen Clanen geheim zu halten, wer die wahre Macht über den Schatten hat.«

Farrina fuhr herum, als die Tür schwungvoll aufgestoßen wurde und Farrel den Raum betrat. Der

Feuerkrieger grinste die Anwesenden an und schloss die Tür leise hinter sich.

»Nun, meine Schwester hat Euch also Euer Gemach gezeigt. Ich hoffe, dass sie nicht zu viel geredet hat. Frauen neigen ja dazu, viel Unnützes zu plappern. Nicht wahr, Farrina?«

Die roten Augen blitzten gefährlich auf und Raven musterte die beiden Feuerkrieger vor sich genauer. Raikon trat neben ihm unruhig von einem auf den anderen Fuß.

»Der Feuerfürst wird darüber benachrichtigt, dass Ihr hier seid. Ich habe einen meiner Vertrauten zu ihm geschickt. Eure Anwesenheit ist brisant und heikel. Wollen wir hoffen, dass sie noch lange unentdeckt bleibt.« Farrel ging durch den Raum und spähte hinter dem schweren Vorhang aus dem Fenster hinaus in die dunkle Nacht. »Zu Eurer eigenen Sicherheit solltet Ihr hier in diesem Raum verweilen. Meine Schwester wird Euch versorgen. Ich traue keinem anderen. Spione gibt es überall.«

Raikon und Raven tauschten kurz Blicke aus. Es war bekannt, dass man dem Feuerclan nicht leichtgläubig begegnen sollte. Farrel deutete auf die Sessel, die neben dem Kamin standen, und setzte sich.

»Farrina, du könntest uns doch ein paar Speisen holen. Pass nur auf, dass dich niemand sieht.«

Sie nickte nur kurz. Raven entging jedoch nicht, dass der Befehl der jungen Frau ganz und gar nicht zu gefallen schien. Farrel beobachtete seine Schwester abwartend. Als sie die Tür hinter sich schloss, fuhr er wieder zu Raikon und Raven herum, die mittlerweile, wenn auch zögerlich, bei ihm Platz genommen hatten.

»Ich hoffe, dass Ihr nicht zu ermüdet seid. Ich würde die Zeit gerne nutzen, bis der Feuerfürst hier eintrifft. Es gibt einiges zu klären und ich habe Fragen.« Er lehnte sich in seinem Sessel zurück und blickte Raven herausfordernd an.

Raven hielt dem Blick stand und stützte seine Ellenbogen auf seinen Knien ab. »Dann lasst mal hören.«

»Was wollt Ihr hier? Der Feuerclan ist nicht gerade für seine Gastfreundschaft bekannt.«

»Vielleicht solltet Ihr dann von uns etwas lernen. Bevor der Schatten kam, war der Erdclan sehr gesellig und er feiert immer noch gerne in heiterer Gesellschaft.«

Farrel lachte auf. »Ihr wisst schon, dass ich nicht glaube, dass Ihr als Vertreter des Erdclans hier seid.«

»Mein Vater ist der Erdfürst, daher bin ich ein Kind der Erde und des Lichts.«

»Das sieht man deutlich. Was wollt Ihr hier?«

»Ich bin gekommen, um den Feuerclan zu bitten, mir zu helfen, den Schatten vom Hochthron zu vertreiben.«

Farrel verengte die Augen. Die Stille, die den Raum erfüllte, schnürte Raven die Kehle zu. Das Feuer im Kamin flackerte auf.

»Der Feuerclan ist mit dem Hochkönig verbunden. Was Ihr da vorhabt, ist Verrat an der Hochkrone.«

»Eine Krone, die der Schattenkönig mit Gewalt und Tod erlangt hat. Er hat einen ganzen Clan ausgelöscht und Ihr redet von Verrat an der Hochkrone?« Raikons Stimme zitterte vor Zorn.

Der Feuerkrieger wandte ihm langsam den Kopf zu. »Wie man sieht, hat der Schattenkönig ja nicht sauber gearbeitet, denn Ihr seid ja eindeutig ein reiner Lichtträger und kein Erdmischling.«

Raven ballte seine Fäuste und versuchte, die kleinen Blitze, die zwischen seinen Fingern hindurchzuckten, zu unterdrücken. Raikon lehnte sich im Sessel zurück. Auch ihm war anzusehen, dass er seinen Zorn unterdrückte. Keiner der

Lichtträger wollte dem Feuerkrieger zeigen, wie sehr er sie provozierte.

»Mein Onkel erhebt keinen Anspruch auf die Krone.«

»Ihr aber schon.«

»Ja. Ich gebe dem Feuerclan die Chance, mich dabei zu unterstützen.«

»Warum sollte der Feuerclan sich Euch anschließen?«

»Das ist eine Frage, die ich mit dem Feuerfürsten besprechen werde.«

Farrel sprang auf. »Ihr wisst wohl nicht, mit wem Ihr sprecht!«

Raven baute sich langsam vor dem Feuerkrieger auf, er überragte ihn um einen halben Kopf. Durch die geringe Entfernung zu dem Feuerkrieger konnte Raven die zarten Clanzeichen erkennen, die sich auf dessen linker Schläfe abzeichneten.

»Er weiß es.«

Keiner der Männer hatte bemerkt, wie sich Farrina in den Raum geschlichen hatte. Sie trug einen Korb und einen Krug zum Tisch zwischen den Sesseln und setzte sich dann wortlos neben Raikon.

»Und was gibt dir das Recht, solche Informationen an unsere Gäste zu geben?«

»Mein Verstand.«

Farrel setzte sich und das Feuer im Kamin hinter ihm flackerte immer noch bedrohlich vor sich hin.

»Dein Verstand …«

Farrina sah ihren Bruder herausfordernd an. »Ich werde die Lichtträger begleiten, wenn sie hier weggehen.«

»Das wirst du nicht. Du wirst hierbleiben.«

»Das werden wir noch sehen.«

»Diese Männer wollen einen Krieg gegen den Hochkönig führen.«

»Und ich werde sie begleiten. Der Schatten gehört nicht auf den Thron.«

»Du vergisst, was uns der Schatten gebracht hat.«

Farrina giftete ihren Bruder an. »Und was soll das gewesen sein? Angst und Schrecken! Wo sind unsere großen Feuerkrieger hin, die der Hochkönig in seinen Dienst gerufen hat? Was meinst du, was ist aus ihnen geworden? Der Schattenkönig bringt uns nur den Tod oder hast du unsere Tante vergessen?«

»Wie könnte ich! Trotzdem kann uns dieser Lichtträger nichts bieten.«

»Er hat eine Schwester.«

Raven sah erschrocken zu Farrina. Sie erwiderte seinen Blick und schenkte ihrem Bruder keine Beachtung. Ravens Blick glitt zu Farrel hinüber, der zwischen ihm und seiner Schwester hin und her blickte.

»Ihr habt eine Schwester?«

»Ja. Und sie ist einer der Gründe, warum ich wieder zurück zu meinem Clan muss.«

»Trägt Eure Schwester auch das Licht in sich?«

Raven sah zu Raikon hinüber, der nur stumm nickte.

»Ja und ich gehe davon aus, dass ihre Gabe stärker und vielfältiger ist als meine.«

»Ist sie schon an jemanden gebunden?«

»Nein.«

Raven grollte auf und um Farrels Mundwinkel zuckte es.

»Dann wäre sie ja eine Gegenleistung, die sich lohnen würde.«

Raikon legte schnell seine Hand auf Ravens Arm, um ihn daran zu hindern aufzuspringen.

»Ihr vergesst, dass meine Schwester eine halbe Erdfrau ist. Meint Ihr wirklich, dass ich sie ohne ihr Einverständnis an einen Mann binden kann? Ich will mir nicht ausmalen, wie Ihr mit Euren Frauen umgeht, wenn Eure Schwester sich schon mir anschließen will, ohne auf Eure Zustimmung zu warten, doch ich kann es mir fast denken. Und glaubt mir, ich werde meine Schwester nicht zu jemandem geben, der ihr nicht den Respekt und die Achtung entgegenbringt, die sie verdient. Sie ist eine Lichtträgerin, und zwar die letzte, die es gibt. Schon allein das macht sie unermesslich wertvoll.«

Farrel musterte Raven, dem bewusst wurde, dass seine Blitze wild um ihn zuckten. Diesmal schritt Raikon nicht ein, sondern lehnte sich in seinem Sessel zurück. Sein amüsiertes Lächeln ließ Farrel nur noch wütender werden.

»Mir ist bewusst, wie wertvoll Eure Schwester ist, nicht nur für Euch, sondern für das Clanreich. Und glaubt nicht, dass ich nicht wüsste, wie Ihr Euch fühlt, wenn jemand Eure Schwester einfordert.«

»Ich habe da anderes über Euch und Eure Schwester gehört.«

Raven blickte zu Farrina, die seinem Blick standhielt. Farrels Blick huschte ebenfalls zu Farrina, die ihn aber nicht beachtete.

Raven wandte sich wieder an Farrel. »Meine Schwester steht hier nicht zur Verhandlung. Ich erbitte von dem Feuerclan Unterstützung, so wie sie der Wasserclan und der Windclan mir zugesagt haben. Diese Clane stehen bereits hinter mir und werden mich in meinem Kampf für das Ende der Schattenherrschaft unterstützen. Sie tun das, um wieder Ruhe und Frieden in das Clanreich zu bringen und die Herrschaft aus Angst und Schrecken zu beenden. Wenn das nicht genug Anreiz für Euch ist, mich zu unterstützen, dann müsst ihr im Schatten untergehen, der bereits eure Grenzen fordert.«

Raikon stand auf und ging langsam hinüber zum Feuer. Raven setzte sich wieder und lehnte sich tief in seinen Sessel.

»Ich denke nicht, dass wir über Raja entscheiden sollten. Keiner von Euch sollte das. Wenn Raja eine Verbindung wählt, wird sie das tun, ohne dass wir ihr etwas befehlen können. Sie wird sich von einem von uns weder sagen lassen, wen sie wählen soll, noch, wen sie nicht wählen soll.« Raikon sah über Raven zu Farrel. »Das, was wir Euch bieten können, ist das Versprechen, dass Ihr selbst um sie werben könnt und wir keinen Einfluss auf ihre Entscheidung nehmen werden. Wenn sie Euch erwählt, werden wir dieser Verbindung unseren Segen geben. Genauso, wie Ihr Euch dazu entscheiden könnt, um sie zu werben.«

Farrel drehte sich zu Raikon um und musterte ihn eingehend. »Und wo ist der Haken an der Sache?«

»Es gibt keinen. Allerdings solltet Ihr Euch uns anschließen. Das erhöht die Chance, dass Raja den Kampf gegen den Schatten als Lichtträgerin überlebt. Wenn der Hochkönig erfährt, dass es noch Lichtträger im Clanreich gibt, wird er seine ganze Macht aussenden, um die Clane ein für alle Mal in Dunkelheit zu hüllen.«

Raikon ging wieder zu seinem Sessel und setzte sich. Dann nahm er einen Becher, füllte ihn mit Wasser und gab ihn an Raven weiter. Raven sah ihn mit ausdrucksloser Miene an, obwohl er innerlich triumphierte, denn Raikon hatte den Feuerkrieger so stark gereizt, dass der nun still seinen Gedanken nachhing.

Plötzlich sprang Farrel auf. »Ich danke Euch für dieses Gespräch. Wir sollten unseren Gästen nun Zeit zum Ausruhen lassen. Wenn der Feuerfürst eintrifft, werden wir Euch zu einer Besprechung bitten. Habt einen angenehmen Aufenthalt in Firehall. Farrina, kommst du?«

Farrina stand auf und folgte Farrel aus dem Raum. Raven sank tief in seinen Sessel und starrte in das Feuer, das nun wieder ruhig vor sich hin flackerte.

52

~ Auf dem Landgut ~

Falkon lachte leise vor sich hin, als er das Geschäftszimmer betrat. Der General saß auf einem Sessel und hielt ein Buch in seinen Händen. Mehrere Papiere lagen auf seinem Schoß.

»Was bringt dich so zum Lachen?«

Falkon ließ sich auf den Sessel dem General gegenüber fallen. Er zog eins seiner Messer, die er versteckt in einer Tasche am Hosenbein bei sich trug, und ließ es zwischen seinen Fingern tanzen.

»Ach, im Grunde nichts Bedeutendes. Dein Gast hatte nur kurz Angst, dass ich ihren Bediensteten entsorgt habe.«

Der General blickte von dem Buch auf. »Eine glänzende Idee, aber wir sollten sie lieber nicht umsetzen. Es würde zu viele Fragen aufwerfen und ich möchte nicht, dass der Pferdehändler veranlasst, dass hier jemand rumschnüffelt.«

Falkon nickte zustimmend. »Dein Gast will sich nun ausruhen und später noch einmal mit dem Pferd arbeiten.«

Der General blickte Falkon fest an, der seinen Blick angriffslustig erwiderte. Die Lippen des Generals wurden schmal und er nickte unmerklich.

»Der helle Hengst und die Clanfrau sind so eng miteinander verbunden, wie es bei einem Reiter und seinem Pferd sein sollte. Der Hengst ist sehr gut ausgebildet und wäre ein hervorragendes Kriegspferd, mit all den Manövern, die es beherrscht.«

Falkon legte den Kopf schief und musterte den General. Der bemerkte seinen Blick.

»Ja, sie ist eine sehr gute Reiterin. Der Pferdehändler hatte viel Glück, dass er sie erbeutet hat.«

Die Augen des Generals wurden grau. Falkon sprang auf und wollte den Raum verlassen.

»Stell eine Gruppe mit Pferden zusammen, die wir dem Hochkönig in die Hochstadt mitnehmen können. Ich muss für meine Abwesenheit noch den Tribut zahlen.«

Falkon nickte und schloss die Tür hinter sich. Der General nahm seine Papiere wieder zur Hand, doch seine Aufmerksamkeit entglitt ihm immer wieder. Er warf die Schriften auf den Tisch und lehnte sich in den Sessel zurück.

Das Sonnenlicht wanderte um das Haus herum und ließ seine Wärme durch die Fenster meines Gemaches treten. Das Bett wurde dadurch erwärmt und ich wäre gerne noch liegen geblieben, aber ich wollte noch einmal zu Shiver. Ich zog meine Reitkleidung an und öffnete leise die Tür. Der Flur lag still vor mir. Schnell lief ich durch das Haus hinaus zum Stallgebäude.

Der Stall war ebenfalls wie verlassen. Die meisten Pferde standen auf den Weiden und die Knechte waren nicht zu sehen. Vor Shivers Pferch lag sein Zaumzeug. Ich hob es auf und betrat den Pferch. Der Hengst kam brummelnd auf mich zu und legte seinen Kopf auf meine Schultern.

»Komm, mein Schöner. Wir müssen das mit dem Zaumzeug noch einmal versuchen.«

Shiver ging rückwärts von mir weg.

»Du kennst mich doch. Ich würde dir nie weh tun.«

Ich hielt ihm das Maulstück hin und er nahm es zögernd an. Meine Hände legten das Zaumzeug über seinen Kopf und ich knotete die Zügel über seinem Hals zusammen. Als ich mich umdrehte, um den Pferch zu öffnen, stand der General dort und sah mir zu.

»Kommt, ich zeige Euch mein Landgut.«

Der General ging vor mir aus dem Stall und ich folgte ihm mit Shiver. Der General schwang sich auf einen großen schwarzen Hengst. Als er meinen Blick bemerkte, legte er dem Hengst die Hand auf den Hals. »Das ist Dragon.«

Ich nickte.

»Wie heißt Euer Hengst?«

Ich stutzte. Mein Hengst?

»Er heißt Shiver. Und er ist ja jetzt Euer Hengst.«

Der General erwiderte nichts, wendete Dragon und ließ ihn antraben. Shiver folgte den beiden. Die Weiden und Wiesen, die sich um das Landgut schlossen, standen in vollem Grün. Das Gras sah gut aus. Der Boden schien sehr fruchtbar zu sein. Es versprach, eine gute Heuernte für die Pferde zu geben, und es sah fast so aus wie im Erdreich. Die Wiesen auf den Hochebenen um die Clanstätte brachten ähnlich gute Heuernten für die Pferde. Die Wiesenflächen im Geheimen Tal waren zu klein, um die Heumenge, die der Erdclan für seine Pferde brauchte, zu bringen. Sicherlich würde Hanna veranlassen, dass die Wiesen außerhalb des Tals auch eingebracht werden würden.

Der General bemerkte meinen Blick und hielt Dragon zurück, sodass Shiver neben ihm lief. Ich blickte den General vorsichtig von der Seite an. Seine Kiefer schienen zu mahlen und sein Blick war starr auf den Weg vor uns gerichtet. Fast hatte ich das Gefühl, dass er etwas sagen wollte, es aber nicht tat. Der Weg führte zu einem Bachlauf, durch den die Pferde durchwateten. Shiver fing im Wasser an, mit den Vorderhufen zu scharren und das Wasser spritzte um uns herum hoch. Ich musste lachen. Shiver knickte leicht mit den Vorderbeinen ein, als wollte er sich hinlegen.

»Lass das sein, das ist zu flach!«

Der helle Hengst reagierte auf meinen Protest und sprang aus dem Bachlauf hinaus. Der Schwarze folgte ihm und schien es für ein Spiel zu halten. Beide Hengste galoppierten ein Stück nebeneinander her. Wie im Einklang sprangen die beiden Pferde dahin und wurden dann langsamer. Hinter einem kleinen Hügel tauchte ein flacher See auf, an dem mehrere Pferde standen und tranken. Die beiden Hengste blieben stehen und ich konnte die kleine Herde aus der Ferne beobachten. Es waren auch mehrere Fohlen, die ausgelassen durch das Wasser sprangen und spielten, zwischen den großen Pferden zu sehen. Der Anblick ließ mich an die große Herde im Erdreich denken. Das Landgut des Generals fühlte sich fast wie meine Heimat an. Es war mehr Heimat, als es die Hochstadt jemals sein konnte. Ich fühlte mich zum ersten Mal seit langer Zeit wohl und fast etwas frei. Zwischen den Pferden entdeckte ich eine kleine braune Stute. Die Erdstute. Ich sah den General an, der mich schon eine Weile beobachtete. Seine Lippen umspielte ein Lächeln.

»Ihr habt die kleine Stute gekauft?«

»Natürlich. Sie ist ein ausgezeichnetes Pferd. Etwas klein, aber sehr schnell und wendig. Ihre Fesseln stehen gut und ich hoffe, dass sie schöne Fohlen bringen wird. Außerdem wäre es zu schade gewesen, wenn der Schlächter sie behalten hätte.«

Ich blickte zurück zu der kleinen Braunen. Sie graste ruhig zwischen den anderen Pferden. Sicherlich hatte sie es hier auf den weiten Weiden besser, als wenn der Pferdehändler sie einem Hochstadtmenschen verkauft hätte. Hier war sie frei. Der General wendete seinen Hengst und ließ ihn zurück zum Landgut gehen. Ich blickte noch auf die Pferde und Shiver unter mir schnaubte auf. Das Stehen langweilte ihn, er wollte dem schwarzen Hengst folgen. Ich ließ ihn wenden und blickte dem General hinterher, der vor mir davonritt. Seine Hand glitt über den Hals seines Pferdes und er lehnte sich vor, um mit dem Pferd zu sprechen. Was er sagte, konnte ich nicht verstehen. Irgendwie verwirrte mich dieses Bild. Der General wirkte ganz anders. Der Mann, der er als General des Hochkönigs war und der den Clanen so viel Leid gebracht hatte, konnte nicht dieser Mann sein, der vor mir ritt. Ich ließ Shiver im langsamen Trab aufschließen und neben Dragon hergehen.

»Habt Ihr sie nur deswegen gekauft?« Ich traute mich fast nicht aufzuschauen.

Der General blickte mich von der Seite an und schwieg. Nach einer Weile blickte er wieder nach vorne. »Nein, das ist nicht der einzige Grund, weswegen ich sie dem Schlächter abgekauft habe.«

Der Schwarze neben mir trabte wieder an und ich ließ Shiver ihm nachfolgen. Meine Gedanken drehten sich in meinem Kopf immer wieder und ich kam zu keinem wirklichen Schluss.

Vor dem Stall verabschiedete sich der General und ritt weg. Ich brachte Shiver zurück in seinen Pferch, der von einem Knecht schon für ihn vorbereitet worden war. Ich nahm ihm das Zaumzeug ab, schloss die Latten und lehnte mich auf das Holz. Shiver fing an, an seinem Heu zu kauen, und ich hörte dem Hengst dabei zu. Das Mahlen seiner Zähne war gleichmäßig und beruhigte meinen Geist. Meine Gedanken glitten immer wieder zu dem General, der auf dem Ausritt so anders gewesen war. Dass er die kleine Erdstute gekauft hatte, ließ mich lächeln. Ich strich Shiver noch einmal über die helle Mähne und wandte mich dann um, um zum Haus zu gehen.

Vor dem Stall stand Falkon. Seine Schatten kräuselten sich um ihn und der freundliche Eindruck, den der

Schattenkrieger bisher auf mich gemacht hatte, verflüchtigte sich.

»Habt Ihr Lust, mir etwas Gesellschaft zu leisten? Ich wollte mit den Waffen trainieren.«

»Warum nehmt Ihr an, dass ich kämpfen kann?«

»Ihr reitet ja auch, und das besser als viele Krieger, die ich kenne. Vielleicht habt Ihr ja noch mehr Überraschungen zu bieten.«

Seine Schatten lockten mich und ich sah deutlich, dass es ihn belustigte. Mein Blick glitt an ihm herunter. An den Seiten seiner Beine hingen zwei Dolche und über seiner Schulter ragte ein Schwertgriff hervor, der so schwarz war, dass er im Schatten fast verschwand.

»Ihr habt sicherlich keine Waffe, die ich beherrsche. Es wäre ein unfairer Kampf.«

»Welche wäre denn die Waffe, die Ihr wählen würdet?«

»Der Bogen.«

Falkon drehte sich um und deutete mit einer Handbewegung an, dass ich ihm folgen sollte. »Ein Bogen würde Euch im Nahkampf nichts bringen. Könnt Ihr mit einem Schwert umgehen?«

Ich nickte kurz und musste an die unzähligen Stunden denken, in denen ich mit Raven, Halla und Haldriel mit dem Schwert trainiert hatte. Ich war nicht schlecht, aber auch nicht so gut wie die anderen. Die Männer waren stärker, sodass ich mit meiner Größe andere Methoden wählen musste, um ihnen etwas entgegenzusetzen.

Falkon ging mit mir um das Haus herum. Unter einem kleinen Vordach stand ein Tisch, auf dem mehrere Schwerter lagen.

»Wollt Ihr mich testen?«

»Nein, das sicherlich nicht. Aber bisweilen ist es auch für mich gut, mit einer anderen Waffe zu kämpfen als nur mit meinem Schwert. So wie Ihr mit vielen Pferden zurechtkommt, habe ich gelernt, mit fast jeder Waffe kämpfen zu können.« Der Schattenkrieger wandte sich dem Tisch zu und hob eines der Schwerter auf – ein Kurzschwert mit schmaler Klinge. »Probiert einmal dieses. Ich denke, dass es Euch gut in der Hand liegen sollte.«

Er reichte mir den Schwertgriff und ich schloss zögernd meine Hand darum. Es erstaunte mich, dass es sich so gut anfühlte. Es erinnerte mich an das Schwert, das mein Vater mir geschenkt hatte. Das Gewicht verteilte sich ähnlich in der Hand. Ich entfernte mich ein paar Schritte von Falkon und hob das Schwert für ein paar Striche vor mir an.

»Es liegt Euch gut in der Hand.«

Ich drehte mich zu ihm um und sah ihn fragend an. Falkon schien meine stumme Frage nur erwartet zu haben.

»Das ist eine Schattenklinge. Nicht viele kommen mit der Schwingung, die die Schattenschwerter in sich tragen, zurecht. Mein eigenes Schwert ist ebenfalls eine Schattenklinge.«

Falkon zog sein Schwert über seinen Kopf hinweg und ließ mich einen Blick darauf werfen. Die lange Schneide glänzte und war gleichzeitig dunkel, als wären Gewitterwolken in der Klinge gefangen. Wie seine Schatten.

Ich ließ meine Finger über die Klinge gleiten. »Es ist wunderschön.«

»Nun, das hat bisher noch niemand gesagt, der mein Schwert zu sehen bekommen hat.«

»Zu Euren Dolchen wird das sicherlich auch niemand gesagt haben, oder habt Ihr Eure Klingen jemals friedlich gezogen und Eurem Gegenüber gezeigt?«

Falkon lachte auf. »Da könnte etwas Wahres dran sein. Die wenigsten haben sich gefreut, wenn ich meine Waffen gezogen habe. Wollt Ihr einen Kampf riskieren?«

Seine dunklen Augen blitzten gefährlich auf und ich wich vor seinen Schatten, die plötzlich um ihn wirbelten, zurück.

»Keine Sorge. Ich würde Euch niemals verletzen. Das verspreche ich Euch. Nur ein kleiner Übungskampf.«

Ich blickte mich kurz um. Baxter durfte auf keinen Fall sehen, dass ich mit einem Schwert umgehen konnte. Ich brauchte die Überraschung auf meiner Seite, wenn sich eine Gelegenheit zur Flucht bieten würde.

»Ich weiß nicht, ob das angebracht ist. Ich soll hier eigentlich nur das Pferd des Generals reiten.«

»Traut Euch.«

»Ich habe schon seit Wochen kein Schwert mehr in der Hand gehabt.«

»Ihr habt auch schon seit Wochen nicht mehr auf Eurem Pferd gesessen und könnt immer noch sehr gut reiten. Das verlernt man nicht.«

Bevor ich etwas erwidern konnte, ließ Falkon sein Schwert mühelos auf mich zusausen. Ich hob meins schnell an und parierte seinen Schlag. Das Schwert in meiner Hand begann zu singen und lockte mich. Falkon sprang auf mich zu und hob sein Schwert wieder an. Ich tauchte unter seinem Schwertarm hindurch und wirbelte hinter ihm herum. Trotz seiner Größe war er genauso schnell wie ich und wehrte meinen Schlag ab.

»Sehr gut! Ihr seid schnell.«

Einen weiteren Angriff konnte ich nicht ausführen. Falkons Schwert sauste immer wieder auf mich hinab, sodass ich nur die Schläge abwehren und rückwärts flüchten konnte. Ich überlegte gerade, was ich machen könnte, als Falkon seinen Angriff stoppte und ich gegen einen Widerstand hinter mir prallte. Er blickte über mich hinweg und in seinem Gesicht sah ich, dass sich etwas nicht besonders Erfreuliches hinter mir zusammenbraute. Ich drehte mich um und stand vor dem General, dessen fester Blick Falkon fixierte.

»Was? Ich habe sie nur gefragt, ob sie mit mir trainieren möchte.«

Ich blickte mich zu Falkon um, der ein wenig schuldbewusst sein Schwert sinken ließ. Als ich mich wieder umdrehte, sah der General mich an. Sein Blick war fast feindselig. Seine Kiefer pressten sich so stark aufeinander, dass es mich wunderte, dass er überhaupt sprechen konnte.

»Und zu welchem Urteil kommst du?«

Ich wollte gerade den Mund aufmachen, als Falkon die Frage, die anscheinend gar nicht an mich gerichtet war, vor mir beantwortete.

»Sie hat eine Schattenklinge geführt, als wäre es ihr eigenes Schwert. Vielleicht braucht sie wieder mehr Übung, aber sie ist definitiv eine sehr gute Schwertkämpferin. Wendig und flink. Ich kenne einige Schwertkämpfer, die sie besiegen könnte.« Falkon kniff die Augen zusammen und deutete feixend mit seiner Schwertspitze auf den General.

»Du hättest sie verletzen können.«

»Das hätte ich nicht getan. Du weißt das.« Falkon klang ärgerlich und die Spannung zwischen den beiden Männern war auch ohne meine Gabe deutlich zu spüren.

»Möchtet Ihr auch etwas dazu sagen?«

Der General sah nun mich durchdringend an. Ich blickte kurz auf das Schwert in meiner Hand. Die Schatten, die vorhin noch auf der Klinge lagen, waren verschwunden. Die Schneide glänzte hell in der Sonne. Ich hob das Schwert an und reichte es wortlos dem General, der es ohne Kommentar nahm. Die Klinge wandelte sich sofort in seinen Händen und wurde fast tiefschwarz.

»Es ist ein sehr gutes Schwert. Der Bogen ist mir trotzdem lieber.«

»Mit einem Bogen hättet Ihr gegen einen Schattenkrieger keine Chance. Die Schatten würden Euer

Ziel verhüllen und Ihr hättet keine Möglichkeit, es zu finden.«

Ich presste meine Lippen aufeinander und senkte den Blick.

»Falkon, du kannst gehen.«

Ich sah mich kurz zu Falkon um. »Danke für die Trainingseinheit.«

Er neigte kurz den Kopf und wandte sich ab. Ich blickte den General an. Das Schwert lag in seinen Händen und er drehte es, während er es betrachtete. Die Schatten auf der Klinge wanderten über das Metall.

»Was ist?«

Ich konnte mir die Frage nicht verkneifen, doch der General antwortete nicht. Stattdessen warf er mir das Schwert zu und ich fing es geschickt auf. Die Schatten auf der Klinge wirbelten auf und das Schwert wurde hell und blank. Der General nickte schweigend und ging zu dem Tisch, auf dem die anderen Schwerter lagen. Ich sah, wie er die Waffen musterte und mit den Fingern über einzelne Schneiden fuhr. Er griff ein Schwert und betrachtete es genauer. Ohne Vorwarnung wirbelte er zu mir herum und sein Schwert hieb auf mich zu. Seine Klinge schlug auf meine. Er ließ mir keine Zeit, sondern ließ sein Schwert erneut gegen mich fallen. Ich duckte mich unter seinem Angriff hindurch und sprang auf seine andere Seite. Ich hob mein Schwert gegen seinen Rücken, doch er wehrte meinen Schlag ab und machte einen großen Schritt auf mich zu. Ich konnte ihm gerade so ausweichen.

»Falkon hat recht. Ihr seid in der Tat sehr schnell.«

»Ich hatte gute Lehrer.«

Ich sprang vor und hieb mein Schwert auf den General. Der hob seins und wehrte meinen Schlag ab. Bevor er jedoch angreifen konnte, zog ich mein Schwert schon wieder auf ihn zu. Er wich zurück und ließ sich sofort wieder nach vorne fallen. Ich duckte mich unter seinem Schwertarm hindurch.

»Ihr seid aber auch nicht schlecht.«

»Nicht schlecht?« Der General hob die Augenbrauen und sah mich zweifelnd an.

»Ich kenne mindestens zwei Krieger, die Euch besiegen würden, wenn sie es darauf anlegen würden.«

Der General lachte auf und ließ sein Schwert locker gegen meine Klinge fallen. Ich schob es sachte von mir weg, während ich den General langsam umrundete. Er ließ sein Schwert sinken.

»Meint Ihr, dass ich so leicht zu besiegen bin?«

»Ihr hättet gegen mich keine Chance. Oder gegen …« Ich behielt meine Worte für mich. Der General war ein ausgezeichneter Krieger, doch er würde in Raven und auch in Haldriel würdige Gegner finden. Es war vielleicht nicht ratsam, dem General von ihnen zu erzählen.

Ich hob mein Schwert wieder und nickte dem General zu. Er hob seins ebenfalls und unsere Klingen schlugen erneut aufeinander. Diesmal schien es eher ein Übungskampf zu sein. Das gegenseitige Abschätzen der Fertigkeiten mit dem Schwert war vorbei.

Meine Lunge schmerzte und ich spürte, wie meine Arme ermüdeten. Wieder kam ein Schlag und eine neue Parade. Meine Kraft verließ mich nun endgültig. Meine Muskeln zitterten. Den letzten Schlag konnte ich nicht mehr halten. Die Klinge des Generals schlug hart gegen meine und das Schwert fiel mir aus der Hand. Laut schepperte die Klinge über den Boden und ich sah ihr mit schwerem Atem nach. Ich stützte meine Hände auf meine Knie und versuchte, wieder zu Kräften zu kommen. Als ich aufblickte, stand der General über mir und auch seine Brust hob und senkte sich.

»Ich danke Euch für den Kampf.«

Der General lächelte mir zu und trat an den Tisch heran, um sein Schwert wegzulegen. Ich legte meins dazu. Meine Finger verharrten auf dem Schwertgriff, ich hob den Blick und sah hinauf zum General, der immer noch neben mir am Tisch stand. Seine tiefblauen Augen ruhten auf mir und er sah mich genauso an wie in meinen Träumen. Wie von selbst wanderte meine Hand zu seiner. Nur eine flüchtige Berührung und doch spiegelte sie sich in seinen Augen wider. Seine Hand griff meine und ich spürte ein Kribbeln zwischen unseren Fingern.

»Ich gehe jetzt besser rein.«

Ich zog meine Hand langsam unter seiner weg und wandte mich von ihm ab. Langsam ging ich zurück ins Haus.

53

~ Auf Firehall ~

Die Tür öffnete sich und Farrina trat in den Raum. Raven wandte sich zu ihr um. In den Tagen nach ihrer Ankunft war sie die einzige Person gewesen, die die beiden Lichtträger zu Gesicht bekommen hatten.

»Der Feuerfürst empfängt Euch jetzt. Bitte kommt mit mir.«

Raikon erhob sich und ging zur Tür. Raven schnaufte verächtlich. Das lange Warten hatte nicht zu seiner guten Laune beigetragen. Der Feuerclan kostete ihn mehr Nerven und Geduld, als er zugeben wollte. Doch er folgte Raikon schnell, denn er hoffte darauf, dass sie das Feuerreich so schnell wie möglich wieder verlassen konnten, wenn die Unterredung mit dem Feuerfürsten überstanden war.

Farrina ging schweigend vor ihnen her. Die junge Feuerkriegerin hatte ihnen viel über das Feuerreich erzählt, wenn sie bei ihnen gewesen war. Nun war sie sehr schweigsam und fast eingeschüchtert. Die Flure in dem Haus waren wie bei ihrer Ankunft mit kleinen Kerzen und Fackeln erleuchtet. Das Feuer war überall präsent. Farrina führte sie in einen Saal. Wider Erwarten waren lediglich zwei Personen anwesend: Farrel und der Feuerfürst. Farrel stand an einer Feuerschale und schien nur wenig begeistert zu sein, seine Gäste wiederzusehen. Auf einem Sessel etwas erhöht saß ein älterer Mann, auf dessen Schläfe noch schwach die Clanzeichen zu erkennen waren. Zu Ravens Überraschung schienen die Zeichen auf Farrels Schläfe dagegen kräftiger geworden zu sein.

»Mein Fürst, darf ich Euch unsere Gäste vorstellen? Raven und Raikon vom Erdclan.«

»Seid gegrüßt! Ich bin Ferro, der Fürst des Feuers. Nun, mein Neffe hat mir schon berichtet, wer Ihr seid und was Ihr von uns verlangt. Ich muss gestehen, ich bin etwas überrascht, dass es Euch überhaupt gibt und dass Ihr die Frechheit habt, in mein Reich einzudringen.«

Raven und Raikon verneigten sich kurz. Während Raven schweigend stehen blieb, trat Raikon einen kleinen Schritt vor.

»Wir sind Euch für Eure Gastfreundschaft und Eure Zeit sehr dankbar. Uns ist bewusst, in was für eine Lage wir Euch bringen. Die Verbindungen zum Schattenkönig sind uns bekannt.«

Der Feuerfürst nickte Raikon kurz zu. Bevor er etwas erwidern konnte, erhob Raven seine Stimme.

»Uns ist aber auch bekannt, wie groß die Verluste sind, die Ihr und Euer Clan durch den Hochkönig erfahren musstet. Nicht nur der Erdclan hat viele Gabenträger verloren, auch der Wasserclan und der Windclan. Genau wie Euer Clan und das, obwohl Ihr nicht nur durch Verträge, wie wir anderen, sondern auch durch Blut mit dem Hochkönig verbunden seid.«

»Wie kann es sein, dass zwei Lichtträger vor mir stehen, obwohl es heißt, dass der Lichtclan vollständig vernichtet wurde? Ich war dabei, als der Hochkönig den Thron übernahm und mitteilte, dass niemand überlebt hat, der ihm den Thron wieder wegnehmen könnte.«

Raven sah zu Raikon, dessen Kiefermuskulatur deutlich arbeitete. Er wusste, dass sein Onkel Jahre dafür gebraucht hatte, um die Vernichtung seinen Clans zu akzeptieren, und dass er an dieser Bürde nicht zerbrach, war wohl seinem Licht zu verdanken.

»Wie Ihr seht, gibt es sehr wohl jemanden, der dazu in der Lage ist. Meine Schwester hatte zwei Kinder aus der

Verbindung mit dem Erdfürsten. Einen Sohn und eine Tochter.«

Ferro blickte kurz zu Farrel, der ihm unmerklich zunickte.

»Als die Unruhen im Schattenreich begannen und es sich abzeichnete, dass der Schattenkönig den Lichtclan angreifen könnte, habe ich die Kinder an mich genommen und sie zu meiner Frau in das Geheime Tal gebracht. Der Angriff auf den Erdclan, bei dem meine Cousine starb, kam zu plötzlich. Ich konnte weder rechtzeitig zu Hilfe eilen noch etwas gegen die Übermacht ausrichten. Es war Glück, dass der Erdclan diesen Angriff überlebt hat und der Hochkönig sich mit dem Tod von Rafka zufriedengab. Der Erdfürst konnte noch rechtzeitig die Erinnerungen seines Clans löschen, damit der Hochkönig nirgends einen Hinweis auf die Kinder finden konnte. Und nun ist das Licht bereit, wieder auf dem Hochthron zu sitzen. Denn dort gehört es hin und das wisst Ihr.«

»Und warum sollten wir Euch unterstützen, wenn das Licht sowieso einen Anspruch auf diesen Thron hat? Dann braucht Ihr uns doch gar nicht.«

»Ihr seid einer der Clane, die das Clanreich mitbegründet haben. Wollt Ihr Euch aus dem Bund der Elemente herausnehmen? Habt Ihr etwa Angst?«

»Wagt es nicht, so mit mir zu sprechen.«

Eine Feuerwelle rollte von dem Feuerfürsten aus auf Raven zu. Seine Worte hatten den Feuerfürsten mehr als nur getroffen. Raven sprang einen Schritt zurück und ließ sein Licht eine Wand vor sich und Raikon aufbauen.

»Ihr wisst, dass Euer Licht den anderen Elementen unterlegen ist. Unser Feuer kann Euer schwaches Licht mit Leichtigkeit verbrennen. Der Wind weht es hinfort und auch das Wasser erstickt es. Der Lichtclan ist daran zugrunde gegangen, dass er verlernt hat zu kämpfen. Wie wollt Ihr da einen Krieg für Euch entscheiden?«

»Vielleicht ist der Lichtclan kein kriegerischer Clan gewesen, aber ich werde für die Freiheit der Clane und den Frieden im Clanreich mit allem kämpfen, was ich habe, und wenn es nur meine blanken Fäuste sind. Ganz gleich, ob Ihr mir folgt und dabei helft oder nicht.«

Raven ließ seine Lichtwand fallen und das Feuer verebbte auf der anderen Seite ebenfalls. Der Feuerfürst stand auf und ging langsam zu Raven hinunter.

»Mein Neffe sagt, dass der Wasserclan und der Windclan Euch folgen. Was habt Ihr ihnen versprochen für ihre Heere?«

»Ich habe nichts, was ich versprechen kann. Der Erdclan wird genauso arm gehalten wie die anderen Clane auch.«

»Ihr könnt mir nicht sagen, dass die anderen Clane nur für den Frieden in den Krieg ziehen. Ich möchte etwas dafür haben. Mein Reich wird durch das Schattenreich bedroht. Der Hochkönig kümmert sich nicht darum. Ich nehme an, dass es ihm recht ist. Vielleicht veranlasst er es sogar selbst.«

»Wenn ich Hochkönig bin, werde ich mit Euch eine Lösung dafür finden.«

Der Feuerfürst drehte sich kurz lachend zu Farrel um. Das Lachen erstarb sofort wieder. »Ja, wenn Ihr das seid. Und wenn nicht, wird uns der Zorn des Hochkönigs umso härter treffen. Wer hilft mir und meinem Clan dann zu überleben?«

»Schließt Euch mir an und wir haben eine größere Chance, dass wir den Hochkönig schlagen. Dann braucht Ihr Euch keine Gedanken machen, wie seine Rache an den Clanen aussehen könnte.«

Der Feuerfürst musterte Raven lange und schweigend. Dann drehte er sich um und ging zurück zu seinem Sessel. »Farrina, geleite unsere Gäste doch bitte zurück in Ihr Gemach.«

Die Feuerkriegerin kam aus einer der Nischen des Saals heraus und trat zu Raven und Raikon. »Bitte folgt mir.«

Raikon nickte dem Feuerfürsten zu und drehte sich mit Farrina um, um zu gehen, doch Raven fixierte den Feuerfürsten weiter. Er wollte das Gespräch so nicht enden lassen. Es war schon zu viel Zeit verloren gegangen. Er brauchte eine Antwort, um weiterreisen zu können, denn er musste zurück zu den anderen Clanen und vor allem musste er Raja suchen. Der Feuerfürst hielt seinem Blick nur kurz stand und wandte sich dann seinem Neffen zu, der dicht an ihn herangetreten war. Raven bebte innerlich, folgte aber Farrina und Raikon aus dem Saal hinaus.

54

~ Auf dem Landgut ~

In meinem Gemach fand ich eine Wanne mit warmem Wasser. Auf dem Tisch stand wieder eine Mahlzeit aus Brot und Früchten. Ich fragte mich, wer die Wanne hierhergeschafft hatte. Meine Reitkleider und die Kappe ließ ich achtlos auf den Boden fallen, dann stieg ich in das warme Wasser, das meinen Körper umspielte. Meine Finger glitten durch die geflochtenen Strähnen. Meine Haare fielen lang in das Wasser und schwammen wie Gischt auf der Wasseroberfläche. Langsam tauchte ich tiefer in das Wasser ab und spülte den Staub des Tages von mir. Ich blieb lange in dem Wasser liegen. Es tat gut. Das Wasser umschloss meinen Körper und schmiegte sich seidig und weich an mich. Es fühlte sich wie eine langersehnte Umarmung an. Als ich aus dem Wasser stieg, ging ich zum Kamin, in dem schon ein Feuer brannte, und trocknete mich dort ab. Meine Unterkleider und mein Hemd zog ich wieder an. Meine Haare knotete ich locker zusammen.

Die Dunkelheit hatte das Haus wieder umschlossen. Ich hatte die Zeit unbemerkt verstreichen lassen. Leise trat ich zur Tür und horchte hinaus. Der Flur war leer und auch sonst war kein Laut zu hören. Ich fragte mich, was der Schattenkrieger mit Baxter angestellt hatte. Meine Füße trugen mich wieder zu dem Raum vor dem Eingang. Der Kamin dort brannte hell und tauchte das Zimmer in ein flackerndes Licht. Ich trat an ihn heran und streckte meine Finger in seine Wärme.

»Wenn Euch kalt ist, könnt Ihr Euch die Decke dort nehmen.«

Ich fuhr herum. Der General saß in einem der Sessel und beobachtete mich. Meine Wangen färbten sich rot. Es war mir unangenehm, dass ich ihn nicht bemerkt hatte. Er stand auf, griff nach der Decke, die auf einem der anderen Sessel lag, und reichte sie mir. Ich nahm sie nicht an, meine Hände trauten sich nicht. Der General trat einen Schritt näher an mich heran, ließ die Decke auseinanderfallen und legte sie mir um. Seine Hände berührten leicht meine Schultern. Ich konnte nicht anders, als seine Hände zu beobachten. Die kurze Berührung ließ mich innerlich erschaudern – nicht schlecht, sondern angenehm. Ich biss mir auf die Unterlippe und wagte nicht, ihn anzusehen.

»Mir gefällt es, wie Ihr Eure Haare tragt.«

»Da Ihr sie ja schon gesehen habt, brauche ich sie ja nicht vor Euch verstecken.«

Der General lächelte und ging wieder zurück zu seinem Sessel. Er deutete auf den Sessel neben sich und ich setzte mich zu ihm. »Nein, Ihr braucht Euch nicht vor mir verstecken. Ich weiß, wer Ihr seid.«

»Wenn Ihr das wisst, warum bin ich dann hier und nicht im Hochpalast?«

»Wollt Ihr denn im Hochpalast sein?«

Ich schüttelte den Kopf. Der General lehnte sich tiefer in den Sessel. Sein Blick lag immer noch auf mir und seine tiefblauen Augen funkelten in dem flackernden Licht des Kamins.

»Wo wollt Ihr dann sein?«

Ich blickte auf meine Hände. Eine Antwort wusste ich nicht genau. Im Geheimen Tal. Zu Hause bei meinem Clan. Oder hier? Meine Augen suchten die des Generals und um seine Lippen zuckte ein Lächeln.

»Wenn Ihr wisst, wer ich bin, und wenn Ihr mich nicht an den Hochkönig verratet, was habt Ihr dann mit mir vor?«

Der General musterte mich und ich spürte seinen Blick auf meiner Haut. Ich überlegte, ob es falsch gewesen war, diese Frage zu stellen.

»Ich möchte meine Pläne nicht mit Euch besprechen. Ihr werdet noch früh genug herausfinden, was ich mit Euch vorhabe.«

»Wollt Ihr mich ausliefern?«

Seine Augen leuchteten angriffslustig auf und er lehnte sich in seinem Sessel zu mir herüber. Ich zog die Decke fester um mich. »Was sollte mir eine ausgelieferte Clanfrau bringen?«

»Ihr wisst, dass ich keine einfache Clanfrau bin.«

»Nein, das seid Ihr sicherlich nicht. Was seid Ihr wirklich?«

Ich wandte den Blick von ihm ab. Ich wusste weder, ob ich ihm die Frage beantworten wollte, noch, ob ich es wirklich konnte.

»Traut Ihr Euch nicht, mit mir zu reden?«

Ich sah ihn an und bemerkte seinen herausfordernden Blick. Für einen Moment war das Blau in seinen Augen alles, was ich sah. Ich holte tief Luft und überlegte.

»Ich denke nicht, dass es gut ist, dass wir so reden.«

»Weil Ihr mir nicht vertraut?«

»Weil Ihr der General des Hochkönigs seid und ich Euch nicht traue.«

»Und wenn ich jemand anderes wäre? Ein Fremder?«

Ich versuchte, meine Überraschung zu verbergen. Er sah mich klar und fest an und ich konnte kaum meinen Blick losreißen. Was wusste er über meine Träume?

»Wenn Ihr ein Fremder wärt …« Ich stockte.

»Was wäre dann?«

Ich sah in das Feuer und in meinen Ohren hörte ich das leise Rauschen der Bäume aus dem Geheimen Tal. Träume konnten eine große Kraft haben und uns zeigen, was wir noch nicht wussten und was für uns wichtig war. Hanna glaubte immer an die Macht der Träume.

Daran, dass sie uns zeigten, was war und was vielleicht sein könnte. Ob der General auch solche Träume hatte wie ich? Fühlte es sich deswegen richtig bei ihm an, obwohl es falsch war?

Der General saß immer noch zu mir gebeugt und musterte mich. Das Blau in seinen Augen schimmerte nun so intensiv, wie ich es schon viele Male gesehen hatte.

»Wenn Ihr ein Fremder wärt, dann würde ich Euch trotzdem nichts von mir erzählen.«

»Warum nicht?«

»Weil es mich mein Leben kosten und meinen Clan in Gefahr bringen würde.«

Er nickte kurz.

»Ich bin hier nicht wie im Erdreich. Vielleicht liegt es daran, dass ich mein Geburtselement hier nicht habe. Die Erde ist vielleicht nur im Erdreich stark. Hier herrscht nur der Schatten. Ich bin hier nur halb so viel wie im Erdreich, wie eine dieser Hochstadtfrauen, die nichts anderes machen, als durch die Straßen zu spazieren. Ich bin völlig zerrissen und leer.«

Er musterte mich nachdenklich und ich bereute meine Aussage. Sie war zu freimütig gewesen. Ich ließ mich tief in den Sessel sinken. In seinen Augen schimmerte schwach so etwas wie Mitleid, ich konnte es nicht ganz deuten. Wie dumm von mir! Ich schloss die Augen und versuchte mir nicht völlig lächerlich und albern vorzukommen.

»Hier bei Euch auf dem Landgut ist es anders. Die Stadt nimmt mir die Luft. Hier ist alles frei und offen. Die Pferde und die Weiten erinnern mich an das Erdreich.«

Ich öffnete die Augen. Der General betrachtete mich immer noch, doch er ließ sich zurück in den Sessel sinken. Kurz rieb er sich die Augen und fuhr sich mit der Hand über die Stirn, die er in tiefe Falten legte. Dann suchten seine Augen meine und das tiefe Blau hielt mich wieder fest. Auch wenn ich es gewollt hätte, hätte ich meinen Blick nicht abwenden können. Ich fragte mich, ob es nur mir so ging und ob er mich nur deswegen so ansah, weil ich eine gute Beute für den Hochkönig sein würde. Der General wandte den Blick ab und sah in die Flammen. Ich tat es ihm nach und wir saßen schweigend nebeneinander.

Nach einer Weile stand der General auf und blickte auf mich hinab. »Bleibt nicht zu lange wach. Wir werden morgen einen längeren Ritt unternehmen. Ich möchte sehen, wie sich Shiver auf unwegsamem Gelände macht.« Ich wusste nicht, was ich erwidern sollte, und nickte nur kurz.

»Es wäre schön, wenn Ihr länger bleiben könntet und wir mehr Zeit zusammen hätten.« Ich sah ihn überrascht an. Der General sah kurz so aus, als würde er bereuen, es laut gesagt zu haben. »Wegen Shiver. Er ist in Eurer Nähe viel entspannter und leistungsfreudiger. Und vielleicht würdet Ihr dann einige Dinge anders sehen.« Damit drehte er sich um und ließ mich allein vor dem Kamin sitzen. Ich blickte noch eine Weile in die Flammen und dachte über die Worte des Generals nach. Ein längerer Ausritt. Ich freute mich auf Shiver, doch die Anwesenheit des Generals verwirrte mich. Der Fremde aus meinen Träumen schien immer mehr in ihm Gestalt anzunehmen. Doch wie konnten der Fremde und der Mann, der alle diese Gräueltaten gegen die Clane auf Geheiß des Hochkönigs begangen hatte, eine Person sein? Meine Finger berührten meine Lippen und ich spürte die Erinnerung an den Traum, in dem seine Lippen auf meinen gelegen hatten.

Der General schloss die Tür zu seinen Gemächern. Die Frau, die er im Feuerschein des Kamins hatte sitzen lassen, ging ihm nicht aus dem Kopf. Ihre Haare hatte sie heute Abend nicht vor ihm versteckt. Er fragte sich, ob sie ihm irgendwann vertrauen würde – wenigstens ein wenig. Er zog die Luft scharf ein. Der Wald aus seinem Traum lag vor seinem inneren Auge. Die Erinnerung war stark und drängte sich ihm so auf, dass sein Herz anfing zu rasen.

Seine Lippen öffneten sich und er fuhr mit den Fingern darüber. Fast hätte er schwören können, dass er ihre Lippen auf seinen gespürt hatte, doch der flüchtige Augenblick war schnell fort. Er schüttelte nur verärgert den Kopf, trat von der Tür weg, zog seine Kleider aus und ließ sich auf das Bett fallen. Aber auch hier ließen ihn die Gedanken an Raja nicht zur Ruhe kommen.

55

~ Auf Firehall ~

Raven stand am Fenster. Den schweren Vorhang hatte er nur ein Stück zur Seite geschoben. Die Straße vor Firehall war leer, so wie die ganze Siedlung. Es schien, als würde hier kein Feuerkrieger leben. Als er ein Geräusch an der Tür vernahm, ließ er den Vorhang fallen. Seit zwei Tagen warteten sie auf eine Reaktion des Feuerfürsten, doch nichts war zu ihnen durchgedrungen. Farrina hatte ihnen weiterhin Speisen gebracht, aber wie zuvor hatte sie nicht mehr mit ihnen geredet, als wäre es ihr verboten worden. Raven war angespannt und ruhelos.

Die Tür öffnete sich und Farrel betrat den Raum. Hinter ihm folgte Farrina.

»Wir möchten Euch ein paar Annehmlichkeiten für Eure Reise anbieten.«

»Für unsere Reise?«

»Ja. Wir nehmen an, dass Ihr zu Eurem Clan reisen wollt.«

Raven blickte Raikon verwundert an, der sich nun auch von seinem Sessel erhoben hatte.

»Wir werden nicht zum Erdclan reisen. Der Wasserclan und der Windclan haben sich mittlerweile mit ihren Heeren vereint. Wir werden zu ihnen stoßen und dann den Angriff auf die Hochstadt planen.«

»Nun, dann reitet Ihr dorthin. Uns soll es gleich sein. Hier sind einige Kleidungsstücke und Proviant. Im Stall werdet Ihr Eure Pferde vorfinden und einen Botschafter des Feuerclans. Er wird Euch bis zu dem Heer der Clane begleiten und uns dann Bericht erstatten. Der Feuerfürst wird dann entscheiden, ob er Euch unterstützt oder nicht.«

Farrel wies Farrina an, die Umhänge und Beutel auf eins der Betten zu legen, dann verließ sie den Raum.

»Ich hoffe, dass der Aufenthalt in Firehall zu Eurer Zufriedenheit verlaufen ist. Ich freue mich auf ein Wiedersehen, wenn Ihr Hochkönig seid. Und auf das Kennenlernen mit Eurer Schwester.«

Bevor Raven etwas erwidern konnte, sprang Raikon auf. »Wir danken Euch für die Gastfreundschaft.«

Farrel grinste Raven noch einmal an und verließ dann eilig den Raum. Die Tür schlug ins Schloss, bevor ein kleiner Blitz von Raven in sie einschlug und einen rauchenden schwarzen Fleck hinterließ.

»Ich bin mir sicher, dass der Feuerclan sich gerne an deinen Besuch erinnert, wenn du Firehall in Schutt und Asche blitzt.«

Raikon trat zu den Sachen, die Farrina ihnen bereitgelegt hatte, und zog die Reisekleidung an. Raven grummelte vor sich hin.

»Wir haben keine Zusage bekommen. Was ist, wenn sich der Feuerclan gegen uns stellt und der Bote nur ein Spion ist? Der Hochkönig sollte so wenig wie möglich über unser Vorhaben wissen.«

»Deswegen sind wir ja auch als Letztes zum Feuerclan geritten und nun komm! Wir dürfen hier nicht noch mehr Zeit verlieren.«

Raven folgte Raikons Beispiel und zog sich schnell um. Als er den Umhang überwarf, war Raikon mit den Beuteln schon an der Tür. Es kam niemand, um sie zum Stall zu geleiten, daher gingen sie alleine durch die Flure. Die Wachen ignorierten sie und nahmen sie nicht als Lichtträger war. Die Kapuzen hatten beide wieder tief über ihre Gesichter gezogen. Draußen vor der Halle zog Raven die kühle Luft ein und war fast erleichtert, endlich aus dem Haus herausgekommen zu sein. Raikon eilte schnell zum Stall, Raven folgte ihm.

Die Tür des Stalls war nur angelehnt und Raven bemerkte sofort, dass ihre Pferde schon gesattelt und bereit hinter der Tür warteten. Raikon war schneller als Raven im Sattel und verschnürte von dort aus die beiden Beutel mit dem Proviant. Raven saß auf und nahm die Zügel. Der weiße Hengst unter ihm war immer noch mit der schwarzen Farbe beschmiert. Er lenkte das Pferd vorsichtig auf die Stalltür zu.

»Ihr wollt doch wohl nicht ohne den Botschafter des Feuerclans aufbrechen? Wie wollt Ihr durch den Feuerfluss gelangen, der Firehall umgibt?«

Raven fuhr herum. Farrina führte ein Pferd aus einem Pferch und zog sich die Kapuze über das Gesicht.

Raikon lächelte der Feuerkriegerin zu. »Ihr seid der Botschafter?«

»Dachtet Ihr, wir würden Euch einen Fremden mitgeben?«

Farrina saß auf und lenkte ihr Pferd neben Raven. Ihr freches Grinsen ließ ihn schmunzeln.

»Ich dachte wahrscheinlich gar nichts.«

»Ihr braucht nicht glauben, dass dem Feuerclan Euer Vorhaben egal ist. Wir müssen nur sehr vorsichtig vorgehen. Der Hochkönig hat zu viele Spione in unseren Clan geschleust und ein Teil unseres Clans wartet nur darauf, dass der Hochkönig unsere Familie in der Clanführung ersetzt. Und nun kommt! Wir sollten nicht noch mehr Zeit verlieren. Ich muss auch wieder zurück. Mein Bruder wird während unserer Reise ein Heer zusammenstellen. Auch wenn es nicht groß sein wird, so wird das Feuer trotzdem für die Freiheit und den Frieden kämpfen.«

Farrina drängte ihr Pferd an die Stalltür und drückte sie auf. Dann ließ sie es nach draußen springen und ritt vor den beiden Lichtträgern hinaus in die Stadt.

56

~ In der Nähe des Landgutes ~

Die Welt flog an uns vorbei. Unter mir streckte sich Shiver mit jedem Galoppsprung. Ich konnte jeden seiner Muskeln spüren und das auch ohne meine Gabe. Das Grasland erstreckte sich vor uns und schmiegte sich an den sanften Hügeln an. Der Wald erschien noch unendlich weit entfernt. Der Wind riss meine Haube vom Kopf und meine langen Haare fielen an meinem Rücken herab. Immer wieder fuhr der Wind durch sie hindurch und ließ sie wie eine weiße Flamme tanzen. Ich machte mir keine Gedanken, ob sie mich hier verraten könnten. Ich fühlte mich so frei wie seit Wochen nicht mehr. Lachend warf ich meinen Kopf in den Nacken und breitete die Arme weit aus. Ich wollte diesen Moment umarmen. Der Wind strich über meine Arme und griff in meine Hände, als würde er mich wie einen alten Freund begrüßen. Ich schloss meine Augen und spürte, wie ein schwaches Licht auf meiner Haut tanzte. Fast nur ein Glimmen, doch es war da. Wäre ich zu Hause im Erdreich, würde ich strahlen, aber hier ging es nicht. Mein Licht war zu schwach. Der Hengst unter mir verlangsamte seine Sprünge. Der Wald war mittlerweile zum Greifen nahe. Der mächtige schwarze Hengst meines Begleiters holte auf und lief neben Shiver, der ihn wie einen Freund zu begrüßen schien. Ich griff zurück in Shivers Mähne und drehte mich zu dem Reiter neben mir um. Mein Lachen schien ihn zu irritieren. Der General blickte so erstaunt in mein Gesicht, als wäre es unsere erste Begegnung. Es war mir etwas unangenehm und so konzentrierte ich mich wieder auf Shiver und legte ihm die Hand auf den Hals.

»Es ist lange her, dass Ihr so glücklich wart. Ich habe Euch noch nie so lachen sehen«, rief der General mir zu.

Ich blickte ihn verwundert an. Wenn mein Leben anders wäre, nicht so, wie es jetzt war, und wenn er nicht der General des Hochkönigs wäre, wäre ich mir sicher, dass er der Mann an meiner Seite sein könnte. Ich fühlte mich zu ihm hingezogen. Wenn ich meine Gabe nutzen könnte, würde ich wissen, ob mein Herz mich betrügt.

»Ich weiß nicht mehr so recht, was ich fühlen soll«, gab ich zurück.

»Es tut mir leid«, kam als kurze Antwort.

Ich blickte auf die wippende Pferdemähne vor mir. »Das muss es nicht«, erwiderte ich leise.

»Doch. Es tut mir leid. Ich werde es ändern, das verspreche ich Euch.«

Als ich zu ihm herübersah, erkannte ich nur seinen Schwertknauf, der auf mich zusauste. Meine Welt wurde schwarz.

Der Schwertknauf traf Raja an der Schläfe, ihr Körper rutschte von ihrem Hengst und fiel in das hohe Gras. Der General fluchte leise vor sich hin, während er Dragon bremste und zu Raja zurücklenkte. Es hätte so ein schöner Tag werden können. Doch der Grund für diesen Ausritt war nicht die Korrektur eines unrittigen Pferdes, auch wenn er Raja in dem Glauben gelassen hatte. Dragon hielt noch nicht ganz, als der General bereits auf seinen eigenen Beinen stand. Neben Raja ging er in die Knie und betrachtete sein Werk. An ihrer linken Schläfe lief Blut hinab. Die Platzwunde saß perfekt. Er strich mit seinen Fingern vorsichtig ihre Haare zur Seite und betrachtete das makellose Gesicht. Er verzog zornig den Mund, denn sein Schlag würde eine Narbe hinterlassen. Doch die würde sie nicht entstellen. Raja war immer noch das Schönste, was er je gesehen hatte. Der General drehte sie um und hob sie hoch. In seinen Armen wirkte sie wie ein Kind. Er pfiff seinen Hengst zu sich und schob Raja vorsichtig auf seinen Rücken. Mit einem Schwung saß er hinter ihr auf und pfiff Shiver zu sich ran.

»Du kommst besser mit. Du bist einfach zu auffällig, mein Schöner.«

Als Handpferd lief Shiver neben dem großen Dragon her, den der General zum Wald lenkte. Vor dem Waldrand überprüfte er noch einmal die Umgebung. Nichts und niemand war zu sehen. Er lenkte die Pferde auf einen unsichtbaren Pfad zwischen den Bäumen. Der Weg wurde unwegsamer und die Pferde mussten über Steine und Felsen klettern. Der General hatte Raja umschlungen und hielt sie fest an sich gedrückt. Die Wärme zwischen ihnen fühlte sich richtig und vertraut an. Er summte leise ein Lied vor sich hin und versuchte, nicht daran zu denken, was sie nun von ihm denken könnte. Auf ihrem bisherigen Ritt hatte er den Eindruck bekommen, dass sie sich ihm etwas zugewandt hatte und nicht nur den General in ihm sah. Der Pfad endete auf einer kleinen Lichtung vor einer Felswand.

»Wie ich sehe, hast du ganze Arbeit geleistet«, begrüßte ihn eine ihm wohlbekannte Stimme.

»Larine! Ich bin froh, dass du schon hier bist. Ich fürchte, dass du gleich mit der Arbeit beginnen musst. Es scheint ein schwerer Hemmerstein in ihr zu stecken.«

»Was anderes habe ich nicht erwartet. Bring sie in die Höhle. Ich habe schon alles vorbereitet.«

Die kleine blonde Frau wandte sich ab und ging in die Höhle voraus. Der General glitt leichtfüßig vom Rücken des Pferdes und überließ die beiden Hengste sich selbst. Vorsichtig zog er Raja von Dragons Rücken und trug sie in die Höhle. Er wusste, dass die Pferde nicht aus dem Schutzzauber, der um die Lichtung und die Höhle lag, treten würden. Die Dunkelheit der Höhle wurde durch ein kleines Feuer gebrochen. Dort stand ein Kessel und Larine rührte im Wasser.

»Leg sie auf das Lager. Ich werde gleich beginnen, doch zuvor reinige ich noch einmal den Hellerstein.«

Der General legte Raja ab. Die Wunde an ihrer Schläfe blutete nicht mehr. Die Haare waren blutverkrustet und rahmten ihr Gesicht wild ein. Der General fuhr sanft mit den Fingern über die Haut um die Wunde und entfernte ein paar der weißen Haare, die an der Blutkruste klebten.

»Wenn ich dich nicht kennen würde, würde ich annehmen, dass du dir Sorgen um das Mädchen machst«, neckte Larine ihn.

Er hatte nicht bemerkt, dass die kleine Frau neben ihn getreten war.

»Ich mache mir mehr Sorgen um das Gelingen unseres Vorhabens. Was ist, wenn sie sich weigert, das zu sein, was sie ist? Wir brauchen sie«, gab er besorgt zurück und trat einen Schritt zur Seite.

»Das, mein Lieber, werden wir noch herausfinden. Halte sie fest. Auch wenn sie bewusstlos ist, wird sie den Eingriff merken.«

Der General nahm neben Raja Platz. Er umfasste ihre Arme und drückte den kleinen Körper fest auf das Lager. Raja reagierte auf den Druck und bewegte ihren Kopf in seine Richtung. Er sah kurz ihre bernsteinfarbenen Augen zwischen ihren Lidern aufleuchten. Larine umfasste Rajas Kopf und murmelte ein paar leise Worte in ihr Ohr. Rajas Körper entspannte sich wieder. Als Larine Raja wieder loslassen wollte, kribbelte es unter ihrer Hand. Sie drehte Rajas Kopf zur Seite, sodass sie ihre linke Schläfe sehen konnte. Unter Rajas Haut wurden dunkle Zeichen und Linien sichtbar. Larine zog die Luft scharf ein. Die Zeichen einer Clanfürstin. Mit einem kurzen Blick zur Seite prüfte Larine, ob der General die Zeichen gesehen hatte, die nun schon wieder verblasst waren. Er sah Larine an und in seinem Blick erkannte sie, dass er die Zeichen registriert hatte. Larine griff nach dem Messer, das neben ihr lag. Mit einer schnellen Handbewegung schnitt sie die Haut an Rajas linker Schläfe leicht auf. Der Körper der Lichtträgerin reagierte auf den Schmerz und bäumte sich unter den starken Händen des Generals auf. Mit einer kleinen Zange machte sich Larine in der Wunde zu schaffen und zog schließlich einen grauen Stein heraus.

»Sieh dir das an. Dieser Hemmerstein ist wirklich sehr stark. Derjenige, der ihr diesen Stein gesetzt hat, muss wissen, wer sie ist und zu was sie fähig sein kann.«

Der General erwiderte nichts. Larine fiel seine angespannte Kiefermuskulatur auf, sie wandte sich schnell ab, um den Hellerstein zu holen. Mit dem Stein in der Zange kniete sie erneut neben Raja nieder.

»Bist du dir sicher, dass sie den Stein braucht?«

Der General nickte. »Wenn sie keinen Stein mehr trägt, wird es auffallen und das würde unser Vorhaben gefährden. Wir haben keine andere Wahl.«

»Dann werde ich ihr den Stein jetzt einsetzen. Bitte holt mir die Kräuter und die Binden, die neben dem Feuer liegen. Du brauchst sie nicht mehr festhalten. Der Hellerstein sucht sie und ihre Gaben werden den Stein annehmen. Ihr Körper wird sich nicht gegen ihn wehren. Die Hemmersteine sind wie Gift, aber der Hellerstein ist etwas anderes.«

Der General sah auf die bewusstlose Frau runter und nickte. Er wusste, wovon Larine sprach. Er selbst hatte den Steintausch schon erlebt und wusste, was in den nächsten Stunden auf Raja zukam. Eine sanfte Berührung von Larine riss ihn aus seinen Gedanken. Er ließ Rajas Arme los, um die Dinge zu holen, die Larine benötigte.

»Du brauchst dir keine Sorgen um sie machen. Du hast diesen Prozess schon so oft begleitet, dass ich mich wundere, dass du es nicht selbst machst und mich jedes Mal dazu holst«, lachte Larine hinter ihm her.

Als der General sich wieder neben sie kniete, war der Hellerstein bereits in Rajas Wunde verschwunden. Mit geübten Händen baute Larine aus den Kräutern und den Binden einen Verband. Als der saß, umfasste sie noch einmal Rajas Hände. Sie zuckte, ließ die Hände der Schlafenden schnell wieder los und blickte den General prüfend an, ob er es bemerkt hatte. Ihr Puls raste und die Gefühle und der Schmerz, den sie in der Lichtträgerin gespürt hatte, trieben ihr Tränen in die Augen und Übelkeit stieg ihn ihr auf.

»Ich möchte ihr noch etwas von meiner Heilgabe geben. Es beschleunigt vielleicht den Prozess.«

Der General nickte und zog sich kurz zurück. Larine beobachtete ihn, wie er sich auf die andere Seite des Feuers begab. Sie griff nach den Händen von Raja, die ruhig vor ihr lag. Ihre Heilgabe tastete sich in Raja hinein und in Larines Geist zuckten die Bilder auf, die sie bereits kurz gespürt hatte. Die Gewalt, die Larine an ihrem Körper spürte, ließ sie aufstöhnen. Sie kämpfte gegen die weiter aufsteigende Übelkeit. Ihre Heilgabe strömte in die Schlafende ein und die Schmerzen und Gefühle, die Larine völlig überrannten, ebbten langsam ab. Ihr Atem wurde wieder regelmäßiger und ihr Herz schlug langsamer. Die Heilkraft, die Larine in Raja hineingeschickt hatte, suchte in ihrem Geist nach den Erinnerungen, die die junge Frau in sich trug. Die Heilerin schob sie mit ihrer Gabe in die tiefsten und dunkelsten Ecken, die sie in Rajas Geist finden konnte, und hoffte, dass die junge Frau an dem, was ihr widerfahren war, nicht zerbrechen würde. Es würde eine Weile dauern, bis sich diese Erinnerungen wieder in das Bewusstsein zurückkämpfen konnten, wenn sie es überhaupt schafften.

Als ihre Gabe wieder in ihren Körper zurückkehrte, ließ sie die Hände von Rajas Armen sinken. Tiefes Mitleid überkam Larine und sie hoffte, dass es etwas geben würde, was ihr die Schmerzen und die Qualen nehmen konnte.

»Ist alles in Ordnung? Du warst sehr angespannt bei dem Heilprozess.«

Larine blickte den General an. Sie hätte vorsichtiger sein müssen.

»Das ist der Kampf gegen das Gift, das der Hemmerstein in ihrem Körper angelagert hat. Es muss furchtbar für sie gewesen sein, dass sie durch den Stein ihre Gaben verloren hat. Sie sind sehr stark. Du brauchst dir keine Sorgen machen.«

Der General nickte, sah sie aber skeptisch an. Larine richtete ihren Blick noch ein letztes Mal auf die Bewusstlose. Es stand ihr nicht zu, über das zu sprechen, was Raja widerfahren war. Das musste Raja selbst übernehmen, wenn sie dazu bereit war.

»So, nun musst du warten. Ich muss dich wieder verlassen. Du wirst die Hellerwache allein durchstehen müssen. Ich werde im Untergrund gebraucht. Aber wir können noch etwas zusammen essen, bevor ich gehe. Ich habe etwas dabei.«

Der General musste lächeln, an Essen hatte er nicht gedacht. Er nahm am Feuer neben Larine Platz und sie unterhielten sich mit leisen Stimmen, während sie zusammen Brot und Käse aßen. Raja durchbrach immer wieder ihren Dämmerzustand, lag mehr bewusstlos als wach da und sah nur schemenhaft, wer am Feuer saß. Ihr Bewusstsein verlor sich immer wieder.

»Nun, es wird Zeit. Behalte sie gut im Auge. Sie ist wertvoll für uns.« Mit diesen Worten stand Larine auf.

Raja erhaschte die Worte und versuchte, ihr Bewusstsein zu halten und doch so zu tun, als würde sie schlafen. Der General und Larine traten zum Höhleneingang.

Larine legte ihre Hand auf den Arm des Generals. »Darius, ich bitte dich, sei vorsichtig.«

»Ich werde es versuchen«, sagte er und zwinkerte ihr zu.

»Das Mädchen und du, Ihr seid miteinander verbunden. Ich kann es nicht genau erfassen, aber Ihr habt eine Verbindung. Sie ist eine Hochgeborene, eine gewählte Clanführerin, eine starke Gabenträgerin, in einer Art, wie sie dir ähnelt. Sie ist aber auch die letzte Lichtträgerin. Ich werde keine gebrochenen Herzen heilen können.«

»Nun reicht es aber, Larine. Du solltest aufbrechen.« Der General beugte sich runter und umarmte die kleine Frau.

Von ihrem Lager aus hatte Raja alles verstehen können. Nur ihr Geist schien wie benebelt. *Sie wissen, wer ich bin.* Sie versank wieder in der Bewusstlosigkeit.

Darius kehrte zur Feuerstelle zurück und legte Holz nach. Das Feuer wurde heller und wärmte die Höhle auf. Danach wandte er sich Raja zu und legte ihr eine Decke über. In den nächsten Stunden würde das Gift des Hemmersteins aus Rajas Körper verschwinden. Wärme förderte diesen Prozess, sie würde das Gift austreiben. Der Hellerstein würde den Rest übernehmen.

Der General ließ sich neben Raja nieder. In Gedanken versunken beobachtete er, wie sie sich auf dem Lager hin und her warf. Ihre Augen fanden seine immer wieder in kurzen Momenten, in denen sie bei Bewusstsein war. Ihr leises Murmeln sorgte dafür, dass er regelmäßig zu ihr guckte.

Draußen vor der Höhle senkte sich die Dunkelheit über die Lichtung. Der Schutzzauber schirmte sie von der Außenwelt ab. Außer den Pferden war alles leise. Raja fiel immer tiefer in einen Traum. Das Gift bohrte sich durch ihren Körper und lieferte sich mit ihren Gaben einen Kampf, der schon gewonnen war, doch der Feind gab nicht auf. Raja wurde heiß. Der General erinnerte sich an die Hitze, die sich durch seinen Körper gebrannt hatte. Das Gift der Hemmersteine bohrte sich tief durch die Eingeweide und fraß sich seinen Weg durch alle Blutgefäße. Raja schrie und warf ihre Arme um sich, um den unsichtbaren Feind abzuwehren. Der General umfasste sie und ließ Wasser über sie fließen, nur um sie hinterher wieder mit Decken zu wärmen. Es dauerte, bis die Nacht ihr Frieden brachte.

57

~ Im Wald ~

Licht kitzelte meine Augenlider. Mein Körper fühlte sich an, als wäre ich zermalmt worden. Meine Arme und Beine waren schwer und mein Kopf dröhnte. Ich konnte das leise Stöhnen nicht unterdrücken, das mir entfuhr, als ich die Augen öffnete. Das Licht blendete mich und ich brauchte ein paar Lidschläge, bis ich mich daran gewöhnt hatte. Ich lag in einer Höhle, durch deren Eingang Sonnenlicht fiel. Draußen war das Rauschen des Windes in den Baumwipfeln zu hören. Und Shiver. Er musste vor der Höhle sein. Ich spürte ihn. Meine Gabe – sie war zurück! Noch schwach, wie ein Glimmen in der Nacht. Ich schickte meinen Geist aus, aber ich nahm keine Gefahr wahr. Ich blickte mich in der Höhle um. Eine Feuerstelle befand sich vor mir, die Glut war kalt. Ich bemerkte erst viel zu spät die Person, die hinter mir war und in deren Armen ich lag. Vorsichtig bewegte ich den Kopf, um mich umzusehen. Der stechende Schmerz ließ mich jedoch sofort innehalten. Aus den Augenwinkeln erkannte ich den General. Verwirrt drehte ich mich zurück. Die Wärme zwischen uns fühlte sich richtig an und doch kam es mir falsch vor, hier zu liegen. Sollte ich die Flucht ergreifen? Bis zu Shiver war es weit. Ich bezweifelte, dass meine Beine mich tragen würden. Neben der Feuerstelle lag das Schwert des Generals. Eine Waffe würde mir helfen. Der Schmerz in meinem Kopf blockierte meine Gabe immer wieder. Ein Schwindel, der kam und wieder ging. Ich war unsicher, warum mein Körper sich so krank anfühlte. Ob es ein Gift war, gegen das er ankämpfen musste? Hatte der General mich vergiftet? Vorsichtig tastete sich meine Gabe an den Geist des Generals und prallte an eine Mauer. Ein Schutzschild. Ich zuckte unwillkürlich zusammen, denn damit hatte ich nicht gerechnet. Der General war sofort hellwach. Es gab nur eine Möglichkeit: Ich sprang auf, hastete die zwei Schritte zu dem Schwert und riss es herum. Der Schwung der schweren Waffe hätte mich fast stürzen lassen. Der General kniete schmunzelnd vor mir, obwohl ich sein Schwert an seine Kehle hielt. Meine Beine waren weich und wollten nachgeben.

»Ihr seid langsam«, stieß ich hervor und überspielte meine Schwierigkeit, aufrecht zu stehen. Der General sollte nicht merken, was für ein leichtes Opfer ich wäre. Raikon könnte stolz auf mich sein. Die endlosen Trainingsstunden im Schwertkampf hatten doch etwas gebracht.

Der General lachte leise. »Legt das Schwert zur Seite. Ihr könnt kaum stehen.«

Verdammt, sah ich so erbärmlich aus? Ein weiterer Schwindel zog durch meinen Geist und ich konnte ein Zittern in meinen Beinen nicht verbergen. Was war mit mir los?

Der General lehnte sich leicht nach vorne gegen die Schwertspitze, die sich in seine Kehle bohrte. »Legt das Schwert zur Seite«, knurrte er nun weniger amüsiert als noch vor ein paar Augenblicken.

»Ihr habt mich vom Pferd gehauen«, platzte es aus mir heraus.

Die Erinnerung an den Ritt und seinen Schwertknauf raste vor meinem inneren Auge auf mich zu. Ich kniff meine Augen zusammen, in der Erwartung, den Aufschlag des Knaufs erneut zu spüren. Meine Hand fuhr hoch an meine linke Schläfe und fühlte eine Blutkruste sowie einen Verband. In den Moment packte mich der General, wirbelte mich um sich herum und entwand mir das Schwert. Vor seine Brust gepresst stand ich vor ihm und konnte mich nicht aus dem festen Griff seines Armes befreien. Ich kämpfte kurz gegen ihn an, bis mein Bewusstsein wieder schwinden wollte.

»Ich sagte, legt das Schwert weg«, flüsterte er drohend in mein Ohr, wobei sein Atem sanft darüberstrich. Dann stieß er mich von sich und ich stolperte zum anderen Lager auf der anderen Seite der Feuerstelle. Ich blieb dort sitzen. Mein Kopf dröhnte und meine Beine waren froh, meinen Körper nicht mehr aufrecht halten zu müssen.

»Wir werden uns jetzt ein wenig unterhalten«, gab der General an und setzte sich auf den Boden vor meinem Lager. Den Schwertknauf hielt er mir entgegen. Woher kannte er diese Geste? Verfeindete Clane trafen sich unter Waffenaustausch, um Streitigkeiten zu schlichten. Ich griff den Schwertknauf und legte das Schwert mit dem Knauf zu ihm auf den Boden. Der General nickte zufrieden.

»Ich habe keine Waffe.« Es war mir unangenehm, dass ich das Ritual nicht erwidern konnte. Raikon hatte immer wieder betont, wie wichtig es war, eine Waffe bei sich zu haben. Doch ich trug schon seit Wochen keine mehr.

Der General zog einen Dolch aus seinem Stiefel und hielt ihn mir hin. Ich nahm ihn, ohne den General anzuschauen. Der Dolch war klein. Clan-Schmiedekunst. Gestohlen von seinen Opfern? Der Griff war mit den Clansymbolen verziert. Wellen, Riefen und Ranken umspannten den ganzen Griff. Ich drehte den Dolch mehrmals in meiner Hand, bis ich mich wieder daran erinnerte, weswegen ich ihn bekommen hatte. Wortlos reichte ich ihn zurück an den General, der ihn spiegelverkehrt neben das Schwert legte.

»Nun können wir reden«, begann der General ruhig.

Ich blickte auf und verlor mich kurz in seinen tiefblauen Augen.

»Ihr habt mich vom Pferd gehauen. Was habt Ihr Euch nur dabei gedacht?«, fragte ich feindselig.

»Es tut mir leid, es ging leider nicht anders.«

»Es ging nicht anders?«, platzte es aus mir heraus. Mein Kopf wies mich auf die Heftigkeit meines Ausrufes hin. Der Schmerz zog sich erneut durch meinen Körper und zwang mich zur Ruhe.

Der General schien belustigt und schüttelte lachend den Kopf. Seine Augen heften sich an meine und ließen mich nicht mehr los. »Ihr solltet Euch schonen und ruhig bleiben. Euer Körper kämpft noch mit den Nachwirkungen des Hemmersteins, der Euch eingesetzt wurde«, gab er nun nüchterner von sich.

Ein Hemmerstein? Meine Gedanken überschlugen sich. Das Fehlen meiner Gabe, die Erkrankung, als ich die Hochstadt erreicht hatte, und die heftige Abwehrreaktion, die mein Körper nun zeigte. Ich war verwirrt. Wie verletzlich und dumm ich gewesen war! Wie leicht mir mein Leben genommen und ich in ein anderes hineingepresst wurde! Mir wurde übel und ich hastete zum Höhlenausgang, um mich zu übergeben. Die frische Luft, die der Wald mir entgegenschickte, vertrieb die Übelkeit. Ich blieb ein paar Augenblicke dort stehen und versuchte, meine Gedanken zu sortieren.

»Wer seid Ihr?«, fragte ich. Erst als ich die Frage stellte, bemerkte ich, dass der General mir zum Höhleneingang gefolgt war.

»Mein Name ist Darius. Ich bin der General des Hochkönigs«, sagte er tonlos. »Ich bin dem Thron zur Treue verpflichtet und diene dem Wohl dieses Landes und der Clane.«

»Ihr dient dem Wohl der Clane?«, fragte ich. »Wie kann das sein? Ihr verschleppt Clanmitglieder in die Hochstadt. Viele sterben unter Euch und werden nie wieder gesehen. Ihr sucht gezielt nach Gabenträgern, die Ihr dem Hochkönig ausliefert.«

Ich wirbelte zu ihm herum und stand unerwartet dicht vor ihm. Ich musste meinen Kopf in den Nacken legen, um ihm ins Gesicht sehen zu können. Darius blickte auf mich herab und holte kurz Luft, schloss seinen Mund aber wieder. Er schien nicht genau zu wissen, was er sagen sollte. Ich beobachtete seinen Mund und wartete auf eine Antwort, die nicht kam. Dafür spürte ich deutlich, wie sich zwischen uns eine Spannung aufbaute. Die Anziehung zwischen uns musste auch für ihn greifbar sein. Er wandte sich aber von mir ab und setzte sich auf einen der Felsen vor der Höhle. In Gedanken versunken fing er an zu erzählen.

»Was Ihr mir vorwerft, ist wahr. Ich suche im Auftrag des Hochkönigs nach mächtigen Gabenträgern. Der Hochkönig hat einen Gabensucher. Das ist ein Gabenträger, der mit seiner Gabe andere Gabenträger spüren und riechen kann. Er kann anderen Gabenträgern ihre Gabe sogar entreißen. Ihr solltet also beten, dass Ihr ihm niemals begegnet. Bei dem Überfall auf Euren Clan war er dabei. Griffin ist sein Name. Er hat mich vor vielen Jahren gefunden und zum Hochkönig gebracht. Mir wurde wie Euch ein Hemmerstein eingesetzt. Er war wesentlich kleiner als Eurer. Ich trug ihn an meiner Schulter, er schwächte meine Gaben ab. Da ich schon vor der Festnahme ein Kämpfer war, wurde ich vom Hochkönig mit Horchertinktur gefügig gemacht und zum General ernannt. Der Hochkönig konnte mir befehlen, was er wollte, und ich tat es. Ich hatte nicht einmal die Chance, mich gegen seine Befehle zu wehren. Die Menge an Horchertinktur, die mir verabreicht wurde, war zu groß.«

Er unterbrach kurz und blickte zu mir herüber. Das Wasser, das mir der Pferdehändler gegeben hatte, war mit Horchertinktur versetzt gewesen. Ich nickte ihm leicht zu und er fuhr fort.

»Die Auflehnung gegen den Hochkönig wuchs immer mehr. Der Nachtfalke führte den Widerstand an. Ich hatte wieder Gabenträger für den Hochkönig von den

Clanen verschleppt. Bevor wir die Hochstadt erreichen konnten, kam es zu einem Kampf gegen den Widerstand. Der Nachtfalke verbrannte mich an meiner Schulter.«

Darius öffnete die obersten Knöpfe seines Hemdes und schob es über die Schulter, die mit Narben überzogen war. Mein Blick wanderte von seiner Schulter zu seinen Augen. Trauer stand ihm ins Gesicht geschrieben. Er wirkte verwundbar und ich war ihm für dieses Vertrauen dankbar. Es musste ihn einiges an Überwindung gekostet haben, mir davon zu erzählen.

»Ich hatte Glück und meine Wunde wurde von Larine versorgt. Sie war eine der Heilerinnen im Hochpalast und gehörte damals schon zum Widerstand. Sie entfernte den Hemmerstein und setzte einen Hellerstein dafür ein, damit derjenige, der mir den Hemmerstein eingesetzt hatte, nicht bemerkte, dass der Stein fehlte. Wenn man weiß, wo er sitzt, kann man ihn unter der Haut fühlen. Seit dem Steinwechsel habe ich meine Gaben wieder in ihrer vollen Stärke zurück. Der Gabensucher kennt meinen Geruch und den des Hemmersteins, deshalb trage ich ihn immer bei mir. Der Hemmerstein in meiner Tasche gaukelt dem Gabensucher vor, dass ich ihn immer noch in mir trage.«

Er griff in die Tasche und zog zwei Steine hervor, den dunkleren reichte er mir. Ich nahm ihn wortlos. Der Hemmerstein fühlte sich kalt und schwer in meiner Hand an.

»Das ist Euer Stein. Er war an Eurer linken Schläfe unter die Haut gesetzt.«

Unwillkürlich fasste ich dorthin und blickte immer noch wie gebannt auf den Hemmerstein in meiner Hand.

»Seit meinem Steintausch arbeite ich für den Nachtfalken. Es ist ein Verrat an dem Hochkönig, aber nicht an dem Hochthron, dem mein Schwur und meine Treue eigentlich gilt. Die Gabenträger, die ich für den Hochkönig gefangen nehme, werden von dem

Nachtfalken über den Untergrund wieder befreit. Das gelingt leider nicht bei allen. Eine Schuld, die ich tragen muss, wenn ich wenigstens einige von ihnen retten will.«

»Warum habt Ihr meinen Hemmerstein getauscht? Warum kümmert Ihr Euch um mich?«, fragte ich verwundert.

Darius lächelte und blickte immer noch auf den Hemmerstein in seinen Händen. »Ihr wisst warum. Sollte ich zulassen, dass die letzte Lichtträgerin unter einem Hemmerstein verkümmert? Euer Bruder und der Nachtfalke wären ganz und gar nicht begeistert. Außerdem ist es meine Pflicht. Ich habe einen Schwur für das Wohl des Clanreiches abgelegt. Ich hoffe, dass das Licht wieder über die Geschicke im Clanreich regieren wird.«

»Ihr kennt meinen Bruder?«, fragte ich erstaunt und sah ihn an.

Er blickte nun auch auf. »Leider nicht. Aber der Nachtfalke kennt ihn, zumindest aus den Briefen. Ihr braucht Euch keine Sorgen machen, es geht ihm gut. Zumindest waren das die letzten Informationen, die wir von ihm bekommen haben.«

Auch wenn es nur eine winzige Information war, beruhigte es mich doch, dass er noch lebte.

»Wir sollten langsam aufbrechen. Wir können nicht so schnell zurückreiten, wie wir hergekommen sind. Das Hemmergift steckt noch in Eurem Körper und Ihr braucht Zeit, bis es ganz abgebaut ist.«

Darius stand auf und ließ mich vor der Höhle zurück. Den Hemmerstein in den Händen drehend stand ich da und beobachtete den Wald vor mir. Die Höhle befand sich auf einer Anhöhe. Der dichte Wald versteckte sie vor neugierigen Blicken. Mein Körper schien jeden Augenblick in Freiheit stärker zu werden, das Hemmergift hingegen immer schwächer.

Ich schloss die Augen und schickte meine Gabe in die Umgebung der Höhle. Ich spürte Shiver, der mir zurief. Der Hengst freute sich, dass ich ihn wieder fühlen konnte. Bei ihm nahm ich einen großen, treuen Freund war. Dragon. Shiver mochte ihn und er fühlte sich vertraut und gut an. Die beiden Pferde setzten sich in Bewegung und kamen gemächlich aus dem Unterholz auf die Lichtung vor der Höhle. Shiver kam brummelnd auf mich zu und rieb seinen Kopf an meiner Schulter. Seine Nähe gab mir Zuversicht und ich schickte meine Gabe ein Stück weiter in den Wald. Es fühlte sich friedlich an, bis meine Gabe an eine Grenze stieß. Wie ein helles Band zog sich eine unsichtbare Mauer um die Höhle und ihre Lichtung. Dieser Ort war mit einem Schutzzauber belegt. Ein Ort, der nur gefunden werden konnte, wenn man mit friedlicher Gesinnung danach suchte. Das Geheime Tal hatte auch so einen Schutzzauber. Mein Herz wurde schwer bei dem Gedanken an meine Heimat und meinen Clan.

Darius trat aus der Höhle und riss mich aus meinen Gedanken. »Dragon, alter Freund. Bist du bereit für den Heimweg?«

Der schwarze Hengst stapfte auf ihn zu und ließ sich ein Gepäckbündel auf den Rücken werfen. Dann drehte sich der General zu mir um und reichte mir den kleinen Dolch.

»Ich würde mich freuen, wenn Ihr ihn tragt. Es beruhigt mich zu wissen, dass Ihr Euch verteidigten könntet, wenn es notwendig wäre.«

Ich nahm den Dolch und blickte Darius noch einmal prüfend an. Es schien ihm unangenehm zu sein und er wandte sich wieder seinem Hengst zu. Ich beugte mich zu meinem Stiefel hinab und steckte den Dolch in den Schaft. Als ich mich wieder aufrichtete, schwang sich der General hinter das Bündel in den Sattel und sah sich zu mir um.

»Wollt Ihr mitkommen?«, fragte er.

Ich trat auf Shiver zu und sprang auf seinen Rücken. Darius lenkte Dragon in den Wald und ich überließ es Shiver, hinter den beiden herzugehen. Dragon führte uns auf einem unsichtbaren Weg durch den Wald von der Lichtung weg. Der Weg führte bergab. Die Bäume und Pflanzen im Wald veränderten sich. Ich verlor das Gefühl für die Zeit und ließ mich sanft von Shiver hin und her schaukeln.

Das Licht, das zwischen den Baumkronen hindurch auf mich fiel, wärmte meine Haut und ich hatte das Gefühl, nach Wochen wieder atmen zu können. Ich schloss die Augen und genoss die Sonnenstrahlen. Als ich sie wieder öffnete und nach vorne blickte, bemerkte ich, dass sich Darius auf Dragons Rücken mir zugewandt hatte und mich beobachtete. Die Röte auf meinen Wangen konnte ich nicht unterdrücken.

»Beobachtet Ihr mich schon lange?«

Darius hielt sein Pferd leicht zurück und ließ den schwarzen Hengst neben Shiver hergehen. »Ich muss mich doch vergewissern, dass Ihr nicht vom Pferd fallt.« Sein Lachen klang zwischen den Bäumen wider.

»Das würde Euch wohl gefallen.«

»Nein, durchaus nicht. Es war zwar meine Schuld, aber ich musste Euch schon einmal bewusstlos wieder auf den Pferderücken hieven. Ihr seid schwerer, als man vermuten würde.«

Ich konnte nur sprachlos den Kopf schütteln. So etwas Fieses hätte ich von Raven oder Haldriel erwartet, aber dem General hätte ich das nicht zugetraut. »Ihr seid ganz schön gemein.«

»Nun, ich habe ja auch einen Ruf zu verlieren, wenn sich herausstellen würde, dass ich ein freundlicher Kerl wäre.«

»Wäre es denn schlimm, wenn die Clane wissen würden, was Ihr wirklich tut?«

Schweigend ritt Darius neben mir her und spielte in der Mähne seines Pferdes. »Sicherlich wäre das nicht schlimm. Nur habe ich unter dem Hochkönig schon so viel Schreckliches getan, dass ich mich nicht davon reinwaschen kann durch das, was ich nun tue.«

Ich nickte schweigend. »Das mit Eurem Cousin tut mir leid.«

Meine Stimme war leiser, als ich beabsichtigt hatte, doch Darius sah trotzdem zu mir herüber.

»Eine weitere Schuld, die ich trage. Ich konnte es nicht verhindern. Er wurde mit den Briefen an den Nachtfalken erwischt. Mir wurde es erst zugetragen, als man ihn schon verurteilt hatte. Der Gabensucher hatte ihm seine Gabe schon genommen. Weder der Nachtfalke noch ich konnten noch etwas ausrichten. Darin wusste, was der Preis für die Sache ist.«

Seine Stimme klang anders und ich bereute, etwas gesagt zu haben.

»Was für eine Sache? Was stand in den Briefen?«

»Die Briefe waren nur eine Bestätigung von Informationen. Wir hatten Glück, dass nichts Wichtiges verraten wurde. Aber sie waren mit dem schwarzen Falken versehen. Der König kennt das Symbol des Widerstands.«

»Von wem kamen die Briefe?«

Darius musterte mich von der Seite. Seine Kiefer pressten sich zusammen und ich erkannte, dass ihm die Antwort schwerfiel. »Eine Nachricht kam von Eurem Bruder. Als Ihr verschwunden wart, hat der Erdclan um Hilfe gebeten und zufällig einen unserer Männer vom Untergrund getroffen, der hat den Nachtfalken informiert. Als wir Euch gefunden hatten, haben wir die Information an Euren Bruder weitergegeben. Er war kurz davor, seine Mission abzubrechen, um Euch zu suchen. Wir brauchen ihn aber da draußen bei den Clanen. Nur er kann es schaffen, alle Clane zum Kampf aufzurufen.«

»Dann trage ich die Schuld an dem Tod Eures Cousins. Nicht Ihr.«

Ich blickte auf Shivers Mähne. Es schnürte mir die Kehle zu, als mir klar wurde, dass ein Mensch für mich gestorben war. Es würden noch mehr folgen. So viele Clankrieger würden in den Tod ziehen.

»Es ist nicht Eure Schuld. Es ist die Schuld des Schattenkönigs. Ihr werdet das Licht zurück in die Hochstadt bringen.«

Ich blickte auf meine Hand. Er hatte sich zu mir heruntergebeugt und seine Hand lag auf meiner. Das warme, vertraute Kribbeln, das sich zwischen unseren Händen ausbreitete, machte alles andere vergessen. Ich blickte auf und sah ihn so dicht vor mir, wie es auf zwei Pferden nur ging. Etwas zu schnell zog er seine Hand von meiner. Sein schwarzer Hengst trippelte kurz zur Seite, als der General sich wieder aufrecht in den Sattel schob.

»Es tut mir leid. Ich wollte Euch nicht zu nahe kommen.«

»Schon gut.«

Schweigend ritten wir zwischen den Bäumen weiter. In meinem Kopf überschlugen sich die Gedanken. Ich wollte mehr wissen, aber ich wollte auch nicht aufdringlich sein.

»Euer Pferd ist sehr gut ausgebildet.«

Auf den Lippen des Generals tauchte ein Lächeln auf und er fuhr mit der flachen Hand über Dragons glänzendes schwarzes Fell.

»Ja, er ist was Besonderes. Er begleitet mich schon lange. Ich hatte ihn bereits, als ich noch bei meinem Clan war. Damals war er noch jung. Aber er ließ mich nicht allein, als der Gabensucher mich verschleppte. Er tauchte immer wieder vor der Hochstadt auf. Und als ich …«

Darius verstummte und ich wusste, was er sagen wollte.

»Dann hat Dragon Euch in dieser schlimmen Zeit beigestanden. Das freut mich. Also dass Ihr nicht allein wart.«

Er lächelte zu mir herüber und nickte. »Er ließ keinen anderen Reiter zu. Der Hochkönig konnte ihn auch nicht für sich einfangen lassen. Dragon hätte gekämpft bis in den Tod für seinen freien Willen.«

»Ich fürchte, da sind unsere Erdpferde doch wankelmütiger. Immerhin hat sich Shiver Euch bereitwillig ergeben.«

»Das war nun auch gemein.«

Ich bereute meine Aussage sofort wieder. »So war das nicht gemeint.«

»Ich weiß schon, wie Ihr das gemeint habt. Aber seid Euch sicher, dass ich mich bemühen musste, um das Vertrauen Eures Pferdes zu gewinnen. Dragon hat mir dabei geholfen, aber leichtfertig gibt Shiver sein Herz nicht an jeden Reiter.«

Ich strich über die helle Mähne und wieder einmal fiel mir auf, wie ruhig und gelassen die beiden Hengste nebeneinander hergingen.

Mein Knie bekam einen Stoß ab und ich rieb es. Schnell blickte ich zur Seite runter. Auch Darius rieb sich das Bein. Und schon stießen wir wieder zusammen.

»Der Weg wird schmaler. Ich werde wieder vor Euch reiten.«

Dragon trabte kurz an und ich musste Shiver zurückhalten, damit er es ihm nicht nachmachte. Darius blickte noch einmal über seine Schulter. Über seine Lippen huschte ein kleines Lächeln. Dann wandte er sich dem Weg vor uns wieder zu. Ich bedauerte, dass der Weg nicht mehr zuließ, dass wir nebeneinander ritten. Meine Gedanken kreisten immer noch um den General und um alles, was ich bis jetzt auf diesem Ritt erfahren hatte. Es war so viel: meine Gefangennahme, der

Widerstand gegen den Hochkönig, das Heer, das mein Bruder zu vereinen versuchte.

Darius blickte hin und wieder über seine Schulter, um sich zu vergewissern, dass ich noch da war. Ich grübelte, wie dieser Mann es ertragen konnte, dass ihn so viele hassten, obwohl er doch im Untergrund versuchte, so viele wie möglich zu retten. Als hätte er meine Gedanken gespürt, drehte er sich zu mir um und sah mich prüfend an. Mir wurde sein Blick unangenehm.

»Ihr seht furchtbar aus. Wir werden einen Umweg nehmen«, entschied er und trieb Dragon wieder an, der in einen leichten Trab fiel und seinen Weg durch den Wald fand.

Shiver trabte hinterher. Ich hielt mich in seiner Mähne fest. Es überraschte mich, dass der Trab mir nichts ausmachte. Mein Kopf war klar und ich spürte in meine Umgebung. Die Bäume gaben vor dem General eine kleine Lichtung frei. Ich fühlte erneut einen Schutzzauber, als ich durch ihn hindurchritt. Die Haare auf meinen Armen stellten sich kurz auf und meine Gabe fand ein angenehmes Kribbeln. Darius saß ab und überließ Dragon das Gras auf der Lichtung. Ich ließ mich von der Seite des hellen Hengstes in das Gras rutschen.

»Kommt, wir können hier hinten ein Lager errichten.«

Darius ging voran und steuerte auf eine dichte Hecke zu. Davor blieb er stehen und deutete mir voranzugehen. Die Hecke gab einen unsichtbaren Weg frei. Wir gelangten auf eine weitere Lichtung mit einer heißen Quelle. Der kleine See, den die Quelle speiste, lag ruhig in Felsplatten eingefasst. Wasserdampf stieg über der Wasseroberfläche auf und lockte mich mit einem warmen Versprechen.

Darius hinter mir räusperte sich und riss mich aus meiner Bewunderung. »Ihr könnt Euch waschen. Ich werde in der Zeit ein Lager errichten.«

Damit wandte er sich ab und gab mir Freiraum. Ich trat weiter auf die Quelle zu und setzte mich an den Rand. Das Wasser war warm und fühlte sich glatt und weich auf meinen Fingern an. Ich konnte mir gut vorstellen, was für einen Anblick ich geben musste. Vorsichtig blickte ich mich zu dem General um. Er war am anderen Ende des Sees mit dem Aufbau eines Lagers beschäftigt. Anscheinend bot jeder Schutzort eine Ausrüstung für eine Übernachtung. Das Netzwerk des Untergrunds schien gut organisiert zu sein. Ich stand auf und streifte meine Reitkleidung ab. Als ich nur noch in meinem Unterkleid dastand, fühlte ich seinen Blick auf meinem Rücken. Vorsichtig schickte ich meine Gabe zu ihm aus. Wieder spürte ich die Wärme, die sich nach zu Hause anfühlte. Ich hob langsam den Kopf. Sollte ich mich umdrehen? Ich traute mich nicht. Trotzdem ließ ich das Unterkleid von meinen Schultern fallen und trat in das warme Wasser. Als ich bis zur Hüfte im Wasser stand, wandte ich mich um. Darius hatte sich wieder abgewandt und steckte Zeltstangen zusammen.

»Kommt Ihr auch ins Wasser?« Meine Stimme war leise und etwas schüchtern. Fast hätte ich mich selbst ausgelacht.

Er hielt in seinem Tun inne und blickte sich zu mir um. »Wenn Ihr das wollt und es Euch nicht unangenehm ist.«

Ich schüttelte nur den Kopf und ließ mich tiefer ins Wasser gleiten. Ich schwamm durch den kleinen See und genoss das Wasser um mich herum. Es fühlte sich so vertraut an. Ich tauchte kurz unter und spülte meine Haare. Der Verband löste sich von meiner Schläfe. Ich ergriff ihn und drehte mich um, um ihn auf die Felsplatte zu meinen Sachen zu legen. Darius stand am Rand des Wassers und ließ gerade seine Kleider von sich gleiten. Etwas erschrocken blickten wir uns an und drehten uns zeitgleich schnell wieder um. Sein Lachen schallte über die Lichtung und den kleinen See und ich musste ebenfalls lachen. Dann hörte ich, wie er sich ins Wasser gleiten ließ.

»Ihr könnt Euch wieder umdrehen«, sagte er schmunzelnd, als er an mir vorbeischwamm. Ich legte den Verband auf die Felsplatte und schwamm wieder weiter in den See hinein, hielt aber Abstand. Er steuerte auf den Rand des Wassers zu und ließ sich mit dem Rücken zur Wasserkante ins Wasser sinken.

»Am Rand der Quelle gibt es an einigen Stellen Steine unter der Oberfläche. Ihr könnt Euch daraufsetzen und das Wasser genießen«, verriet er.

Ich überlegte kurz und schwamm dann auf ihn zu. Darius versteifte sich, als er bemerkte, dass ich auf ihn zuhielt, um mich neben ihn zu setzen. Er sah mich an, stieß sich vom Rand ab und schwamm wieder in den See hinein.

»Seid Ihr öfters hier?«, fragte ich.

Ich wollte nicht, dass er wegschwamm. Er hielt inne und drehte sich zu mir um. »Nein, ich komme eher selten hierher. Die Quelle liegt zwar nur einen halben Tagesritt von meinem Landgut entfernt, doch habe ich nicht die Zeit …« Er brach ab.

»Es tut mir leid. Ich habe vergessen, dass …« Ich sprach nicht weiter.

»Was habt Ihr vergessen?«, hakte er nach. Seine Stimme klang herausfordernd.

»Nichts«, gab ich zurück und schwamm ebenfalls wieder in den See hinein.

»Dass ich der General des Hochkönigs bin und für ihn die Clane und Gabenträger abschlachte?«

Er klang aggressiv, aber ich konnte eine tiefe Verzweiflung in ihm spüren. Ich schwamm auf ihn zu.

»Darius, Ihr wisst, dass ich Euch nicht so sehe. Ich sehe Euch jetzt anders. So wie Ihr seid.«

Ich spürte vorsichtig mit meiner Gabe an ihn heran. Die Mauer war wieder da. Ich legte mit meiner Gabe vorsichtig eine Hand auf die Mauer und fühlte hinein. Ein Schauer lief meinen Rücken hinab. Was würde mich erwarten, wenn diese Mauer fallen würde? Einreißen werde ich sie nicht. Ich würde nur fragen.

Darius schwamm auf mich zu. »Sagt das noch einmal«, forderte er mich leise auf.

»Ich sehe Euch«, gab ich leise zurück.

»Das meine ich nicht.«

Er sah mich eindringlich an und ich fühlte, wie ich mich in seinen tiefblauen Augen verlor. Mir wurde erst zu spät bewusst, wie dicht ich bei ihm war. Ich musste aufpassen, dass ich ihn nicht unabsichtlich mit meinen Armbewegungen traf. Unsere Körper berührten sich fast. Ich nahm meinen Mut zusammen. Ein Kampf wäre mir leichter gefallen. Vor dem, was er hören wollte, hatte ich mehr Angst.

»Sagt es«, forderte er noch einmal leise.

»Darius«, hauchte ich ihm leise entgegen.

Er hatte die Luft gespannt angehalten und ließ sie jetzt erst wieder raus. Seine Hände kamen langsam aus dem Wasser und legten sich um meinen Kopf, als wären sie nur dafür gemacht. Es war wie in meinem Traum. Es überkam mich eine Angst, dass es enden würde, wenn er mich küsste. Er zog mich zu sich heran. Meine Brust berührte seine und unsere Körper empfingen sich, als hätten sie schon immer darauf gewartet. Seine Lippen landeten wie selbstverständlich auf meinen. Sanft und vorsichtig küsste er mich und hob mich dabei ein Stück zu sich hinauf. Meine Arme schlangen sich um seinen Hals. Ich konnte gar nichts bewusst steuern. Sein Mund öffneten sich leicht und seine Zunge erkundete meine Lippen. Als ich mich ihm öffnete und meine Zunge seine fand, stieß er ein leises Grollen aus. Dann zog er mich noch ein Stück näher an sich und ich schlang meine Beine um ihn. Darius watete rückwärts durch das Wasser und ließ sich mit mir auf dem Schoß auf der nächsten Steinplatte nieder. Ich umfasste sein Gesicht fest und hob mich aus dem Wasser. Seine Hände folgten meiner Einladung und erkundeten über meinen Rücken meinen restlichen Körper. Er strich über meinen Bauch und über meine Brüste. Als er meine harten Brustwarzen erreichte, entfuhr ihm ein leises Stöhnen. Ich konnte ein Kichern nicht unterdrücken und er löste sich aus unserem Kuss. Seine Hände fuhren über meine Wangen und strichen ein paar nasse Haarsträhnen zurück. Seine Augen tasteten mein Gesicht ab und blieben an meinen hängen. Es machte mich verlegen.

»Warum schaust du mich so an?«

»Ich habe noch nie so etwas Schönes wie dich in meinen Händen gehalten.«

Dabei strich er über meine kleinen Lachfalten neben meinen Augen, über die sich Halla als Kind immer lustig gemacht hatte. Ich lachte auf. So etwas konnte ich nicht glauben und hören wollte ich es auch nicht.

»Deine Augen sehen aus wie flüssiger Honig. Es ist kein Wunder, dass sich alle Männer, die du ansiehst, in dich verlieben.«

»Es verlieben sich Männer ich mich?«, fragte ich ihn verwundert.

Darius antwortete nicht, sondern zog mich wieder zu sich heran und küsste mich fordernder. Seine Hände umfassten mein Gesäß und schoben mich dichter an ihn heran. Ich spürte seine Härte zwischen meinen Beinen und konnte die Antwort darauf in der Mitte meiner Schenkel nicht verhindern. Eine wohlige Hitze stieg in mir auf und ich drückte mich fester an ihn. Seine Hände strichen wieder über meinen Rücken und fanden den Weg zurück zu meinen Brüsten. Seine Lippen wanderten über meinen Hals tiefer. Ich legte meinen Kopf in den

Nacken und ließ ein Stöhnen über meine Lippen huschen. Darius löste sich mit schwerem Atem von mir.

»Ich würde gerne …«, begann er.

»Ich auch.«

Seine Lippen lagen wieder auf meinen und ich spürte sein Verlangen, das mich schier überwältigte. Ich zog mich an seinem Hals höher und ließ mich wieder sanft zurück auf seine Härte gleiten. Als meine Schenkel ihn streiften, stöhnte er erwartungsvoll auf und drückte sich mir entgegen. Seine Spitze teilte mich und ich ließ mich tiefer sinken. Er füllte mich vollständig aus und seine Erregung griff auf mich über. Ich bewegte mich langsam auf ihm. Mein Becken fand den Rhythmus von allein, unsere Bewegungen waren im Einklang. Ich rieb immer wieder an ihm herunter und konnte mein Verlangen nach ihm nicht mehr zügeln. Ich versuchte, mich mit seinen Lippen zu beruhigen. Doch dann verloren auch unsere Küsse ihre Zartheit und wir steuerten unaufhaltsam auf den Höhepunkt zu. Ich krallte meine Finger in seine Schultern und konnte einen Aufschrei nicht unterdrücken, als ich in Flammen aufging. Mein Höhepunkt zog seinen nach sich und er bäumte sich unter mir auf und ergoss sich zuckend in mir. Keuchend beugte ich mich über ihn. Darius hielt mich schwer atmend in den Armen und blickte mich ungläubig an. Ich umklammerte seinen Hals und ließ meine Stirn auf seine sinken. Auch mein Atem ging schnell und schwer. Darius drückte mich näher an sich heran und zog sich langsam aus mir zurück. Sein Verschwinden ließ mich leise aufwimmern. Die Leere in meiner Mitte schmerzte.

Als ich mich wieder von ihm löste, bemerkte ich eine helle Bewegung neben uns. Ich richtete mich auf und blickte erstaunt auf mich und dann um mich herum. Darius ging es nicht anders. Unter meiner Haut drängte mein Licht hervor und ließ mich leuchten. Die Dämmerung hatte sich auf die Lichtung gelegt. Um uns herum schwebten viele kleine leuchtende Wassertropfen. Wie Sterne funkelten sie und schwebten wie in einem sanften Sommerwind sachte hin und her. Ich streckte meine Hand aus und berührte einen Tropfen. Ein leises Knistern war zu hören. Auf meinem Finger fühlte ich ein leichtes Kribbeln. Ich musste an die Worte in Raikons Unterricht denken: Bei starken Seelenpartnern verbinden sich die Gaben miteinander, wenn die Partner sich aneinanderbinden. Ob Darius davon wusste? Ich blickte zu ihm. Er lächelte mich nur an und strich wieder eine meiner Haarsträhnen zurück. Dann zog er mich zu sich und unsere Lippen trafen sich erneut. Ich ergriff sein Gesicht und hob mich an ihn heran. Seine Hände strichen an meiner Wirbelsäule hinab und fuhren über meinen Bauch hinauf zu meinen Brüsten. Wieder küsste er meinen Hals hinab, während seine Hand ebenfalls an mir hinabglitt und die Mitte zwischen meinen Beinen suchte. Seine Finger fuhren sanft um meine empfindlichste Stelle und strichen vorsichtig darüber. Ein wohliges Stöhnen entfuhr mir und ich drängte mein Becken gegen seine Hand. Ihm entfuhr ein leises Lachen, während seine Lippen weiter zu meiner Schulter wanderten und dort verweilten.

Dann schob er seine Finger langsam in mich hinein. Meine Erregung bäumte sich in mir auch und ich wollte ihn wieder. Seine Finger fuhren in mir nach vorne und er drückte sachte gegen meine Wand. Ich schob mich fester dagegen, doch Darius zog sie aus mir heraus.

»Komm mit!«

Er schob mich von seinem Schoß herunter und zog mich mit sich durch das Wasser. An der Felskante bei dem kleinen Lager ließ er mich los. Er stützte sich an der Steinkante hoch und zog sich aus dem Wasser heraus. Ich sah das Wasser über seinen muskulösen Rücken laufen, weiter über sein Gesäß und seine Beine. Als ich mich ebenfalls aus dem Wasser heben wollte, reichte er mir seine Hand, die ich ohne Zögern ergriff. Er zog mich mit einem Schwung aus dem Wasser, sodass ich direkt auf ihn flog. Er umgriff mich und hob mich hoch. Unter Küssen trug er mich zu dem kleinen Lager, legte mich darauf und betrachtete mich von oben. Meine Haut kribbelte unter seinem Blick. Als er jedoch an meinen Augen hängen blieb, war das Verlangen einer Traurigkeit gewichen. Mein Herz setzte aus. Ich brauchte nicht lange nachfühlen, um zu wissen, woran er dachte. Ich streckte ihm meine Hand entgegen.

»Komm zu mir«, forderte ich ihn auf.

Er sank neben mir auf die Knie und küsste mich wie ein Ertrinkender, der nach Luft schnappte. Ich verschränkte meine Hände in seinem Nacken und zog ihn zu mir herunter. Auf seine Ellenbogen gestützt lag er halb neben, halb auf mir. Seine Augen zogen mich wieder einmal in ihren Bann. Er strich meine Haare zurück und küsste mich wieder. Ich ließ meine Hände über seinen Rücken und seinen Bauch gleiten. Sein Körper war warm und seine festen Muskeln zeichneten sich unter seiner Haut ab. Darius ließ seine Hand über meinen Bauch gleiten und weiter über meinen Oberschenkel. Wieder flammte die Erregung in mir auf und ich konnte es kaum erwarten, dass er zwischen meine Schenkel kam. Er schien genau zu wissen, was ich wollte, denn seine Hand schob sich zwischen meine Knie und drückte meine Beine auseinander. Dann ließ er seine Hand langsam an der Innenseite hochwandern. Als er meine Mitte erreichte, öffnete er sie sanft mit den Fingern. Ihm entfuhr ein überraschtes Stöhnen, als er bemerkte, wie bereit ich war, ihn wieder in mich aufzunehmen. Während er in mir spielte, glitten meine Hände über seinen Bauch hinab und suchten seine Männlichkeit. Es überraschte mich nicht, dass er ebenfalls wieder so weit war. Meine Finger umschlossen seine pulsierende Härte. Er griff energisch meine Hand und riss sie von sich. Mit dem Knie öffnete er meine Schenkel und glitt zwischen sie. Ich schob mich ihm entgegen, als er mit einem heftigen Stoß in mich drang und tief in mir versank. Meine Beine umklammerten ihn. Darius bäumte sich stöhnend über mir auf und biss sich auf die Lippen. Ich umfasste sein Gesäß und hob ihm meine Hüften entgegen. Er verstand meine Aufforderung und stieß weiter in mich hinein. Unser Treiben war heftiger als beim ersten Mal und ich genoss jeden seiner Stöße, die mich nur noch mehr anheizten. Darius brüllte ein Stöhnen hinaus und ergoss sich in dem Moment im mich, als ich ebenfalls über den Höhepunkt hinausschoss. Auf seine Unterarme gestützt lag er auf mir und küsste mich weiter. Meine Beine glitten an ihm hinab und rahmten ihn ein. Er griff nach einer Decke, die neben dem Lager lag, und zog sie über uns. Er löste sich aus mir und legte sich neben mich. Ich drehte mich zu ihm und beobachtete ihn. Er sagte nichts, sondern lag einfach nur neben mir. Seine Finger spielten mit einer meiner Haarsträhnen.

»Willst du etwas essen?«, fragte er nach einer Ewigkeit, in der wir einfach nur beieinanderlagen.

Ich schüttelte den Kopf. Ich wollte nicht, dass er geht. Ich legte mich auf seinen Arm und rückte dicht an ihn heran. Darius half mir und zog mich zu sich. Ich schloss die Augen und zog tief seinen Geruch in mich ein. Wie Regen an einem Sommertag. Ich wünschte, dieser Moment würde ewig andauern.

Raja lag dicht an ihn gedrängt. Ihre ruhige Atmung verriet Darius, dass sie schlief. Er lächelte bei dem Anblick der kleinen Frau, die so zerbrechlich in seinen Armen lag. Am Himmel waren die Sterne zu sehen und über der Lichtung schwebten immer noch die kleinen leuchtenden Wassertropfen. Fasziniert beobachtete Darius, wie sie in einem sachten Wind über die Lichtung tanzten. Es kam nicht oft vor, dass so etwas geschah oder berichtet wurde. Er versuchte sich zu erinnern, ob es in seinem Clan Berichte von solchen Ereignissen gab, von der Verbindung der Elemente. Er blickte erneut auf die schlafende Frau. Sie war seine Seelenpartnerin. Ob sie über die Verbindung Bescheid wusste? Nachdenklich blickte er zurück zur Lichtung. Sie würden morgen wieder sein Landgut erreichen und Raja würde in die Hochstadt zurückkehren müssen. Zu dem Pferdehändler. Sein Unmut ließ die Oberfläche des Sees erzittern. Er musste eine Lösung finden. Raja durfte nicht dorthin zurück. Er würde sie am liebsten bei sich auf dem Landgut behalten, doch das ging nicht. Sie würde irgendwann dem Hochkönig begegnen und das durfte nicht geschehen. Noch nicht. Der Nachtfalke hatte berichtet, dass Rajas Bruder ein Heer aufstellen konnte, doch es war noch zu weit von der Hochstadt entfernt. Raja konnte auch nicht im Untergrund auf ihren Bruder warten, es war zu gefährlich. Wenn der Hochkönig den Verrat aufdecken würde, wären alle in größter Gefahr. Er würde sich nach seiner Rückkehr mit dem Nachtfalken beraten müssen. Mit einem Kopfschütteln vertrieb er seine Gedanken und blickte auf die schlafende Frau hinab, die auf seinem Arm lag. Das Kribbeln in seiner Hand verriet ihm, dass sein Arm auch eingeschlafen war, aber das störte ihn in nicht im Geringsten. Er zog ihren Geruch tief ein und konnte nicht einmal sagen, wonach sie roch. Nach allem Schönen, was er je gerochen hatte. Als würde sie nur Gutes in sich tragen. Darius schloss die Augen und schlief ebenfalls ein.

58

~ In der Nähe des Landgutes ~

Das Licht kitzelte an meinen Augen, als ich erwachte. Die Wärme neben mir fehlte und ich schlug die Augen auf. Darius stand mit dem Rücken zu mir und zog sich sein Hemd über den Kopf. Er war damit beschäftigt, die Schnürung festzuziehen, und hatte nicht bemerkt, dass ich aufgewacht war, wobei ich es auch belassen wollte. Daher schloss ich die Augen wieder, sodass nur noch ein kleiner Spalt offen war. Als Darius angezogen war, blickte er sich noch einmal um, ging leise auf das Gebüsch zu und verließ die Lichtung und den See. Ich stand auf und zog meine Unterkleider an. Als ich meine Reitkleider aufheben wollte, stand er hinter mir.

»Ich habe uns den Proviant aus der Satteltasche geholt«, sagte er und hielt einen kleinen Beutel hoch.

Ich nickte ihm zu und wandte mich wieder der Schnürung meiner Hose zu. Der nahende Aufbruch zurück zum Landgut lag schwer auf unseren Schultern. Ich wollte hier nicht weg und auf keinen Fall zurück in die Hochstadt. Darius ging zum Lager und setzte sich. Die Schnüre der Hose waren störrischer, als es mir lieb war. Als sie endlich zugebunden war, setzte ich mich neben ihn. Er bot mir etwas zu essen an und ich entschied mich für eine Kante Brot, obwohl ich keinen Appetit hatte. Darius krümelte ebenfalls nur mit seinem Brot, statt es zu essen.

»Ich würde am liebsten hierbleiben«, flüsterte ich ihm zu.

»Ich werde mich mit dem Nachtfalken beraten. Es wäre zu auffällig, wenn du nicht zurückkehrst. Wir können es nicht riskieren, dass es einen Verdacht gibt.

Der Hochkönig ist schon misstrauisch geworden und ich habe zu viele Feinde direkt am Hofe, die nur auf einen Fehler von mir warten und sich über meinen Fall freuen würden.« Darius blickte auf seine Hände. »Dein Bruder und sein Heer sind noch zu weit weg. Es wäre zu gefährlich, dich aus der Stadt zu bringen. Wäre das Heer näher, könnte dein Bruder dir Schutz bieten.« Er blickte mich traurig und hilflos an. »Es braucht noch etwas Zeit. Wir müssen in unsere Rollen zurückkehren, aber ich werde dafür sorgen, dass dir nichts passiert. Es gibt eine Person in Sorrels Haus, der du vertrauen kannst. Ich habe überall meine Leute.« Er griff meine Hand und hielt sie.

Ich zitterte leicht und nickte. Die Vorstellung, dass ich wieder zurückmusste, war unerträglich. Ich musste viel Kraft aufbringen, um ruhig zu bleiben. Wie sollte ich Sorrel vorspielen, dass ich noch unter dem Einfluss des Hemmersteins stand?

»Ich schaffe das schon. Du brauchst dir keine Sorgen machen«, beruhigte ich Darius, obwohl ich mir sicher war, dass er die Lüge durchschaute. Ich lächelte ihn selbstsicher an, mehr um mir selbst Mut zu machen.

»Wir sollten aufbrechen. Ich werde das Lager abbauen.« Damit stand er auf und räumte alles zusammen.

Das klare Wasser der Quelle lag ruhig wie ein Spiegel vor mir. Ich ließ meine Gabe frei und im Spiegelbild der Oberfläche tanzten die kleinen Lichter der letzten Nacht.

»Es war wunderschön«, flüsterte Darius hinter mir.

Ich hatte nicht bemerkt, dass er hinter mich getreten war. Mit einer Handbewegung erloschen die Lichter wieder und ich drehte mich zu ihm um. Ich lehnte mich an seine breite Brust und schloss die Augen. Nur noch einen Moment. Seine Arme umschlangen mich und wir klammerten uns aneinander, als wäre es für die Ewigkeit. Langsam schob mich Darius von sich weg und umfasste mein Gesicht. Seine Lippen lagen auf meinen, während Tränen mir die Sicht nahmen und ich die Augen schloss, um den Moment in mir zu halten. Als er sich von meinen Lippen löste, verschwanden auch die Tränen aus meinen Augen. Verwundert schlug ich meine Augen auf, die Tränen schwebten in Tropfen vor mir.

Darius lächelte mich an. »Heb dir deine Tränen für einen anderen Tag auf. Ich werde immer in deiner Nähe sein und es wird dir nichts geschehen. Das werde ich niemals zulassen. Der Nachtfalke und dein Bruder auch nicht. Meine kleine Lichtträgerin.«

Sein Lächeln brachte mich zum Lachen. *Kleine Lichtträgerin* hatte Raikon zuletzt zu mir gesagt, als ich noch ein Kind war. Darius zog mich durch das Gebüsch zu den Pferden. Shiver und Dragon standen schon zusammen und warteten auf uns. Als ich bei Shiver war, hob mich Darius auf seinen Rücken. Ich hielt ihn fest, bevor er sich abwenden konnte und beugte mich zu ihm herunter. Seine Lippen kamen meinen entgegen. Nur kurz berührten sie sich, als hätten wir beide Angst davor, dass der Kuss zu intensiv werden könnte. Unwillig ließ ich ihn los und er schwang sich auf Dragons Rücken. Auf einen kaum zu bemerkenden Befehl hin setzten sich die beiden Pferde in Bewegung und wir folgten wieder einem unsichtbaren Pfad durch den Wald zurück zu seinem Landgut.

Darius sprach kein Wort, während er vor mir durch den Wald ritt. Er sah sich nicht zu mir um und ich fragte mich, ob er meine Blicke auf seinem Rücken spürte. Shiver trug mich hinter dem anderen Hengst her und überließ mich meinen Gedanken und dem Gefühlswirrwarr, das sich in mir ausgebreitet hatte. Das helle Sonnenlicht, das auf die Lichtung schien, wurde immer trüber. Der Wald wurde immer dunkler und die Baumwipfel schluckten die letzten Sonnenstrahlen. Es legte sich ein Nebel über uns und hüllte uns ein. Darius schien den Weg trotzdem zu kennen und ritt unbeirrt weiter. Ich berührte nasse Blätter und ließ Tropfen über meine Finger laufen. Obwohl der Nebel so dicht war, dass ich die nächste Wegbiegung nicht erkennen konnte, wurde ich trotzdem nicht nass. Ich ließ meinen Blick zur grauen Nebelwand gleiten und tastete mit meiner Gabe die Umgebung ab. Wir waren allein.

Vor mir hielt Darius plötzlich an und Shiver schloss zu Dragon auf. Als ich auf gleicher Höhe mit Darius war, blickte er auf mich hinab. Wortlos reichte er mir meine Kappe. Ich hatte sie schon ganz vergessen. Widerstrebend nahm ich sie an, band meine Haare zusammen und versteckte sie. Als ich die letzten Strähnen unter die Kappe schob, sah ich wieder zu ihm. Darius blickte in den Nebel vor uns.

»Wir erreichen gleich den Waldrand.«

Ich nickte kurz.

»Bitte vergiss nicht, dass du einen Hellerstein trägst. Du musst unbedingt so tun, als wäre es immer noch der Hemmerstein. Der Hellerstein wird es dir nicht leicht machen. Deine Gaben werden verstärkt werden.« Darius ergriff meine Hand und ich wusste, dass er lieber umgedreht wäre. »Es wird da draußen nicht so sein können, wie es hier war.«

»Ich werde meine Rolle gut spielen. Du kannst mir vertrauen.«

Er beugte sich zu mir runter und unsere Lippen trafen sich für einen kurzen letzten Kuss. Ich traute mich nicht, mehr zu verlangen. Es würde es nur schwerer machen. Darius trieb seinen schwarzen Hengst scharf vorwärts und ich ließ Shiver hinterherlaufen. Als wir den Wald verließen, schlug mir der Nebel kalt auf die Haut. Ich zog scharf die Luft ein. Darius hatte die kleinen Tröpfchen im Wald von mir ferngehalten, doch hier ging das leider nicht. Die Geschwindigkeit des Galopps trieb die Wassertröpfchen in meine Kleider und mir wurde kalt.

Dragon hielt sein scharfes Tempo bei und vor uns ragten die Mauern des Landgutes aus den Nebelschwaden hervor. Wir waren zurück.

Falkon lehnte an der Mauer des Haupthauses und beobachtete die Nebelschwaden, die seit einem Tag das Landgut einhüllten. Es war nicht eine Regung zu sehen. Die Pferde auf den Weiden bewegten sich wie seine Schatten durch den trüben Tag. Das Haus lag still und wie erstarrt hinter ihm. Der General würde zufrieden sein, denn Falkon hatte Baxter gut abgelenkt. Es war dank des geöffneten Weinkellers nicht ein einziger Protest gekommen, dass seine Herrin mit dem General das Landgut verlassen hatte. Falkon hatte ihn danach in einen Rausch aus Wein und Schatten gelegt. Erst im Morgengrauen hatte der Schattenkrieger den Gehilfen des Pferdehändlers wieder aus seinem Suff entlassen und ihn zum Ausnüchtern gebracht. Baxter schimpfte seitdem, dass die Frau sich nicht auf dem Landgut aufhielt.

Aus den Nebelschwaden, die das Haupttor einhüllten, traten zwei Schemen hervor: der große schwarze Hengst mit dem General auf dem Rücken, gefolgt von dem kleineren hellen Hengst, auf dem die Lichtträgerin saß.

Falkon trat aus dem Schatten der Hauswand und ging die Stufen hinab, den Reitern entgegen. Der General zügelte Dragon neben ihm und saß mit einem Schwung ab. Mit einem kleinen Nicken deutete Falkon an, dass hier auf dem Landgut alles zur Zufriedenheit des Generals verlaufen war. Dieser lächelte kurz anerkennend und wandte sich seiner Begleiterin zu. Raja hatte den hellen Hengst neben Dragon zum Stehen gebracht. Der General ging um Shiver herum und streckte Raja seine Hände entgegen, in die sie sich vertrauensvoll gleiten ließ. Für Falkons Geschmack hielt der General die kleine Frau einen Moment zu lange fest, ehe er sie losließ und ihr den Weg frei gab.

Die Tür des Haupthauses schlug auf und Baxter eilte den Ankommenden entgegen. Er murmelte unverständliches Zeug vor sich hin und verfiel sofort in Ermahnungen, als er Raja erreichte. Sie blickte starr an ihm vorbei und ließ sein Gerede ungehört über sich ergehen. Falkon lächelte in sich hinein. Die kleine Frau würde ihn wohl doch überraschen. Als er sie wieder anblickte, ruhten ihre ausdruckslosen Augen auf ihm und er konnte für einen kurzen Augenblick ein belustigtes Aufblitzen darin erkennen.

»Wir sollten umgehend aufbrechen. Der Herr wird ungeduldig warten.« Baxter wandte sich dem General zu. »Wir brechen auf. Unsere Pferde sollen bereitgestellt werden!«

Der General senkte den Kopf zustimmend und blickte danach kurz zu Raja. Die Lichtträgerin stand unberührt da. Ihr Blick lag in der Ferne. Der General spürte aber an seinem Geist deutlich, wie sie ihren Geist an seine Gefühle legte. Er gab Falkon ein Zeichen, der sich umwandte und auf die Stallungen zuging. Der General verabschiedete sich mit einem kurzen Blick von seinen Gästen und verschwand im Haupthaus.

Darius drehte sich um und ging zum Haupthaus. In mir schrie alles, dass er mich doch mitnehmen sollte – weg von Baxter, der mich zurück in die Hochstadt schleppen würde. Der brabbelte immer noch auf mich ein, doch ich ignorierte es, hörte gar nicht, was er sagte. Stattdessen starrte ich stumpf auf die Tür des Haupthauses. Meine Gabe zeigte mir, dass der General dahinter stand und einen Kampf mit sich selbst ausfocht.

Es gab aber keine Alternative, ich musste zurück in die Hochstadt, zurück in dieses erzwungene Leben. Baxter schubste mich kurz an und ich bemerkte, dass das Pferd vor mir stand, dass der Pferdehändler mir zur Güte überlassen hatte. Diese kurzbeinige, plumpe Stute, die das genaue Gegenteil von Shiver war. Sie würde mich nie schnell forttragen können. Langsam und gemächlich war sie und bot mir keine Möglichkeit für eine schnelle Flucht, dennoch stieg ich schweigend in ihren Sattel. Der Wallach, auf den Baxter stieg, würde mich sofort wieder einholen. Die Stute setzte sich in Bewegung und schritt hinter Baxters Pferd her, der mit sich selbst beschäftigt war und mich nicht weiter beachtete.

Ich drehte mich noch einmal um, um das Landgut zu betrachten. An der Tür des Haupthauses stand eine Person. Ich wusste genau, wer mir nachsah. Mein Herz zog sich zusammen und ich richtete meinen Blick wieder auf den Weg, der vor mir lag. Zurück in die Hochstadt. Zurück in mein Gefängnis.

Ende Teil 1

Danksagung

Natürlich möchte ich mich auch bei einigen, sehr lieben Menschen bedanken, vorneweg bei meiner Schwester. Liebe Franzi, ohne dein furchtbar engstirniges Leseverhalten – »Ich lese nur das, was ich kenne und was mir gefällt« – wäre ich nie auf die Idee gekommen, meine eigenen Geschichten zu schreiben. Meine Intention war klar: Die Bücher deiner eigenen Schwester musst du ja lesen! Du glaubst gar nicht, wie viele Steine mir vom Herzen gefallen sind, weil du sie auch wirklich magst. Auch wenn keine geflügelten Fae vorkommen.

Als ich mich entschied, meine Geschichten im Selfpublishing zu veröffentlichen, war mir schnell klar, dass ich es ohne Lektorat nicht machen wollte. Zum Glück habe ich auf Instagram schnell viele LektorInnen »getroffen«, unter anderem Rieke Conzen. Sie war eine der Ersten und von Anfang an meine »Traumlektorin« – nicht nur wegen Peppi und Bambam, sondern wegen ihrer freundlichen und liebenswürdigen Art. Das Fachliche war selbstverständlich auch ein Grund. Mir haben die Knie gezittert, als ich sie anschrieb und fragte, ob sie das Lektorat für mein Clanreich übernehmen würde. Ihre Zusage habe ich hüpfend gefeiert und es nie bereut. Ich danke dir von Herzen, liebe Rieke, dass du mein Clanreich zum Leuchten gebracht hast. Du wirst immer meine erste Wahl bleiben.

Wer selbst einmal nach einem Cover gesucht hat, wird schnell feststellen, dass die Flut an möglichen DesignerInnen und Premades einen fast erschlagen kann. So ging es mir. Es sind wunderschöne Cover und talentierte KünstlerInnen auf dem Markt, weshalb ich nicht wusste, wen ich auswählen sollte. Vor meinem eigenen Regal kam mir die Idee, Nadine Goldmann zu fragen. Die Cover von Nina R. Night, die Nadine designt hat, haben mir so gut gefallen, dass ich auf eine völlig unbekannte Designerin gesetzt habe und nicht enttäuscht wurde. Ihre Arbeit ist so, wie ich es mir erhofft hatte: ein Spiel aus Licht und Schatten, das der Kern des Clanreiches ist. Ich danke dir für deine Geduld mit meinen unverständlichen Beschreibungen und dein Gefühl, mit dem du aus diesem Wirrwarr das Cover gemacht hast, das das Clanreich am besten einhüllt.

Lieber Leser und liebe Leserin, auch dir möchte ich dafür danken, dass du meine Geschichte gelesen hast und die Reise in das Clanreich begonnen hast. Ich kann dir versprechen, dass es spannend und turbulent weitergeht und dass dich die Reise von Raja, Raven und Darius an weitere Orte entführen und dir sicherlich hin und wieder die Luft abschnüren wird. Ich würde mich freuen, wenn du das Clanreich weiterträgst und die Geschichte mit mir wachsen lässt.

Last but not least ist da eine »Gute Fee«, die mir immer mit Rat und Tat zur Seite steht. Danke, liebe Nadine Wimmer, für deinen Beistand.

Und nun muss ich mich entschuldigen, und zwar aus tiefstem Herzen und es tat mir sehr oft genau dort weh. Meine lieben Jungs, es tut mir leid, dass ich so oft »Mama kann gerade nicht«, »Ich komme gleich« und »Das machen wir später« zu euch gesagt habe. Es fällt mir schwer, meinen Schreibwahn zu verteidigen, denn ihr wart, seid und werdet immer das Wichtigste in meinem Leben bleiben. Ich habe euch unendlich lieb.

Anhang

Die Clane

Der **Windclan** auf seinen steinigen Ebenen, weiten Steppen und den Hohen Felsen des Wolkengebirges, grau und wandelbar. Aufbrausend und sanft. Windlenker. Spielen mit dem Wind. Lassen Stürme entstehen oder die Luft sanft deinen Körper streicheln.
Namen beginnen mit V.

Der **Wasserclan** zwischen seinen Seen und Sümpfen. Blau und stark. Weich und zerstörerisch. Wasserwandler. Sie heben die Flüsse aus ihren Betten. Lassen den Regen sich wandeln.
Namen beginnen mit D.

Der **Feuerclan** zwischen den Hügeln und Bergen, die Feuer bringen. Rot und lodernd. Feuerbringer tragen die Flammen in sich. Warm und heiß. Das Feuer können sie formen.
Namen beginnen mit F.

Der **Erdclan** auf den weiten Grasebenen und den lichten Wäldern. Grün und braun. Sanft und beständig. Sie können die Erde und ihre Lebenwesen wandeln.
Namen beginnen mit H.

Der **Schattenclan**. Am Rand des Clanlandes immer im Abseits. Kriegerisch und wandelbar, wie die Schatten selbst.
Namen beginnen mit M.

Der **Lichtclan** in der Hochstadt. Leuchtend und hell sind sie das Licht und die Mitte der Clane.
Namen beginnen mit R.

Personenverzeichnis

Raja: *Die Tochter der letzten Lichtprinzessin (Rafka) und dem Erdfürst (Halkan). Sie trägt die Licht- und die Erdgabe in sich.*

Raven: *Rajas Bruder. Er trägte, wie Raja, die Erd- und Lichtgabe in sich, wobei seine Erdgabe schwächer ist als Rajas. Auch er trägt das Licht in sich.*

Darius: *Der General des Schattenkönigs.Darius wurde nach seiner Ernennung zum Wasserfürst von dem Gabensucher verschleppt. Er trägt die Wassergabe und durch seine Windmutter auch die Windgabe in sich. Raja und Darius verbinden Träume, in denen sie sich immer wieder begegnen.*

Halla und Haldriel: *Die Geschwister sind die besten Freunde von Raven und Raja. Beide tragen starke Erdgaben in sich.*

Raikon: *Der Cousin von Rafka, der sich bei ihrer Flucht zum Erdfürsten begleitet hat. Nach Rafkas Tod haben Raikon und seine Frau Hanna (Halkans Schwester) Raja und Raven zusammen großgezogen. Raikon begleitet Raven auf seiner Reise zu den Clanen.*

Sorrel: *Ein Pferdehändler, der vom Erdclan Pferde kaufen will. Er verschleppt Raja in die Hochstadt.*

Mistrane: *Die Schattenprinzessin, die gegen ihren Vater den Schattenkönig arbeitet.*

Falkon: *die rechte Hand von Darius und enger Freund.*

Vega: *Fürstin des Windclans.*

Farrel und Farrina: *Gabenträger des Feuerclans.*

Einige Mitglieder des Untergrunds: Haldran, Haran, Larine, Russ.